馒头说历史

寻找历史背面的
故事、热血和真性情

历史的
温度

张玮 著

中信出版集团·北京

图书在版编目（CIP）数据

历史的温度：寻找历史背面的故事、热血和真性情 /
张玮著. --北京：中信出版社，2017.8（2025.9重印）
　ISBN 978-7-5086-7849-8

　Ⅰ. ①历⋯　Ⅱ. ①张⋯　Ⅲ. ①随笔－作品集－中国－
当代　Ⅳ. ①I267.1

　中国版本图书馆CIP数据核字（2017）第 139535 号

历史的温度——寻找历史背面的故事、热血和真性情
著　者：　　张　玮
出版发行：中信出版集团股份有限公司
　　　　　（北京市朝阳区东三环北路 27 号嘉铭中心　邮编　100020）
承印者：　北京通州皇家印刷厂

开本：880mm×1230mm 1/32　　印张：17.25　　　字数：300 千字
版次：2017 年 8 月第 1 版　　印次：2025 年 9 月第 66 次印刷
书号：ISBN 978-7-5086-7849-8
定价：68.00 元

目录

逸闻篇

往事并不如烟

战争篇

一寸山河一寸血

推荐序

张玮请我为他的新书写序，作为他的老师，我很高兴这一天终于来到。

2001年，我给复旦大学中文系98级文科基地班开设比较文学。文基班当年是复旦在上海以提前录取的方式开办的尖子班，现在已经没有了。文基班的学生个个眼界开阔，好学上进。张玮是当时这个精英班的团支部书记。

印象中的这位团支书，高大英俊，沉稳内敛，对学习和工作都很认真负责，话不多，也不是那种喜欢围着老师转的风格。复旦学生素质总体上非常高，校园文化和学习氛围很好，我总结过，就是低调又好学，冷静有温情，务实不功利，宽容不苟且。我觉得这句话用来形容学生时代的张玮非常贴切。这与学校的传统有关。复旦的风气，看上去有点散漫，有点像复旦民间的校训"自由而无用的灵魂"，但其实每个人都很努力，这种努力不是管出来的，而是自然地产生的。在一个宽松而精英荟萃的地方，师生们会自然而然地激活自身的主动性。

　　到了期末考试的时候，这位低调务实的张玮同学的主动性真是让我眼前一亮。他竟然在做完卷子之后，又在背面用了整整两页来谈他对一个叫《合金装备》的游戏的叙事手法与文学性开拓的认识。在今天，年青一代都玩过这个游戏，但是 2001 年，《合金装备》刚刚问世，那还是全社会视游戏为毒品，为旁门左道，为洪水猛兽的年代，一名人品端正、老实低调的好学生，竟然在至关重要的期末考试上忍不住倾诉自己对一个全新的文化现象的赞叹。没啥好说的，我果断给了一个 A。说真的，16 年过去，我已经忘光了当年出的考题，但张玮的那段文字还在我的眼前。什么是自由而无用的灵魂？这就是自由而无用的灵魂。

　　2014 年，我来到澳大利亚工作，这里地广人稀，我举目无亲。有一天，我收到一份快递，打开一看，是张玮从国内寄来的《合金装备》限量纪念版手办。在知音难觅的异国他乡，没有比这更好的安慰了。十几年过去，《合金装备》的主角斯内克（Snake）已从小生变成了大叔，《合金装备》中的 VR（虚拟现实）任务已经发展成今天真正的 VR 版，张玮也从一名青涩的学生成为知名的媒体人士。毕业后，他先是做了多年的体育记者，曾任解放日报社的新媒体中心主任，后来又成为解放日报社整体转型后的运营、技术中心总监（App 叫"上观新闻"）。他自己业余经营一个微信公众号，叫作"馒头说"。这个公众号运营时间不长，有 10 多万的订阅者，动辄 10 万＋的阅读量。本书就是"馒头说"上最受读者欢迎的文章的精华版。

　　在张玮毕业后的十几年中，我们很少见面和联系，但是我确实感觉到我们之间有一种无形的纽带。张玮从传统媒体走向新媒体，我后来曾兼任大众科学杂志《新发现》的主编，也非常关注新媒体的发展，尤其是新媒体与文学的关系。"馒头说"为何备受读者的欢迎？这个答案，16 年前的张玮已经做出解答，那就是他既是复旦最精英的文基班认真负责的班干部，又对新的文化潮流有着敏锐的触觉和激情。白天他是循规蹈矩的好学生、好记者，到了晚上他就变成了上天入地的斯内克，驰骋在激动人心的新媒体世界。作为资深记者，他知道读者关注的是什么，什么题材最受欢迎，热点在哪里。作为中文系的高才生，他知道怎样把文字调配得恰到好处。但这些都还不是关键，在今天的新媒体中，抢眼球，玩文字，搞"震惊体"的人多如牛毛。炒作有术，也有效，但大浪淘沙，最终能不昧良心，赢得读者真正尊敬和认同的新媒体账号又有多少？"馒头说"不算超级大号，但粉丝的质量和认同度却很高，其中最关键的一点，是张玮的真诚、敬业与客观。

比如，《我认识一个男人，叫刘翔》。毫不夸张地说，这是我看到过的所有写刘翔的文章中最好的一篇，最真实的一篇，也是最温情的一篇。唯其真实，所以理解，所以温情。但这样的文章，真不是那些复制粘贴的"震惊党"写得出来的，那需要多少年与刘翔的相交，不光是相交，还要相知。对了，还需要共同的对电子游戏的爱好。再比如关于中国游泳队的故事，背后的内幕，他不回避遮掩，也不渲染夸大，不诿过于人，而是冷静地直面一段历史，完整地写出漫长的前因后果，把一名负责任的职业媒体人的素质表现得淋漓尽致。

我的大半生都是在传统媒体的时代度过，也一直在思考新旧媒体的关系。我注意到一个现象：新媒体中那些最受人尊敬的、最具有可信度的人士，大多由传统媒体中的从业者转型而来。这也让我们在为新媒体鼓劲喝彩的同时，重新思考传统媒体那些"传统"的规矩、习惯、标准的意义。在一个狂奔的年代，我们有时候也要停一下，看看走过的路，整理一下自己的行囊，然后重新出发。张玮把他新媒体中最热门的文章用最传统的方式出版，也有这种冷却与回归的意义。相信张玮在他未来的道路上，一定能继续把这种冷与热的关系处理得很好。

严锋

（复旦大学中文系教授、博士生导师）

自 序

2016 年 7 月 15 日，我在自己的微信公众号上推送了一篇文章，叫《历史上的今天：奥特曼出生，杨贵妃自缢》。

"馒头说"这个微信公众号，其实我很早就注册了，当初注册的目的，是用来发一些随笔和感想，一直有一搭没一搭地更新着，直到有一天，我想：要不拿一个微信公众号的"原创"标签？

按照微信的规定，要拿"原创"标签，就要持续更新一段时间。于是我想，写什么东西能让我有动力持续更新下去呢？想来想去，想到了"历史上的今天"这样一个题材。

选择这个题材，一是因为我从小就对历史很有兴趣，本科的专业也算与历史有关（是一个提前招生、文史哲都要学的班级），二是选择"历史上的今天"其实有点投机取巧，因为网上有很多"历史上的今天"的资料，每天在历史上都发生那么多事情，我只需要挑几件感兴趣的评说一下就行，完全不会有作为公众号运营者最大的烦恼：每天找选题。

第 13 天，写完第 13 篇推送的时候，我在后台得到了微信的通知：我获得了"原创"标签。

但原来打算拿到"原创"标签就休息的我，却发现我停不下来了——我有了一批每天会在固定时间等我更新的读者。

我自己本来就是搞媒体的，对"读者"的概念并不陌生，但作为传统纸媒的写作者，其实我离所谓的"读者"挺远的——十几年的记者生涯，我除了收到过几十封寄到报社的读者来信，并不知道看我文章的读者有多少，他们都是谁，他们对我的文章到底有什么想法。

但我通过"馒头说"，能真真切切感受到读者通过后台消息和留言评论给我的反馈。他们说，喜欢看我写的历史故事，因为客观，同时又有温度。

关于"客观"，我只能说，作为"业余选手"的我一直努力在尝试。在"馒头说"的一个个历史故事中，我都尽量用一种第三方、不带感情色彩的口吻还原当时的历史事件，而在每个故事的末尾，我都会写篇"馒头说"短文，抒发自己的感受。我一直想表达我自己的一个观点：很多历史事件或者历史人物，都有两面性。我们不能跳出当时的历史环境，在现在用"上帝视角"去评价当时的人和事，这对当时的人来说，不公平。

关于"有温度"的评价，效果有一点出乎我预料。直到现在，依旧会有读者给我留言，说不敢在公共场合看"馒头说"，因为会哭。有的说，"在地铁上直接就哭了"；有的说，"在公交车上哭得稀里哗啦"；还有一位告诉我，"在办公室看哭了，领导过来问我，是不是被人欺负了"。

其实我对"有温度"的理解是，历史不是冷冰冰的，看似由时间、地点和一连串数据组成的历史事件，背后的主角是一个个活生生的人，是有血有肉的人构成了我们的历史。而既然是人，就一定有人性，一定有故事，一定有温度。

因为希望能做到"客观"和"有温度"这两点，我的"馒头说"开始越写越长。我的初衷，是每天花半个小时，把我觉得有兴趣的"历史上的今天"几个故事串一串，简单点评一下。但越来越多的读者在后台留言说"不过瘾""不解渴"，于是，慢慢演变为每天只写一个历史故事，尽量写透。

因为我有自己的本职工作，所以"馒头说"的写作只能放到睡前。由于读者越来越多，责任也越来越重，大量细节的考证就变得越来越重要，写作时间从最初的半小时，变为一个小时、两个小时，直到现在每天睡前的三个小时（有时甚至需要更多），常常要写到凌晨。

曾有其他媒体采访我时问：让你坚持把"馒头说"写下去的动力是什么？

我想了想，没有其他原因，只有一个：读者的期待和支持。

在后台，曾经的国民革命军将军的长孙媳妇，留言说谢谢我写了她家长辈誓死抗日的故事；有航天工程师的家属，留言说谢谢我让大家知道航天人的不易和艰辛；我的很多读者，在参观我写过的历史人物的纪念馆、故居或经过以他名字命名的路牌时，都会拍照片分享给我；我的一些女性读者，说自己原来对历史不感兴趣，但现在可以和男友或老公一起探讨一个历史或国际政治问题，甚至对方还要向她请教。我印象很深的是一位去台湾大学交流的大陆女生在后台留言，说上历史课，教授提问谁知道"四行仓库"的故事，全班40多个台湾学生没人知道，而她站起来侃侃而谈——她说，是因为看了"馒头说"那篇《一座被死守的仓库》。

正是每天后台成百上千读者的留言和鼓励，让我有了坚持下去的动力。

到了后来，每天开始有一群不同的读者发来同样的留言："出书吧！"

面对读者的留言，我其实是诚惶诚恐的。因为这毕竟是一篇篇发在自己微信公众号上类似随笔一样的文章，尽管力求客观，但肯定还是带着个人的情感烙印；尽管尽量考证，但因为业余时间有限，肯定有不少谬误——这些东西如果结集出版，只能当作一个业余历史爱好者个人的随笔，是绝不能当作历史书籍来看的。

但内心毕竟还是有一些小憧憬的，希望对自己坚持了一年的写作，能有一个小小的交代。

在这样的背景下，我的想法得到了中信出版社的支持。在黄维益编辑的鼓励下，我真的开始把以前写的推送进行筛选、校对、结集——我从没想过，自己的微信推送，最终真的能成为一本书。

在筛选文章时，确实有一点痛苦：截至 2017 年 4 月底，"馒头说"已经推送了 136 篇正式的文章，字数达到了 68 万字——这肯定是一本书所容纳不了的。经过反复的选择，我最终将其中一些文章重新整理和删改，收录到了这本书里。而因为只能收录部分文章，所以不可能以"历史上的今天"这样的时间线作为索引，于是分为"人物"、"逸闻"和"战争"三个部分。

而书名，经过读者的投票，最终就叫《历史的温度》了。

最后，还是想再次说明：这是一本收录一个业余历史爱好者感想的随笔集，还望大家对其中的谬误多宽容，多谅解，多批评指正。

谢谢大家！

2017 年 4 月 27 日
写于重庆飞往上海的航班

人物篇

是非留待后人说

时间可以证明，时间也可以改变。一个人身前和身后的评价，可能会因为时间的流逝，发生巨大的改变。

大家都称她为"夫人"，但又有多少人真正理解她？

我们已经习惯称呼她为"居里夫人"。她的事迹，注注是我们以前写励志作文的素材，但今天我们要讲的，却不是这些故事。

1

1898 年 12 月 26 日，玛丽·居里提交给法国科学院一份报告。

在这份报告中，她称自己和丈夫皮埃尔·居里发现了一个比铀的放射性要强 100 万倍的新放射性元素 88 号。

这个元素，他们命名为"镭"（Radium）。

而就在 5 个月前，他们刚刚宣布发现了新放射性元素 84 号——玛丽·居里建议用自己祖国的名字波兰（Poland）命名为"钋"（Polonium）。

2

以上，都是大家耳熟能详，可能读小学时就知道的故事。

居里夫人

　　但为了使这个故事相对有完整性，所以还是有必要简单介绍一下玛丽·居里的生平。

少女时期的玛丽

　　1867 年 11 月 7 日，玛丽·斯克沃多夫斯卡出生于波兰华沙市一个中学教师家庭。1891 年，她 24 岁的时候，到巴黎求学，进入巴黎大学理学院物理系。

　　1894 年，因为想得到更好的实验环境，玛丽认识了当时的巴黎理化学校实验室主任皮埃尔·居里。一年之后，两人在巴黎结婚，玛丽从此随了丈夫的姓氏，成为"玛丽·居里"。

　　1896 年 8 月，玛丽通过了巴黎理化学校的职称考试，在校物理实验室谋得了一个职位，从此开始与自己的丈夫皮埃尔·居里一起工作。

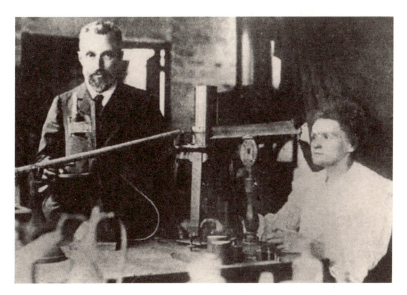

居里夫妇在做实验

1898 年，居里夫妇宣布发现了"镭"。这个发现宣布后，在科学界引起了轩然大波——你说你发现了这个东西，但这个东西在哪里？你指给我们看啊！

为了提炼纯镭，居里夫妇变卖了所有值钱的东西，搭上自己的所有存款，买了十几吨沥青铀矿渣，开始艰苦的提纯实验，经历 45 个月几万次的提炼，终于获得了 10 克氯化镭。

于是——正如大家所知道的那样——1903 年，诺贝尔物理学奖颁给了居里夫妇，以表彰他们在放射性研究方面做出的贡献。

而玛丽·居里的坎坷命运，也就此开始。

3

先来说说 1903 年的这个诺贝尔物理学奖吧。

首先，这个奖并不是由居里夫妇单独获得，而是和别人分享的。分走一半奖金的，是一个叫安东尼·亨利·贝克勒尔的科学家。

贝克勒尔是法国的知名物理学家，出身科学世家，父亲和祖父都是著名科学家，祖父还是皇家学会会员。贝克勒尔在 1896 年第一个发现了天然放射性（尽管他一开始错误地认为是荧光）。

贝克勒尔

事实上，贝克勒尔对天然放射性的发现固然功不可没，但他之后并没有做出太多有重大意义的研究和理论成果。主要的工作，还是居里夫妇做的。

当然，贝克勒尔获得诺贝尔奖并非不合情理，但让人费解的是，在当时由四名著名科学家提名的获奖者中，一开始并没有玛丽·居里的名字，排在第一位的是贝克勒尔。

而真正做出重大贡献的居里夫妇呢？皮埃尔·居里被外界形容为"贝克勒尔的助手"，而玛丽·居里，被称为"皮埃尔·居里的助手"。

但事实是，对于放射性的概念和理论，玛丽·居里才是真正的开创者，丈夫皮埃尔是她的助手。1895 年 4 月，法国皇家科学院就宣读了玛丽·斯克沃多夫斯卡的论文《铀和钍的化合物之放射性》——当时她还没和皮埃尔·居里结婚（皮埃尔·居里是在妻子研究镭两年之后才加入的）。

因为诺贝尔奖委员会中一位委员的打抱不平以及丈夫的坚持，玛丽·居里最终出现在了获奖名单中——她因此成为历史上首位获得诺贝尔奖的女性。

4

不管怎样，玛丽·居里毕竟还是从 1903 年的诺贝尔奖中获得了认可。但接下来等待她的，就是更残酷的命运了。

1906 年 4 月 19 日，在获得诺贝尔奖三年之后，皮埃尔·居里在路上被一辆疾驰的马车撞到，不幸身亡。

夫妇俩一路走来一直相互扶持，现在只剩下了 39 岁的玛丽·居里孤身一人。

然后，保罗·朗之万闯入了她的生活。

朗之万比玛丽小 5 岁，是皮埃尔·居里的学生，同时也是一位极有天赋的科学家。皮埃尔·居里去世后，朗之万成了玛丽的好朋友和可以信赖的科研工作者。在玛丽最艰难的

居里夫妇度蜜月时的照片，自行车是他们买给自己的新婚礼物

时候，是朗之万帮助她一步步走了出来。玛丽·居里谢绝了法国政府

的抚恤金，表示凭借在索邦大学任教，可以养活自己和女儿，而她在索邦大学上的第一堂课，就是朗之万帮忙准备的教材。

两个人在一起的时间长了，友情慢慢变成了爱情——但朗之万是有妇之夫。

出身贫苦的朗之万，娶了一个小杂货店老板娘的女儿珍妮为妻。你很难去说这桩婚姻的对错，但因为双方学历和见识上的巨大差距，朗之万渐渐和妻子没有了共同语言——妻子不希望他从事任何研究，只希望他能挣更多的钱养家。

这对一个并没有受过多少教育的妻子而言，也不是一个非常过分的要求，妻子要抚养孩子、操持家庭，她也有她的苦衷。只不过朗之万的追求肯定不仅是这个。恰恰珍妮的脾气似乎比较泼辣，据说曾打破过朗之万的头。

玛丽·居里起初是想调解的，她甚至批评朗之万对妻子太不客气了，但渐渐地，她发现他们两人的矛盾是不可调和的，而自己又深深爱上了朗之万，所以开始规劝他们离婚。

1910年，朗之万以自己的名义在巴黎索邦大学旁边租了一个小房子，那里成了他和玛丽·居里在一起的地方，玛丽称那个房子为"我们的地方"。

不幸的是，朗之万离婚失败了。更糟糕的是，他妻子雇用私家侦探发现了他的婚外恋情，甚至拿到了玛丽·居里写给他的情书，然后这些信被捅给了法国的媒体。

整个法国轰动了——枯燥的科学研究怎么可能比名人八卦更有意思呢？

法国的《新闻报》《新闻小报》《作品报》等报纸，开始连篇累牍地报道玛丽·居里与朗之万的"神秘恋情"，并开始大量公布她的信件（但并不拿出原稿），还有媒体开始揣摩，是不是皮埃尔在世的时候，

前排居中的是玛丽·居里和朗之万。1911 年，玛丽·居里凭借分离出纯金属镭，获得了诺贝尔化学奖，成为史上唯一一位既获得诺贝尔物理学奖，又获得诺贝尔化学奖的人

两人就已有了"奸情"。

玛丽·居里曾愤怒地还击，警告不要侵犯她的隐私，但很快被更大的民情所淹没——一些法国人开始袭击她的住宅，用石头砸坏她的窗户，有人呼叫"滚出来，外国佬"，或者是"偷夫贼"……

一封无法确定真假的情书被曝光。在那封信里，玛丽·居里流露出了对性的渴望。认为自己有个情人无伤大雅的法国男人却似乎对女性表达出这种渴望怒不可遏，玛丽开始多了一个新的称号：波兰荡妇。

一批原本支持玛丽·居里的法国科学家也开始改变立场了，他们联名写信让玛丽离开法国，其中包括玛丽最忠诚的战友保罗·艾培尔。为此，艾培尔的女儿和父亲大吵了一架（艾培尔的女儿是玛丽的

玛丽·居里在丈夫去世后，独立抚育两个女儿长大。她的大女儿伊蕾娜·居里于
1935 年和丈夫一起获得诺贝尔化学奖

学生），从不顶撞父亲的女儿宣称要和父亲断绝关系，并说了一句话：
"如果玛丽·居里是一个男人，这一切都不会发生！"

事实可能确实如此。

玛丽·居里一生的挚友爱因斯坦，在私生活上也是一团乱麻，却
很少有人在意这些。在这件事上，爱因斯坦倒是写过一封信声援玛
丽："如果两个人相爱，那谁也无权干涉。"

那么那个同样要承担责任的男人朗之万呢？他和玛丽分开一段时
间后，回到了妻子的身边，继续他的婚姻生活。

之后的三年，玛丽·居里住进了一家修女开办的医院逃避一切。

除了她之外，其他人其实都没有什么损失。

5

1914 年，法国公众对议论玛丽·居里绯闻的兴趣明显减弱了，因

为在这一年，第一次世界大战爆发了。

面对拿石头砸她家窗户、称呼她为"荡妇"、要求她离开法国的法国人，玛丽·居里做出了如下行为：

首先，她把诺贝尔奖牌拿到银行，希望能捐给政府帮助打赢战争。当得知银行拒绝熔掉奖牌之后，玛丽·居里拿出了全部诺贝尔奖奖金，购买了法国的战争债券。

然后，玛丽·居里关掉了她刚刚建成的"镭实验室"，开始研究X射线。她的理由是：战争期间，进行镭元素的研究意义不大，X射线却有可能在战场上派上用场。

玛丽·居里先是说服法国政府让自己做了红十字会的放射科医生，然后说服自己的有钱朋友捐献车辆和钱财（居里夫妇本可轻松成为亿万富翁，但他们放弃了镭的相关专利申请，因为玛丽·居里认为这是科学的共同财富）。1914年10月底，玛丽·居里学会了X射线学和人体解剖学，还考了驾照，掌握了基础的汽车维修技能。

然后，她在一台"雷诺"卡车上组装上一台发电机、一个病床，以及一台移动的X射线仪。

为了说服政府和军人们相信X射线对军队伤员的检查有巨大帮助，47岁的玛丽·居里冒着生命危险，自己开车上了前线，让负伤的士兵上车检查。

子弹残片、榴弹炮残片，

居里夫人和女儿伊蕾娜在实验中。居里后来把女儿也带上了战场

这些原来难以发现的弹片，在X射线的照射下都暴露无遗，大大降低了外科手术的难度。军官和士兵慢慢开始佩服眼前的这个小个子女人，他们把居里夫人开的那辆小卡车亲昵地称为"小个子居里"。

而很多士兵并不知道，亲自为他们检查伤口的这个女人，是两届诺贝尔奖得主。

居里夫人与她的X射线车"小个子居里"

玛丽·居里发现，光一个人工作远远不够。她需要更多的车辆、更多的X射线仪来帮助伤兵。

于是，她为150名妇女开设了X射线学习班，并让女儿伊蕾娜来到战场，继续管理X射线仪。然后她又取回了自己的镭元素，并开始收集放射性气体（氡）制作空心针，用来为感染组织消毒。

1918年，第一次世界大战终于停战。

停战消息传来的那一天，玛丽·居里正在实验室收集氡。听到消息后，她立刻在窗户上挂出了法国国旗，然后将"小个子居里"开到街上庆祝。

那一刻，她看上去比很多法国人都更高兴。

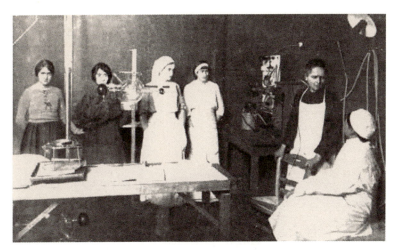

居里夫人在教授护士们放射学

6

1934 年，67 岁的玛丽·居里走到了生命的尽头。

由于长期暴露在放射线下（尤其是在研究 X 射线那个时期），玛丽·居里得了白血病。

在她去世后，法国政府才意识到她的 X 射线研究可能救助了数十万法国士兵，这才给她颁发了奖章。

而玛丽·居里因为长期在放射环境下工作，她的衣服、实验设备、各种笔记本都充满了放射性，人们只有穿上特殊的防护服才敢去接触它们。

在那个时候，终于没有人再去在意她的私生活，而是对她献身科学的高尚人格肃然起敬。

爱因斯坦说:"在所有的世界名人当中,玛丽·居里是唯一没有被盛名宠坏的人。"

1913 年 7 月,居里夫人和爱因斯坦一家在阿尔卑斯山徒步旅行了两个星期,孩子们走在前面玩耍,居里夫人和爱因斯坦慢慢跟在后面,讨论物理问题。这张照片,被很多人称为物理学界最动人的照片之一

馒头说

曾经有人对"居里夫人"这个称呼有些愤愤不平。

因为玛丽·居里有自己的名字,在丈夫过世后,她凭借自己的努力赢得了很多荣誉,却还一直被称为"居里夫人"。

其实我倒觉得,在中文的这个语境下,"夫人"更多是一种尊称,而不是代表婚姻的从属。

但从其他的一些方面来看,玛丽·居里确实遭遇过很多不公。

她之所以去巴黎读大学,是因为华沙的大学不收女学生。她虽然以优异成绩从大学毕业,却只能做一个中学女教师。她没资格在法兰西科学院朗读自己的论文。

1911 年,她以一票之差(也有说两票)落选法兰西科学院院士,一个重要的理由是，"科学院没有女院士"。

皮埃尔·居里去世后，实验室也与妻子没有关系，后来是玛丽多方申请才重新获得研究资格。

还有她的感情。

诚然，哪怕朗之万的婚姻再不幸，也不是她可以在他离婚之前就介入的理由，但她也尝到了各种苦果。而朗之万，作为一个男人，出轨的责任似乎完全不存在，只要他最后回归家庭，一切就可以被原谅，留下玛丽一个人承受众人的嘲笑甚至侮辱。

玛丽·居里曾冷静地对自己的女儿说："在由男性制定规则的世界里，他们认为，女人的功用就是性和生育。"

是这样吗？难道不是这样吗？

看看现在有些男人出轨，舆论反而会先指责起被伤害的女方来：是不是忙于自己事业对丈夫不够温柔？是不是没有体会到丈夫的辛苦？只要他肯浪子回头，还是原谅他吧！女人不能没有家庭！女人有孩子有丈夫才叫人生赢家！

这是男人世界观设定的"赢家"吧！

必须承认的是，今天这个关于玛丽·居里的故事，与其说是在展现她伟大的人格和科学成就，倒不如说是在记录她为女性正名所做的努力和奋斗。

在最崇尚理性和客观的科学界，女性科学家的成功尚且如此艰辛，更何况其他各行各业？

这也是玛丽·居里夫人作为一名女性科学家的伟大之处。

本文主要参考来源：

1.《居里夫人传》（玛丽·居里著，陈筱卿译，长江文艺出版社，2017年）

2. *Obsessive Genius: The Inner World of Marie Curie*（《执著的天才——玛

丽·居里的魅力世界》）（https://books.google.com/）

3. "Marie Curie and the Science of Radioactivity"（https://history.aip.org/exhibits/curie/）

4. "Marie Curie"（www.nobelprize.org）

爱因斯坦的三个侧面

这是一位科学家的故事。这位科学家的名气之大，可以说全世界妇孺皆知，甚至在他死后，还有人偷偷把他的大脑保存下来，想知道他到底为什么那么聪明。但是，这样一个近乎神的存在，是否真的一点错误都没有犯过？是否真的不食人间烟火？是否真的在万人敬仰中愉快地度过了一生？

1

毫无疑问，爱因斯坦是人类历史上最伟大的物理学家之一。

自从 1905 年提出"光子假设"，解释"光电效应"之后，26 岁的爱因斯坦其实就已经站到了世界物理学舞台的正中央。随着狭义相对论和广义相对论的提出，爱因斯坦一步步登上神坛，成为公认的自伽利略和牛顿之后最伟大的物理学家。

其实给爱因斯坦任何荣誉都不过分，但有一个问题是：最伟大的物理学家，也会犯错误吗？

答案是肯定的。

有人曾统计过，爱因斯坦在物理理论上曾经犯过大大小小 20 多

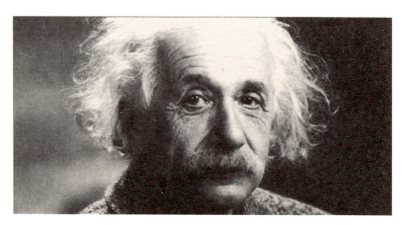

爱因斯坦

个错误。不过总的说起来，比较著名的错误有 4 次。

第一个错误就是关于一度被热炒的"引力波"。

"引力波"这个概念是爱因斯坦率先提出的，但在提出这一概念 20 年后，爱因斯坦却认为"引力波"其实不存在，为此他还专门写了篇论文，表示自己改变主意了。

但事实上，2016 年 2 月，美国科学家宣布探测到了引力波的存在，爱因斯坦广义相对论的最后一块"拼图"被补上。

第二个错误是关于引力透镜。这算个小错误。

什么叫引力透镜？我们戴的近视眼镜，就是一种透镜，光通过它会改变方向，近视的人就能看清东西了。宇宙学认为，如果天体的质量足够大，它就会产生强大的引力，能把经过它的光扭曲，就像透镜能改变光的线路一样，所以叫引力透镜。

引力透镜依然是爱因斯坦预言的，但他依旧认为人类根本无法观测到，并且认为这个引力透镜根本不重要。

必须承认，任何人都有时代的局限性，当时爱因斯坦觉得不重要的引力透镜，现在已经成为科学家绘制宇宙图谱最有用的技术之一。

　　第三个错误是关于宇宙常数，这个错误就相对比较大了，爱因斯坦甚至宣称那是他"一生中犯过的最大错误"。

　　爱因斯坦发表广义相对论的时候，所有科学家都认为，宇宙是静止不动的，但用相对论的公式推导，却会得出"宇宙是运动的"这个结论。怎么办？于是爱因斯坦就在公式里自己加了一个可以调节的变量，用来反向排斥宇宙的膨胀，使宇宙保持静止。这个变量，就叫"宇宙常数"。

　　但是，大家都知道，后来我们发现，宇宙确实不是静止的，而是不断膨胀的。如果爱因斯坦当时相信自己的公式，就不会去加这个宇宙常数了（当然，现在加速膨胀的宇宙又证明，宇宙常数有极大的存在价值，不过爱因斯坦当时没有预料到）。

　　前三个错误，其实归根结底，都是爱因斯坦的不自信造成的。这也从另一个角度证明，"相对论"实在太过宏大和超前，以至发表者本人都到了不敢相信的地步。

　　而第四个错误，是抛开爱因斯坦的广义相对论，涉及他和另一位物理学大神玻尔的著名斗争——关于量子力学的争执。

　　虽然爱因斯坦用光电效应理论（他凭此获得了 1921 年诺贝尔奖）为量子力学奠定了基础，但他终生反对量子力学（这和他所接受的教育理论体系有关）。为此，他和玻尔（1922 年凭借原子化量子模型获得诺贝尔奖）进行了"旷日持久"的斗争。

　　爱因斯坦穷尽他的智慧，设计出一个又一个实验和模型，试图驳倒玻尔的量子理论，但后来事实证明，他设计的实验，反而都是证明量子力学正确的。

　　事实上，年少成名的爱因斯坦，在 40 岁以后就基本没有具体的物理学研究成果问世了（但还是有很多观点和论证对物理学发展做出很大贡献，包括和玻尔的争论），他将晚年时间都用在了建构"统一场"上，但一直一无所获。

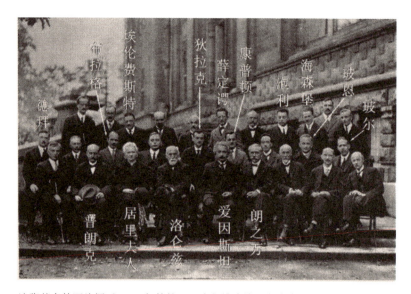

这张著名的照片摄于 1927 年的第五届索尔维会议。在这张照片中的 29 个人中，17 人获得了诺贝尔物理学奖。可以看出，当时爱因斯坦的地位已可以保证他坐到前排正中，而玻尔只能坐到第二排最右。也正是在那届会议上，爱因斯坦和玻尔两位物理学大神开始围绕"量子力学"展开一系列辩论

2

好吧，不说枯燥的物理理论了，接下来我们来看看爱因斯坦的生活。

2014 年 5 月 28 日，纽约大学斯柯博尔表演艺术中心上演了表现爱因斯坦感情生活的戏剧《亲爱的阿尔伯特》，导演艾伦·阿尔达表示："爱因斯坦终其一生都追求简单，但他的私生活却混乱得不能再混乱了。"

这……大科学家的私生活，能混乱到哪去呢？

爱因斯坦的第一任妻子，是他的同班同学，来自塞尔维亚、后来

成为女数学家的米列娃。米列娃的聪慧瞬间就征服了爱因斯坦，两人经常在一起讨论数学和物理问题。

直到现在还有不少人相信，爱因斯坦发表相对论，其中有米列娃不小的功劳。1901 年，爱因斯坦在写给米列娃的信中说：

"如果要把相对运动课题做成功，只有你能帮助我。我是多么幸福和自豪！"

爱因斯坦在自己的博士论文中也写到过："我需要我的妻子，她能为我解开数学上的难题。"

1903 年，爱因斯坦不顾家庭的反对，与米列娃正式结婚。婚后，米列娃为了丈夫的事业，完全放弃了个人的发展。她包揽了全部家务活，为了挣钱补贴家用，她还开了一个大学生家庭旅店。

1905 年，爱因斯坦开始崭露头角，一连发表了 4 篇引发全世界轰动的论文。米列娃当时骄傲地告诉朋友们说："我们完成了一项重要的工作，它能让我丈夫一举成名！"

爱因斯坦确实成名了，但米列娃却没有等来她期待的幸福生活。

从 1909 年开始，爱因斯坦的桃色绯闻已经开始四处传播。1911 年，爱因斯坦动身前往布拉格，开始与他的表姐埃尔莎热恋。而在一年前爱因斯坦写给中学时的女友的信中，他已经有了如下话语：

"我每时每刻都在真心地想你，我现在感受到了只有男人才能感受到的不快乐。"

1914 年，米列娃劝爱因斯坦不要前往德国柏林工作，但爱因斯坦还是坚持，两人的婚姻濒临绝境。米列娃很快发现了丈夫的不忠，愤怒的她带着两个儿子回到了瑞士的苏黎世。

1919 年 2 月 14 日，在分居 5 年后，米列娃终于与爱因斯坦离婚。在离婚协议中，爱因斯坦承诺会把获得诺贝尔奖（如果能获得的话）的大部分奖金给她。爱因斯坦在 1921 年果然获得了诺贝尔奖，

爱因斯坦与米列娃

爱因斯坦与埃尔莎

但他后来的书信显示，他把奖金中的相当一部分用来投资了。

离婚后 4 个月，爱因斯坦就与表姐埃尔莎结婚了。令人吃惊的是，埃尔莎女儿伊尔莎当时的一封信件表明，爱因斯坦可以在她母亲和自己之间选择一个人来结婚——爱因斯坦最终选择了埃尔莎。

一旦情人变成妻子，爱因斯坦似乎又恢复了喜欢发号施令的本色。不过埃尔莎比米列娃"聪明"的地方在于，她愿意给爱因斯坦最大的自由，哪怕明知道他婚后开始和他的女秘书交往——这名女秘书是他挚友的侄女。

爱因斯坦有一个私生女，是米列娃与爱因斯坦热恋时未婚先孕产下的，有精神残疾，没有证据显示爱因斯坦一生曾见过这个女儿一面，他在 1903 年 9 月写给米列娃的一封信中最后一次提到这个女儿，暗示她可能死于猩红热。

爱因斯坦留下了大量的信件，这些信件显示，他在与埃尔莎婚姻存续期间，交往过很多女性，有的是社会名流，有的是富有的寡妇，还有花店老板娘。

埃尔莎去世后，爱因斯坦还曾和一名叫玛加丽达·科涅库娃的美女如胶似漆，给她写过很多热烈的情书——曾有人怀疑玛加丽达是苏联派来的女间谍，目的是刺探美国制造原子弹的情报（这点并没有被证实）。

爱因斯坦在 1955 年逝世前，都是由养女和女秘书照料。

玛加丽达

3

说完爱因斯坦的私生活，也该说说他晚年的境遇了。

众所周知，美国开始制造原子弹，源自爱因斯坦牵头给当时的总统罗斯福写了一封信，正是因为这封信，促成了美国研制原子弹的"曼哈顿计划"。

但是，有一个事实是：爱因斯坦从头到尾，一直被排除在"曼哈顿计划"之外。

作为声望和能力兼备的世界顶级科学家，又是发起人，爱因斯坦为何没有加入"曼哈顿计划"？

因为自 1933 年从德国抵达美国，到 1955 年逝世为止，在美国超过 20 年的时间内，爱因斯坦始终被联邦调查局局长胡佛列在"首要黑名单"之上。

事实上，"曼哈顿计划"一开始定的 31 名科学家名单中，爱因斯坦的名字赫然在列，但是联邦调查局却以"爱因斯坦有共产主义倾向"为由，圈掉了他的名字。

爱因斯坦对人权、反战、和平主义者甚至对社会主义者的同情和支持，都是联邦调查局怀疑他的理由。

1983 年开始解密的联邦调查局秘密档案显示，对爱因斯坦的监控自二战结束后开始变本加厉，他的电话被窃听，信件被私拆，甚至垃圾桶都会被人翻，还有几次被人闯进私宅搜查。联邦调查局甚至怀疑，爱因斯坦的住宅下有一条秘密电缆，爱因斯坦通过这条电缆用电报和莫斯科方面联系。

1950 年，麦卡锡主义开始在美国盛行，美国移民局一度希望和联邦调查局联手，取消爱因斯坦的美国公民资格。

在 1948 年 7 月 1 日的一次晚宴中，爱因斯坦对波兰驻美国大使说了这样一番话："我想你现在应该意识到，美国再也不是一个自由国家了。我们这段谈话一定有人正在录音。这个大厅装了窃听器，我的住所也受到严密监视。"

1955 年，爱因斯坦因病在美国逝世。时任美国总统艾森豪威尔在悼词中说："他在追求知识和真理的过程中，于此地找到了自由的气息，为此，美国人民深以为傲。"

而在联邦调查局的秘密档案中，爱因斯坦在 1947 年 12 月却做过如下声明：我来到美国是因为我听说在这个国家里有很大很大的自由，我犯了一个错误，把美国选作自由国家，这是我一生中无法挽回的错误。

馒头说

以前我是个体育记者。我曾非常反感一种新闻报道方式：只要你体育成绩好，那肯定样样都好。

我记得以前有新闻写丁俊晖，说他虽然辍学，但要是上学的话几何肯定会学得很好，因为"斯诺克要讲究角度计算"。

我也记得以前有新闻写姚明，非常惊诧他在上海交大修高数居然会不及格。

当然，还有网络上传得颇多的，关于张震敬业的段子。说他演什么学什么，为了演好吴清源，短时间内学会了围棋，已经能压制职业三段——我敢说，就算吴清源本人重生，给他同样的时间学围棋，让他去压制职业三段，老人家也会说"你疯了吧？"。

我们往往会陷入一种奇怪的期待：一个人在某一方面登峰造极，我们就幻想他在各方面都无可挑剔。

但事实上呢？

爱因斯坦是不是一个伟大的物理学家？

毫无疑问，是的。

爱因斯坦是不是一个伟大的完人？

毫无疑问，没有必要。

前两天有一个女读者，读了《抗日战争，我们到底有没有空军》，很感动，留言说她的理想一直是嫁给战士。

我非常理解她的想法。但想了想，还是告诉她：高志航会打老婆。

爱因斯坦在去世前，把他在普林斯顿默谢雨街 112 号的房子留给跟他工作了几十年的秘书杜卡斯小姐，只有一个条件："不许把这房子变成博物馆。"

他不希望把默谢雨街变成一个朝圣地。

爱因斯坦去世后，遵照他的遗嘱，不发讣告，不举行葬礼。他的遗体火化时，只有 12 个最亲近的人见证。他的骨灰被撒在不知名的地方，没有坟墓，也没有立碑。

爱因斯坦一生都反对人格化的神。他无疑堪称人类历史上的一个伟人，但只局限于他的专业领域，跳出那个领域，他其实也只是一个凡人。

于你，于我，于他，于她，世间又哪有什么完美的人？

本文主要参考来源：

1. 《爱因斯坦传》（沃尔特·艾萨克森著，张卜天译，湖南科学技术出版社，2019 年）

2. "Letters Reveal Einstein Love Life"（BBC NEWS，2006 年 7 月 11 日）

3. "Short Life History: Elsa Einstein"（ https://web.archive.org/ ）

4. "Mileva Maric-Einstein"（ http://www.teslasociety.com/mileva_einstein.htm ）

5. "Einstein's Wife：The Life of Mileva Maric Einstein"（ https://web.archive.org/web/20150510044708/http://www.pbs.org/opb/einsteinswife/milevastory/index.htm ）

爱迪生的侧面

这是一个从小就如雷贯耳的名字。我们熟知他的各种小故事，学习他的各种名言名句。他叫爱迪生，是赫赫有名的"发明大王"。但他的有些故事，我们未必知道。

1

我们的故事，就从电灯泡说起。

按照通常的历史记载，1879 年 10 月 21 日，爱迪生在他的实验室里，用碳化的卷绕棉线作为灯丝，成功制作出世界上第一个电灯泡——这个电灯泡发出了大约 10 盏煤气灯的光芒，持续了约 13 个小时。

从那以后，爱迪生的名字就和电灯泡联系在了一起。

但电灯泡真的是爱迪生发明的吗？

很遗憾，并不是。

1801 年，英国化学家戴维第一次将铂丝通电发光，9 年后，他发明了电烛，就是利用两根碳棒之间的电弧照明。

爱迪生

但是，这当然算不上"发明电灯泡"对不对？那么再往下看。

1854 年，美国人亨利·戈培尔（Heinrich Göbel）将一根碳化的竹丝放在真空的玻璃瓶中通电发光。当时戈培尔试验的灯泡，已可维持照明 400 小时。

探索时期的电灯泡

这个应该是电灯泡了吧？但是——这个"但是"很重要——戈培尔并没有及时申请设计专利。

1874 年，加拿大的两名电气技师发明了一种技术：在玻璃泡之中充入氮气，以通电的碳杆发光。

但是，又一个"但是"，他们没钱了，做不下去了。然后他们做了一件事——在 1875 年把这项专利卖给了爱迪生。

1878 年，在爱迪生"发明"电灯的前一年，英国人约瑟夫·威尔森·斯旺（Joseph Wilson Swan）同样完成了一个"真空下用碳丝通电的灯泡"——这回没有"但是"，斯旺立刻申请了英国的专利，并开始在英国建立公司，在各个家庭安装电灯。

1879 年，爱迪生"试了 1 600 多种材料，做了几千次试验"，终于找到了碳化的棉丝作为最好的灯丝材料——斯旺在 1860 年就发现了。

1880 年，爱迪生又经过数千次试验，发现了碳化的竹丝比棉丝更好——戈培尔在 1854 年就发现了这一点。

1883 年，爱迪生试图把电灯推广到英国，立刻遭到了斯旺的侵权控告。爱迪生输掉了官司，被迫让斯旺加入爱迪生在英国的电灯公司担任合伙人。直到后来，爱迪生花钱买下了斯旺的专利。

当然，在美国，爱迪生其实也没有取得电灯泡的专利权，经过了多年官司之后，最终只是取得了"碳丝白炽灯"的专利。

那么问题来了：爱迪生应该只是"改良"了电灯，但为什么我们现在还是愿意说爱迪生发明了电灯呢？

那是因为，爱迪生是第一个通过建立发电机和发电系统，真正把电灯商业化的人，他和他的团队，让千家万户的普通家庭用上了电灯。

2

于是就要说到爱迪生的团队了。

长久以来，我们一直说，爱迪生拥有 1 093 项发明专利（这个纪录至今无人打破），是名副其实的"发明大王"。

但事实上，应该是爱迪生把这些专利都归为他个人而已。

在当时美国新泽西州一个叫门罗公园的小镇上，爱迪生拥有自己的实验室。在这个实验室里，他雇用了一个由工程师、机械师和物理学家等人组成的团队，其中核心成员有 14 个。他们负责研究和实验，而爱迪生负责想点子，与客户和投资商对接，以及和媒体打交道。

从这个角度上说，爱迪生更像是一个"品牌"，他负责为自己团队发明的产品提供信任背书和吸引投资。但门罗公园实验室的存在，并不是一个秘密，为什么长久以来，大家还是愿意只提爱迪生一个人的名字，而鲜有人说他的团队？

戴维·伯克斯（David Burkus）在他的著作《创造力神话》（*The Myths of Creativity*）中提供了这样一个观点：

媒体和大众喜爱"孤独的天才"、"快饿死的艺术家"或者"与全世界作对的智者"这一类故事，即使这些故事并不全是真的。

想象两个画面：一个是，爱迪生的庞大实验室里人流穿梭，各个小组根据分工在试验不同的灯丝，拿本子记录，最后汇总；另一个是，窗外狂风呼啸，屋内孤灯（煤气灯）一盏，爱迪生一个人揉了揉自己的太阳穴，孤独地开始了他的第 1 023 次灯丝试验。哪个画面更吸引人？

事实的真相，有时候就是索然无味的。

那么，又一个问题来了：爱迪生哪来那么多钱买专利，以及养活他的团队？

3

于是又要说到爱迪生背后的大金主了。这个大金主的名字，就是大名鼎鼎的 J. P. 摩根（J. P. Morgan）。

要说摩根这个人，也是一个特立独行的人。在他去世后，人们发现他的财产也就 6 000 万美元，加上他收集的艺术品，也就 1 亿美元出头。以他当时控制的资源和财产，这个数字让人无法置信——"他甚至算不上是一个富人"，这是当时另一个大富豪洛克菲勒对他的评价。

或者换个今天时髦的说法吧——J. P. 摩根是个有情怀的人。

所以，在 1879 年，摩根入股了爱迪生成立的"爱迪生电力公司"（Edison Electric Light Company），因为摩根敏锐地察觉到，爱迪生的这个发明——或发现——能改变整个世界。

有时候，同样有技术，有想法，有拼劲，但是如果背后没有大资金的支持，等于零——就像 1875 年那两个把电灯泡专利卖给爱迪生的加拿大电气工程师。

"砸钱"，是摩根给爱迪生的第一个支持。爱迪生在摩根的支持下，体会到了"有钱就是任性"的感觉：觉得有前途的专利一律买下；看到有才华的工程师，马上雇用！

摩根对爱迪生的第二个支持，就是商业的远见。比如考虑到爱迪生的电力公司要普及电灯，就必须铺设电网，于是摩根立刻组建了一个铜业公司——这是普通发明人根本无法办到的事。

第三个支持，那就是摩根通过自己的各种影响力，让媒体帮爱迪生说话——其中包括声名赫赫的《纽约时报》。比如把爱迪生包装成一个"天才发明家"，比如通过各种负面报道，打击爱迪生的各类竞争对手。

但是，资本家毕竟还是资本家，哪怕是一个有情怀的资本家。当爱迪生出现了一系列判断失误并

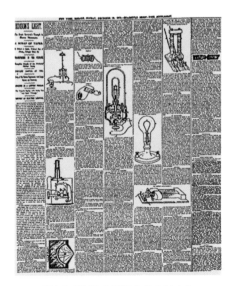

爱迪生当时发在报纸上的电灯广告

且固执己见之后，摩根并购了爱迪生的公司，并将"爱迪生"的名字从公司名字中抹去，成立了新的公司，那就是现在的GE（通用电气）。这家公司已经和爱迪生毫无关系。

那么，下一个问题又来了：爱迪生究竟做出了怎样的错误判断，让有情怀的摩根舍他而去呢？

4

爱迪生一生最大的错误，在于错判了直流电和交流电的发展未来。如果要说得再严重点，在这场争斗中，爱迪生留下了堪称一生难以磨灭的污点。

在说爱迪生的错误判断之前，有必要先说一个爱迪生的一生之敌：尼古拉·特斯拉。

虽然在现在网上的一些帖子中，特斯拉已经被过度拔高乃至神化了，但必须承认的是，无论如何，尼古拉·特斯拉都堪称一个旷世天才。甚至可以说，特斯拉在发明天赋方面，是完全碾轧爱迪生的。

有意思的是，比爱迪生小9岁的特斯拉原先是非常崇拜爱迪生的。1882年，特斯拉慕名成为爱迪生公司欧洲分公司的员工，1884年，因为表现优异，他被直接推荐去了爱迪生的美国公司本部。

坊间一直流传这样一个故事：有一次，爱迪生希望特斯拉能改进公司生产的发电机，为此对特斯拉承诺："如果你能完成任务，我就给你5万美元酬劳。"那个时候的5万美元，相当于现在的100万美元左右。

结果，特斯拉真的就把公司的直流发电机给大大改进了。

当特斯拉去问爱迪生要5万美元酬劳的时候，爱迪生的回答是："那个……可能你还不懂美国人的幽默。"

特斯拉是塞尔维亚人，塞尔维亚 2003 年发行了 100 元的纪念币，印上了他的头像

　　不过，作为"赖账"的补偿，爱迪生同意把特斯拉的周薪上调到 25 美元。

　　当然，这不是特斯拉最反感爱迪生的地方。特斯拉一生看不上名利——他多次放弃获得诺贝尔奖的机会（在他 75 岁生日的时候，8 位诺贝尔奖得主给他写感谢信），并且放弃了交流电的专利，仅这项专利，就足以使他轻而易举成为百万富翁。

　　特斯拉反感爱迪生的地方，怎么说呢，简单来说，就是嫌爱迪生"太笨"："他用的方法效率非常低，经常做一些事倍功半的事情，整体而言，我是一个很不幸的见证人，他如果知道一些起码的理论和计算方法，就能省掉 90% 的力气。他无视初等教育和数学知识，完全相信发明家的直觉和建立在经验上的美国人感觉。"

　　受过正统数学、物理和机械学训练的特斯拉，当然看不起小学就辍学的爱迪生。特斯拉觉得，有些实验通过一些数学推演（比如微积分）就可以事先排除很多重复劳动，但爱迪生没学过微积分，他除了反复实验，还能做什么呢？

　　于是，两人最大的分歧爆发：特斯拉发明了交流电，认为交流电才是未来，而爱迪生因为把所有赌注押在了直流电上，拒绝改变方向。

结果，特斯拉负气出走，自己成立了公司，围绕交流电和直流电，和爱迪生展开了一场世纪之争。

在这场争斗中，爱迪生用了不少并不光彩的手段：前面提到的利用媒体打击对手，打击的就是特斯拉的交流电。爱迪生通过各种手段在各种场合贬低交流电，并宣扬它的危险性。为了达到这一目的，爱迪生以每只25美分的价格，向小学生收购小猫和小狗，并当众用交流电将它们电死。小猫和小狗的分量不够，爱迪生后来当众电死了一头动物园的大象，但当电大象都没什么效果的时候，爱迪生最终想到了，电人。

1890年8月6日，人类历史上第一把"电椅"迎来了它第一个要处决的犯人。而这个"电椅"，就是在爱迪生的推动下发明的，宣称可以快速无痛苦地处决死刑犯人，但真正的目的，还是想证明交流电是多么危险。

那是一场非常糟糕的处决，犯人受到了比任何刑罚都痛苦的煎熬。

最后这场"世纪之争"的结局，我们自然都知道了——任何学过初中物理的人都知道。

这是一场赌上爱迪生全部身家的争斗——他公司所有的一切，都是建立在直流电输送体系上的。

而我们现在，用的都是交流电。

5

然而，这并不是爱迪生公司的唯一一次失败。

　　你不得不佩服爱迪生近乎变态的毅力和执着，他（和他的团队）还发明了另两个影响人类历史的东西——留声机和电影摄影机。

　　但爱迪生在直流电和交流电那场争斗中表现出的顽固和执着，再一次毁了他。

　　爱迪生发明电影摄影机后，为了独占"电影"的发明权，聘请了许多律师，起诉其他拍电影的人，只有爱迪生公司旗下的工作室才有权拍摄影片而不被起诉。

　　很多电影拍摄公司为了逃避爱迪生的专利"追杀"，不惜远远跑到美国西海岸的洛杉矶去拍电影。于是，在 20 世纪 20 年代左右，那个地方拍电影的风气渐渐浓了起来，慢慢形成了一个聚集地，就是现在的好莱坞。

　　如果说对电影垄断的追求，只是导致爱迪生电影公司的影片质量急剧下降的话（因为没有竞争），那么爱迪生对未来形势的又一次判断失误，直接葬送了他自己的公司。

　　对于电影的音效设施，爱迪生一直坚持认为，自己发明的留声机系统——用一个蜡质的圆筒记录声音——是最厉害的。但是，蜡质的圆筒制造成本高、效率低下，而他的竞争对手在那时候已经开始用"录音碟"（后来的黑胶）。黑胶轻便、易量产，迅速地侵占了蜡筒的市场。和执着于直流电一样，爱迪生还是一意孤行地坚守蜡筒市场，逆潮流前行，最终，他的"爱迪生留声机公司"在 1929 年倒闭。

　　1931 年 10 月 18 日，84 岁的爱迪生因尿毒症和糖尿病等多种疾病离开人世。好在，他并没有像特斯拉那样在宾馆里穷困潦倒而死，因为他去世前还有一项发明给他带来了财富——铁镍蓄电池。

　　那又是一个找了上千种材料，用了上百个笔记本才发明出的东西。

馒头说

说了不少爱迪生的"黑历史"。

但最后我还是想表个态：我仍然认为爱迪生是一个伟大的人。

这倒不仅仅在于以他的受教育程度，能达到后来的高度，也不在于他的执着（尽管是把双刃剑），把很多难走的路坚持走到了最后并且走通。

而是在于他对于科学发明与商业之间那种敏锐的嗅觉。

我从不否认科学家的伟大，但伟大科学家的很多发明，如果没有商业力量的推动，是很难普惠到平民百姓，乃至改变人类世界的。比如苹果的联合创始人沃兹尼亚克曾透露，苹果的一代和二代电脑都是他独立设计完成的，乔布斯其实根本不懂技术。"他只是一个商人。"沃兹尼亚克说。

是个商人，但这又怎样呢？

如果没有乔布斯，很难保证，现在谁还知道那个被咬了一口的苹果。

正如，确实有不止一个人在发明电灯这件事上走在了前面，但真正让它通过商业模式点亮全世界的，还是爱迪生。

我们都希望科学发明是神圣而纯洁的，但有时候，它也需要从高高的雪山顶上走向人间。能在两者之间架起一座桥梁的人，其实同样非常可贵。

当然，爱迪生对垄断的执着和对特斯拉的打压，给他的传奇一生减了分，但这也恰恰证明了他食人间烟火，有凡人都有的弱点和缺点，也能体察到凡人的需求和痛点。

1931 年 10 月 21 日 6 点 59 分，爱迪生逝世三天之后，为了纪念他，美国从西海岸到东海岸，全部熄灯一分钟，连纽约自由女神像手中的火炬也熄灭了。在这一分钟里，美国仿佛又回到了煤油灯和汽油灯的时代。

是纪念他发明了电灯？还是纪念他普及了电灯？

都没关系，爱迪生配得上这样的纪念。

女生的美貌与智慧，真的能够并存吗？

这个故事要说的，是一位大美女。这位美女的名字，可能不少人未必听说过，但之所以要说一说这位美女，是因为她似乎为我们解释了一个著名的问题：女生的美貌和智慧，能不能够并存？

1

1914 年 11 月 9 日，在奥地利的维也纳，一个小女孩出生了。

这个小女孩是一名标准的"富二代"——父亲是犹太银行家，母亲是一名钢琴家。女孩被取名叫海德维希·爱娃·玛丽亚·基斯勒（Hedwig Eva Maria Kiesler）——好吧，这个名字实在太长太难记，所以我们还是就叫她之后给自己取的艺名：海蒂·拉玛（Hedy Lamarr）。

拉玛无疑是按照"女儿富养"的模式开启人生之路的：上了瑞士的女子学校，各科成绩优异（尤其是数学），7 岁就会跳芭蕾舞和弹钢琴……

在拉玛后来的自传中，她这样写道："我的母亲是一个非常美的女人，我父亲很爱她，所以我的生活不仅宽裕，而且还时刻沐浴在爱中。那时候我觉得，一个女人长得漂亮，就会有男人爱她，这个世界就是这样。"

按照这样的思路发展下去，拉玛应该是慢慢成为一个上流社会的名媛，嫁给一个上流社会的名流，然后以贵妇人的身份，相夫教子，优雅老去……

但拉玛说：我不要！

那她想做什么呢？她想表演，想做一个演员。

1931 年，17 岁的拉玛放弃了自己就读的通信专业，跟随当时奥地利著名的戏剧导演马克斯·莱因哈特去德国柏林学习表演。就在当年，她就迎来了自己的第一部大银幕作品《街上的钱》。

17 岁的拉玛，确实有成为女演员的条件。

海蒂·拉玛

童年的海蒂·拉玛

17 岁时的拉玛在家中　　　　　　17 岁的拉玛扮演茜茜公主

2

表现自我，实现自我，一直是拉玛的梦想，为此，她愿意付出更大的代价。

1932 年，拉玛主演的《神魂颠倒》在捷克斯洛伐克首映。这部电影讲的是拉玛扮演的女主角在嫁给一个长者之后，无法忍受婚姻的乏味，随后逃离婚姻，和一个年轻人坠入爱河的故事。

这是一部黑白电影，没有什么对白，背景基本都是音乐。但这部电影问世后，整个欧洲都轰动了。

为什么？因为拉玛在里面全裸出镜——这是电影史上第一次有女演员全裸出镜。

不仅如此，拉玛还第一次在电影中完整表现了女性的性高潮（仅限脸部）。

18 岁的拉玛就此被写入了世界电影史——第一位在电影中全裸出镜的女演员。

但这部电影在当时保守的欧洲，遭受的抵制是可以想象的：很多国家都宣布禁播这部电影，连教皇都斥责这是一起"丑闻"。

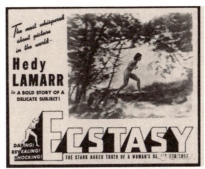

拉玛后来回忆："《神魂颠倒》的首映我记得很清楚，当看到自己女儿的光屁股在银幕上抖动时，父母坐在那里目瞪口呆。"

而拉玛面对从四面八方涌来的斥责，只用了一句话做回应："如果运用想象力，你可以看见任何女演员的裸体。"

3

《神魂颠倒》这部电影在很多国家被禁播，所以并未给拉玛带来想象中的名气，但给她带来了人生中第一个丈夫。

《神魂颠倒》部分画面

1933 年，也就是这部电影上映后的第二年，一个叫弗里茨·曼德尔的男子开始疯狂地追求拉玛。这个曼德尔不是普通人，是奥地利的第三大军火商，是个有名的富翁。

拉玛的父母非常支持这桩婚事，因为他们本来就害怕女儿因为主演了那部电影而成为一个没有人敢要的女人。总之，拉玛与曼德尔在认识 3 个月之后就结婚了。

然而，就像自己拍的那部《神魂颠倒》一样，拉玛结婚后就开始后悔了。

曼德尔占有欲非常强，处处监视拉玛的行动，甚至不允许她上街。而且，曼德尔开始四处收购当年的《神魂颠倒》电影拷贝并销毁，因为他不希望别人看到自己妻子的裸体。

如果这些都还能容忍的话，拉玛对丈夫有一点绝不能容忍——结交纳粹。而曼德尔却偏偏喜欢带拉玛出席与纳粹高官的聚会，不仅仅因为拉玛能满足曼德尔的虚荣心，更因为她的美貌能给曼德尔带来更多的军火订单。

1937 年，结婚 4 年的拉玛忍无可忍，在一次陪丈夫出席酒宴时，在盥洗室迷晕了随身的侍女，然后翻窗户跳了出去，连夜搭上了前往巴黎的火车。

你看，这就是拉玛。

4

1938 年，逃离婚姻的拉玛辗转来到了美国好莱坞。

拥有惊人美貌的拉玛，在伦敦时就被米高梅的巨头路易·梅耶一眼相中，随即米高梅就与她签订了一份长达 7 年的合约。拉玛也正是在那时候取艺名海蒂·拉玛，正式开始了演艺生涯。

在接下来的岁月，拉玛出演了一系列电影，那段历史，图片比文字更有说服力。

在这一系列电影中，拉玛被米高梅称为"全世界最美丽的女人"，并让她与好几位影帝搭档出演，其中包括克拉克·盖博。

但实事求是地说，拉玛虽然出演了大量的影片，甚至因为《海角游魂》打破了好莱坞金发女星一统江湖的格局（她是黑发），但人们始终聚焦于拉玛的美貌，对她的演技关注不多。哪怕一部电影只要贴出她作为主演的海报就一定会大卖，这种情况依旧没有什么改变。

在试角《卡萨布兰卡》和《乱世佳人》等经典电影失败后，拉玛自己也开始灰心丧气，留下了一句著名的牢骚："任何女孩都能够变得迷人，你所需要做的全部事情就是站在那儿并且看起来很蠢。"

作为电影演员的海蒂·拉玛的故事，说到这里其实已经

海蒂·拉玛出演过的电影

差不多了。但如果她的故事只是一个演员的故事，估计不会入选"馒头说"。

接下来，下半场开始了。

5

还记得拉玛小时候哪门功课最好吗？是数学。

还记得拉玛当初放弃的是哪个专业吗？是通信专业。

还记得拉玛的第一任丈夫是做什么的吗？是军火商。

还记得她一直和丈夫做什么吗？和纳粹谈生意。

好，现在，请演员海蒂·拉玛谢幕，请发明家海蒂·拉玛出场。

拉玛的丈夫曼德尔，当时一直在和纳粹讨论无线电信号遥控鱼雷和无线通信干扰技术。虽然当时的无线通信技术属于军事机密，但曼德尔与纳粹武器专家谈论相关技术时，妻子拉玛是被允许在旁边听的，甚至被允许记录。

拉玛在那个时候就开始关注无线电通信干扰技术。

随着拉玛离开丈夫，逃离纳粹，她也把关于这份技术的记录和心得带到了美国。

但当时拉玛还没有往这件事上多想，只是醉心于她的演艺事业。

1939 年的一天，拉玛在报纸上看到了一篇关于人体内分泌腺的文章，作者叫乔治·安太尔（George Anteil）。拉玛很快约见了乔治·安太尔——因为当时的拉玛希望让自己的身材比例变得更完美一些。

但安太尔见到拉玛后却直言相告：自己其实是一名钢琴家，为好莱坞的电影配乐，研究腺体什么的只是业余爱好。

这倒也没妨碍拉玛和安太尔成为好朋友，两人天南地北，无所不聊。聊了之后，拉玛才发现，这个安太尔真的是兴趣广泛——他写腺体分泌对犯罪的影响，写爱情专栏，甚至对无线电通信技术也颇有研究。

然后，两个人又聊到了纳粹德国的海军，以及当时横行大洋的U型潜艇。

二战期间，各个国家都会用无线电信号引导鱼雷命中目标，但有一个问题：敌方也可以通过干扰无线电信号，让鱼雷偏离攻击目标。因为早期的无线电通信，是同时在一个单独的频道上传

拉玛与安太尔

输，只要对方探测到这个频道，就可以有效地干扰信号。

拉玛认为，这个问题是可以解决的。她的设想，简单来说就是变一个频道为多个频道，在鱼雷发射端，一批信号按随机的信道序列通过多个渠道发射出去，接收端则按相同的顺序将离散的信号组合起来。这样一来，对于不知信道序列的接收方来说，接收到的信号就是噪声。但怎么做到这一点呢？

安太尔说，可以借鉴钢琴的原理。

安太尔对拉玛说，自动钢琴都是通过编好码的打孔纸来控制演奏的，每一个孔只控制一个音，组合起来才是一首曲子。拉玛随即得到启发：鱼雷的无线电控制是否也可以通过这种方式，开拓多个频率而不是单个频率，每一段频率只控制一个信息，被破坏了也可以进行整体修正，进而达到避免被干扰的目的？

1940 年初，拉玛和安太尔根据这个原理，设计出了一个飞机导航

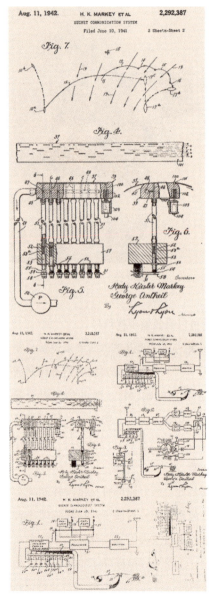

当时拉玛和安太尔设计的专利图纸

系统。安太尔设计了一对纸卷，分别安置在飞机和鱼雷里面，来指定变化频率的顺序。

1941年，拉玛和安太尔正式把这项技术定名为"跳频技术"，并申请专利。1942年8月11日，专利正式通过——专利批号：2292387。专利拥有人：海蒂·拉玛和乔治·安太尔。

拉玛得知申请专利成功之后，就与安太尔商量无偿向美国政府捐出这个专利，希望美国用于打击纳粹德国。

但是，拉玛并没有如愿。

6

美国政府其实相当重视拉玛这个发明。

为此，在1942年8月，美国海军与国家发明委员会以及联邦调查局专门举行了一次联席会议，研究拉玛与安太尔这项发明是否能投入军用。

拉玛亲自演说。当她向大

家解释这个发明原理其实和自动钢琴的原理差不多时，很多在场的军官都笑了出来。随即，拉玛发现了问题：

第一，在场的很多人都听不懂她在说什么。军方认为，鱼雷和钢琴实在扯不上关系，一个女演员怎么可能比武器专家更专业呢？

第二，在场的很多人对她这个人本身更感兴趣，包括她的身材、她的容貌、她的打扮。

第三，联邦调查局非常怀疑她的身份——既然她的前夫一直与纳粹做生意，那完全有可能她自己也是纳粹派来的卧底，在玩弄美国军方。

最终，美国军方决定：不会将跳频技术投入军用，而是将这个专利封存起来，成为一个秘密。

当时，军方还给了拉玛一个"善意"的提醒：你有那么漂亮的脸蛋，应该帮助政府去推销"战争债券"，用于筹集与法西斯战斗的军费。

他们认为，这才是一个漂亮的女演员应该干的嘛！

7

拉玛说，那就听你们的吧！

然后她就真的去推销"战争债券"了。当时，拉玛提出了"拍卖海蒂·拉玛的吻"，希望能以 1 700 万美元的价格卖出 680 个吻来抵抗纳粹。结果，一次巡回演出下来，拉玛募集了 2 500 万美元。这个数字，相当于现在的 3.5 亿美元。

然后，拉玛就继续拍电影，甚至当导演去了。而那份专利，也就被美国军方尘封了。

到了 20 世纪 50 年代中期，美国政府给了当时的霍夫曼无线电公

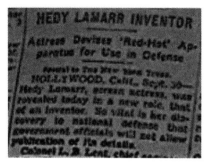

1941年，《纽约时报》曾对拉玛的专利进行报道，但为了保密，一字没提专利内容

司一份专利，让他们生产声呐浮标和伴随飞机的无线电。在这份专利上，发明者的名字被抹去了。

那就是拉玛和安太尔的那份专利。

霍夫曼无线电公司在这份专利的基础上，完成了"跳频技术"装置的开发，美国后来在古巴导弹危机期间用来封锁古巴海岸的庞大海军船只，就是用这项技术来实现保密通信的。后来美军在越战中开始使用无人驾驶的遥控飞机，也是在这个技术的基础上研发的。

1985年，一家名不见经传的小公司在美国圣迭戈成立，他们的核心技术，就是CDMA无线数字通信系统。这家公司，就是现在业界赫赫有名、市值超过1 000亿美元的世界500强公司之一，高通公司。

尽管高通公司的这项CDMA技术是独立研发的，但这个理论的来源，是拉玛和安太尔。高通的联合创始人安东尼奥也曾评价拉玛："她有一个非常惊人的专利，人们通常都想不到电影明星有什么头脑，但她确实有。"

而通信业著名工程师戴夫·莫克（Dave Mock）出版的传记《高通方程式》中也写道："只要你使用过移动电话，你就有必要了解并感谢她。要知道，这位性感女明星为全球无线通信技术所做出的贡献无人能及。"（CDMA、3G、4G技术的基础都是跳频技术。）

1997年，83岁的海蒂·拉玛被授予美国电子前沿基金会的"先锋奖"，这是她第一次在表演事业之外获得奖项。

2000年，86岁的拉玛在家中床上安然逝世。

而在她的身后，荣誉还在不断叠加：

2014 年，海蒂·拉玛入选美国发明家名人堂，成为历史上唯一入选的女演员。在"发明家名人堂"里和她同列的名字有：爱迪生、特斯拉、莱特兄弟、莫尔斯……

2015 年 11 月 9 日，谷歌搜索的首页专门上了一个 1 分 16 秒的动画视频，纪念海蒂·拉玛诞辰 101 周年。

同年，海蒂·拉玛年轻时的照片又一次登上了杂志的封面，但不是电影杂志或娱乐八卦杂志，而是《美国发明与技术遗产》杂志。

这一切，正如拉玛自己说过的一句话：

"电影往往限于某一地区和时代，而技术是永恒的。"

当期《美国发明与技术遗产》封面

馒头说

实事求是地说，海蒂·拉玛凭借一个为鱼雷设计的专利——尽管其原理是很多现今技术的源头——在今天被称为"手机之母"甚至"Wi-Fi之母"等，是有些过誉的。

但无论如何，她在这方面做出的探索和贡献，值得被世人铭记。

在拉玛所处的那个年代，好莱坞其实有很多漂亮的"花瓶"女演员，但时至今日，依旧被人津津乐道，甚至还能登上杂志封面的，恐怕也只有拉玛了。

这并不仅仅是因为她的美貌，还因为她的智慧——确切地说，其实是她那种保持好奇心，愿意探索研究新事物的精神。

拉玛自己曾抱怨：女孩子只要变得蠢蠢的，就会很迷人。

其实她自己也知道，那只是一句抱怨罢了。

我相信对于大部分男生来说，那些对未知事物充满好奇心、愿意尝试新鲜事物的女生，才是真正充满魅力，能让他们动心的女生吧。

这固然是个看脸的时代，但能被永远记住的，肯定不仅仅是容颜。

让二战美军痴迷的"东京玫瑰"

这是一个颇为冷门的故事。说的是一个平凡的女性，原本波澜不惊的一生，却因为一场战争，发生了重大转变。

1

1945 年 9 月 8 日，对 29 岁的户栗郁子来说，是不寻常的一天。

作为一名在日本的美籍日本人，户栗郁子原本以为，战争结束后她就可以回到美国。但事实证明，一切只是她美好的幻想。

相反，她等来的，是一次逮捕。因为，她是战后到目前为止，唯一承认自己身份的"东京玫瑰"。

2

故事还得从 1916 年说起。

1916 年 7 月 4 日，美国独立日，户栗郁子在美国加利福尼亚州洛杉矶出生。她的父母是第一代日本移民，在当地经营一家杂货店。

户栗郁子

从加州大学洛杉矶分校动物学专业本科毕业的户栗郁子，理想职业是做一名医生。1941年，户栗郁子在日本的姨妈病了，同样也在生病的母亲无法前往，所以户栗郁子答应了母亲，前往日本探望姨妈。

这一去，彻底改变了户栗郁子一生的命运。

户栗郁子在日本一直待到了这一年冬天，准备回国的时候，一桩大事发生了：1941年12月7日，日本偷袭美国的珍珠港，太平洋战争爆发。

这场改变美国和日本两个国家命运的战争，对户栗郁子这个微小的个体也产生了影响——当最后一艘开往美国的轮船离港后，户栗郁子发现，自己回不了美国了。

3

对当时只有25岁的户栗郁子来说，1941年滞留在日本的这个冬天，格外寒冷。

因为战争，日本国内实行了"配给制"，每个人每个月获得的口粮都是规定数额的。这份配给，户栗郁子是没资格得到的，因为她是美国国籍，而配给只给日本公民。

那一天，户栗郁子的住处来了一位陌生男子，那个男子给了户栗郁子一个建议：只要放弃美国国籍，成为日本公民，就可以获得食物配给卡。

这对户栗郁子而言确实是个不小的诱惑，但她还是做出了自己的抉择——不放弃美国国籍，她认为自己就是一个美国人。

后来户栗郁子才知道，那个男子是日本的秘密警察。在得到拒绝的答复后，日本当局把户栗郁子列入了禁止发放配给卡的名单中。

没有食品配给，户栗郁子只能用自己从美国带来的钱，去日本的黑市上买生活必需品。

从1942年到1943年整整一年，户栗郁子都过得相当艰苦，到了1943年初，她发现自己的钱已经全部用完了。

而那一场太平洋战争，虽然美国人已经取得了中途岛海战的胜利，开始逆转战场的局面，但当时还没有人能看到战争结束的迹象。

接下来的日子，户栗郁子该怎么办？

4

1943年初，已经"弹尽粮绝"的户栗郁子终于找到了一份工作。

这份工作，是在东京广播电台担任打字员。因为户栗郁子的英文好，她会修改很多英文播音稿里的错误。

为什么会有英语播音？因为日本非常重视战争时期的心理战。在太平洋战争爆发后，东京广播电台用了24个频道对国外广播，有中文、法语等，但最重要的还是英语广播，因为日本希望通过各种心理攻势，瓦解他们的主要对手——美国人。

日本人称这个为"谋略广播"。

现在已经无法证实究竟是什么原因，原本是打字员的户栗郁子，被认为"声音好听"，被推上了播音员的岗位，月薪 6 美元。

从 1943 年 11 月开始，在东京广播电台一档名叫《零点》的广播节目中，出现了一名女主播的甜美声音。这名女主播在节目中自称"孤儿安"，并称自己是美军"最亲爱的敌人"。而她的真名，就是户栗郁子。

户栗郁子在这档名为《零点》的节目中究竟播放什么呢？

除了播报由日本方面提供的战时新闻外，《零点》节目会播放一些美国的流行音乐和乡村民谣。由于《零点》节目在深夜播放，而这段时间，正是很多在太平洋驻守的美国士兵停止作战、思乡情绪浓郁的时候。

所以，日本人希望通过这类广播，最大程度放大美国士兵的厌战情绪，瓦解他们的斗志。

然而，结果似乎恰恰相反：户栗郁子纯正的美式发音，幽默的主持风格，精心挑选的美国音乐，让所有收听过这个广播的美国士兵都疯狂地爱上了这档节目。没有人在意她播报的虚假新闻，大家只是想听到她的声音，然后在她播放的美国音乐中闭眼享受。

一位曾在美军战舰上担任枪炮官的美国士兵战后接受采访时曾说："那个时候大家都特别喜欢听东京玫瑰的广播，特别是听一个女声在广播里说着地道的美国话，真是一份特别的浪漫。"

不知从什么时候开始，美国士兵给了那批包括户栗郁子在内的女播音员一个统一的称号："东京玫瑰"。

而不少美国士兵战后回忆：打到东京，去看一下"东京玫瑰"长什么样，是他们战斗的主要动力之一。

5

1945 年 8 月 15 日，日本宣布无条件投降，战争结束了。

但户栗郁子的命运转折才刚刚开始。

当时的美国记者列出了最想采访的两个日本对象：日本天皇，"东京玫瑰"。

1945 年 9 月 1 日，美国记者克拉克里和哈里布伦奇在东京帝国饭店见到了户栗郁子。在那里，两位记者对户栗郁子进行了将近 4 小时的采访。在采访结束后，户栗郁子在长达 17 页的采访记录上签字，并签署文件证明：我就是"东京玫瑰"。

无法考证，当时是什么原因促使户栗郁子接受这次采访。一方面，肯定有物质的因素——两位美国记者愿意为这次采访提供 2 000 美元的采访费（购买力大约相当于现在的 3 万美元）。而另一方面，可能是户栗郁子当时认为，承认自己是"东京玫瑰"，没什么大不了的。

而正是这次采访，将户栗郁子推向了命运的深渊。

6

两天后，户栗郁子的采访被登到了报纸上，引起了空前的关注。

因为尽管"东京玫瑰"被认为可能是由 12 名左右的女性组成的一个播音团队，但肯承认自己就是其中之一的，只有户栗郁子。

一开始，在日本的户栗郁子受到了"名人"的待遇——她被邀请到各处去参加活动，所到之处，美国驻日士兵争相请她签名。

但不到一个月，她就被逮捕了。

户栗郁子被逮捕

按照旅日作家萨苏的说法，当时逮捕户栗郁子的，是日本当局，罪名是"叛国罪"——因为她在战时不肯放弃美国国籍加入日本国籍。而另外的一些资料（包括英文维基百科）显示，逮捕户栗郁子的，是当时的美国驻日本当局，理由也是"叛国罪"——因为她以一个美国人的身份，帮助日本人播音来瓦解美国士兵的斗志。

从种种迹象来看，后者的可信度较高。

不管怎样，户栗郁子被关在日本巢鸭监狱一年，于1946年10月25日被释放。

被释放的户栗郁子，一出狱就迫不及待地向横滨美国领事馆提出了回美国的申请。但当时她的丈夫多歧野（日葡混血）劝她再等一等。

1948年初，户栗郁子的孩子出生了。但是，这个男婴刚出生就夭折了。巨大的打击让户栗郁子前所未有地希望回到美国。

但户栗郁子可能不知道，二战期间以及战争结束后相当长的一段时间里，美国国内掀起了前所未有的反日高潮。在美国的日裔美国人，遭受到了许多不公平的待遇，甚至被驱离自己的家园，没收财产，被勒令集中居住在一个指定的偏僻的封闭式营地。户栗郁子的母亲就是在营地里病逝的。

所以，尽管战争已经结束了三年，但户栗郁子希望回国的消息传到美国，却把她带入了更大的危机中——当时美国最有影响力的专栏作家、播音员沃尔特·温切尔强烈呼吁：政府应该严厉惩办这名"叛国犯"！

1948年9月，户栗郁子终于达成了回到美国的愿望，但她不是自由回国的，而是再度被逮捕后乘船引渡回国。

7

1948年9月25日，户栗郁子乘船抵达美国旧金山。一下船，迎接她的不是家人好友，而是联邦调查局的探员。

户栗郁子和辩护律师柯林斯

户栗郁子又一次被带上了法庭。在法庭上，户栗郁子坚决不承认自己犯有叛国罪，她认为自己只是一个电台的播音员而已。她甚至还指出，她尽量播放各种轻松、舒缓的音乐来缓解美军的紧张情绪，并且使用一些"双关语"，鼓励而不是打击自己美国同胞的士气。

户栗郁子的律师韦恩·柯林斯几乎是义务地为她辩护。柯林斯搜集了

狱中的户栗郁子

户栗郁子的广播磁带，在广播中，听不出户栗郁子说过任何叛国的言论，唯一有一句话是在一场海战之后，户栗郁子播音："太平洋的美军们，你们的船全都沉没了，你们怎么回家呢？"检方指出户栗郁子违反事实。但事实却是，在东京广播电台的户栗郁子只能按提供的稿件念，她怎么可能知道前方的战况呢？

户栗郁子的案件审判持续了一年。据说在此期间，有不少美军士兵还呼吁宣判户栗郁子无罪，声称是"东京玫瑰"的声音伴随他们度过了最孤独和艰苦的岁月。

但不管如何，1949 年 10 月 7 日，旧金山联邦地方法院对户栗郁子的叛国案进行了宣判：户栗郁子被判叛国罪成立，自动丧失美国公民资格，罚金 1 万美元，并处以 10 年有期徒刑。

之前的一切辩护后来被证明都是徒劳的。时任联邦调查局局长埃德加·胡佛早就在宣判户栗郁子有罪的空白审判书上，签下了自己的名字。

8

因为表现良好，户栗郁子在狱中服刑了 6 年零 2 个月，于 1955年被释放。

但厄运还是没有放过她。户栗郁子出狱后，得到的是一张驱逐令，勒令她离开美国。虽然在律师柯林斯的帮助下户栗郁子成功驳回了驱逐令，但她却始终无法恢复美国公民身份——她成了一个没有国籍的人。

这个状况一直持续到 1977 年 1 月。那时候，户栗郁子的辩护律师韦恩·柯林斯已经去世，儿子小韦恩·柯林斯依然坚持不懈地在为她辩护，并且终于取得了成果——美国的杰拉尔德·福特，最终给户栗郁子签发了一张赦免令。

户栗郁子终于恢复了期盼已久的美国国籍。她说:"我永远坚持我的清白——赦免是证明我无辜的一种措施。"

这时,她已经 61 岁了。

就在户栗郁子获得特赦后,仿佛一夜之间,美国的舆论又变了风向:大家忽然又都承认,当时户栗郁子是用巧妙的双关语来暗示和安慰听众,甚至是以一人之力在抗击日本,

老年户栗郁子

用独特的方式在爱国。户栗郁子的形象,似乎又从"叛国者"变成了"爱国英雄"。

美国的退役老兵戴维兹·尼尔·戴尔甚至提议,要为户栗郁子竖立一座纪念碑,碑文是:"向户栗郁子的忠诚和勇气致敬,她的爱国之心从未改变过。"

但这些声音,已经不会再改变户栗郁子的命运了。

晚年的户栗郁子,在芝加哥经营一家专门出售东方礼品的礼品店,并在 2006 年 9 月 26 日,以 90 岁的年纪,安静去世。

馒头说

在写今天(9 月 8 日)这个故事之前,我曾经犹豫了很久。

因为今天同时也是吴佩孚作为当时"中国最有权力的人",登上美国《时代》周刊封面的日子——这是中国人第一次登上《时代》周

刊封面。吴佩孚曲折的一生，比户栗郁子要精彩多了。

但踌躇了很久，我还是决定把很想写的吴佩孚先放一放。

没错，相对于吴佩孚，户栗郁子肯定是个小人物。她的故事虽然也很坎坷，但要说有多引人入胜，倒也未必。

但这也是打动我的一个原因。

如果户栗郁子在 1941 年能搭上返回美国的轮船，那么她的一生，很可能就会以一个医生的身份，波澜不惊地过完。

但她的命运就在那一年，忽然拐了个弯。

为日本人播音，成为美国士兵的梦中情人；被指控叛国，又成为爱国者；失去国籍，再被特赦。这一系列的变化都发生在一个女性的身上，而她当初所做的，只是回日本看望姨妈而已。

说实话，我不太相信户栗郁子在播音时，会不知道自己究竟在从事哪种性质的工作。作为一个黑头发黄皮肤的姑娘，却又生在美国，战时就想返回美国，无奈却滞留日本……户栗郁子这样一个小人物，在当时的环境下，究竟有多少自主选择的权利？

其实，不光是户栗郁子。

在特定的大时代背景下，我们又有谁，有能力掌控自己的命运呢？

做一个"新时代女性"，真的要拿生命来换？

她的名字，当年在上海乃至全国，无人不知。中国电影协会开过关于她的学术研讨会，香港大学专门设立过关于她和中国电影的课程，她被美国有线电视新闻网评选为"史上最伟大的二十五位亚洲演员"之一。她叫阮玲玉，她在 25 岁就拍了 29 部电影，她的生命也终止在 25 岁。

1

1910 年 4 月 26 日，祖籍广东的阮玲玉，出生在上海。

阮玲玉的父亲叫阮用荣，是上海浦东亚细亚油栈的工人，因为积劳成疾，在 44 岁那年因为肺痨[①]去世了。

那一年，阮玲玉 6 岁。一年后，阮玲玉的母亲带着阮玲玉，到上海一家姓张的大户人家里去做女佣。也正是在那里，7 岁的阮玲玉，

---

① 肺痨是当时的称谓，现在叫肺结核。——编者注

阮玲玉

第一次碰到了张家的四少爷，当时可能是 14 岁左右的张达民（张达民出生日期不详，由他去世日期推断，比阮玲玉大 7 岁左右）。

那是她人生中的第一个噩梦。因为不能随便走动，阮玲玉童年的生活空间，就被局限在用人①聚居的后院里，在孤独与拘束中度过。不过阮玲玉的母亲还是一个有想法的女人，她认为阮玲玉不能作为一个用人的女儿一辈子这样过下去，一定要想办法出人头地。

所以阮玲玉 8 岁那年，母亲把她送到附近的一家私塾读书，并有了一个学名叫"阮玉英"。一年后，开明的母亲觉得私塾里那些《三字经》《女儿经》太过时了，就千方百计求了自己服侍的张家大老爷，让阮玲玉以半价的学费，进了当时美籍传教士创办的崇德女校（张家老爷是校董）。

1925 年，15 岁的阮玲玉已经亭亭玉立。此时，张家的四少爷张达民已经混了一张野鸡大学的文凭，在家待业，白天闲逛，晚上去舞厅，成了一个标准的"小开"（上海本地俗语，指没有生存技能、依靠家里的富家公子）。

张达民在一次偶然机会中又见到了阮玲玉，并立刻对她一见倾心，

---

① 最新版《现代汉语词典》规定使用"用人"。——编者注

发起了热烈追求。张达民的追求手段，无非也就是那几套：尾随阮玲玉去公园，然后装作邂逅。知道阮玲玉喜欢看什么书，买好后故意放在她看得到的地方，说正好自己也在看。还有，就是经常接济阮玲玉的母亲。

但 15 岁的阮玲玉，从小在一个卑微和缺乏安全感的环境中长大，哪见识过这些？更何况张达民白白净净，仪表堂堂，很快，阮玲玉就和他坠入了爱河。

张家四少爷和一个用人的女儿谈恋爱了！这个消息很快就传到了张家大太太，也就是张达民母亲的耳朵里。和所有的爱情戏一样，当妈妈的完全不能接受这段恋情，要求立即终止。

张达民选择服从母亲，但也选择"捍卫爱情"。他给阮玲玉提出了建议——搬出去，搬到我给你租的地方去，我们悄悄同居吧。

于是，阮家母女被张达民安排到了上海四川北路的鸿庆坊。16 岁的阮玲玉，选择了退学，和张达民同居。

2

那么张达民究竟能带给阮玲玉些什么呢？除了一些零花钱，其他无非也就是些甜言蜜语。靠甜言蜜语浸泡的爱情，

阮玲玉张达民合影

能维持多久？

几个月过去后，张达民又回到以前那种花天酒地的生活中去了，给阮玲玉的生活费也越来越少。事实上，如果最后经济上无以为继，张达民抛弃了阮玲玉，对后者来说倒未尝不是一种幸运。

但就在那时候，出现了一个改变阮玲玉命运的人，那就是张达民的大哥张慧冲。

在民国历史上，张慧冲也是个有名有姓的人物。他当时自己有一家小的电影公司，为了帮阮玲玉维持生计，他提议阮玲玉去试试面试电影演员。阮玲玉听从了这个建议，参加了明星影业公司的面试。

毫无表演经验的阮玲玉被导演卜万苍一眼相中，出演《挂名夫妻》的女主角，随后又出演了《北京杨贵妃》《血泪碑》《洛阳桥》《白云塔》等一系列电影，开始慢慢崭露头角。

踏上从影之路，可以说是阮玲玉的幸运，但也是她悲剧

1927年3月13日《申报》在本部增刊（五）上发表的一张图片新闻（《挂名夫妻》中之女主角阮玲玉）。阮玲玉那年17岁，本来名叫"凤根"或"玉英"，从这一年开始叫"阮玲玉"

的开始。

应该说，阮玲玉一开始在明星影业公司接拍的电影，大多是些小成本电影，影响力并不大。因为频繁接一些武侠片，阮玲玉甚至得到了"花瓶"和"妖女"的称号。又因为和电影公司老板闹僵，阮玲玉一度还陷入无戏可接的境地。阮玲玉的电影之路发生转机，是从1929

年收到联华公司的拍片邀请
开始的。

1929年底，留美归来
的电影导演孙瑜将法国小说
《茶花女》改编成影片《故
都春梦》，大胆起用阮玲玉
和金焰主演此片。影片于
1930年8月底上映，一时间
好评如潮。

这部电影的成功，使阮
玲玉被聘为联华影业公司演
员。到1932年"淞沪抗战"
爆发前，阮玲玉接连拍摄了

当时《故都春梦》的广告

《野草闲花》（1930）、《恋爱与义务》（1931）、《一剪梅》（1931）、《桃
花泣血记》（1931）等6部广受欢迎的影片，以出色的演技一举摆脱
了"花瓶"的形象，成为当时的一线女明星。

阮玲玉的演技究竟怎样？

导演孙瑜这样评价："与阮玲玉拍电影，是任何导演的最大愉快，
开拍前略加指点，她很快就理解了导演的意图，一试之后，在绝大多
数情况下，总是一拍成功，极少重拍。她在镜头前试拍出来的戏，常
比导演在进入摄影场前所想象出来的戏要好得多、高明得多。"

著名演员赵丹评价："阮玲玉穿上尼姑服就成了尼姑；换上一身女
工的衣服，手上再拎个饭盒，跑到工厂里的女工群里去，和姐妹们一
同上班，简直就再也分辨不出她是个演员了。"

导演郑君里的评价是："在临场时间，阮玲玉通常是随便而松弛
的。有时开开玩笑，有时打打毛线，有时吃吃零食。她表面上似乎不

阮玲玉剧照

在意地聆听着导演的简单的嘱咐，可等她一站到摄影机之前，在转瞬之间，她的神态、情感、动作都按照角色的需要，自然地、即兴地流露出来。没有强迫和夸张，也没有有意识的设计的痕迹，一切显得纯真、新鲜、恰当。这时候她与角色已合抱为一。可是一待导演发出'停止'的号令，她又毫不费力卸下她的精神化妆，恢复了她愉快轻松的本来面目。"

郑君里的总结是，阮玲玉之所以能演得那么收放自如，除了她的天赋外，还有很重要的一点原因——她扮演的角色，总是和自己的生活经历有千丝万缕的关系：被封建势力压得抬不起头来的弱女，被阔佬玩弄的风尘女性，打破传统婚姻观念的女性……

确实，如果苦难是一种经验，那么新星阮玲玉的"经验"之路，才刚刚开始。

3

阮玲玉遭遇的第一个麻烦，就是张达民。张达民没有任何生存技能，一直靠家里接济。在张家大老爷去世后，他又很快花光了自己分到的那份遗产,然后迷上了赌博,欠下了高利贷。于是,张达民自然而然就打起了阮玲玉的主意。

彼时的阮玲玉,名气已经越来越响,片酬收入自然也越来越高。一开始,她倒是愿意接济张达民的,但很快她就发现,自己本来想托付终身的男人,其实是个"无赖+无底洞"。

渐渐地,阮玲玉不愿意再给张达民钱了,而张达民的嘴脸也就慢慢暴露了出来:不给钱?就想尽各种办法要!其中最让阮玲玉接受不了的,是张达民一直扬言要把她16岁就和自己同居的故事捅给小报记者——他甚至会把当时小报报道另一个影星胡蝶打离婚官司的各种花边报道拿给阮玲玉看,作为无声的恐吓。

阮玲玉一直是个爱脸面之人,此时又已是明星,自然害怕张达民的要挟,只能一次又一次满足张达民的伸手要钱。她也不是没有想过办法,比如拜托联华电影公司的老板帮张达民谋得光华剧院经理的职位,月薪120元大洋(当时联华电影公司一般演职人员的月薪才40元)。

阮玲玉觉得,男人有了一份正当的职业,应该就能消停了——但她也太低估渣男的战斗力了。

1932年,"一·二八淞沪抗战"爆发,和当时的不少演员一样,阮玲玉也去香港躲避战火,她还带着张达民。在香港,还没摆脱第一个渣男,阮玲玉又遇见了第二个渣男。

4

第二个渣男,名叫唐季珊。

和张达民相比,唐季珊的形象就要高大太多了:他是在整个东南亚都有名气的富商,做茶叶生意,同时又是阮玲玉所在的联华电影公司的大股东。

阮玲玉和唐季珊在一次应酬场合相逢，阮玲玉没有放在心上，但唐季珊却被她迷住了，随即展开了热烈的攻势。一开始，阮玲玉是回避的，但唐季珊无论形象、财力、温柔体贴程度都远胜张达民，一直渴望得到一个依靠的阮玲玉，渐渐对唐季珊产生了感情，开始和他交往。

这个时候，阮玲玉收到了一封女人的来信。写信的人叫张织云，曾经也是一名电影明星，和阮玲玉气质很像，而她就是唐季珊的"现任女友"。

唐季珊和阮玲玉

在那封信里，张织云告诉阮玲玉，唐季珊在广东有一个原配夫人，因为唐季珊的发迹全是靠那位原配夫人家里的财力和势力，所以一直不敢离婚。而自己的今天，就是阮玲玉的明天。

已经坠入爱河的阮玲玉并没有把这封信当回事，认为张织云只是出于女人的嫉妒，她相信唐季珊是真心准备和她过一辈子的。

回到上海后，阮玲玉就离开了张达民，搬到了唐季珊在新闸路买的一幢漂亮的三层小洋楼，开始和他同居。

说到张达民，就再交代下这个渣男到香港后的情况。上海战事平息后，阮玲玉要回沪，张达民觉得香港更开放更好玩，不肯回去。他知道香港的何东爵士认了阮玲玉做干女儿，就通过阮玲玉的关系，去太古轮船公司的瑞安轮上当了买办。但他又怎会好好干一份正经工作？很快，他就挪用公款，到澳门赌场一掷千金，直输到两手空空。

无奈之下，张达民只能返回上海找阮玲玉。阮玲玉又给他谋了一份福建福清县税务所所长的肥差。

1933 年 4 月，张达民回到上海的二人居所，发现阮玲玉已经搬走。再一打听，得知阮玲玉搬到了唐季珊的小洋楼。

对于唐季珊，张达民是不敢动的，想来想去，他找到了阮玲玉，要求阮玲玉补偿他"分手费"。只要能摆脱张达民，阮玲玉愿意接受他的苛刻条件——两人签订了《阮玲玉张达民脱离同居关系约据》。其中第二款明确规定：阮玲玉每月给张达民 100 元，以两年为期。

阮玲玉觉得，终于可以摆脱张达民，和唐季珊幸福地生活在一起了。

但她不知道，她被两名渣男轮流虐待的日子，才刚刚开始。

5

首先，每月 100 元，普通老百姓足够花了，但根本满足不了张达民的胃口。手头拮据的张达民很快就操起了"老本行"：敲诈阮玲玉。而且第一次敲诈就是一个狮子大开口：索要 5 000 元大洋。

阮玲玉还去征求唐季珊的意见，唐季珊自然脸色不好看，表示自己一分钱也不会出，也不建议阮玲玉给他钱，因为张达民是个无赖。

于是，阮玲玉就下了狠心，一分钱不给张达民。

没想到阮玲玉敢反抗的张达民，随即一纸诉状告到法院。告什么呢？告阮玲玉当初住在张家的时候，偷走了不少张家的值钱东西，后来把东西送给了唐季珊——这样等于把唐季珊也给告了。

唐季珊当然也不是好惹的，他马上也向法院递了状子，说张达民诬陷他，他要证明自己的清白。

怎么证明呢？他要求阮玲玉自己在报纸上刊登一份启事：她和自己虽然同居，但经济独立，从来没送过自己东西。

一个男人诬告，另一个男人要证明自己的清白，他们抛出的，是同一个女人。

但阮玲玉当时还是爱着唐季珊的，软弱的她最终按照唐季珊的意思，在报纸上刊登了那条关于同居但经济独立的启事。

这一切，阮玲玉还是可以忍受的，她只要唐季珊爱她。

但她这个最后的卑微的愿望，还是落空了——很快，她就发现唐季珊有了新的女友，那个女人还是自己同一个圈内的朋友，名叫梁赛珍。从那时候起，唐季珊开始打骂阮玲玉。

阮玲玉觉得自己已经到了崩溃的边缘。

这时，她又遇见了生命中的第三个男人。

6

第三个男人，名叫蔡楚生，嗯，不是渣男。

蔡楚生是一名导演。你可能不知道他的名字，但你应该知道电影《渔光曲》，那是中国第一部获得国际荣誉的电影，导演就是蔡楚生。

蔡楚生还没有名气的时候，曾经邀请过阮玲玉拍电影，但被阮玲玉谢绝。蔡楚生成名之后，阮玲玉以为蔡楚生不会再找她，没有想到，蔡楚生又一次请她出演自己导演的电影：《新女性》。

《新女性》取材于一个真实的故事，女主角韦明的原型是明星公司的女演员艾霞。艾霞是中国首位自杀的电影明星，很有才华，除了拍戏，她还经常发表小说和诗歌，在当年被称为作家明星。然而，艾霞的情感生活却很不顺利，因为反对包办婚姻和家庭决裂，然后又谈了一场让人心碎的恋爱，23岁的艾霞最终服毒自杀。

蔡楚生是艾霞的好友，他发现艾霞去世后，还有一些无良小报在恶意中伤她，于是决定拍一部关于她的电影。而女主角，他第一个想到的就是阮玲玉。

阮玲玉拿到剧本通读一遍之后，眼泪流了下来：因为她觉得这个女主角就是自己。

阮玲玉（中）在拍摄《新女性》时与蔡楚生（前蹲者）、殷虚（右一）等合影

《新女性》这部电影，可能是阮玲玉拍得最投入的一部电影。在拍女主角韦明自杀的一场戏时，场内工作人员都潸然泪下，而一直结束工作就很容易出戏的阮玲玉，也因为入戏太深，直到拍摄结束后都无法平复情绪。

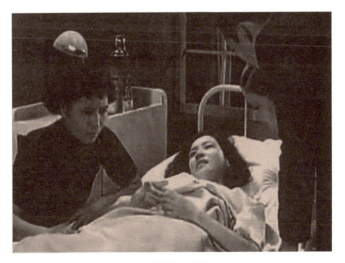

《新女性》画面

　　蔡楚生便让工作人员退场，他留下来默默陪伴着阮玲玉。两个人慢慢聊起了天，才发现彼此有太多的共同语言：和阮玲玉一样，蔡楚生也是从底层慢慢爬上来的——和当时大多海外留学归来的导演不同，蔡楚生是从一个电影片场的义工一点点做起来的。

　　阮玲玉也向蔡楚生倾诉了自己的故事，包括张达民和唐季珊。她对蔡楚生说："我多么想成为一名新女性，能够摆脱自己命运的新女性，但我太软弱。"

　　蔡楚生也才知道，一个光彩照人的大明星背后，居然有那么悲惨的故事。

　　那一夜聊天之后，两人的关系明显走近。

　　《新女性》上映后，由于是蔡楚生导演、阮玲玉主演，颇受瞩目。但是因为影片中有一个小报记者的反面形象，所以电影受到了当时的"上海新闻记者公会"的抵制和攻击，要求剧组在全国范围内公开道歉，一些报纸甚至又开始诋毁阮玲玉。

　　情感和事业双双受挫，阮玲玉觉得自己走不下去了。这时候，她希望抓住自己的最后一根救命稻草——蔡楚生。她希望蔡楚生能带她远走高飞。

　　实事求是地说，阮玲玉多少有些一厢情愿了。蔡楚生尽管仰慕她，但要他放弃辛辛苦苦拼搏来的电影事业，谈何容易？更重要的是，蔡楚生在乡下有一个原配夫人。

　　刚刚演完《新女性》的阮玲玉，预感到自己的生命已经走到了尽头。

7

　　1935年3月7日晚，阮玲玉、唐季珊参加了联华电影公司的聚会。

　　席间，阮玲玉谈笑风生，没有任何异常表现——除了临近席终，起身与在座的各位——告别,并与所有的女演员热情拥抱。

大家以为她这是有些喝多了,并不以为意。

回到新闸路那幢漂亮的小洋楼,在唐季珊独自回卧室睡觉之后,阮玲玉对自己的母亲说肚子饿了,想吃碗面。

母亲做完面,阮玲玉端起面碗走进了卧室。

子夜一点多,阮玲玉写好两封遗书,将 3 瓶 30 粒安眠药都倒进面碗,吃了下去。

据阮玲玉的母亲回忆,阮玲玉服下安眠药后没多久,唐季珊就发现了。当时唐季珊就和阮母商量如何把阮玲玉送到医院去。

当时上海市中心有很多医疗条件很好的教会医院,服用安眠药发现得早,只要处理得当,是可以救活的。但是唐季珊选择了位于郊区的日本人开的福民医院(阮玲玉 1928 年因为张达民服用安眠药自杀过,就在那家日本医院被救活),因为那家日本医院比较偏僻,没有什么人知道。唐季珊怕把阮玲玉送到大医院,到时候闹得沸沸扬扬。

唐季珊一路开车到福民医院,发现福民医院没有值夜班的医生,又辗转到一家德国医院,同样没有值班医生。在清晨 5 点多,阮玲玉服药已经 4 个多小时,唐季珊又请来两个私人医生,私人医生为阮玲玉洗胃后发现没用,再送她到蒲石路的中西疗养院继续洗胃,依然没用。

在这个过程中,唐季珊知道可能要出事了,打电话叫来了联华公司的老板黎民伟(香港影星黎姿的爷爷),黎民伟一路上拍下了许多照片。

送到中西疗养院的时候,已经是上午 10 点,最佳的抢救时机已经过去了——阮玲玉甚至没有像自己主演的《新女性》女主角韦明那样,服用安眠药后有过求生的机会。

1935 年 3 月 8 日下午 6 时 38 分,阮玲玉的心脏停止了跳动。

8

阮玲玉的死讯传来，整个上海乃至全国哗然。

大家首先想知道的是，阮玲玉的遗书到底写了什么。

一开始，唐季珊不肯拿出来，在外界催促了很久之后，他终于拿出了两封遗书。

第一封，是说没有任何对不住张达民的地方，每月给他100元等等，最后结尾就是大家所熟知的那句："哎，我一死何足惜，不过，还是怕人言可畏，人言可畏罢了。"

另一封是写给唐季珊的，交代了要他赡养老母和代养养女（这两点唐季珊后来都想尽办法守信做到了），并在信中说对不起他，拖累了他。

不过，这两封遗书一直受到质疑，大家怀疑是唐季珊捏造出来的。

不久之后，发行量只有1 500份的《思明商学报》又出现了另两封书信，号称是"阮玲玉真正的遗书"，说是唐季珊后来的新欢梁赛珍提供的（梁赛珍和梁赛珊姐妹在提供了遗书后就人间蒸发）。

在那两封遗书中，阮玲玉的语气明显要激烈很多。

写给张达民的是："达民：我已被你迫死的，哪个人肯相信呢？你不想想我和你分离后，每月又津贴你一百元吗？你真无良心，现在我死了，你大概心满意足啊！人们一定以为我畏罪？其实我何罪可畏，我不过很悔悟不应该做你们两人的争夺品，但是太迟了！不必哭啊！我不会活了！也不用悔改，因为事情已到了这种地步。"

写给唐季珊的是："季珊：没有你迷恋'×××'，没有你那晚打我，今晚又打我，我大约不会这样做吧！我死之后，将来一定会有人说你是玩弄女性的恶魔，更加要说我是没有灵魂的女性，但那时，我不在人世了，你自己去受吧！过去的织云，今日的我，明日是谁，我想你自己知道了就是。我死了，我并不敢恨你，希望你好好待妈妈和小囡囡。还有联华欠我的人工二千零五十元，请作抚养她们的费用，还请你细心看顾她们，因为她们惟有你可以靠了！没有我，你可以做你喜欢的事了，我很快乐。玲玉绝笔。"

关于这两封遗书也有争论，有不少人认为是真的，但也有人认为是假的，是用来攻击唐季珊的。

不过，唐季珊司机后来的回忆应该不假：3月7日晚上回家路上，唐季珊和阮玲玉在车内发生了激烈的争吵，回家后唐季珊不让阮玲玉进家门，阮玲玉一直坐在门口哭。

9

遗书真伪难辨，但阮玲玉的葬礼还是要举行的。

1935年3月14日，阮玲玉的灵柩从上海万国殡仪馆移往闸北的联义山庄墓地。阮玲玉生前的好友差不多都到齐了，将近300人。

下午1点10分，金焰、孙瑜、费穆、郑君里、吴永刚、蔡楚生、黎民伟等12位当时中国电影界的大腕，将灵柩抬上灵车。

那天送葬的队伍排成长龙，灵车所经之处，沿途夹道的影迷和老百姓多达30万人。美国《纽约时报》驻沪记者在惊奇之余，写下了"这是世界上最伟大的哀礼"的报道。文中还配发了一幅插图，送葬行列中有一壮汉，头扎白布，身穿龙袍，其寓意为"倘若中国还有皇帝的话，也会前来参加葬礼"。

更让现在人多少有些不解的是，还有不少影迷，随阮玲玉而去。

上海戏剧电影研究所的项福珍女士，听闻噩耗，随即吞服了鸦片自杀；绍兴影迷夏陈氏当天吞服毒药自杀；杭州联华影院女招待员张美英也因痛悼阮玲玉服毒自尽。

单是 1935 年 3 月 8 日这天，上海就有 5 名少女自尽，其他地方的追星成员也有多人自杀——可能因为阮玲玉扮演的新时代女性形象一直鼓舞着她们，而阮玲玉的自杀，崩溃了她们的信念，因为她们留下的遗书内容大同小异："阮玲玉死了，我们活着还有什么意思?!"

阮玲玉

鲁迅在阮玲玉自杀身亡后也专门写了一篇《论人言可畏》，其中开头就有一句说阮玲玉的死："不过像在无边的人海里添了几粒盐，虽然使扯淡的嘴巴们觉得有些味道，但不久也还是淡，淡，淡。"

馒头说

关于阮玲玉的死，长久以来，大家一直唏嘘不已的是"人言可畏"。

这里不争论遗书的真假，因为我赞同舆论环境伤人，但我想聊聊阮玲玉的性格。

阮玲玉的遭遇无疑是值得同情的，但她的性格同样也是有缺陷的——尽管这与她成长的环境和背景有关，并不能全怪她。

　　延伸开来，正好想说说，有些女性有时候在感情上往往会有三个症状。

　　第一个症状，叫"爱情斯德哥尔摩综合征"。"斯德哥尔摩综合征"又称"人质情结"或"人质综合征"，比如人质会对劫持者产生一种心理上的依赖感。他们的生死操控在劫持者手里，劫持者让他们活下来，他们便不胜感激。他们与劫持者共命运，把劫持者的前途当成自己的前途，把劫持者的安危视为自己的安危。于是，他们采取了"我们反对他们"的态度，把解救者当成了敌人。

　　所以，我们有时候会看到，有的渣男明明把自己的妻子（女友）折磨得死去活来，你去指责那个男人时，他的女人反而会最先跳出来："这是我的男人，要你管?!"

　　第二个症状，叫"山鲁佐德情结"。山鲁佐德是《一千零一夜》故事的女主角。皇帝每晚都要召一个少女进宫，第二天早上杀掉。宰相的女儿山鲁佐德为了终止杀戮，自愿进宫。她每天晚上给皇帝讲一个故事，一到关键时刻就打住不说，第二天晚上接着讲，一连讲了一千零一夜，最终打动了皇帝，成了他的爱人。

　　很多女孩心中都有个"山鲁佐德情结"，希望在自己的生命中会出现一个坏坏的王子、花心的总裁、校园的恶霸、不羁的浪子，甚至是痞子或坏蛋，而坚信自己会感动他、感化他，成为渣男的最后一个女人、爱情的归宿。

　　第三个症状，叫"罗密欧与朱丽叶效应"。罗密欧与朱丽叶两家是世仇，他们的爱情遭到了两个家族的极力反对，但越这样，他们俩反而爱得越深，直到殉情。有些女生，当家人和周围朋友都劝她与渣男分手，反而刺激她更坚定地要与他在一起，到最后，不知道是为了爱情，还是为了证明自己的反抗精神。

　　相比于阮玲玉生存的时代，现在我们的社会环境对女性要宽容不少，对女性的尊重多了不少，但总体来说——尽管我是一个男性——这个社会对女性依旧是不公平的，甚至存在很多歧视。

表现之一就是，在感情和婚姻问题上，社会舆论对男性的宽容度，要远高于对女性。

也正是因此，女生们更应该擦亮眼睛，吸取教训，保护自己，远离渣男。

最后，希望广大女性读者更自信，更勇敢，更坚强！

我认识一个男人，叫刘翔

一直想写一个我以前的采访对象的故事。他是个运动员，田径运动员，我从 2004 年雅典奥运会开始和他认识，到现在已经十多年了。我曾说，从某种角度，他遭遇的大起大落，可能前无古人，后无来者。他的名字，叫刘翔。

1

先把镜头拉回到 2008 年 8 月 18 日，北京鸟巢体育场。

我坐在记者席的第三排，面对男子 110 米栏预赛的跑道。

刘翔撕下号码贴纸的一刹那，我站了起来。

旁边的人还在问："怎么了？"

另外一个人淡定地回答："没事，上届奥运冠军，可以直接进入决赛。"

我已经没心思去纠正他了，因为我清楚地知道：刘翔退赛了。

10 天前，2008 年 8 月 8 日，刘翔进驻北京奥运村的那一晚上，搜狐博客约我写了一篇博文。这篇博文，在刘翔退赛那天，被人翻了出

2008 年奥运会，刘翔因伤退出比赛

来，点击量爆棚。很多人在下面留言：噢！原来刘翔是真的受伤了啊！

　　在鸟巢体育场外面的走廊里，我决定给刘翔的父亲刘学根打一个电话。

　　手机拨通，响了一下，被掐掉了。

　　老刘从来不掐我的电话。

　　过了大概两分钟，他的电话回了过来。

　　接起电话，我发现我自己居然一句话也说不出来——我完全不知道该说什么。

　　结果是电话那头的老刘先开腔："没事的，真的，没事的。"

张玮：刘翔的伤，到底有多重？

（本文专供搜狐，请勿转载）

　　这两天，每天和孙指导通电话，每通一个，心情就沉重一分——刘翔的伤，可能比我想象的要重。

　　印象里，刘翔这家伙一直是个不会受伤的怪物，即便是 2006 年那次著名的"受伤"，听上去很严重，但事后却被无数媒体写成是创造 12 秒 88 的一种铺垫，那是重生之前必须经过的"浴火"，蜕变之前肯定要完成的"涅槃"。

　　但没想到，这次却真的伤了。

当时我写的博文

我居然一下子有点哽咽起来。

怎么可能没事呢?

2

现在，回到 2004 年 8 月 28 日，雅典奥运会男子 110 米栏决赛。

作为当时全国最年轻的奥运持证记者，我就在雅典。但根据比赛分工，我不在田径赛场。刘翔的那场比赛，我是在奥运村自己的房间里，通过闭路电视看的直播。

结果自然大家都知道，12 秒 91，冠军。

这个赛前被我做报道计划列入"可能会登上领奖台"的上海小伙子，居然拿到了金牌!

在那个没有微博和微信朋友圈的年代，我开始疯狂刷 BBS（电子公告牌系统）。那一夜，有一句话在各大 BBS 广为传播:"今晚，中国的女人都哭了，中国的男人都醉了。"

那一晚，我的一位在后方的报社男同事，和几个同事一起喝酒到凌晨 5 点。回到家，不顾妻女已睡，他把床单扯了下来当国旗披在身上，在家中每个房间里乱窜并大喊:"我是刘翔! 我是刘翔! "

回国后，我接到了报社的任务:刘翔希望出一本自传，由我来担任主要的采访整理者。

那是 2004 年 9 月的一个下午，在上海普陀区的海棠苑小区，刘翔的家，我第一次见到了刘翔本人。

那是一套两室一厅的房子。他从自己的小卧室走了出来，明显没有休息好，眼皮还有些浮肿。

"叫哥哥! "刘翔的父亲在旁边说了一句。

刘翔愣了一下。

刘翔在 2004 年雅典奥运会夺冠

我忙不好意思地摆手："别别别，没比你大多少。"

刘翔笑了笑，伸出了手："张记者，你好！"

那是我对刘翔的第一次采访，按理，我应该为他的自传搜集很多第一手材料。但现在回想起来，我们很多时间都花在对电脑游戏的讨论上了。

"《传奇》后来不玩了。《帝国时代》，你懂的呀，那时候造农民都要掐秒表的，到几秒造一个，不然后面死得家都不认识。"刘翔说起这些来眉飞色舞。

那一年，刘翔 21 岁。

3

现在回想起来，2005 年，应该是刘翔最火的一年。

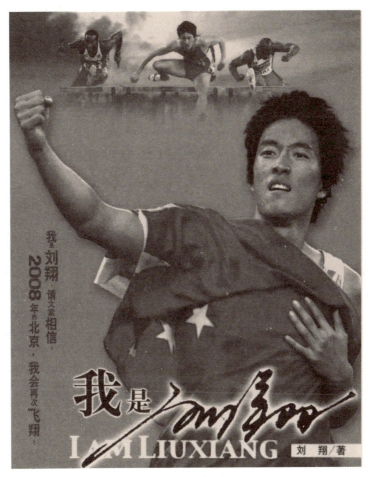

《我是刘翔》封面

其实在 2004 年雅典奥运会结束回国后，刘翔就已经蒙了。奥运归来第一次回家，他发现道路两边站满了自发来欢迎他回家的市民。

半天，刘翔不敢下车。

车里的老刘拍了拍他的肩膀："接下来，不是看你成绩，是看你做人了。"

2005 年，刘翔的热度达到了巅峰，各种各样的邀请、采访、广告，让他晕头转向。

那一年，有位朋友带话过来，一位在温州做生意的朋友希望我牵线，能和刘翔吃顿午饭。"人家愿意出 20 万元。"朋友对我说。

面对热潮，刘翔渐渐选择自我封闭。"我别的不担心，就是担心他太封闭了，会闷掉，整个心态会受影响。"刘翔的父亲不止一次对我这样说。

镁光灯下的刘翔

2005 年，深圳观澜湖承办了"中国十佳劳伦斯冠军奖"的颁奖典礼。刘翔是候选人，我是采访记者，都去了。

颁奖典礼前一晚，我到刘翔的房间去玩。那时候，为防止媒体采访，他那一楼层的电梯口，已经开始专门有保安站岗了。如果不是刘翔自己从房间里出来接我，我根本进不去。

主办方给刘翔准备的也是一间标间。闲聊了一会儿，看时间不早，我准备回自己房间，刘翔忽然说了一句："今晚别回了，睡这吧，我们聊聊天。"

我说算了，怕给他添麻烦。他摆了摆手："我说可以就可以，你放心！"

那天晚上，我仿佛回到了大学时代的"卧谈"，和他聊了很久。话题五花八门，比如他说他以前在少年体校，怎么受年纪大的队友欺负："大冬天，他一声令下，我们就必须赤膊跑到寝室的阳台上做广播操、俯卧撑，不然就要'吃生活'（挨揍）。"

他也说到和柔道队的队员打架："打架这事情，一上来气势绝对不能输人！"

"打不过人家呢？"

"那就逃啊！反正整个基地我跑得最快！"

当然也说各种其他话题，比如变形金刚，比如喜欢的电影、影星。那天他给我讲他欣赏的香港影星，有周润发、成龙、张曼玉，我记得还有刘嘉玲。

那一夜，说到开心处，我们俩会捶各自的床、踢被子。直到第二天一早，"频道"似乎又调了回来。他对着镜子整理衣领："待会儿我有个运动员代表发言，我准备说三个方面……你帮我看看还有什么需要补充的？"

那一晚的颁奖典礼，刘翔毫无悬念地当选了2005年的"中国最佳男运动员"，给他颁奖的嘉宾，就是刘嘉玲。

4

2006年，刘翔在运动成绩上再一次达到了巅峰：在瑞士洛桑，他以12秒88打破了世界纪录。

那时我在德国报道世界杯，还没回国。那天早上起来一开手机，看到有人和我说刘翔打破世界纪录了。我的第一反应是假消息，忙起床去查新闻。一看，居然是真的！我连忙给刘翔打了个电话。

"真的假的?! 我就问你一个问题：现在什么感觉？"

"爽！"刘翔在电话那头吼道。

"那回国给我在那件T恤衫上签个名！"

刘翔打破世界纪录

刘翔破纪录后的第一时间，他的赞助商就发布了一款胸前印有"12秒88"字样的T恤衫，那也是我第一次主动要求刘翔为我签名。

打破世界纪录后的刘翔，进一步成为"无差别级"的国民偶像。我的老师、同学、同事，身边的朋友，各种年龄层次和职业的人，纷纷拜托我帮他们弄一个刘翔的签名，当然，最好能看一眼真人刘翔。

给我印象最深的一次，是在广东。那一次是刘翔冬训，我去采访，一起吃了晚饭后，和几位朋友找了家量贩式的卡拉OK唱歌——刘翔喜欢唱歌，但那时候，这样的放松机会不多。

包厢门外忽然一阵骚动，伴有责骂声，然后门就被撞开了。一个穿着黑衬衣、戴着金项链的50岁左右男子，硬是闯了进来。身后试图阻拦的服务员，被这名男子身后跟着的几个穿黑西装的男子挡在了门外。

"刘翔？刘翔真的在？"那个中年男子边走边嚷，明显喷着酒气。

包厢里的人都挺紧张的，刘翔站了起来，但一时不知如何应对。

气氛有点紧张。

那个男子猛地走到刘翔面前，"果然是刘翔!!!"他喊了一声。然后忽然后退一步——双手一抱拳。

刘翔忙抱拳回礼。

"刘翔！英雄！"那个男子就说了这四个字，随即转身，带着他的人离开了。

5

做英雄，是要有代价的。

2007 年，日本大阪举行世界田径锦标赛，刘翔是男子 110 米栏最有希望的夺冠候选人。日本的媒体，当时送给刘翔一个称号："黄金升龙"。

刘翔抵达的那天，在大阪的关西机场，挤满了中日媒体，希望能采访他。

刘翔随后从出口出来后，却虎着个脸，没有接受任何采访，包括日本粉丝专门为他拉的横幅，也视而不见。他一个人钻进了大巴，而且还背朝车窗，不给人拍照。

我迎上去，希望能和他打个招呼，却不承想，他也没有理我，直接从我面前走了过去。

后来，他的教练孙海平和我解释："刘翔那天其实高烧还没退，来的飞机上，机舱里的人排队找他合影留念，他好像有点情绪了。"

孙海平后面还跟了一句："他很想拿这个冠军……"

在此之前，刘翔还没拿过世锦赛冠军。

所以，当刘翔在决赛那晚，身处第九道，却以 12 秒 95 夺冠之后，他兴奋得有些异常。

在赛后的混合采访区，我隔着围栏，伸出了手，喊了一句："刘翔！"他过来和我猛力击了一下掌，居然说了一句上海话粗口："老卵！"

而他的眼里，明显有泪花。

2007年大阪田径世锦赛，夺冠后的刘翔

那让我忽然想到了大赛前不久的一幕。

那次是去北京体育总局看他训练，结束后我们打了一辆出租车去吃晚饭。我坐副驾驶，刘翔坐司机身后的那个座位。

"哥们儿，你们是运动员吧？"的哥从训练中心门口接的我们，自然这么认为。

我侧头看了一眼刘翔，刘翔蜷在座位上，低头摆手。

之前已发生过好多次，出租车司机认出了他，结果到目的地后，坚持不肯收钱。

于是我否认。

"可惜了，如果是运动员，我就不收你们车钱。"

"是运动员你就不收钱？"我倒好奇了。

"有条件！你得代表我们国家，在世界大赛里进过前三名，我就不收钱！"的哥非常认真地说，"运动员嘛！为国争光就是英雄！"

"不然呢？"我问。

"不然就是狗熊！"

自始至终，刘翔没说过一句话。

6

时间到了 2008 年。

在 2008 年初，我曾问过刘翔现在最大的心愿是什么。

他回答："我希望明天早上一睁眼，就是奥运会开幕了，我想赶紧赛完。"

然后就是本文开头的那一幕。

刘翔是一瘸一拐走回北京奥运村的。他走在前面，一群志愿者不敢上去搭话，默默跟在后面。忽然，有一个女志愿者喊了一声："刘翔！加油！"

"刘翔！好好养伤！""刘翔，我们会继续支持你！"大家都跟着喊了出来，带着哭腔。

晚饭时间，刘翔没有去运动员食堂。房门紧闭。

不知道是谁，在他门口留下了一束鲜花。没多久，鲜花堆满了门口。

刘翔父亲，是第二天才进的奥运村，见到了儿子。

那时候，刘翔正趴在理疗床上，做腿部肌肉恢复。

"爸……"刘翔叫了一声，就没再出声。

房间里寂静得出奇。老刘忽然听见水滴到地板上的声音。然后，他看到，刘翔脸朝下的那块地板，开始湿了。

刘翔哭了。

7

更大的挑战，是康复训练。

2009 年春节，我去了美国休斯敦。在北京奥运会上伤退的刘翔，在那里做康复治疗。

北京奥运会后的某一天上午，我去他家，当时他正在吃早饭，上海人最传统的早饭：大饼、油条和豆浆。

"我决定动手术了。"那天他对我说。

我知道，之前有不少人劝过他，千万别动手术，不然就废了。"但不动手术，我不可能再继续跑下去。动手术，至少我还有机会。"刘翔说。

其实比起手术短暂的痛苦，更大的挑战是在康复训练。

在休斯敦的得州医疗中心，刘翔曾让我做一组他的康复动作，很简单，提着两个哑铃，上一个台阶，再下来。我做了一组，已气喘吁

刘翔在休斯敦莱斯大学的田径跑道上做康复训练

吁，而这样一个动作，伤口才愈合的刘翔要做 10 组，每天至少要做 5 套类似的动作，再加其他各种康复训练。

"我想到过放弃的。这是我第一次想到放弃。我每天晚上闭上眼就在想，明天又是一天，我还能坚持得住吗？"

那天在刘翔休斯敦借住的公寓，我们聊了一个下午。刘翔对我说这句话时确实震惊到了我：手术都决定动了，还会挺不过康复训练？

在休斯敦的莱斯大学，那时的刘翔已经可以开始室外的康复训练了。有一天午后，在做完一组跨栏动作后，他和我坐在沙坑旁聊天。

"有时候我真的很难相信，我怎么已经 26 岁了？"他仰头看天，休斯敦的天碧蓝如洗。

然后他忽然说起了 2008 年，"现在回想起来，那真是一场灾难"。

印象里，这是他第一次在我面前回忆北京奥运会的比赛。

当时在一旁的，是刘翔的赞助商聘请的一位专门来为他拍视频的老兄。这位老兄回国后，剪辑出了一部记录刘翔康复历程的片子，叫《追》，我个人认为拍得很棒。在那部长度为 23 分钟的片子里，他忠实记录了一段采访内容，采访对象，还是一位大哥："大多数客人都这么认为，认为这次他可能觉得跑不过人家了，所以还是退出的好，省得在自己国家面前丢脸。"

（画外音）"那他不是腿受伤了吗？"

"借口！"

（画外音）"那你还会支持他吗？"

"从他退出比赛我就讨厌他了。"

8

现在回想起来，其实整个 2010 年到 2012 年，我也没见过几次刘翔。和他的主要交流方式，也只限于偶尔的电话，或者短信，后来是微信。

那两年的刘翔，感觉是憋了口气。谁都知道他想证明什么，但他自己从来不说。

"最近还行吧？侬稳一点。"

"放心，开心最重要。"

和他的微信交流，一般不会超过这个范畴，我从不问他任何关于训练和比赛的问题。更多的信息，来源渠道变成了刘翔的父亲刘学根。

"嚯哟，你没看到小家伙身上的腱子肉，比 2006 年还要厉害得多。"

刘翔从自己的宿舍里走出来，出发去 2012 年伦敦奥运会

"小家伙下决心八步改七步了。"

"小家伙电话打过来，说这次跑了 12 秒 87，但是是顺风，差点打破罗伯斯的世界纪录，不过没关系，还有机会。"

后来有很多人质疑：奥运会前，刘翔干吗那么拼命跑？

但我知道他。他是怕自己有一天说不定伤又复发了。他想在自己状态最好的时候，把世界纪录给夺回来。①

2012 年 7 月初，我在上海莘庄的训练基地，看到了刘翔。他拉了一个行李箱，从寝室楼里走了出来，老远就冲着我喊："玮哥！你来啦！"

那天，刘翔的父母也来了，因

---

① 2008 年，罗伯斯以 12 秒 87 的成绩打破了刘翔 12 秒 88 的世界纪录。——编者注

为他们要送儿子踏上前往伦敦奥运会的征程。

　　整个告别的环节没有特别的仪式感，就是大家一起合了个影。临上大巴，刘翔一个劲地朝父母挥手："放心，你们放心。"

　　车窗摇上，我没看到刘翔的表情，但刘学根和吉粉花别过了头，揉了揉眼，好像眼里进了沙子。

刘翔和父母告别，那时候，他的脚伤还没有明显发作

9

　　2012 年，我是坐在伦敦奥运会记者席的第一排，看着刘翔退赛的。

　　我采访过三届奥运会，现场目睹了他两次退赛；他唯一一次夺冠，我不在现场。

　　伦敦奥运会的男子 110 米栏第一轮，裁判说："各就位。"我的心跳和往常一样开始加速。

　　尽管采访过那么多次刘翔的比赛，但我依然会紧张。尤其是在决

刘翔和栏架吻别。伦敦奥运会是他参加的最后一届奥运会

赛起跑线上，看到清一色的黑人选手，只有刘翔一个黄种人孤独而坚定地举起双手向观众示意，瞬间就会让你血脉偾张。

在那个时候，我才会觉得往日这个嬉皮笑脸的家伙，有多了不起。

但那天，刘翔还是倒下了。

"医生之前就告诫过我，说我的跟腱很有可能断裂。"

刘翔后来回到上海，和我聊起那天的情景："我后来上跑道，踏了踏起跑器，就知道医生没骗我。"

那天在伦敦，我所能做的，只能是第一时间把"刘翔跟腱确认断裂"的消息发到新浪微博。

馒头大师 🏆
12-8-7 来自微博 weibo.com

【刘翔跟腱断裂】据最新消息，刘翔的跟腱已经确定为断裂，目前正在紧急联系医院进行手术。

↗ 3万　　　💬 1万　　　👍 256

馒头大师 🏆
12-8-7 来自微博 weibo.com

确诊了，刘翔跟腱断裂，正在联系医院紧急手术。

我当时发的微博

2012 年 8 月 8 日晚，伦敦奥运会男子 110 米栏的决赛。

在伦敦市郊的罗姆德小镇，我和刘翔的父亲刘学根，坐在他住所外的露天长椅上。

老刘点燃一根烟，仰望夜空，一语不发。

屋内电视正在直播比赛，但我们俩，谁都没进去。

半晌，老刘幽幽吐出一句："这一切的一切，和 4 年前都太像了。"

然后，老刘开始陷入回忆："他在赛前训练的所有数据都已经超越历史最高水平，那时我想，他应该可以圆梦了。

"以前我叮嘱他回家要戴脚套理疗伤处，他还会笑着说我啰唆，但这两个月，他一回家就自己戴好脚套，我知道他真的要拼了。

"我来伦敦前就知道他的脚又出问题了，但我每天都祈祷，希望奇迹会发生。我一直瞒着他妈妈，我想自己先扛着。

"他伤势一有好转，就会给我发短信，我这一天就会乐得跟什么一样。但他一不发短信，我就知道又糟糕了，这一天就魂不守舍……"

但所有的不甘和郁闷，在老刘赶到医院陪刘翔做跟腱手术的那一天，全部化为乌有。

那是一场一个多小时的手术，刘翔最终被推出了手术室。看到守候在外面的父母，在术中被实施全麻还未恢复的刘翔努力动了动身子，想对父母挤出一个微笑。舌头还不灵活，刘翔的喉咙里发出"嗬嗬"声，费尽全力吐出一个模糊的词：

"没……事……"

那一刻，60 岁的刘学根不顾众人在场，眼泪横流。

"那一刻，哪有什么奥运会，哪有什么冠军，眼前的人，就是我的儿子，其他什么也不是！"老刘说。

10

2015年3月底的一天晚上，10点多，我手机忽然响了，一看，是刘翔。

"玮哥，没睡吧？"话筒那头刘翔的声音，有点低沉，但非常严肃，"想和你讲一件事……"

我的心忽然"咯噔"了一下，一阵莫名的紧张，随后却是释然——他应该是要做出一个重要的决定了……

一周后，在上海体育场，数万人面前，刘翔宣布自己退役。

我没有去现场，在电视机前，泪流满面。

我给刘翔发去一条微信：

"哥们儿，你的青春，其实也是我的青春。你的职业生涯，也是我职业生涯中，最值得珍藏的一段回忆。"

"谢谢你！"他回。

"是我该谢谢你！"我回。

馒头说

2016年6月，我们全家去了一次瑞士，住在蒙特勒。

有一天，我对我太太说，我想去一次洛桑。

她也没问为什么，就说，好。

然后我们就驾车去了洛桑。洛桑不大，没费多少功夫，我就找到了那个体育场。

刘翔创造12秒88世界纪录的那个体育场。

我在微信里问刘翔："你不是说有两块铭牌吗？"

他回道："不知道啊，他们可能摘掉了吧。"

洛桑体育场，记录刘翔成绩的两块铭牌

然后我就找到了那两块铭牌。原来我走反了方向。

那两块铭牌，见证了刘翔在这个体育场，一次打破世界青年纪录，一次打破世界纪录。

我把那两张铭牌的照片又发给了他。

"放心，没摘掉呢！"

看着那两块铭牌，我忽然挺为他欣慰的。

里约奥运会期间，看到不少网友说："我们欠刘翔一个道歉！"

我倒并不觉得是这样。

其实不管世人怎样，刘翔就在那里，他的成绩也摆在那里，并不会因大家的态度而发生任何改变。

刘翔曾被身不由己地捧上云端，也曾被毫不留情地踹下神坛，他经历了远远超过常人所能承受的成功和失败，也得到了常人所不可能得到的锤炼和磨砺。

无须向他道歉，当然，他也从来无须向任何人道歉。

他是中国体育以后可能再也不会出现的一个运动员——不是说他的运动成就，而是他的人生遭遇：大起大落，大喜大悲，大彻大悟。

他就是刘翔。

民国第一个享受国葬的人

这个故事，是关于一个民国时期若隐若现的人。他叫蔡锷，你肯定知道他的名字，却又未必知道他具体干了什么。更多人知道他和一位风尘女子的爱情故事，却未必知道，他是民国第一个享受国葬的人。

1

1915 年 11 月 18 日这一天，是日本客轮"山东丸号"开船的日子。

这艘往返于中国与日本之间的客轮，今天将于天津码头起航。这一天，船上多了一名特别的旅客。

说是特别，这位旅客 30 岁出头的样子，其实和一般人也没太大的区别。他去日本的目的，也并非惊天动地，就是去"养病"而已。

但这确实是一位特别的旅客。当他离开北京前往天津的时候，袁世凯的"首席谋士"杨度就赶紧提醒："此人一去，无异于纵虎归山，放鱼归海，从此我华无宁日矣！"

此人，就是蔡锷。

蔡锷

2

蔡锷，1882 年 12 月 18 日出生，湖南人。从小聪慧的蔡锷，12岁中秀才，16 岁考入长沙时务学堂，在那里遇到了影响他一生的老师——梁启超。很多人知道蔡锷是一名军人，却未必知道他是梁启超的弟子。

蔡锷从上海的南洋公学（现上海交大和西安交大的前身）毕业后，17 岁赴日本读书。就和那个年代无数的青年学子一样，蔡锷发现，读书改变不了国家和民族的命运，于是在短暂回国之后二赴日本学习，并于 1902 年就读于一所孕育出一批改变中国国家命运人士的日本学校——日本陆军士官学校。

在日本陆军士官学校，虽然蔡锷、蒋百里和张孝准名列毕业生前三名的故事无从考证，但他们三个被称为"士官三杰"却是公认的。（蒋百里的故事参见本书《为什么他没打过一场仗，却是陆军上将？》）

蔡锷后来说，自己去读日本陆军士官学校的目的，是觉得那时的中国，不缺少知识分子，但缺少优秀的军人。于是，他就要去做一个能拯救中国的优秀军人。

3

蔡锷这辈子，一共做过两件大事。

第一件，就是在云南响应武昌起义，宣布独立。

1904 年，蔡锷从日本学成归国之后，立刻成为各省争抢的对象——各省都需要能训练新军的人才，更何况是留日学生中的佼佼者。

1905 年蔡锷前往广西，在广西干了 5 年，做了不少军校的校长，其中包括广西陆军小学堂。这个学堂第二期有一个学生，在开学报到时迟到了 10 分钟，蔡锷坚决不允许他入学。这个学生只能来年再考，考上了第三期。

蔡锷日本陆军士官学校的毕业照

这个学生，就是后来的国民党陆军一级上将、指挥著名的台儿庄战役的桂系首领李宗仁。李宗仁后来回忆起蔡锷时说："我们对他敬若神明。"

1911 年初的时候，29 岁的蔡锷已经做到了云南新军第十九镇第三十七协的协统（旅长）。蔡锷没有参加同盟会，但一直和同盟会暗中联系，并明确表态：一旦发生革命，一定给予"绝对同情支持"。

1911 年 10 月 10 日，武昌起义打响了辛亥革命的第一枪（参见本书《一根香烟点燃的革命》）。蔡锷随即践行诺言，于10月30日在云南发动起义，推翻了当地政府。不要小看蔡锷当时这个"协统"。武昌起义，其实是一群班长、排长和连长搞起来的，搞成功后，大家请出黎元洪做都督，黎元洪当时也就是个协统。

革命成功后，蔡锷把当初请他到云南做军务的云贵总督李经羲礼送出境，然后自己就职云南都督，开始大展拳脚。蔡锷上台后，换掉了一批光说不做的人，整顿财政，裁减军队，兴办教育，开发实业。

蔡锷在担任云南都督期间，两次带头减薪，月俸由600元减到60元，只相当于一个营长的月薪，当时在全国闻所未闻。蔡锷的弟弟从湖南来投奔他，想谋得一个职位，蔡锷认为这样不好，给了弟弟20元旅费，让他自己回家。

一时间，云南呈现出一片生机勃勃的景象。

然后，就惊动了一个人。

4

这个人，就是当时的民国大总统袁世凯。

蔡锷擅长下围棋，但在他短暂的一生中，最精彩的博弈，是与袁世凯的真人对决。

有资料显示，蔡锷和袁世凯认识，是在1906年，也就是蔡锷从日本留学回来之后。也有资料说，蔡锷的老师梁启超透露，蔡锷当年想去日本陆军士官学校留学，湖南的亲戚只出得起两毛钱，蔡锷去汉口的亲戚那里借到了6元钱，直到到了北京，才借到了1 000元钱，而给他这笔钱的人，就是袁世凯。

　　无论如何，蔡锷一度还是敬佩袁世凯的——这也很正常，放眼当时的中国，无论资源还是能力，无人能出袁世凯之右。1912 年 1 月，蔡锷曾在电文中称赞袁世凯"宏才伟略，群望所归"。

　　而袁世凯也相当看好蔡锷。他曾这样评价当时的几位最杰出人物："孙氏（孙中山）志气高尚，见解亦超卓，但非实行家，徒居发起人之列而已。黄氏（黄兴）性质直，果于行事，然不免胆小识短，易受小人之欺。蔡锷远在黄兴及诸民党之上，此人之精悍即宋教仁或亦非所能匹。"

　　请注意，袁世凯用的是"精"和"悍"两个字。后来蔡锷对袁世凯的行为也基本上没有脱离这两个字。袁世凯识人，不可谓不准。

　　1913 年 10 月，袁世凯调蔡锷赴京。

　　按照目前的说法，袁世凯不放心蔡锷拥兵远在云南，所以将之调入北京"软禁"。

　　蔡锷在北京的两年，袁世凯表面上对他礼遇有加，先后给了他一连串的官衔，如政治会议议员、参政院参政、将军府将军、陆海军大元帅统率办事处办事员、全国经界局督办等；还几乎每天召见，说是磋商政要，其实是防他有变。袁曾对亲信曹汝霖说过蔡锷"有才干，但有阴谋"，其中就有"囚虎于柙"之意。

　　这固然是袁世凯调蔡锷到身边的一大目的，但从袁世凯对蔡锷的赏识来看，并非完全不想用他。民国著名记者陶菊隐在《蒋百里先生传》中说，袁世凯"心目中的军事新人物，陆军总长一席以蔡松坡（松坡为蔡锷的字）为最适宜"。

　　而蔡锷之所以肯离开自己的基地云南赴京，还是怀着一腔热血的——用梁启超后来的话说，蔡锷有点"抱有幻想"。蔡锷并不是没有认识到袁世凯的私心，但还是希望借袁世凯之手，建立起中国现代化的国防。

但是，袁世凯还是让蔡锷失望了。

如果说袁世凯对蔡锷的种种建议置之不理只是让蔡锷失望的话，那么北洋政府与日本签订《二十一条》，就超出了蔡锷对袁世凯的认知底线。

更让蔡锷没想到的是，袁世凯居然准备开历史的倒车——自己当皇帝了。

5

袁世凯称帝时蔡锷的态度，一直是一个争议的热点。

1915 年 8 月，袁世凯称帝之前的准备活动已经到达高潮，全国各省的督军签名"劝进"，在那份劝进表后面，当时被袁世凯封为"昭威将军"的蔡锷，是第一个签名的。

蔡锷为什么要签名，后来又为什么反对袁世凯称帝呢？

有人曾说，蔡锷出尔反尔，是在"投机"。但从当时的形势来看，拥有全国最高统治权力的北洋系，并没有公开反对袁世凯称帝的声音

当时的劝进表（部分）

（虽然段祺瑞、冯国璋等私下里是反对的），而蔡锷第一个跳出来反对，冒有极大风险，而蔡锷反袁时又不是墙倒众人推，有何"机"可投？

那他当时为什么要签名呢？

还是要设身处地去想，从蔡锷当时所处的环境来看。作为袁世凯身边被牢牢看管的人，坚决不在一份明显就是要大家表忠心试态度的文件上签字，后果可想而知。

还有一个关键的细节。劝进表的签字，发生在 1915 年 8 月 25 日，而就在 8 月 24 日，蔡锷搭乘火车，从北京前往天津，与老师梁启超密谋了一整夜。

梁启超故居陈列馆，梁启超与蔡锷密谋反袁的蜡像

如果真心准备签名，蔡锷为何要紧急前往天津，去找坚决反对帝制的老师梁启超？梁启超在 1922 年的《护国之役回顾谈》中，透露了当夜密谈的结果，蔡锷认为："若不把讨贼的责任自己背在身上，恐怕中华民国从此就完了。"

由此可见，在劝进表上签字，应该是蔡锷麻痹袁世凯的第一步。

6

说到蔡锷与袁世凯的周旋，就不能不提到一位女性的名字：小凤仙。

在民间传说中，蔡锷与小凤仙的缠绵故事一直是大家津津乐道的话题，写成小说，拍成电影，口口相传。

遗憾的是，蔡锷与小凤仙认识是真，但真说如何要好，恐怕未必。

根据小凤仙 1951 年拜见京剧大师梅兰芳时做的自我介绍可知，她当年遇见蔡锷时，只有 16 岁。一个胸怀大志的将军，与一位 16 岁的少女一起共谋大事，想来也不太现实。

蔡锷在袁世凯称帝之后，确实开始流连于烟花柳巷，也正是在那个时候认识的小凤仙。有人说，蔡锷这样做为的是麻痹袁世凯。但袁世凯是何等精明之人？他会相信素来严于律己的蔡锷，突然开始声色犬马？那样未免也太低估袁世凯了。

所以，蔡锷去青楼不假，但主要是用来表态的：你称帝便是了，我不管，总行了吧？对袁世凯，做戏不能做得太过，这点蔡锷很清楚。所以要说他和小凤仙有真正的灵魂契合，并不见得。

据蔡锷长子蔡端后来回忆，他的母亲潘夫人（蔡锷的二夫人）给他讲过，有一次蔡锷陪家眷去看戏，开场前指着包厢里一年轻女子对潘夫人说："她就是小凤仙。"这个回忆至少说明两点：蔡锷是和家人一起看戏的，以及，

小凤仙

蔡锷和小凤仙交往并不背着家人。

蔡锷夫人潘蕙英

至于蔡锷脱离袁世凯的控制，被传是小凤仙鼎力策划协助，这恐怕又高估小凤仙的能耐了。事实上，蔡锷的脱逃是一步步精心计划过的：先是离开北京到天津，然后从天津想办法去日本，然后从日本去上海，取道香港去越南的河内，然后再返回自己的基地云南。

绕这么一个大圈，需要精密的计划和接应，小凤仙恐怕是无能为力的。

1915 年 11 月 18 日，也就是本文开头的那一幕，是蔡锷逃脱袁世凯控制的最关键一步，那就是离开中国本土，取道日本再回云南。

先是离开北京，然后再离开天津，然后再绕回云南，蔡锷就这样一步步，让袁世凯亲手放走了自己。

说蔡锷"精"，一点不假。

7

然后，就是蔡锷的"悍"了。

1915 年 12 月 19 日，历尽艰辛，蔡锷终于抵达昆明，开始做他人生中第二件大事：起兵反袁。

现在我们之所以记住"蔡锷"这个名字，是因为历史教科书告诉我们，蔡锷是起兵讨伐袁世凯的第一人。

一句简单的话，背后其实是极大的分量。

蔡锷起兵之时，是袁世凯正式称帝的两周后。当时虽然全国骂声一片，但多半都只敢在肚子里骂——袁世凯掌握着全国的军权，手下的北洋系悍将如云。当时的情景，有点像是一群半大不小的少年，围着一个膀大腰圆的壮汉，少年们聒噪：揍他！揍他！可谁也不敢先动手。

蔡锷是第一个挺身而出的人。

1915 年 12 月 22 日晚，蔡锷和另外 37 人歃血为盟，立下誓言："拥护共和，吾辈之责。兴师起义，誓灭国贼。成败利钝，与同休戚。万苦千辛，舍命不渝。凡我同人，坚持定力。有渝此盟，神明必殛。"

12 月 25 日，蔡锷和云南督军、他的学弟唐继尧一起通电全国，宣布云南独立，表示"拥护共和，反对帝制"。誓师之时，蔡锷称："吾侪今日不得已而有此义举，非敢云必能救亡，庶几为我国民争回一人格而已。"

而袁世凯根本不敢相信，世间怎会有蔡锷这样的人，不为自己的私利和地盘，居然是"要为四万万同胞争人格"。

于是两军开战。

按照事先计划，1916 年 1 月，蔡锷率领的滇军第一军开始进攻四川。这是蔡锷第一次领兵作战，却也展示了自己的军事天赋。在后方唐继尧不发饷、不增援的情况下，面对近 10 万北洋军，蔡锷不足万人的部队从 1 月打到 3 月，基本歼灭了北洋军主力第七师。

值得一提的是，在其中一场关键的纳溪战役中，蔡锷护国军麾下的第三梯团第六支队支队长勇猛异常，率兵拿下了这场关键战役。那个支队长，叫朱德。

朱德后来回忆当时看到蔡锷的情景："我大吃一惊，说不出话来，他瘦得像鬼，两颊下陷，整个脸上只有两眼还闪闪发光。"

当时的蔡锷，因为患有肺结核，又加上长期劳累，其实已经病入膏肓。但他知道自己不能倒下。以当时国内的形势，蔡锷和他的部队其实已经是一面旗帜，只要旗帜不倒，那些反对袁世凯称帝的人，就敢站出来。

1916 年 1 月 27 日，在蔡锷的护国军与北洋军鏖战的时候，贵州响应，宣布独立。3 月 15 日，广西响应，宣布独立。蔡锷趁机大举反攻，连战连捷。北洋军最终只能签订停战协议。

1916 年 3 月 22 日，袁世凯宣布取消帝制。6 月 6 日，袁世凯去世。

8

早在护国战争期间，蔡锷就表示：一旦战争胜利，自己将辞去一切职务。

他也正是这样做的。袁世凯去世后，继任总统的黎元洪任命蔡锷为四川督军兼省长。但不久后蔡锷即多次请辞，但未果。从这个角度看，说蔡锷反袁是"投机"，也是站不住脚的，因为蔡锷没有图谋任何利益。

不过，那个时候，蔡锷的身体也确实承受不住了。1916 年 9 月，蔡锷的肺结核已感染到喉部，说话都要费很大力气，只能东渡日本治疗。只是蔡锷病入膏肓，日本的医生也无能为力。1916 年 11 月 8 日，蔡锷因医治无效，病逝于日本福冈，年仅 34 岁。

1917 年 4 月 12 日，蔡锷遗体荣归故里，北洋政府在长沙岳麓山为他举行国葬。

蔡锷，成为民国历史上第一个被国葬的人。

1917 年，蔡锷将军的灵柩从日本运抵中国上海的码头

馒头说

曾有人说，蔡锷很"善变"。

比如他对袁世凯。1912 年 1 月 12 日，蔡锷在给黎元洪的电文中赞扬袁世凯"宏才伟略，群望所归"，但两周之后，因为袁世凯试图召开"国民会议"商讨有无君主体制可能的时候，蔡锷又称他为"袁贼"，准备兴兵讨伐。但等到袁世凯逼退清帝，承认中华民国，蔡锷又发电祝贺他"群望所归"。当然，更不要说他之后的反袁了。

还有对国民党。蔡锷一直拒绝加入同盟会，但在辛亥革命期间，坚决支持同盟会，并且自己投身革命，促成云南独立。然而，在袁世凯被怀疑暗杀宋教仁之后，蔡锷却又坚决阻止革命党人对袁世凯用兵，认为应该遵守《临时约法》，由参议院弹劾，而不是动不动就用武力解决。更不要说孙中山发起"二次革命"，蔡锷其实是持反对意见的，认为这样只会导致国家支离破碎，生灵涂炭。所以在江西、广东各省宣布独立后，云南都督蔡锷反而宣布中立。

是蔡锷善变吗？恐怕不是。他的种种"变"的背后，其实是有一个核心的"不变"，那就是：对这个国家有利的，我都赞成；对这个国家不利的，我都反对。

纵观民国历史，像蔡锷这样不党不群、不要地盘不拉军队的将军，真的找不到第二个。而偏偏就是这个只念国家、不念私人的将军，对中国的进程产生了影响。

据说，蔡锷在日本医院临终时，看到了窗外日本刚配备的飞机的训练，深受刺激。他对身边的蒋百里说："我早晚就要和你分手了。我们建设国防尚未着手，而现代战争已由平面而转立体，我国又不知道落后了多少年。"

而他对自己即将面临的死亡也深感遗憾："我不死于对外作战，不死于疆场马革裹尸，而死于病室，不能为国家做更大贡献，自觉死有余憾。"

据身边人回忆，蔡锷的遗嘱是尽力口述的，全是关于国家大事，没有一句涉及家里。

我有时会想：将军如果不是英年早逝，后来又会怎样？

他没有军衔，但人人称他"将军"

他的名字，其实我们都挺熟悉的，但他究竟做了些什么，未必每个人都非常了解。

1

1936 年 2 月 20 日，在白雪茫茫的东北三省林海雪原，有一群人，发出了这样一个宣言：

全中国同胞们！全东北一切抗日武装军队同志们！

日本强盗帝国主义以"防共自治"为借口，夺我黄河以北五省，更以"日华提携"欺世谰言，想要吞并我全中国，日本寇贼近来要加紧向和平的苏联国屡屡挑战，同时又与意、德两国勾结，作对抗英、美、法的大战准备，把千万同胞生命财产作为大战的牺牲品，完全变成亡国奴。

……

现在顺着全国救国运动之转移，使抗日军队组织越加巩固与

杨靖宇领导的抗联第一路军警卫旅部分官兵

行动统一。将我各军军队建制、名称完全改组建制为东北抗日联军第一、二、三、四、五、六军，以及抗日联军××游击队……

我们中国海内外同胞应一致团结起来，铲除穷凶极恶的寄生虫、魔鬼日本强盗，我们从古今中外一切历史事变以及最近阿比西利亚反抗意大利的侵略战争的例子来看，我们深信中国抗日救国，终究必能达到胜利。

东北反日救国总会

1936 年，离东北三省沦陷已经过去了 5 年的时间。这片属于中国的土地，已经被日本人冠上了"满洲国"的伪号。

但是，让日本人相当头疼的是，有这么一支中国部队，哪怕在官方的东北军撤离之后，依然没有放弃过抵抗。日本人把这支部队活动的地带，称为"癌肿地带"，把他们的领导者，称为"东边道社会治安之癌"（东边道，指东北东南部区域，面积大概相当于吉林和辽宁两省的一半）。

这支部队的领导者，就是我们要说的人，他叫杨靖宇。

2

　　杨靖宇，1905年2月13日出生，身高一米九三，说一口流利的东北话。

　　但他其实不是东北人，他出生在河南省确山县的李湾村（今驻马店市驿城区），幼年丧父，家境贫寒。他的名字，原来也不叫"杨靖宇"，叫"马尚德"。

杨靖宇

　　1923年，18岁的杨靖宇考入河南省立第一工业学校（今河南工程学院），和很多当时的热血青年一样，他秘密参加了革命，并在1926年加入了中国共产主义青年团。

　　杨靖宇最初的特长，其实并不是军事指挥，而是发动农民运动。1926年，受中共组织派遣，他回到老家确山县发展农民运动，农民协会的会员在短时间内就发展到了一万多人。1927年，杨靖宇领导了豫南农民起义，率领数万农民武装占领确山县城，打垮了北洋军第八军的一个旅。

　　1929年，杨靖宇离开家乡，受组织派遣，前往东北。一开始，杨靖宇化名"张贯一"，在抚顺煤矿建立党组织，随后开始慢慢介入军事领导工作。

　　在这个过程中，杨靖宇的坚韧性格开始显现：他曾被捕入狱5次，受尽酷刑，但没有一次服过软。

　　东北自1931年"九一八事变"之后落到了日本人手里。在整个事变中受命不放一枪的东北军撤出后依然涌现出不少有血性的汉子，以马占山为代表，不愿放弃抵抗。黑吉辽大地上活跃着不少正规军、警察大队和游击队，他们统称"东北抗日义勇军"。

缺乏统一指挥的义勇军，各自为战，再加上战术单一，虽然一腔热血，但很容易就被日本人各个击破。到了1933年左右，东北抗日义勇军基本已经化整为零。

这个时候，中共中央决定，在东北建立党领导下的抗日民族统一战线，以南满游击队和海龙游击队为基础，成立东北人民革命军第一军独立师。担任师长兼政委的，正是杨靖宇。

在这个基础上，1935年8月，中共满洲省委决定，以共产党领导的东北人民革命军、抗日联合军和游击队为基础，联合其他抗日武装，成立"东北抗日联军"，杨靖宇任抗日联军第一军军长兼政委。

杨靖宇这个名字，开始成为关东军的一个噩梦。

3

在日本东京的"靖国神社"，供奉着一批牌位，叫"肉弹十勇士"。

"肉弹"在这里的含义，与饮食无关，专被当时的日本军国主义用来比喻"自杀式冲锋"。"肉弹十勇士"顾名思义，就是发动自杀式冲锋的10个人。

按照日本方面当时的记载，包括东濑军曹在内的10名关东军士兵，在一场追击中国军队的途中被反包围，绝望之际，他们冲入了对方阵地——严格地说，是"自杀"，但起不到任何"攻击"的作用。

旅日作家萨苏考证，当时围歼东濑他们的中国部队，就是杨靖宇率领的部队。

当时的东北抗联，有"南杨北赵"的说法。"北赵"说的是另一位名将赵尚志，"南杨"说的就是杨靖宇——"杨靖宇"这个名字，是在 1932 年改的，因为"靖宇"有"驱除外敌"的意思，而且在朝鲜语里跟大家习惯叫的"杨政委"发音很像。

赵尚志打仗的特点是又猛又狠，而杨靖宇的特点是灵活多变，尤其擅长游击战。面对强大的关东军，抗联一改之前"东北抗日义勇军"以阵地战为主的打法，而是遵循了"敌进我退，敌乱我打"的游击战术，搞得关东军和伪满军队相当头疼。

据当时日伪统计机关统计，仅 1935 年，东北抗联就在东北三省各地发起大大小小战斗 39 105 次，截至 1940 年，共发动大小战斗近 7 万次。根据日本外务省发布的统计数据，日本在东北共损失近 27 万士兵，其中减去苏联方面宣布歼灭的 8 万人，剩下的 18 万，应该就是东北抗联和其他抗日义勇军的功劳。最巅峰时期的 1941 年，东北抗联在东北三省牵制了 76 万日军（实事求是地说，日本人的另一大任务是防御苏联）。

渐渐地，关东军把矛头集中指向了东北抗联总指挥杨靖宇。

杨靖宇当时让关东军恨到什么地步，从日本当时的记录可以看出来：从 1938 年开始，日本关东军司令部调集了 6 万人的部队和警察大队，专门"剿杀"杨靖宇（东北抗联巅峰时期不过 3 万人），当时下达的命令是：看到抗联和其他队伍，其他放过，只打抗联；看到抗联队伍里有杨靖宇的队伍，其他放过，只打杨靖宇的队伍。

同时，关东军开始检讨原来的作战思路，做出三点改变：

第一，在抗联出没的地区，进行武装屯田移民和保甲连坐，每二三百户居民就用铁丝网圈起来居住，设岗楼和巡警，老百姓进出不得携带多余食物和衣物，断绝抗联和当地百姓的一切联系。

第二，只要发现抗联队伍，就紧紧咬住跟着打，一刻也不放松，逼迫抗联队伍不断分兵突围，越打越小。

第三，改变以前的滥杀政策，招降和优待抗联的叛变分子。

事实证明,这三点都起到了作用,而最起作用的,就是第三点。

叛徒的杀伤力,永远都是惊人的。

4

1938 年 7 月,杨靖宇麾下东北抗联第一军第一师师长程斌叛变投敌。这是第一个"重要"叛徒。

程斌是杨靖宇的爱将,有"小杨靖宇"之称,打起仗来又狠又准。关东军抓了程斌的母亲,胁迫他下山投降。

程斌最终选择投降,但他不是一个人,而是拉了手下 115 个人,带了大量的枪支弹药,包括现金,下山投降。

伪通化省警务厅厅长岸谷隆一郎为程斌举行了一个盛大的欢迎仪式,宣布成立"程斌挺进队",岸谷隆一郎还把自己的军刀赠给了程斌。

程斌投敌后立的第一个"大功",就是带着日本人摧毁了蒙江县(今靖宇县)境内杨靖宇设立的 70 多个密营。密营是抗联存放粮食、布匹、药品和枪械的秘密营地,在失去当地百姓的后勤支持后,密营是抗联的生命补给线。

一夜之间,杨靖宇的队伍陷入了弹尽粮绝的绝境。

1939 年秋天,关东军开始对杨靖宇部队展开全面扫荡,打先锋的,就是岸谷隆一郎手下的 10 个伪警察大队——包括程斌在内,10个伪大队长,都是叛徒。

程斌对杨靖宇和东北抗联的战术和路线实在太熟悉了,他甚至只看地形就知道杨靖宇部队接下来会转移到哪里去。在这个过程中,东北抗联蒙受了巨大损失,减员严重。

1940 年 1 月,杨靖宇的部队弹尽粮绝,在零下 20 多度的冰雪环

抗联的密营

境下，他们开始用布包着脚在雪地里前行，饿了只能啃树皮。为了解决部队补给，杨靖宇命令大部队北上突围，自己带着十几个战士，继续与敌人周旋。

1月22日，第二个"重要"叛徒出现了。杨靖宇的警卫旅参谋丁守龙被伪通化省警察大队捕获，随即变节，杨靖宇的隐蔽位置、兵力情况被日军获知。包围圈大大缩小。

2月1日，第三个"重要"叛徒出现了。杨靖宇警卫员张秀峰携大量经费和一些绝密文件投敌。张秀峰是杨靖宇抚养成人的，两人情同父子。张秀峰的叛变大大出乎杨靖宇的意料。更关键的是，张秀峰透露了杨靖宇的突围路线和意图，致使日军的包围圈进一步缩小，几乎已经可以精准定位到杨靖宇。

2月22日，杨靖宇碰上了汉奸，这一次的出卖，是致命的。

这一天的上午，孤身一人，已经5天5夜没吃过东西的杨靖宇

（他的两个警卫员下山买粮时牺牲），在保安村以西五里的山里，终于等到了4个砍柴的"村民"。其中的一个"村民"，是伪军的排长，叫赵廷喜。

杨靖宇恳求他们，回去带点食物和棉鞋回来，他重金酬谢（杨靖宇身边确实有不少现金，只是苦于买不到粮食）。

赵廷喜劝他："我看你还是投降吧，如今'满洲国'对投降的人不杀头的。"

杨靖宇回答："老乡，我是中国人哪！不能做这样的事。我们中国人都投降了，中国就完了！"

答应给杨靖宇弄点粮食的赵廷喜，在回去的路上碰到了另一个汉奸李正新。因为怕其他三个人先报告看到了杨靖宇，赵廷喜立刻把事情全盘说出。

2月23日下午3点左右，日军赶到，包围了杨靖宇最后的藏身处。

5

日本的《"满洲国"警察外史》，以及伪满时期的内部档案《东边道治安肃正工作》，都记录了杨靖宇生命的最后时刻。

在离杨靖宇藏身处50米远的时候，日军指挥官西谷喜代人让部队停止前进。

西谷喜代人开始喊话："君是杨司令否？"

整个南满地区，无论日军还是伪军，都已经习惯称杨靖宇为"杨司令"，根本忘记直呼其名。

杨靖宇回答："是的，我就是杨司令。"

西谷喜代人继续喊话："我们是通化的警察队。在我们的部队里面，曾经是君之同志的，都归顺了。若是君能归顺，岸谷厅长必会热切相迎。现在这个地方，要逃脱是不可能的了，何必急着去死呢？考虑一下归顺可好？"

杨靖宇回话："我珍惜自己的生命，但不可能如你所愿。很多部下都牺牲了，我如今只剩了自己一个人。虽临难，但我的同志们在各地转战，你们灭亡之日必将到来。我将抵抗到底，无须多说，开枪吧。"

枪声大作。

杨靖宇手持双枪，不断射击，在右臂被击中后，左手持枪继续还击。

眼看生擒无望，西谷喜代人下令击毙杨靖宇。一颗子弹随即击穿了杨靖宇的胸膛。射击的人叫张奚若，是东北抗联里有名的机枪手，随程斌一起投降，也曾是杨靖宇的爱将。

据说，杨靖宇在战斗中，背靠一棵树，边打还边喊过一句话："对面哪个是东北抗联投降的？滚出来！我有话说！"

杨靖宇倒在雪地里的时候，日本人还不相信自己真的射杀了大名鼎鼎的"杨司令"。

在确认尸体是杨靖宇之后，按照当时日方的报道："是杨啊，于是所有的讨伐队员都发出了男儿之泣。"

如果说那几名叛徒暗暗流出几滴眼泪，倒也可能可信，但日本人是不会有心情流泪的，他们有的，只是好奇：究竟是什么支

伪警察大队展示杨将军遗体，左边两个都是中国人。日军后来还残忍地割下了杨靖宇的首级示众

撑着杨靖宇在零下 20 多度的冰天雪地里存活那么久？他是不是还有"密营"？

日本人后来剖开了杨靖宇的胃。

他们失望了，杨靖宇的胃里只有三样东西：棉絮、稻草，还有树皮。

岸谷隆一郎感叹："虽为敌人，睹其壮烈亦为之感叹，大大的英雄！"

在杨靖宇的遗物中，日本人除了手枪、子弹、怀表这些东西以外，找到了一个特别的东西：口琴。

日本人无法理解，在冰天雪地，饭都吃不饱，随时可能送命的环境里，杨靖宇为什么还要带着一只口琴。

第一批在现场围捕杨靖宇的那个大队，程斌也在内，但无法确认是哪一个。程斌之后一度逃脱制裁，在 1951 年被人检举身份，枪毙。赵廷喜 1946 年被群众抓获，枪毙于杨靖宇坟前。但张奚若、张秀峰等人因为种种原因（缺乏证据、追诉时效等），均逃过了制裁。张奚若晚年坚决否认自己射杀了杨靖宇（其余人都指认是他）

据说在发现口琴的时候，队伍中的叛徒、原抗联一路军参谋长安光勋忍不住痛哭失声——以前每每在队伍休息时，杨靖宇都会拿出那个口琴，吹曲子给抗联的战士们听。

6

1945 年 8 月 9 日，在中苏边境上，150 万苏军如同潮水一般扑向了日本的关东军，发起了总攻。

在百万大军中，有一支 1 000 多人的部队，以空降的方式，降落到了东北关东军身后，实施突袭。

这支部队都是中国人，他们就是当年被迫北上，且打且退，直到退入苏联境内的东北抗联战士。当年东北抗联的老弟兄们，最终以这样的方式，打回了自己的故乡。

只是在雪花飞舞的白山黑水之间，再也听不到熟悉的悠扬的口琴声了。

馒头说

关于抗战中的国共两党，之前一直听到这样的争论：在抗日战场上，国民党军队一共牺牲了 206 位将军，而共产党军队只牺牲了一位（左权，八路军副总参谋长）。

言下之意，看得明白。

我写过很多可歌可泣的国民党将领的事迹，也一直认为过去的教科书有忽视国民党军队抗战作用之嫌。但如果只以牺牲将军数来衡量抗日战场上双方的付出，就是另一种矫枉过正。

第一，国民党军队的 200 多位将领里，不少是在与八路军和新四

军的摩擦中战死的，中共方面承认的抗战牺牲的国民党高级将领只有
100 多位。

第二，国民党将领中，光追认的少将就有近 60 位，不少人生前
只是团长一级。而如果以这个标准算，八路军和新四军抗战期间牺牲
的团以上干部有上千名，连不少县大队长取得的战绩以及指挥的部
队，都已经超越了国民党军队的团长甚至旅长。但 1955 年授衔时，
只授衔给健在的，对牺牲的同志，只是追认为"烈士"。

第三，国民党军队有完整的授衔体系，八路军和新四军属于国
民革命军的战斗序列，抗战期间只有 31 人被授过衔，其他都没给军
衔，怎么统计呢？

想到写这个，还是因为杨靖宇。

按杨靖宇和赵尚志指挥的部队数量，当时按序列就应该是国民党
中将级别，以他们取得的战绩和做出的牺牲，至少要追认二级上将级
别，但我写杨靖宇的时候，实在不知道该写他是什么军衔，只能冠以
"总指挥"。

没有人给杨靖宇授过衔。

而我想，杨靖宇和他的东北抗联，在漫天飞雪中与日寇以命相搏
的时候，应该也没想过自己到底是什么军衔。

最后，以一个日本人的故事作为结尾。

还记得当时那个伪通化省警务厅厅长岸谷隆一郎吗？因为消灭了
杨靖宇，他一路升迁，最后到了伪山西省副省长的位置。因为杨靖
宇，他对中国军人产生了强烈的兴趣，后来一直在做研究。

但是，1945 年到了，日本投降了。

在日本投降前夕，岸谷写了一封遗书，用氰化钾毒死了自己的妻
子和女儿，然后切腹自杀。这件事在日本引起震动。

据说，在遗书里有这样一句话："天皇陛下发动这次侵华战争，或

许是不合适的。中国有杨靖宇这样的铁血军人，一定不会亡国。"

遗言真伪不可考，但道理是没错的：中国的军人在这场持续了14年的捍卫自己民族生存的搏命之战中，前仆后继，从来就没有停止过战斗。

杨靖宇直到牺牲，也没有被授过军衔，但我们一直尊称他为"将军"。

希望这样的将军，在过去、现在、将来，中国不会只有一个。

为什么他没打过一场仗，
却是陆军上将？

这个人的名字，在民国的历史上，一直若隐若现。说他有名，却并非大红大紫，说他无名，民国每一个名人，都对他非常尊敬。他叫蒋百里，是一个从没有带兵打过仗的陆军上将。

1

在民国的历史上，有一个人，始终是一个神奇的存在。

他从未带过兵、打过仗，但逝世后，被蒋介石追授为陆军上将。

他只做过一所陆军学校七个月的校长，但从这所学校毕业的将官，都以是他的弟子而自豪。

他曾写过一本书，请梁启超作序，梁启超后来反过来又请他作序。

他为中国击败日本的侵略殚精竭虑，自己却娶了一个日本姑娘做妻子。

他有个女婿，名叫钱学森，他还有一个妻侄，名叫查良镛，笔名金庸。

这个人，叫蒋百里。

2

蒋百里 1882 年出生，浙江海宁人。蒋百里的祖父蒋光煦，是清代著名的藏书家，藏书达到 10 万册。所以说蒋百里也算出身"书香世家"。

为什么说"也算"呢？因为蒋百里的父亲蒋学烺生下来有残疾（缺左臂），不被蒋光煦喜欢，被送到寺庙里出家做了小沙弥。蒋学烺长大后，还俗学医，娶妻生子，这才有了蒋百里。

蒋百里 13 岁的时候，父亲亡故。因为父亲之前出家，所以蒋百里不能归入蒋家，也得不到家族遗产。母子俩相依为命，日子过得很艰苦。

蒋百里

当时蒋百里的叔父请了一位老秀才给自己的孩子上课，没钱读书的蒋百里只能溜到书房里去"蹭听"。那位老秀才看蒋百里聪慧过人，决定不收他的学费，免费教他读书。

这一教，不得了，1898 年，16 岁的蒋百里考中秀才。

但如果照这样发展下去，中国无非也就多了一个无名的儒生。还好，蒋百里志不在此。在考秀才前，他就喜欢读《普天忠愤集》（中日甲午战争时期中国诗文的总集）这类书，读到激动的地方，蒋百里会放声痛哭，悲愤交集，发誓要为国家的强大贡献力量。

所以，蒋百里在 19 岁的时候，放弃了做私塾教师，在一个知府、一个县令和一个监院的赞助下（可见当时看好他的人不少），东渡日本，去报考日本陆军士官学校。

和当时很多的有志青年一样，蒋百里决定投笔从戎。

3

青年蒋百里

按照曾经流传最广的一个说法：在日本陆军士官学校，蒋百里迎来了他人生的第一个高光时刻。

在这个版本中，蒋百里1905年从日本陆军士官学校步兵科第17期毕业时，名列第一，在所有日本毕业生面前拿走了天皇御赐的佩刀，让所有日本人颜面扫地。随后陆军士官学校决定将中国学生和日本学生分开计算成绩，以防中国学生再得第一名。（在这个版本中，第二名是蔡锷，第三名是张孝准，前三名被中国人包揽。）

这个版本，在陶菊隐的《蒋百里先生传》、曹聚仁的《蒋百里评传》等著作中都有记载，后世的叙述多引用于此。

但有越来越多的考证显示，日本的陆军士官学校从没有天皇赐刀的传统（比这所学校级别高的日本陆军大学倒有），而且无论毕业时间、同学姓名、有案可查的成绩排名，似乎都无法证实蒋百里的这段光荣事迹。

所以，从这个角度来说，蒋百里这段被人广为传颂的事迹，缺乏有力的证据支持。

不过，和蒋百里前后几乎同期（或差一期）从陆军士官学校毕业的日本同学中，有些名字还是非常扎眼的：东条英机、土肥原贤二、板垣征四郎、阿南惟几、山下奉文……

16	1904.10	549	永田鉄山	4	岡村寧次
					土肥原賢二
					板垣征四郎
					安藤利吉
17	1905.03	363	篠塚義男	3	東条英機
					後宮　淳
					前田利為
18	1905.11	920	安井藤治	5	山下奉文
					岡部直三郎
					藤江恵輔
					阿南惟幾
					山脇正隆
19	1907.05	1068	柳下重治	5	今村　均
					田中静壱
					河辺正三
					喜多誠一
					塚田　攻
20	1908.05	276	草場辰巳	6	朝香宮鳩彦王
					東久邇宮稔彦王
					下村　定
					吉本貞一
					木村兵太郎
					牛島　満

日本陆军士官学校第16~20期优秀毕业生的名单，里面并没有蒋百里的名字。当然，在毕业生名录里也没有中国学生的名字。可能在那个时候，中日学生的成绩已经分开记录

这些后来在中国战场上肆意横行的日本师团长（东条英机后来成为首相，阿南惟几成为陆军大臣），当时都是日本陆军士官学校名列前茅的优等生。

不过，不管蒋百里在日本陆军士官学校取得了什么成绩，从他毕业回国就受到清朝东北三省总督赵尔巽重用并保荐这一事例来看，蒋百里当时在日本陆军士官学校里应该还是颇有威名的。

只不过，蒋百里其实终生对日本的陆军体系评价不高。1906年，蒋百里被公派到德国学习军事，成为兴登堡元帅（后为德国总统，任命希特勒担任总理）下面的一个连长。4年后，蒋百里学成回国，立刻成为京都禁卫军管带（二品）。

蒋百里在德国留学时的照片

这一年，蒋百里才28岁，放眼当时的同龄人，没有人能和他相比。

4

28岁之后。蒋百里的各种事迹被人传颂。

比如他的刚烈。1912年底，29岁的蒋百里被授少将，出任保定陆军军官学校校长。这所学校是中国第一所正规的陆军学校，培育出一大批后来国共两党的高级将领。蒋百里以29岁的年龄担任校长，就足见他当时的地位。

蒋百里到了保定军校后，首先向全体学生承诺：一定会把他们训练成最优秀的军官，不然就"自戕以谢天下"。

　　蒋百里随后做了大量的改革，和学校师生同吃同住，亲自授课。他在日本和德国的留洋经历，注定他有远高于当时国内其他人的视野，从老师到学员都很钦佩他。一座本来已经野草丛生、快要倒闭的保定军校，到了蒋百里手里，焕然一新。

　　但当时北洋政府的一批旧军人代表（主要是段祺瑞）对这所学校的新式培训方法不是很认同，处处刁难，到后来更是连经费都不拨了。蒋百里上任之初，曾向同学们保证要好好管理这所学校，现在这个样子，让蒋百里觉得自己愧对同学。

1919 年，中国赴欧洲考察团在巴黎的合影（前排左二为蒋百里、左三为梁启超）

　　1913 年 6 月 18 日凌晨 5 点，天刚亮，蒋百里召集全校两千余名师生紧急训话。那天，蒋百里身着黄呢军服，腰挂长柄佩刀，足蹬锃亮马靴，全副武装，站在石阶上对全体师生说：

　　　　我初到本校时，曾经教导你们，我要你们做的事，你们必须办到。你们希望我做的事，我也必须办到。你们办不到，我要责罚你们。我办不到，我也要责罚我自己。现在看来，你们一切都还好，没有对不起我的事。我自己却不能尽校长的职责，是我对不起你们……你们不要动，记住，你们要鼓起勇气，担当中国未来的大任！

正当师生纳闷校长为何要说这些话时，蒋百里掏出手枪，对着自己胸膛就是一枪。

他自杀了！

幸好当时蒋百里身边的勤务兵眼疾手快，拉了一把，子弹从蒋百里的肋部射入，并没有伤及心脏。

事发后，有人从蒋百里屋中找到前一晚他写的三封遗书，一封给母亲，一封给好友蔡锷（当时任云南督军），一封给学校教育长。

后来人们才知道，前一天，蒋百里又一次催讨学校经费失败，所以决定自杀以谢学生。

5

一次自杀未遂，又让蒋百里多了另一个被人津津乐道的故事：爱情。

当时蒋百里自杀未遂，震惊全国。袁世凯下令找最好的日本医院治疗蒋百里的伤势。在养伤期间，蒋百里与照顾他的护士佐藤屋登互生好感，最后结为夫妻。因为蒋百里喜欢梅花，所以佐藤屋登改名"佐梅"。

一个一生研究对抗日本的中国军人，最终娶了一个日本妻子，这在当时也是一件惊世骇俗的事情。但蒋百里我行我素。

蒋百里去世后，他的好友冯玉祥曾激动地怀疑，是身为日本人的佐梅夫人下毒。当时这个说法给了佐梅非常大的压力，但佐梅顶住了压力，她不是用日语，而是用标准的北京话教育蒋百里留下的五个女儿，将自己的首饰捐献出去，支持中国的抗日事业，自己还曾亲赴前线为中国的伤兵服务。

佐梅在1978年病逝，墓碑上刻的名字是"蒋左梅"（碑文如此）。她晚年曾表示，她之所以支持中国与自己祖国战斗，是因为当时中国人的战斗，是正义的战斗。

蒋百里和佐梅一家

故事还没有完。

蒋百里原来是有一个原配夫人的。和当时很多青年一样，这个原配夫人，是父母给定的亲，蒋百里本人从来不愿意接受。

蒋百里去留学后，蒋的母亲曾委婉地劝那位原配夫人解除婚约，但那位夫人却表示绝不会另嫁他人。蒋百里1910年回国后勉强和她成婚，之后两人就分开，那位夫人侍奉蒋百里的母亲，直到1938年病逝。

这位夫人，叫查品珍，她有个侄子，叫查良镛，也就是后来著名的作家金庸。

金庸后来专门评论过姑父蒋百里这件事："都是父亲攀交情、母亲讨媳妇，而不是丈夫讨妻子，所以这是不足于为百里病的。"

故事还是没完。

蒋百里和佐梅的三女儿，名叫蒋英。蒋百里当时在浙江书院读书时，有个同窗好友叫钱均甫。两家是世交，之后蒋英就嫁给了钱家的独子、后来著名的科学家钱学森。

所以，金庸叫蒋英"表姐"，金庸又成了钱学森的表小舅子。

6

说完蒋百里的爱情，再说说他的文学成就。

蒋百里秀才出身，本来就有相当的文化功底。在日本留学时，和同年的蔡锷结为至交。蔡锷是梁启超的弟子，经蔡锷引荐，蒋百里也对梁启超执弟子礼。

1920 年，蒋百里从欧洲归来，以一个军事学家的身份，却写了一本《欧洲文艺复兴史》。他请梁启超来作序，梁启超看了书后，大加赞赏，写序竟有些控制不住——一篇序言，写了 5 万字，和书的正文差不多了。梁启超觉得这么长的序言闻所未闻，索性另外帮蒋百里写了一篇短序，然后把自己这篇长序言取名《清代学术概论》，单独出版，然后，又反过来请蒋百里写序。

《欧洲文艺复兴史》出版后大受欢迎，也鼓舞了蒋百里。蒋百里在 1920 年 9 月开始主办《改造》杂志。这本全国性的杂志在当时受欢迎的程度，只有陈独秀主编的《新青年》可以超越。而之前他在留日期间主办的杂志《浙江潮》也红极一时，鲁迅、章太炎等人均在

《欧洲文艺复兴史》封面

上面发稿。

从 1920 年到 1935 年，蒋百里倾注大量心血的"共学社丛书"，共出版了 16 套 86 种图书，瞿秋白、耿济之、郑振铎等作家的作品，都收录其中。

蒋百里还写过大量文史方面的研究文章，比如《宋之外交》《东方文化史与哲学史》《主权阶级与辅助阶级》等。

如果一直这样发展下去，后人回忆蒋百里时，肯定是冠以"文学家""史学家"，甚至"报社总编辑"的头衔。

好在，"军人蒋百里"最终战胜了"文人蒋百里"。1925 年，蒋百里宣布重新出山，再次投身军事事业。

因为，他一生最大的愿望，就是能够击败日本。

7

一生没有带兵打过仗的蒋百里，为什么会有那么高的威望？

因为在 1937 年初，蒋百里把自己多年留学和思考的东西结集成册，出了一本书，那就是著名的《国防论》。

在这本约 10 万字的书里，他系统地介绍了当时最先进的西方军事理念和军事制度，包括制空权的重要性和总体战的概念，同时又结合了对中国的国情，给出了对中国国防建设的建议和方法。

《国防论》封面

这本书经当时的大公报社出版后，轰动一时。

当然，蒋百里最熟悉的，还是当时即将发动全面侵华战争的日本。早就判断中日必有一战的蒋百里，多次谈及对日本的战略，总结下来有三点：

第一，中国不怕日本鲸吞，但怕对方蚕食。所以不能节节败退，要主动实行全面抗战，不能让日军存在后方，要让其无暇消化占领区。

这一点，后来共产党的部队做到了。

第二，主动攻击在上海的日军，迫使日军不再从北往南打（这是中国历史上最常出现的灭亡一个朝代的打法），而是从上海开始，溯长江而上，从东往西打，从而中国可以利用沿江的山地和湖沼，消解日军在兵器、训练方面的优势。

这一点，国民党的部队做到了。蒋介石在1937年发动了惨烈的"淞沪会战"，结果日军的进攻路线真的因此改变了。

第三，以空间换时间，打持久战。将日军拖入中国地理第二棱线，即湖南、四川的交界处，和日军进行相持决战。时间拖得越久，离胜利越近。

这一点，国民党军队后来也照做了。尤其是蒋百里的保定军校门生薛岳，指挥四次长沙会战，前三次会战，牢牢将日军钉死在这条线上。

蒋百里不断强调一点：和日本作战，"胜也罢，败也罢，就是不同它讲和！"。

从这三点来看，后来抗日战争的态势，确实是按照蒋百里当初的判断发展的。蒋介石在抗战期间，自始至终没有和日本有过媾和行为。当然，这也和蒋百里后来成为蒋介石的身边高参有关。

只可惜，蒋百里没有在有生之年看到这场战争的胜利。

1938 年 10 月，蒋介石把陆军大学校长的位置交给了蒋百里——在此之前，他自己担任校长。

仅仅一个月之后，1938 年 11 月 4 日，蒋百里因心脏病与世长辞，终年 56 岁。

著名教育家黄炎培作挽联：

天生兵学家，亦是天生文学家。嗟君历尽尘海风波，其才略至战时始显。

一个中国人，来写一篇日本人。留此最后结晶文字，有光芒使敌胆为寒。

改迁后的蒋百里墓，位于今浙江省杭州市南山陵园

馒头说

"纸上谈兵"是不是一个贬义词？

在绝大多数情况下，是的。

但蒋百里真的就是这样一个"纸上谈兵"的人。

近年来，舆论有一些把蒋百里"神化"的嫌疑。但抛开那些经不起考证的传说，你仔细看，蒋百里依然是一名出色的军事学家——不是军事家，因为他确实没有带过兵，没有打过仗。

一场宏大的战争，需要在前线奋勇杀敌的士兵，需要在指挥所里运筹帷幄的将官，也需要一些凭借自己的经历和眼光，远离战火，从战略角度剖析战局的人。

蒋百里就是这种人。而且，当时的中国，也需要这种人。

面对武装到牙齿、猖狂叫嚣的日本军队，其实当时很多中国人，包括一些中国军人，心底里是有一种胆怯的。

在这个时候，需要一个人站出来，告诉大家，日本人没有那么可怕！而且他不是只喊口号，而是用自己的经历和道理，详细剖析给你看。

当时从中国的普通老百姓到军队的将官，都被蒋百里的一句话鼓舞。

蒋百里把这句话，写在了《国防论》的扉页上：

"万语千言，只是告诉大家一句话：中国是有办法的！"

"汉奸将军"的自我救赎之路

读过中学历史课本的，应该多少都会知道"张自忠"这个名字。进一步地，知道他是一名国民党将领，牺牲了。大概偶尔也会和"张治中"这个人名混在一起。但张自忠的故事，远不止那么简单。

1

张自忠 1891 年出生于山东临清的一个官宦之家，没错，他还当过清朝人。关于他的童年，我们一笔略过，只需要知道一点：他最喜欢读《三国演义》和《精忠说岳》。

一般来说，一个人小时候喜欢读的书，会对他的性格产生比较大的影响。

现在，让我们一下子把时间跳到 1931 年。

这一年，清朝早就寿终正寝，中华民国也走过了 19 个年头。

这一年，张自忠 40 岁。

他从北洋法政学堂毕业后，投奔冯玉祥，从一名排长做起，在

张自忠

1931年，已经成为冯玉祥"西北军"中的一员悍将。这一年，"西北军"被改编成国民革命军第二十九军，张自忠任三十八师师长。

一个师长，在历史上是很难留下什么痕迹的。

但只过了6年，在1937年，张自忠的名字就被全国熟知了，是以一种非常耻辱的形式：汉奸。

2

事情说起来，也不算太复杂。

1937年7月7日的"卢沟桥事变"后，日军大举逼近北平。

当时，平津由二十九军军长宋哲元和爱将张自忠据守。二十九军之前打过"长城抗战"，获得了著名的"喜峰口大捷"，是有名的抗日军队。但在占据了华北之后，宋、张二人还是有"军阀思维"，认为平津是自己的地盘，蒋介石的中央军别进，我们自己与日本人周旋。

在这个过程中，无论宋哲元还是张自忠，都对日军全面侵华的决心估计不足，一心以为和日本亲善，可以保住自己的平津地盘。张自忠甚至还代表宋哲元，专门去日本做过访问。

可是日本人一点都没给他们面子。

兵临城下之时，宋哲元以"保留西北军一点底子"为由，带着大部队先撤了。他把那副烂摊子丢给了张自忠。当时，张自忠是天津市市长，在北平治病。

宋哲元走的时候，张自忠说了一句："我怕要成汉奸了。"

果然，北平孱弱的兵力，根本无法防守日军。张自忠最终决定，在城里各处张贴安民告示，放日军入城。

那一天，北京的老百姓起床后发现，国民革命军全撤了，到处是安民告示。他们瞬间就明白了——这是投降啊！

日军不费一枪一弹，进入北平城。

（关于这段故事的详细始末，可以参看本书收录的另一篇文章《"大刀向鬼子们的头上砍去"的背后》。）

张自忠不愿真成汉奸。他先是逃进一家德国医院，然后再通过其他方式，潜逃出城。

但不战而丢北平，这个责任，张自忠确实难辞其咎。

全国的报纸铺天盖地地羞辱张自忠，人们给他个四字评语："自以为忠！"

3

北平城被破一个月后，张自忠因"放弃责任，迭失守地"，被撤职查办。不久后，张自忠得到了一个军政部的闲差。

那时候的张自忠，终于彻底醒悟了。

他给蒋介石写了一封血书。但直到李宗仁、程潜等人力荐，正处

日军进入北平

于用人之际的蒋介石，才半推半就，让张自忠回到自己的老部队，代理第五十九军军长（原三十八师扩编）。

也就是从这一刻起，张自忠想好了自己的归宿。

从1938年2月开始，张自忠带着他的五十九军，开始了他们"自赎式"的拼死战斗。

在3月的"临沂战役"中，张自忠不计前嫌，率五十九军急行军支援死守临沂的庞炳勋部（庞炳勋在中原大战时曾差点要了张自忠的命），血战七昼夜，击退日军中号称"铁军"的第五师团。这一战，打得日本人刻骨铭心，同时也让全国都知道，张自忠原来是抗日的！

这一战之后，张自忠的所有处分都被取消，并升任二十七军团军团长。

但这远没有达到张自忠的自我要求，那种迫切要洗刷耻辱的自我要求。

1938 年 3 月至 5 月的"徐州会战"，张自忠和他的部队杀红了眼，且专挑脏活累活：哪里要增援？我们去！哪里要死守？我们来！哪里要断后？我们上！哪里最苦最危险，张自忠就带着他的部队坚决顶上，而且一交火就往死里打。在每场战斗前，张自忠都会先留下遗书。活着回来，就销毁。

张自忠的遗书

那一次会战，很多日本人都记住了一个对手的名字：张自忠。

到了 1939 年，张自忠大大小小的战役打了那么多次，无一败绩。他的名字，不仅在国民党军中响当当，在日军中也享有威名。这一年，张自忠已经是第三十三集团军总司令，并且是第五战区右翼兵团总司令了。

第五战区司令长官李宗仁曾专门关照张自忠："集团军总司令，就不要去一线亲自战斗了！"

　　但张自忠似乎从来没有听进去过。这使得不断有后人推测：张自忠其实早已经想好以死来洗刷先前的耻辱了。

4

　　1940 年 5 月，枣宜会战打响。

　　张自忠奉命出击枣阳，截击日军。张自忠作为集团军总司令，不用自己亲自出击，但他命令副司令留守，自己又一次奔向了前线。

　　这是张自忠参加的最后一场战役。

　　临战前，张自忠给追随他多年的军官们，罕见地写了一封非常长的信。其中有一句写道："万一不幸而拼完了，我与弟等也对得起国家，对得起四万万同胞父老！"

　　5 月 15 日，张自忠率司令部和七十四师抵达南瓜店。他们并不知道，由于集团军司令部无线电通信频繁，被日军通信部队察觉，并被侦听到电台确切位置。

　　日军惊喜地发现：面对他们的，是国民革命军第三十三集团军司令部！

　　5 月 16 日，日军第三十九师团调集 5 000 多人，开始包围张自忠的集团军司令部。当时张自忠身边，也就 1 500 人左右。

　　如果当时决定突围，还是有机会的。但张自忠再也不愿意临阵脱逃了，他决定死守待援。

　　5 月 16 日清晨，日军发起总攻。防守阵地上的中国士兵，都知道总司令就在自己的身后，血战不退。但日军的兵力和火力都远胜中国军队，防守高地相继丢失。

　　张自忠的卫队早就被派到了第一线，张自忠身中数弹，浑身是血，依然站在小山包上督战。

张自忠的最后时刻，终于来临了。

先是一颗子弹射入了张自忠的腹部，本已倒下的张自忠突然挺立，用手去抓一名冲上来的日本兵的刺刀。这时，另一名日本兵将刺刀刺入了他的身体。

至此，张自忠的部队自他以下，全部殉国。

5

故事到这里，并没有结束。

一个人在大家心目中到底是什么地位，不看他生前，而是看他死后。

刺死张自忠的那个日本兵，叫藤冈。他在张自忠的尸体上，翻出了一支钢笔，上面刻着三个字：张自忠。

藤冈大吃一惊，对方声名赫赫的集团军总司令，居然没跑？藤冈立刻把这一情况汇报给了联队长。联队长不敢怠慢，请来了曾和张自忠有过数面之交的第三十九师团参谋长专田盛寿。

确实是张自忠！

专田盛寿是跪着帮张自忠整理仪容的，随后命令士兵用担架把张自忠的尸体抬下山，清洗以后安葬。

清洗后，日军发现，张自忠身上有两处炮弹伤、一处刺刀伤、五处子弹伤，一共八处创伤。

在陈家集，日军用柏木做了棺材，把张自忠的遗体用布裹好，下葬。木牌上书：支那大将张自忠之墓。

竖牌后，在场日军集体敬礼。日军设在汉口的广播电台中断正常广播，插播张自忠阵亡的消息：

我皇军第三十九师团官兵在荒凉的战场上，对壮烈战死的绝代勇将，奉上了最虔诚的崇敬的默祷。

6

故事还没有完。

当晚，第三十八师和一七九师的官兵，立即组织了敢死队，不顾一切地向日军第三十九师团的司令部发起拼死攻击，他们的目的只有一个：一定要抢回张将军的尸体！

那一夜，中国的士兵不要命地往前死冲，终于找到了张自忠的坟墓。

按照日军的记载："当夜，张自忠的遗体即被数百名中国兵采取夜袭方式取走。"

蒋介石亲自登船迎灵柩

张自忠的遗体，被中国官兵重新洗净，换上整洁的内衣和军装，配上将军短剑和领章，装入贵重的楠木棺材，准备送回当时的陪都重庆。

途经宜昌，百姓得知运送的是张将军的灵柩，10万人出城哭送。其间日军飞机飞临宜昌上空，防空警报长鸣，但群众无一散去。

日机盘旋多圈，一弹未投而离去。

张自忠的灵柩走水路前往重

庆，一路上经过巴东、巫山、云阳、万县、忠县、涪陵等，所经之处，供桌延绵数里，祈愿的香火缭绕不绝，很多中国百姓在长江两岸长跪不起。

1940 年 5 月 28 日，张自忠灵柩抵达重庆，重庆百姓倾城而出，迎接灵柩。蒋介石臂挽黑纱，亲自上船迎灵。

张自忠殉国时为上将军衔，50 岁，是二战时期同盟国方面牺牲的最高军阶的将领。

国民党之后追授张自忠二级上将。共产党之后追认张自忠为"革命烈士"。

在今天的北京、天津、上海和一些城市，都有那么一条路，叫"张自忠路"。

张自忠墓

馒头说

1986 年 4 月，在香港举行了一个特别的首映式。上映的是广西电影制片厂拍摄的一部电影，名字叫《血战台儿庄》。

在这部电影里，有这样一组镜头：蒋介石主持国民党师长王铭章的追悼会，正好日机空袭，场面混乱。但蒋介石丝毫不为所动，依旧镇定演讲。

这样一个小镜头，连同这部电影，轰动香港，震动两岸：这是大陆第一次正面承认国民党的抗战功绩！

在台湾的蒋经国听到消息后非常吃惊，立刻通过渠道要来了电影拷贝，从头到尾看了一遍，颇受震动。

历史就是历史，历史永远不会忘记。

本文主要参考来源：

1. 《何谓血性——读张自忠抗战文电》（秋浦，《中国档案》，2015 年 03 期）

2. 《马彦翀与张自忠交往追忆——献给抗日战争胜利七十周年》（马方、马正，《陕西档案》，2015 年 01 期）

3. 《"张自忠将军初葬处"石碑》（任京培，《台声》，2015 年 01 期）

4. 《张自忠之女张廉云回忆实录》（彭惠平，《武汉文史资料》，2014 年 11 期）

5. 《张自忠将军殉国始末》（马崇俊，《世纪行》，2015 年 05 期）

6. 《抗战军人之魂——张自忠》（高华，《文史精华》，2009 年 04 期）

7. 《民政部公布第一批著名抗日英烈和英雄群体名录》（民政部公告第 327 号，中国政府网，2014 年 9 月 1 日）

"戴老板"之死

这个人无师自通，建立了一整套国民党的情报系统。他被共产党称为"蒋介石的佩剑"，被美国人称为"亚洲最神秘的人"。他留下了"杀人不眨眼"的名声，但即使对手也得承认，他在特工方面确实有过人的天赋。

1

时间，先回到 1936 年 12 月 13 日。那一天，正在广州扩充广东缉私部队的戴笠，收到了一份加急电报。那是军统局西安情报站站长发来的，电报上赫然写着：

十万火急，南京沈沛霖①亲译（绝密）：据确切悉，12 日拂晓，张学良、杨虎城突然发动兵变，叛军包围了华清池，领袖已被挟持到新城大楼，生死不明。西安江雄风敬叩。

① 沈沛霖：戴笠的代号。

关键是那个日期：12 月 13 日。

震惊中外的"西安事变"已经过去一天了，戴笠的情报系统才刚刚得到确切消息。

其实在此之前，戴笠已经在张学良和杨虎城身边布了不少"眼线"，但确实没有发现任何确凿的证据。所以虽然向蒋介石汇报过"张学良、杨虎城有异动"，但戴笠自己也不敢确定。

1936 年 12 月 2 日，蒋介石在洛阳与西北军政首脑合影。前排左起：杨虎城、蒋介石、宋美龄、杨虎城夫人、张学良、邵力子（陕西省主席）

这种模糊的提醒，自然不会引起蒋介石的重视。如今，领袖被抓，生死难料，戴笠这个负责情报工作的，肯定难辞其咎。

戴笠立刻坐飞机赶回南京，随即就参与了一场国民党高层内部的争辩。

以何应钦为代表的一批国民党元老，坚决主张武力讨伐张学良，不然，"党国威望何存？"而以宋美龄为代表的一批人，坚决主和，"子弹又不长眼睛！"

戴笠是"戴罪之人"，不敢发言，但很快他就得到了一个机会：宋子文请他一起陪宋美龄去西安与张学良谈判。

实事求是地说，当时谁也不知道张学良脑子里想的是什么，蒋介石到底是死是活，去谈判的人确实是要冒风险的（宋美龄在去西安的飞机上曾递给身边人一把手枪，嘱咐如果发生意外就用枪打死自己）。

但戴笠知道，那时候自己已经没有退路，所以毅然决然地答应一同前往。

到了西安，一下飞机，戴笠就被张学良派人缴了械，软禁起来。虽然张学良接待戴笠的规格还是比较高的，但戴笠其实没怎么参与"西安事变"的和平解决。

不过，戴笠还是给自己写了封遗书："自昨日下午到此，即被监视，默察情形，离死不远。来此殉难，固志所愿也，唯未见领袖死不甘心。领袖蒙难后十二日，戴笠于西安张寓地下室。"

这封遗书写得颇为感人，但后来从"西安事变"的当事人张学良、宋子文、蒋鼎文留下的各种文字记录看，戴笠始终和宋子文共同行动，张学良也待之以礼，很难看出有什么"离死不远"的迹象。

不过，这封遗书还是给蒋介石留下了很深的印象。

在西安，戴笠面见了被囚禁的蒋介石。当时蒋介石看到他走进来，立刻大吼一声："你来干什么？！给我滚出去！"

听闻此言，戴笠竟然号啕大哭。

据他事后解释：终于见到了领袖，哪怕是训斥，也觉得心中格外亲切。

而蒋介石骂归骂，对危难之中敢到西安来谈判的人，还都是记在心里的——宋美龄是老婆，宋子文是小舅子，而这个戴笠非亲非故，却用行动证明了自己的忠诚。

蒋介石最看重忠心的人。

那一年，戴笠已经39岁了，但等待他的，是人生崭新的篇章。

2

戴笠是典型的"大器晚成"。

1897 年 5 月 28 日,戴笠出生在浙江省江山县(现江山市)保安乡,原名春风,字雨农——因为小时候他的母亲找人算命,说她儿子宿命不错,但命中缺水。所以,戴笠后来一生用过 27 个化名,很多都与"水"有关(包括开头的"沈沛霖")。

戴笠家里原本还算殷实,但父亲戴士富却有个致命的坏习惯:赌博。原本戴家有 200 亩地,因为父亲赌博,最后输得家徒四壁,母亲蓝月喜只能靠给人缝补补贴家用。

戴笠 4 岁那年,父亲去世。母亲对他要求很严格,6 岁把他送进了私塾。戴笠从小聪明,博闻强识,在学校里考试经常是第一名,后来考入当时的浙江一中。

戴笠与母亲合影。戴笠极孝,对母亲的话言听计从,并认为是母亲改变了自己的人生

但是,父亲喜欢赌博的恶习也延续到了戴笠身上。戴笠好赌,且赌技精湛,还善于"出老千"。结果,因为赌博,他被学校开除,无奈之下投了浙军第一师模范营去当兵。在军营里,他又因为赌博被长官发现,随后被开除。

戴笠回家,在母亲的安排下,娶了一个叫毛秀丛的女子为妻,并以第二名的成绩考入师范学校。按照母亲的想法,戴笠从师范学校毕业后,就当一名小学老师,平平安安度过这一生。

但已经闯荡过江湖、见过世面的戴笠，又怎么可能闲得住？在家待了一段时间后，他还是决定出去闯天下。在上海、宁波、湖州这一带"讨生活"的戴笠，随后的那些经历，倒也是挺有意思的。

他去过少林寺习武，当时和他一起习武的弟子里，有一个人叫许世友，后来是新中国的开国上将。

他去湖州和一群人结拜兄弟，其中有两个人，一个叫胡宗南（国民党一级上将），一个叫王亚樵（著名的"暗杀大王"，最后死在戴笠手里，参见本书收录的《"暗杀大王"的最终宿命》）。

24岁时，他回浙江开了家"春风武馆"，然后去上海赌场玩骰子，因为赌技精湛，被赌场老板看中，二人结拜为兄弟——那个老板，叫杜月笙。

27岁时，他在家乡组织"自卫团"，在苏浙战争中抵抗闽军的入侵。

总之，在30岁前，戴笠是一个到处混的人，虽然留下了一些名声，结识了一些日后的大佬，但如果就一直这样混下去，他也不可能在历史上给人留下什么印象。

直到1925年，戴笠碰到自己的同乡加同学毛人凤，毛人凤赞助了他20块大洋，劝他去考黄埔军校——"黄埔军校的毕业生，前途会非常辉煌"。

戴笠第一次去考的时候，没有考上，随即求助于当年在上海叫他"叔叔"、曾任黄埔军校政治部主任的戴季陶（后来当到国民党中央宣传部部长）。戴季陶出钱资助了他，鼓励他再考一次。

1926年，戴笠终于考上了黄埔六期的骑兵科，只是当时已经29岁。和戴笠同一期的同学，年龄大一点的也就22岁，年龄小一点的可能才十七八岁，他在同学里可谓"德高望重"。

在黄埔军校，戴笠开始使用"戴笠"这个名字。曾有人说戴笠用这个名字是想戴皇冠，其实典出晋朝周处的《风土记》："卿虽乘车我戴笠，后日相逢下车揖，我步行，君乘马，他日相逢卿当下。"意思是君子之交，贫贱不移。

而且，"戴笠"这个名字，有"隐藏在帽子下"的意思，和他日后的职业倒也颇为契合。

也正是那份成熟和稳重，30岁的戴笠在学校里引起了一个人的注意，这个人就是校长蒋介石。

蒋介石那时虽然是黄埔军校校长，但也就比戴笠大10岁而已，两人在上海还见过几次。在学校里的时候，戴笠就开始注意搜集学校里的各种情报（主要是共产党渗透的情况），再通过人交给蒋介石。

1927年4月，戴笠被分配到许振亚手下的国民革命军骑兵营第一连第一排，参加了北伐。骑兵排的主要任务是什么？不是作战，而是在大部队到达前侦察敌方情报。戴笠将这项工作完成得非常出色，有些情报是直接交到蒋介石手里的，所以蒋介石对他的印象进一步加深。

在随后的"四一二反革命政变"中，蒋介石开始在北伐军内大力清洗共产党员，戴笠写信向蒋介石揭发了骑兵营中20余名共产党员，由此正式走入蒋介石的视线。

从1927年开始，戴笠被任命为国民革命军总司令部上尉联络参谋，主持情报工作。

这是戴笠一生命运的第一次转折。

3

从1929年开始，蒋介石认为情报部门出现了大问题。

那个时期，国民党对共产党的几次大"围剿"都遭遇了惨败，其中很多绝密的行动都有被共产党提前知道的嫌疑，蒋介石开始怀疑情报部门是不是被共产党渗透了。

1931年，中共中央特别行动科三科科长顾顺章被捕叛变，蒋介石惊出一身冷汗：自己的情报系统已被共产党渗透得十分严重。

随后的1932年，上海爆发了"一·二八淞沪抗战"。这个事件其实是日本女间谍川岛芳子捣的鬼，而情报部门居然事先没有得到任何消息，蒋介石终于下定决心，要在现有情报部门之外，另起炉灶。

谁来做负责人？想来想去，蒋介石想到了戴笠。

纵观蒋介石的用人标准，他有一个明显的优先级："人才+奴才"—"奴才"—"人才"。

美国驻华大使司徒雷登在给美国国务卿的报告中指出："看来蒋委员长的个人偏向，喜欢任用故旧和他个人认为可靠的老伙伴，以担负重要的职位。至于明知他们腐化贪污有据，或缺少能力等等，他却置之不管。"

而既有能力，又对蒋介石忠心耿耿，戴笠正是不二人选。

蒋介石与戴笠。可以注意戴笠
看蒋介石的眼神

1932 年 3 月 1 日，蒋介石下令成立"中华民族复兴社"，简称"复兴社"（也有人称之为"蓝衣社"），社长由蒋介石亲自担任。4 月 1 日，蒋介石任命戴笠为复兴社专门负责情报工作的核心部门"力行社"特务处处长（后来，力行社归入"国民政府军事委员会调查统计局"，即著名的"军统"）。

戴笠的特工生涯，正式开始。

4

事实证明，蒋介石真的没看错人——戴笠确实是搞情报工作的天才。

首先，戴笠善于学。

当时，戴笠手下才 100 多人，绝大多数没有从事过情报工作。当时"中统"里有很多水平很高的特务，戴笠就想方设法把他们拉拢过来。招降了曾经在苏联专业机构经过严格训练的顾顺章之后，戴笠专门让他开培训班，传授手下各种特务技能和知识。

在学习同事和敌人的基础上，戴笠创造了好多套制度和行动方法。仅仅特务自身的技能，就有完整的行动术（暗杀的部署、准备、执行、善后等过程）、射击术（各种枪械的射击技术和一些特种武器的设计）、擒拿术（还重金邀请中国各地身怀绝技的武功高手来培训成员）、情报术（包括各种获取情报和传递情报的方法，以及潜伏的技能）等等。

其次，戴笠善于罚。

戴笠始终强调一句话："站着进来，躺着出去！"他强调军统是个大家庭，同事即手足，团体即家庭。在军统干特务是一辈子的事情，一旦进入军统，一辈子都是军统的人。

戴笠制定了一套严格的"家法"，指挥不力、行动失误、背叛组

军统培训的女特务，不少是担任译电工作

织、贪污、腐化、赌博，甚至违规结婚，都会受到处罚。

但与此同时，戴笠的"罚"会区别对待，比如因为指挥不力、行动失误造成军统损失的，要看是主观故意还是客观原因。一般来说，因为客观原因失误的处罚都是象征性的，甚至是口头警告一下；如果是主观故意，处罚就会从严从重。

对于背叛组织的惩罚，戴笠是最严格的，一般就是枪决和暗杀。背叛军统的人一般会改名换姓，四处隐藏，但军统对于内奸的处罚是长期的，也就是追杀到杀死为止。所以，军统的叛徒并不多。

再次，戴笠善于奖。

光有罚没有奖，肯定不行。在抗战中，所有国民党军队和政府公务员只拿八成薪饷，但军统人员全部全额发放，执行外勤的特务因为任务比较危险，津贴更是双份发放。

当时，戴笠给部下定的伙食标准是每人一天一块大洋，这个标准放到当时，大米白面随便吃，鸡鸭鱼肉能管饱。

此外，对于身亡的军统特务，戴笠会给予很好的抚恤。除了一笔不菲的抚恤金以外，还会给遗孤发放生活费、教育费。所以，军统人员的凝聚力很强，即使被捕，往往也会坚持不叛变——就算自己死了，家人也会有很好的待遇。

经过几年的经营，戴笠锻造出了一支遍布全中国的最有实力的特务大军。

5

那么戴笠领导下的军统，都做过些什么呢？

实事求是地说，戴笠的军统，在抗日战争期间确实做了大量的幕后工作。大批伪军高官和汉奸，以及日军的军官，都被戴笠派出的军统特务暗杀，其中比较有名的有以下几人。

日本的天皇特使、贵族高月保，在 1940 年被戴笠派人暗杀于北平。

张敬尧，原湖南督军，1932 年与板垣征四郎勾结，参加伪满洲国政府，拟任伪平津第二集团军总司令，密谋在北平进行暴动，策应日本关东军进占平津。1933 年 5 月 7 日，在北平东交民巷的六国饭店被戴笠派的人刺杀。

黄濬，作为行政院会议记录人员，于 1937 年 7 月将国民党军队准备炸沉日本舰船的机密消息透露给日本，导致计划落空。戴笠组织人侦破此案，抓获黄濬，施行枪决。

傅筱庵，担任伪上海市市长时，被戴笠派人用刀直接劈死。

伪中华民国维新政府外交部部长陈箓、伪天津市商会会长王竹林、伪华北准备银行总经理程锡庚，均在 1939 年被戴笠派人暗杀。

当然，还有最著名的针对汪精卫的系列追杀，汪精卫最终殒命，有一种说法是戴笠买通了他身边的女佣下毒。

　　除了暗杀，戴笠还组织过无数次针对日本人和伪政府的爆炸、绑架、制造假币等各种活动，更是成立"忠义救国军"，直接和日军对战，在"淞沪会战"中配合中国军队作战，战况惨烈。

杜月笙和戴笠。淞沪战役中，在戴笠的鼓动下，杜月笙也派自己的手下组成"别动队"对战日军，伤亡惨重。在得知戴笠死讯后，杜月笙曾一度难过得要跳楼

　　戴笠还把自己的触角伸向了国外。1941 年，戴笠两次亲赴缅甸建立情报网，在东南亚做到了"只要有华人血统的地方，就有戴笠的情报特工"。他培养大量军统破译电码的人员，与美国合作，甚至破译出日军要偷袭珍珠港的电码，通知过美方。

　　一份数据显示，军统在抗战期间，共计搜集日军情报 1 021 863 件，对日伪进行破坏 2 219 次、突击 595 次，制裁日伪首要 515 次，暗杀日伪人员 18 444 人、击伤 5 510 人、俘获 562 人，破坏日伪机车 492 辆、车厢 1 627 节、汽车 479 辆、船舰 441 艘、炮台及碉堡 51 座、飞机 71 架、兵营 1 578 间、桥梁 250 座、路轨 1 658 米。

　　在抗战中，军统正式登记在册的特工人员身亡人数为 18 000。

　　当然，除了抗日锄奸，戴笠也负责帮蒋介石铲除心腹大患和异己。

1933 年，中国民权保障同盟总干事杨杏佛因为和共产党走得太近，被戴笠派人在马路上枪杀。

1934 年，因为一直刊文抨击蒋介石，《申报》总经理史量才被戴笠派人暗杀于沪杭公路。

1936 年，戴笠的结拜兄弟王亚樵，因多次刺杀蒋介石，被戴笠派人暗杀。

在短短的十几年时间里，戴笠建立起了一张庞大的情报网。美国战略情报局调查认定：戴笠手下有 18 万便衣特工、7 万武装游击队、2 万别动军、1.5 万忠义救国军和中国沿海为数 4 万有组织的海盗，加起来共计有 32 万实际或潜在人员，均受戴笠指挥，平均每天有 4 万人 24 小时地为戴笠工作。

戴笠被认为是站在蒋介石背后最有权势和能量的人。军统从上到下，都叫戴笠"戴老板"。

这是喜是悲？

6

在戴笠风头最劲的时候，说他是"一人之下，万人之上"，恐怕是不夸张的。

戴笠是极少数能全天候晋见蒋介石的人。蒋介石在办公室忙公务的时候，看到戴笠进来头都不会抬，只说一句："雨农来了，先坐。"

蒋介石发号施令，喜欢用手令传达，平均数量每年可以装满 10 只公文箱。但唯独对特务工作，蒋介石从来只是口头传述，很少下手令，以免落人口实。戴笠向蒋介石汇报工作只做口头报告，对蒋介石的指示，也只是脑记心记，不做笔录。

也正是因此，戴笠布置工作或下达命令，只用一句"奉谕"，至

1929 年夏，蒋介石（前坐者）登泰山时与戴笠（后排左一）等合影

于是奉谁的谕，戴笠从来不解释，有没有奉谕，也没人知道。

到了抗战后期，戴笠凭借遍及全国的情报网和特务机构，权力已经非常大。任何人，只要戴笠说他是"汉奸"，就可以立刻抓入监狱；相反，只要戴笠点头，说一名汉奸是军统的"特务"，又可以从监狱中放出来。

关于戴笠好色的故事也开始在街头巷尾疯传，包括他与影后胡蝶的一段故事，更是成为不少人茶余饭后的谈资。

在外的风评可以一笑置之，但国民党内部对戴笠的评价则让他开始有点担心了。

在经济领域，戴笠曾搭档宋子文在全国缉私，单单查抄鸦片带来的收入就超过亿元。当时的财长孔祥熙一直很恨戴笠，曾经说过"生平最恨捏造是非，蒙上欺下之宵小"。

在军事领域，戴笠手下的特工已经渗透到每一个前线战斗单位，

"南京大屠杀"的消息就是他在唐生智部队里的耳目率先发回来的。而更多的时候，国民党军方的将领认为戴笠是在打小报告。比如在1938年的长沙大火后，戴笠曾致电蒋介石，说"长沙火灾损害巨大，张治中办事不力"，还因为女色问题打过顾祝同的小报告，并指出"第三战区战事失败全因生活优裕、军纪涣散致无斗志"（顾祝同是第三战区副司令长官），在军队内部结下不少梁子。

最重要的是，戴笠的权力已经引起了蒋介石的警觉。

蒋介石虽然对戴笠十分信任，也给予了戴笠很大的权力，但也一直想方设法在防范戴笠。比如戴笠立下那么多"功劳"，但蒋介石始终只让他担任军统局的副局长，军衔也只给到少将，就是"给权力但不给高位"，防止戴笠膨胀。

虽然戴笠对蒋介石一直忠心耿耿，但到了1945年抗战进入尾声时，他手下的数十万军统、忠义救国军和各种武装人员，以及已经可以独立联系美国的能力，足够引起蒋介石的不适。

而且，戴笠并不是一个想功成身退的人，从各种回忆录和资料来看，戴笠当时已经把触角伸到了警务、缉私、交通等各方面，并且有意担任中华民国海军总司令。

1943 年，戴笠在"中美合作所"成立的文件上签字，正式和美国合作训练特工

就在这个时候，抗日战争结束了。日本一投降，同样是蒋介石亲信、时任军政部部长的陈诚，立刻提出解散忠义救国军。戴笠一听就慌了神，连忙飞到重庆向陈诚当面解释"撤不得"。

但是，在日本投降之后，戴笠手下的那么多特务和武装人员，包括戴笠本人如何安置，确实成了蒋介石面对的一个越来越棘手的问题。

而一架飞机，给出了一个意外的解决方案。

7

1946年3月17日下午，南京西郊的江宁县板桥镇的老百姓，看到了一架在大雨中挣扎飞行的飞机。

据目击者回忆，当时是下午1点左右，飞机飞得非常低，摇摇晃晃，一头撞到了岱山上，先是一团火光，然后就是一声巨响，爆炸后的飞机燃起熊熊大火。飞机的机翼和机身均被烧毁，只留下一段机尾，上面有清晰的编号"222"——那是戴笠的专机。

后来赶到现场的军统特务发现，机上11人已全部摔死，尸体个个被烧得焦黑，而且肢体不全。经过大雨冲刷，不少尸体已被冲到山沟里和山脚下的小庙旁。

特务在一具尸体的口腔内发现了六颗金牙，随后根据残存的破碎衣片，最终确定死者正是戴笠。

这一年，戴笠49岁。

根据事后调查，戴笠当天接蒋介石电报召见，急忙搭乘自己的222号专机（美制C47运输机）由青岛飞往上海（为何飞往上海，有一种说法是他要先见在上海的胡蝶）。当时上海上空雷电交加，飞机不得已迫降南京，但就在南京郊外的江宁县撞山。

因为戴笠姓戴，所以后来一直有"戴笠撞戴山，雨农死雨中"的说法，但其实那座山叫"岱山"。不过山上的那条沟，确实叫"困雨沟"。

戴笠飞机失事，震惊国民党朝野上下。他的死因，至今是一个谜。

第一种说法，也是目前传得最多的说法，是关于一把"九龙宝剑"。

"东陵大盗"孙殿英当年盗墓时，偷出一把乾隆皇帝用的九龙宝剑，他希望通过戴笠送给蒋介石，所以先交到了军统天津站站长马汉三手里。马汉三却私自把那把宝剑送给了日本人，剑随后落到了川岛芳子手里。战后，戴笠通过审讯川岛芳子，知道了那把剑的下落，当面问马汉三要回了那把宝剑。

马汉三知道戴笠绝不肯轻易放过自己，所以决定先下手为强，派人在戴笠的专机上安置了定时炸弹，最终造成坠机。

这个说法，因为1948年9月马汉三等涉案三人被秘密处决而显得比较可信。不过后来马汉三家属否认了这一说法。

第二种说法，是宋美龄派人下的手，因为戴笠曾组织军统暗杀宋庆龄，并差点得手。这种说法可信度不高。

第三种说法，是共产党下的手，因为之前共产党的王若飞也是因飞机失事遇难，共产党方面认为是军统做的手脚，所以要报复。这种说法可能性也不大。

第四种说法，是美国中情局做的手脚。但从当时的情况看，美国没有做这件事的动机。

第五种说法来自戴笠生前的一个情人，她说戴笠生前到她那里时，抱怨过如果"老头子（蒋介石）不要我了，我就去死！"，所以她判断戴笠是开枪射杀飞行员然后自杀。但以戴笠对待同事下属的态度，没理由拉那么多人陪葬。

第六种说法，也就是通行的说法，根据当时身为调查组成员的沈醉回忆，就是飞机在雨天失事，没有特别原因。

当然，还有第七种说法，那就是蒋介石下令将戴笠"做掉"。

从当时的情况看，蒋介石确实开始提防戴笠，但考虑到当时国共开战在即，正是用人之际，以戴笠之忠之能力，蒋介石杀他的可能性很小。

1946年4月1日，军统在重庆为戴笠举行了隆重的追悼会，蒋介石亲自到场。两个月后，戴笠被追认为中将。

戴笠送给当时"中美合作所"副主任美国人梅勒斯的照片。美国当时确实认为戴笠的特务暗杀行为与民主精神不符，在戴笠死后曾禁止派人吊唁。梅勒斯是在一年后的戴笠周年祭去扫墓的

但是，失去了戴笠的军统，再也无法恢复到以往了。戴笠死后，他的接班人郑介民和毛人凤完全不具备他的能力，曾经如日中天的军统很快就四分五裂。

而也正是军统的没落，使得中国共产党情报工作活动的空间更大。

馒头说

成为一名间谍，或者从事情报工作，应该是不少人小时候的一个梦想。但是，在我的印象里，干这一行的，很少有人能善终。

德国盖世太保的头目希姆莱最终是畏罪自杀的；苏联秘密警察的头子贝利亚，曾让全苏联的人颤抖，最后是被处决的；美国联邦调查

局的局长胡佛，曾让几届美国总统都不敢解雇他，最后神秘地死在家里卧室的地板上。

当然也包括戴笠。

戴笠死后，为了不让他的母亲蓝月喜过度伤心，军统里的人统一口径，对老人家说戴笠被送去美国培训了。而毛人凤每隔一段时间，都会模仿戴笠的口气，给老人家写信，告诉她一切安康。

但其实，蓝月喜没过多久就猜到了真相，只是她也没有显露出来。

1948年，蓝月喜过八十大寿，戴笠生前的同乡、小学同学，包括他的接班人毛人凤齐聚一堂为老人家做寿，蓝月喜还是没有点破真相——就算自己的儿子出国培训，哪有母亲八十大寿不回家的？

在那个时候，不知道蓝月喜是否会想，当初自己这个命中缺水的儿子，为什么不肯留在老家安心做一个小学老师？

本文主要参考来源：

1. 《军统上海抗日锄奸活动研究——以1939年为中心》（杨芸，上海师范大学硕士论文，2014年）

2. 《军统局前身特务处成立始末》（徐远举、郭旭、文强等，《文史月刊》，2014年03期）

3. 《戴笠：“杀人魔头”的抗日情结》（吴焕娇，《廉政瞭望》，2013年05期）

4. 《“军统女特务”眼中的戴笠》（王庆莲、邓娟，《文史博览》，2012年09期）

5. 《抗战时期的上海中日间谍战》（沙平，《档案天地》，2012年08期）

6. 《台湾最新解密档案中的戴笠》（黄修毅、黄奕潆，《文史博览》，2012年07期）

7. 《“戴笠”一名从哪儿来》（厉国轩，《咬文嚼字》，2012年05期）

"暗杀大王"的最终宿命

说起刺客，很多人会在第一时间想起"荆轲"的名字。荆轲之所以能名垂青史，是因为他试图以一个刺客的身份，改变一个国家的命运。而今天我们要说的这个故事，也是一个刺客，他想做的事，和荆轲很像。

1

在大时代的背景下，很多小人物，其实是没有办法掌控自己命运的。

今天要说的这个人，和"东京玫瑰"户栗郁子（参看本书中《让二战美军痴迷的"东京玫瑰"》）有相同之处，也有不同之处。

相同的是，他也是大时代下一个渺小的个体。不同的是，他一直在为自己的命运，甚至他所处的这个国家的国运做抗争。

他的名字，叫王亚樵。

国民党军统骨干沈醉曾有一句话："人人都害怕魔鬼，但魔鬼害怕王亚樵。"

2

"暗杀大王"王亚樵

王亚樵，1889 年 2 月 14 日出生于安徽合肥磨店乡。

你很难想象，后人会把"暗杀大王"这个头衔放到王亚樵身上——作为一个清朝出生的人，他参加过科举考试，名列前十。

王亚樵家境贫寒，祖父和父亲都为地主耕种田地，受到从官吏到地主的各种欺凌，这使得王亚樵从小就有一种反抗精神，同时，他也特别能体会穷人的疾苦。

1911 年，中国发生了一件大事：辛亥革命把清王朝给推翻了。这一年，王亚樵 22 岁。他干了件当时看起来石破天惊的事——他集合了一批同乡，在合肥宣布成立"合肥革命军"，撤销清廷一切官吏，成立"军政府"，宣布独立。

王亚樵自认追随的是孙中山先生的思想，可是，孙先生并没有让他管理合肥，而是派了一个叫孙品骖的同盟会的人来接管合肥。

孙品骖到了合肥后，也成立了军政府，宣布独立。于是，两个"军政府"闹起了矛盾：王亚樵主张立刻打击土豪劣绅，开仓济民，但孙品骖主张暂时不要动这个阶级的利益。

两个"军政府"就这样吵了起来，结果，"孙政府"先下手为强，围捕了"王政府"，王亚樵身边的骨干均被枪杀，他本人因为去乡下集合队伍，幸免于难。

　　这件事对王亚樵的一生有很大的影响，不仅仅折射出了他的政治主张，还逼得他开始了人生中的第一次逃亡。

3

　　从 1911 年到 1923 年，王亚樵没有安定过。从合肥到安庆，从南京到上海，王亚樵创立过协会，组织过军队，做过不少事情，结交了很多朋友，也得罪了不少人。

　　其中，有三件事值得一说。

　　第一件事，是 1913 年在上海期间，王亚樵结识了倡导无政府主义的北大教授景梅九，进而参加了"无政府主义研究小组"。这段经历，对本来就有独立反抗精神的王亚樵产生了很大影响，也基本打造了他今后的世界观：什么政府官员、军阀元首，只要你是强权，我就要消灭你。（王亚樵曾因为看不惯段祺瑞独裁，强烈建议孙中山"轰炸北京政府，炸死段祺瑞"。）

　　第二件事，是 1921 年，王亚樵又回到上海（因为得罪了人被追杀），从朋友手中接管了"安徽旅沪同乡会"。有一次，一名安徽籍工人被资本家拖欠工资，不仅索要不成，还被毒打。

　　王亚樵知道这件事后，当即派人去铁匠铺打造了 100 把斧头，率领 100 名大汉手提利斧，直接冲到了资本家的家门口。资本家忙道歉赔付工资。自此以后，王亚樵在上海声名大振，他的帮会，被人称为"斧头帮"。

　　第三件事，是 1923 年前后，王亚樵奉军阀卢永祥之命，在湖州招兵买马。在这期间，王亚樵和一个叫戴笠的人义结金兰，成为拜把子兄弟。

　　这个人，日后决定了王亚樵的生死。

4

王亚樵的斧头帮,当时在上海牛到什么程度?

1932 年,王亚樵因为种种原因,得到了上海轮船招商局"江安号"轮船的使用权。但是,这艘船原先的经理张延龄却拒不交船。

张延龄为什么有那么大的胆子,敢和王亚樵作对?因为张延龄是张啸林的侄子。张啸林又是谁?张啸林和杜月笙、黄金荣一起,并称为当时上海滩最大的三个流氓大亨。(张啸林和杜月笙的故事,分别参看本书《张啸林之死》和《"上海皇帝"的正面与反面》;黄金荣的故事,参看《历史的温度 7》中收录的《黄金荣:大佬的末日迷途》。)

面对这样强大的对手,王亚樵怎么办?他二话没说,晚上派人在张啸林家后院的墙上炸了一个大窟窿。张啸林顿时害怕了。于是,张延龄又找到了另一个大亨——杜月笙。张延龄也是杜月笙的门徒。

杜月笙又是怎么做的呢?他毫不犹豫地命令张延龄必须把"江安号"交给王亚樵。据说张延龄还不情不愿,杜月笙开口大骂:"你今天要是不交这个船,就别踏出我家的门槛!"

至于黄金荣,早就警告过自己的门徒和手下:"千万别惹王亚樵,这人不要命。"

其实何止上海滩三个流氓大亨,王亚樵连当时的"东北少帅"张学良也没有放在眼里。

1931 年"九一八"事变之后,张学良带着家人和部属到上海来休养。由于当时张学良"不抵抗将军"的名声已经远扬,有不少国人恨之入骨。到了上海后,为了以防万一,杜月笙直接把张学良接到家里居住。在上海滩,有杜月笙罩着,谁还敢动?

王亚樵就敢。张学良入住杜府没多久,杜府门口就被放了一颗拆去引信的炸弹。然后杜月笙就接到了王亚樵的三个条件,要他务必转给张学良：

1. 要么立刻回到东北去，重整兵马，和日本人决一死战。

2. 如果不肯战，也请回到东北，自杀以谢天下。

3. 如果不肯死，就把财产全部捐出来，购买军火，支持关外的抗日义勇军。

王亚樵要求，三个条件，张学良至少要做到一条，不然第二颗就是有引信的炸弹。

堂堂东北少帅，30 万东北军的领袖，思前想后，在杜月笙的规劝下，出国考察去了。

5

如果只是一个黑社会老大，王亚樵还不至于那么有名。让王亚樵成名的，是他的暗杀。而且，他暗杀的，都不是泛泛之辈。

王亚樵第一次有名的暗杀，对象是淞沪警察厅厅长徐国梁。当时王亚樵投靠的是军阀卢永祥。因为军阀之争的各种利害关系，卢永祥必须杀掉徐国梁。

1923 年 11 月 10 日，徐国梁被王亚樵派人枪杀于上海"大世界"对面的浴室门口。掌管 7 000 名上海警察的警察局长，王亚樵说杀就杀。

如果说徐国梁被暗杀，王亚樵还是"受命行事"的话，那么接下来的暗杀，都是出于王亚樵自己的想法。

纵观王亚樵之后的暗杀对象，只有两条主线，一条是反蒋，一条是抗日。

王亚樵（前排中）和他的下属们

我们先把"反蒋"放在一边，说说"抗日"。

王亚樵最有名的一次暗杀，发生在 1932 年。

1932 年，"一·二八淞沪抗战"爆发。面对日军在上海的挑衅，上海的国民党第十九路军奋起反抗。和后来的杜月笙一样，王亚樵以一个帮会老大的身份，召集了 3 000 名帮众，在太仓协助正规军作战。

"一·二八淞沪抗战"最终以日军获胜而告终。4 月，日本外相重光葵到上海，竟然决定于"天长节"（日本天皇生日）在虹口公园举行"中日淞沪战争胜利庆祝大会"。

在中国举行侵略者庆祝胜利的大会，对中国人而言简直是奇耻大辱。当时的行政院副院长兼京沪卫戍总司令陈铭枢在上海找人商量对策，看看是否能捣毁"庆祝大会"。但由于时间紧张，日本人的防范特别严密，会场当天只准日本人和朝鲜人入场，所以完成任务的难度极高。

　　但这难不住王亚樵。王亚樵联系到了朝鲜流亡在上海的革命党人安昌浩，安昌浩找到了 24 岁的朝鲜青年尹奉吉。能说一口流利日语的尹奉吉，在 4 月 29 日带着装有定时炸弹的热水瓶和装有手榴弹的饭盒，顺利混入了虹口公园会场。

　　那一天，定时炸弹按时爆炸，尹奉吉怕威力不够，还补扔了一颗手榴弹。"一·二八淞沪抗战"的日军总指挥，陆军大将白川义伤重不治毙命，重光葵则失去了一条腿。

　　这场著名的暗杀，让很多人对王亚樵刮目相看，包括蒋介石。

6

　　蒋介石其实很早就注意到了王亚樵。蒋介石和王亚樵当年均追随孙中山，按理说理念是一致的。但是，蒋介石在 1927 年发动"四一二反革命政变"，大肆捕杀共产党员和国民党左派，让王亚樵产生了不同的想法——王亚樵认同的是国共合作，北伐打倒军阀。

　　"四一二"之后，蒋介石建立国民政府，定都南京。原来内定王亚樵是津浦铁路护路总司令。结果，在奠都仪式上，代表工人发言的王亚樵，公开反对蒋介石的政策，要求大家勿忘总理（孙中山）遗愿，团结一切力量，将北伐进行到底。最后，他带领众人高呼口号："打倒军阀！停止屠杀！"

　　这下惹恼了蒋介石。蒋介石于是密令南京警察厅厅长温剑刚逮捕王亚樵。可是，无论蒋介石还是温剑刚，都小看了王亚樵——南京警察厅侦缉队的队长张祥率队包围王亚樵居所的时候，发现王亚樵和他的人都全副武装。结果，侦缉队队员被全部缴械，眼睁睁看着王亚樵离开后，才被归还武器。

　　就从那时起，王亚樵开始积极反蒋。而他的反对，从不仅限于口头抗议。1928 年，王亚樵派人暗杀了全国建设委员会委员长兼安徽建设厅厅长张秋白。1930 年，他又派人暗杀了向蒋介石告密的轮船招商局总办赵铁桥。

但这两个人，都没有引起蒋介石的重视，或者说，蒋介石那时候还不知道，幕后主使是王亚樵。

1931 年，王亚樵又干了两件大事。他经过周密策划，派人在庐山直接刺杀蒋介石，但因为杀手乱中开枪，没有击中（史称"庐山刺蒋"）。之后，他又安排人在火车站暗杀财政部部长宋子文。但杀手认错了人，宋的秘书唐腴胪成了替死鬼（史称"北站刺宋"）。

但因为保密工作做得好，蒋介石当时都不知道是王亚樵干的。在王亚樵策划了虹口公园爆炸案后，蒋介石还是想和王亚樵讲和。当时，蒋介石派人给王亚樵送去了 4 万大洋，并许以陆军中将军衔。但王亚樵拒绝了，并且轻描淡写回了一句话："蒋光头拥兵百万都不抗日，我们老百姓抗日，无须答谢。"

1932 年，英国人李顿率国际调查团调查日本入侵东北一事，调查结果明显偏袒日本，王亚樵大怒，决定派人暗杀李顿。然而，暗杀李顿的计划最终失败了，派去暗杀的人还被抓捕了，最终供出当初刺杀蒋介石和宋子文的幕后主使，都是王亚樵。

这一下，蒋介石又惊又怒，冷静之后，他决定给王亚樵最后一次机会。1933 年，蒋介石通过戴笠、胡宗南、胡抱一三个人联系上了王亚樵——这三个人，当初在湖州，都和王亚樵拜过把子。

王亚樵给出了与蒋介石和解的条件：一、南京、苏州、上海等地，凡因我被逮捕的人，一律释放；二、跟我吃饭的人多，要解散他们，非 100 万元不可。

据说，蒋介石同意了这些条件，但也提出了一个条件：当时西南的"反蒋派"，无论是胡汉民、李济深、陈铭枢、李宗仁还是陈济棠，王亚樵对其中任何一人开一枪，表示诚意即可。

王亚樵闻之大怒，认为蒋介石是在陷他于不义，断然拒绝。于是，蒋、王二人，失去最后一次和解机会。

7

时间到了1933年。蒋介石悬赏捉拿王亚樵的赏金，已经到了惊人的100万元——两年后的1935年2月，蒋介石为共产党领导开出的悬赏价格是：毛泽东、朱德和徐向前，各10万元；彭德怀、林彪、董振堂、周恩来、张国焘，各5万元。换句话说，毛泽东等8个人的悬赏金加在一起，才到王亚樵的一半多一点。

但越是这样，王亚樵就越不罢手。

1933年11月1日，国民党四届六中全会按期举行，会后，代表委员们合影留念。获得采访资格的"晨光社"记者孙凤鸣取出藏在照相机内的手枪，对着前排的汪精卫连开三枪，其中有一颗子弹击中汪精卫脊椎骨，一直无法取出，最终成了9年后汪精卫的死因之一。

策划这起轰动一时的暗杀事件的，正是当时已在香港避难的王亚樵。而汪精卫其实只是王亚樵要杀的"二号对象"，"一号对象"恰恰是先前正好离席的蒋介石。

还没等蒋介石惊魂落定，国民党外交部次长唐有壬因为在上海主持媚日谈判，被王亚樵派人暗杀。

蒋介石彻底被激怒了，他找到戴笠——当年王亚樵的结义兄弟。而从之后发生的一系列事件来看，蒋介石显然给戴笠下了指令：不惜一切代价，干掉王亚樵。

汪精卫被刺杀现场混乱

8

1936 年，在经历了几次失败的逮捕之后，几乎已经无法可想的戴笠，终于等到了一个机会。

当时的王亚樵，在香港已经没有容身之地，所以去了广西梧州。失去线索的戴笠最终想出了一个办法：王亚樵素以肝胆对下属，那么就从他的下属下手。

戴笠派人从香港把王亚樵的下属余立奎绑到了南京，但没想到余立奎坚决不肯吐露王亚樵的下落。戴笠找到了另一个突破口：余立奎的妻子余婉君。

在戴笠给了 10 万元和许诺抓到王亚樵就放余立奎之后，余婉君供出了王亚樵的去向。

余婉君随后来到广西梧州，想方设法找到了王亚樵。她给出的理由是：余立奎被抓起来了，他们母子在香港无处安身，只能拜托王亚樵在广西梧州给她找个住处。信以为真的王亚樵当即让人给余婉君安排住处。

1936 年 10 月 20 日，"暗杀大王"走到了他天马行空人生的终点。

那一晚，因为之前承诺过要让余婉君的用人带字条给监狱里的余立奎，王亚樵独自来到余婉君的家。刚进门，早就躲在门后的特务就往王亚樵脸上撒了一把石灰，然后十几个特务一拥而上，准备活捉王亚樵。

然而，王亚樵毕竟不是等闲之辈，挣脱众人后，掏出了手枪。特务们见状，决定将王亚樵击毙。王亚樵最后身中五枪，被刺三刀，当场身亡。为了灭口，特务随后又击毙了余婉君。

一代"暗杀大王"，最终死于特务的暗杀。

值得一提的是，这一天，离 1936 年 12 月 12 日还有不到两个月。12 月 12 日，那个当初被王亚樵吓得逃离上海的张学良，在西安扣留了蒋介石。

王亚樵一直盼望的抗日民族统一战线，在他死后不久，终于正式形成。

馒头说

想了半天，还是很难形容王亚樵这个人。

他不是一个政治家，也不是一个军事家，更没有过一个像样的正经官衔，但在那段中国的黑色时期，他一直是在以一己之力，对内监督政府官员，对外报仇雪耻。只是他的这些行为，不是靠嘴，不是靠笔，而是靠枪和炸弹。

　　按照军统后来汇报给蒋介石的材料，就在被刺杀之前，王亚樵已经联系上了延安，准备投奔共产党。

　　曾有人认为，王亚樵如果早点去延安，可能命运就会改变。

　　但我个人觉得，以王亚樵的性格，也未必能待得长久。倒不是因为其他，民族大义和是非观念王亚樵自然分得非常清楚，但是对于王亚樵而言，他习惯的是独来独往。向国家和政治展现个体的力量，这是王亚樵赢得掌声的关键，也是他以悲剧收场的原因。

本文主要参考来源：

1. 《王亚樵案——民国刺杀案系列之九》（巍子，《人民公安》，2015 年 10 期）

2. 《"暗杀大王"王亚樵被暗杀始末》（王增勤，《党史纵横》，2010 年 12 期）

3. 《民国"暗杀大王"的传奇生涯》（王增勤，《政府法制》，2010 年 18 期）

4. 《上海滩"虹口公园爆炸案"真相》（梁茂芝，《人民公安》，2009 年 08 期）

5. 《连蒋介石、戴笠都怕的人——王亚樵》（峥嵘，《档案天地》，2009 年 01 期）

6. 《王亚樵刺杀日军白川大将始末》（胡师鹏，《贵阳文史》，2008 年 03 期）

7. 《王亚樵：壮士末路也英雄》（尤乙，《档案春秋》，2006 年 03 期）

"上海皇帝"的正面与反面

这是一个流氓的故事，当然，不是普通的流氓，当年的他，名震上海滩，甚至全国。这些年来，关于这个流氓大亨的故事越来越多，出现了不少他的语录，他也成了不少人崇拜的"偶像"，但无论是哪个人，都会有他的正面和反面。

杜月笙，1888年出生，没错，真要算起来，他也做过清朝人。

他出生于当时的江苏省川沙厅高桥镇，这块地方，现在已经属于上海的浦东新区。

杜月笙小时候很苦，4岁时就没了爹娘，是由继母和舅舅养大的。关于他如何发迹，不是今天这个故事要讲的重点，简单来说，"小混混"杜月笙加入了青帮，然后遇到了上海滩另一个流氓大亨黄金荣，自己有天赋，老大又提携，终于成为上海滩一代大亨。

这篇文章想和大家聊的，主要还是杜月笙发家之后的一些故事。

比如，先说说他的钱。

杜月笙曾对一文人朋友说："你原来是一条鲤鱼，修行了500年跳了龙门变成龙了。我原来是条泥鳅，先修炼了1 000年变成了鲤鱼，然后再修炼500年才跳了龙门。倘若我们俩一起失败，你还是一条鲤鱼，而我可就变成了泥鳅。你说我做事情怎么能不谨慎呢？"

杜月笙有钱，这点大家都知道。关于他挥金如土的故事，数不胜数。杜月笙家过个年，就得花掉近百万大洋。而且最关键的是，杜月笙花钱的观点是："别人存钱，我存交情。"

多好的一句话。

不过在喝下这碗鸡汤之前，很多人也很好奇：杜月笙的钱，到底是从哪里来的？

杜月笙的暴利源头，是他的"三鑫公司"。"三鑫公司"一年的利润，甚至可以达到当时中国政府全年财政收入的五分之一。

做什么那么发财？

当然是黄赌毒。而和毒品相比，黄和赌还要靠边站。

心思缜密、手段狠辣的杜月笙，当时联合黄金荣和张啸林，垄断了整个上海的鸦片交易，甚至通过法租界，将鸦片销往全国各地。

1930年杜月笙造的杜家祠堂落成，气势恢宏，但祠堂其实还要派另一个用场——制作吗啡和杜冷丁（哌替啶）。

杜月笙自己拥有9辆汽车，司机加助手一共18人。别人估计，杜宅当年一年的开销，至少为200万大洋（普通上海市民一年开销100块大洋）

黄金荣当初在带杜月笙时，发现他有个特点：给他的赏钱，他全都拿去发给下面的小弟，自己从不留财。黄金荣感叹："此人以后必成大器！"

张学良在上海时，杜月笙把名下一家赌场装修好后给他居住，并每天提供毒品供他吸食和注射。不过最终，杜月笙帮助张学良戒了毒

2

再说说他的朋友们。

杜月笙原名叫杜月生，是个很普通甚至带点乡土气息的名字。后来，有一个人帮他把名字改为杜镛，号月笙。

帮他改名的这个人可不简单，叫章太炎，近代著名的国学大师。

你看，明明是一个黑社会大佬，居然能请到国学大师改名。但事实确实如此，除了学者章太炎，还有当时的名士杨度（清朝"预备立宪"的主要参与者）、章士钊等人，都是杜宅的座上宾。黎元洪的秘书曾专门为杜月笙写了一副对联："春申门下三千客，小杜城南五尺天。"

这副对联，挂在杜宅客厅最显眼位置。

当过民国大总统的黎元洪落难上海时，是杜月笙盛情款待的。杜月笙曾说："锦上添花的事情让别人去做，我只做雪中送炭的事情。"

杜月笙一生交友无数，在上海号称"上海皇帝"，几乎就没有他摆不平的事。平心而论，杜月笙细腻的心思和豪爽的为人，再加上仗义疏财，确实得到了很多人的真心佩服。

但人到了无权无势的时候，才是考验他朋友的时候。

1945 年，日本人无条件投降，杜月笙从重庆返回他苦心经营的上海。杜月笙满心以为，他的各界朋友、帮派的徒子徒孙，会在上海北站打满横幅标语欢迎他荣归故里。但一个先到站的徒弟传来的消息是，北站确实全是标语，但标语是："打倒社会恶势力杜月笙！"

一时胸闷的杜月笙，提前一站下车。无一人迎接。

后来杜月笙才知道，背后给他这一闷棍的，是他当年的门徒吴绍澍。而回到上海后门庭冷落，更是让杜月笙感受到了世态炎凉。

杜月笙说，做人有三碗面最难吃：人面，场面，情面

3

再来说说杜月笙和共产党的关系吧。

上海沦陷后，杜月笙在上海做过一件事：出巨资找人印刷共产党希望传播的书籍《西行漫记》和《鲁迅全集》，再印上自己的烫金印字"杜月笙赠"，送给上海各个租界的图书馆，供人借阅。

杜月笙和共产党的交情还不止这些。同样是抗日战争时期，杜月笙给共产党军队买过不少通信器材。因为日本军队卑鄙地发动毒气战，杜月笙还专门花钱买了1 000个从荷兰进口的防毒面罩，由潘汉年经手，送给八路军。

但这些举动，更像是杜月笙在为自己1927年的行为洗白。

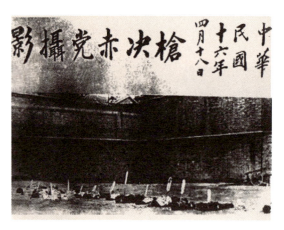

"四一二反革命政变"中被国民党枪决的共产党人

1927年，蒋介石在上海发动"四一二反革命政变"，通过流血和暴力的方式捕杀共产党人和国民党的左派。

在这场政变中，杜月笙是蒋介石的主要合作伙伴。

政变前夜的4月11日晚，杜月笙邀请上海总工会委员长、当时的上海工人领袖汪寿华（中共党员）赴宴，然后让门徒将汪打昏，塞入麻袋，直接活埋于上海的西枫林桥下。

杜月笙喜欢别人叫他"杜先生"，总是穿青布长衫，再热的天，第一粒扣子也不会解开（传说他身上有文身，做了文化人，不愿意让人看见）。

但当年做起这类事，杜先生也是面不改色心不跳的。

4

那么杜月笙和国民党的关系呢？

杜月笙其实一直对国民党有求必应。在相当长的一段时间里，国民党对杜月笙也颇为"尊重"。

在酒桌上，别人来敬酒，蒋介石都是坐着的。但杜月笙来敬酒，蒋介石是要站起来的，还要称一声"杜先生"。

1931 年，杜月笙花 50 万大洋建的杜氏祠堂在浦东高桥落成，盛

杜氏祠堂落成时的盛况

况空前。但最让杜月笙有面子的，是那天国民党自蒋介石以下，何应钦、胡汉民、孔祥熙，包括淞沪警备司令熊式辉和上海市市长张群，全都送来祝贺匾额。

只是，"尊重"是有代价的。

1945年日本人投降之后，已经没有租界存在的上海也就不再需要黑势力的"斡旋"。对蒋介石来说，杜月笙已渐渐失去了利用价值。

前面说到的在上海北站打出标语的吴绍澍，并不是小人物，他是当时的上海市副市长。而他之所以敢打出"打倒杜月笙"的标语，是因为他背后站的是蒋介石。

1949年7月，国民党的《中央日报》发表社论，称杜月笙为"时代渣滓"。虽然蒋介石后来专门派人道歉，但杜月笙还是对门徒强调一句话："那些政治大官，其实当我们是夜壶。晚上尿急了，想到用我们。用完了，一脚踢到床下去，嫌我们又脏又臭。"

5

杜月笙有一点，直至今日，历史对他的评判是完全一致的——他懂民族大义。

抗战期间，杜月笙有一个头衔：中国红十字会副会长。他从没有把这个当作虚衔，而是切实设立了很多医院，救助了很多伤员，钱不够，就动员募捐，募捐不够，就自己贴钱。

谢晋元率"八百壮士"死守上海四行仓库，各种通路基本都被封锁。杜月笙一声令下，筹集五卡车物资，冒死送到四行仓库。

淞沪抗战，确实是杜月笙体现民族大义的高光时刻。

作为"上海皇帝"，他曾放出一句话："如果日本人敢利用租界进攻中国军队，我杜月笙在两个小时内毁灭租界！"

话虽然狂妄了，但杜月笙真的愿意去做。

他自己先捐出了 5 000 把"快慢机"（手枪），然后在戴笠的鼓动下，以自己的门徒为主，组成了 1 500 人的别动队，直接就和日本军队干上了。

可以想象，由地痞流氓组成的队伍，和荷枪实弹的日军交火，是怎样的一种狼狈，但又是怎样的一种悲壮！

淞沪抗战后，为了阻碍日本军队对中国军队的追击，杜月笙率先下令自己的大达轮船公司开出几艘轮船，行驶至长江江面凿沉。一看杜月笙带头，其他轮船公司也纷纷响应，凿船沉江，阻塞了长江航道，迟滞了日军的进攻。

上海沦陷后，日本人想收买当时的"上海黑帮三巨头"。张啸林直接做了汉奸，黄金荣不肯，但舍不得产业，只能虚与委蛇，只有杜月笙，毫不犹豫地选择离开上海，避难香港。香港沦陷，日本人再度诱惑，杜月笙直接启程前往重庆。

<h1 style="text-align:center">6</h1>

1949 年，到了杜月笙必须抉择命运的时刻。

一方面，蒋介石再三发出邀请，请他去台湾。但 1945 年后国民党对他的种种冷遇，已让他心灰意冷。

另一方面，共产党通过黄炎培等，劝杜月笙留在上海，保证既往不咎。但精明的杜月笙，知道自己在"四一二反革命政变"中双手沾满了共产党人的血，自思很难过关。

最终，杜月笙带着全家，选择了他认为相对自由的香港。

只过了两年。

1951 年 8 月 16 日，患有严重哮喘的杜月笙走到了生命中的最后一天。

临终之时，他完成了两件事。

第一件事，是分遗产。偌大杜家产业，最后拿出来的钱，是 11 万美元——10 万美元是杜月笙当初存在宋子文那里的，多出来的 1 万美元，是宋子文帮他理财的盈余。

当时杜月笙在上海随便卖掉一套名下的宅子，就是 60 万美元。

但钱就是这么些了。杜月笙的安排是：每个老婆各 1 万美元，长子 1 万美元，未出嫁的女儿拿 6 000 美元，出嫁的拿 4 000 美元。

窘迫至此，但杜月笙没有忘记去做第二件事：他让子女把别人给他们家打的所有欠条，全部烧掉。其中国民党保密局上海站站长王新衡的欠条上面，就写着 500 根金条。

"我不想我的后代一直追着人家讨债。"这是杜月笙的解释。

而关于杜月笙临终前的最后一句话，可能很多人都猜不到。

根据他的女儿杜美如回忆，那句话是这样的：

"我没有希望了，可你们有希望，中国还有希望。"

馒头说

历史很容易被掩盖住应有的残酷。

以前读书时，教科书上一直说"四一二反革命政变"，自己并没有什么感觉，只有看到那些死尸满地的照片，才会感到触目惊心。

就像我们一直说杜月笙儒雅如名士，但如果我们当时就站在活埋汪寿华的现场，又是怎样一种毛骨悚然？

杜月笙诚然称得上是别人评价的"三百年帮会第一人"，有他的机敏，有他的睿智，更有他的深明大义。但同时，我们也不能忘了他背后的残酷、贪婪、血腥，以及靠黄赌毒发家的原罪。

这正是杜月笙一生最终以遗憾收场的关键所在。

其实功成名就后的杜月笙，无时无刻不在想"洗白"。为此他褪下黄金大戒指，穿起青布长衫，结交文化名人，讨好两路政党，为国家和民族拼尽全力，尽力想博个好人缘，好名声，好归宿。

但最终，杜月笙发现，自己原先怎么做的，已注定后来人家怎么看他。

就像那句被说烂的台词：出来混，迟早是要还的。

以杜月笙的睿智和格局，最终他以一个黑社会大佬的身份，历经抗战和内战，游走于国共两党，得到善终，已属罕见。

但以杜月笙当时的财富和声望，他最终的遗愿只是：能落葬上海浦东的高桥老家。

而这个愿望，到今天还没有实现。

一个被低估的"大V"的成长之路

这是关于一个"大V"的故事。这个"大V"，生活在清朝，他的名字，在历史教科书里倒是见过，只是相对于其他晚清名臣，历史留给他的笔墨不算太多。

1

左宗棠

关于"晚清中兴四大名臣"，一直有不同的说法。一种说法是曾国藩、左宗棠、李鸿章、胡林翼，一种说法是曾国藩、左宗棠、胡林翼、彭玉麟，还有种说法是曾国藩、左宗棠、李鸿章、张之洞。

一般来说，史学界比较认同的，是最后一种说法。不过你看，无论哪个版本，曾国藩和左宗棠，总是雷打不动的。

曾国藩，不用多说了。这几年，"曾学"已经成了一门显学，曾国藩俨然已经被摆到了一个"圣人"的位置——当然，我个人觉得是有些过的。

至于左宗棠，尽管他的名字出现在中学历史教科书上的次数，要超过曾国藩（低于李鸿章，不过李鸿章多以负面形象出现），但你真的问起他做过什么，恐怕绝大多数人——包括读书时的我——只会回答一句话：收复新疆！

其他呢？没了。

所以，我们今天就来说说这个被低估的"大V"——左宗棠。

2

1812年，左宗棠出生在湖南湘阴县，仅比湖南老乡曾国藩小一岁。

尽管他也受曾国藩举荐之恩，但他从不像其他人一样，对曾国藩自称"门生"或"晚辈"，最多自称一声"弟"。

要知道，在当时权倾朝野的曾国藩面前，只自称一声"弟"，还是要有些胆量的。

这也是左宗棠这位"大V"一生的性格：特立独行。

先抛开"曾左恩怨"不谈吧，先谈谈左宗棠不幸的青年时期。

左宗棠的青年时期，简而言之就是一句话：怀才不遇，屡试不第。

左宗棠20岁考中乡试，但之后三次赴京考进士，均告失败。在三次不中之后，26岁的左宗棠终于大彻大悟：老子不考了！

26岁的人，即便是放到现在，也应该大学毕业参加工作好几年了。左宗棠一没功名，二没家产，该怎么办？

他倒也不是太急。因为在左宗棠21岁的时候，已经成了一个"倒插门"女婿，娶了湖南一个富家女周诒端为妻。

关于这段"草根逆袭"的故事，后人多有议论。但在我看来，周诒端家祖上做到过户部左侍郎（相当于现在的财政部副部长），而左宗棠家祖上相当一般。如果不是看上左宗棠什么，人家怎么可能随随便便招"倒插门"女婿？

所以，关于这段婚姻，一个比较靠谱的说法是，左宗棠家早就和人家定了亲，但因为越考越穷，娶不起人家了，结果做了"倒插门"。

不过，结婚后，岳父岳母家对左宗棠非常尊敬和客气。这也体现出人家看中的是左宗棠的才气。

结婚时，左宗棠写了副对联贴在新房："身无半亩，心忧天下；读破万卷，神交古人。"

3

我一直对古人的社交传播很感兴趣，其中一大原因就是左宗棠。

为什么呢？你看，左宗棠三次京试均不中，但他的名气，居然在当时就已经传遍湖南，甚至全国。

换句话说，左宗棠那个时候，自己并没有"加V"，但他居然有一个满是"大V"的朋友圈。每次他更新一条朋友圈状态，一帮"大V"会跟在后面疯狂点赞、转发，甚至打赏。

第一个点赞的"大V"，叫贺长龄。贺长龄是道光年间的名臣。1830年，当时已是浙江布政使的贺长龄，在长沙碰到了18岁的左宗棠。当时也就是个穷书生的左宗棠，居然被省级干部贺长龄大加赞赏，"以国士见待"。左宗棠作为一个求学上进的好青年，一直向贺长龄借书。贺长龄每次都会亲自登梯为他取书，不厌其烦。还书的时候，还要详细问左宗棠的读书心得。

第二个点赞的"大V"，更厉害，叫陶澍。陶澍是谁？晚清有四大幕府：陶澍，曾国藩，李鸿章，袁世凯。可以说，晚清的汉臣上台以及幕府建立，始于陶澍。

陶澍培养和发现了一批赫赫有名的人：林则徐、胡林翼、魏源、关天培等，门生遍及天下。但在 1836 年，已贵为两江总督的陶澍，偏偏就看中了当时 24 岁，什么都不是的左宗棠。

陶澍欣赏左宗棠到什么程度？以他当时两江总督之尊（相当于现在安徽、江苏和江西三个省的军政一把手），比左宗棠大 33 岁，居然提出要让自己 7 岁的儿子陶桄娶左宗棠的长女，和左宗棠结为亲家！

左宗棠当然惶恐不敢接受，陶澍就说了句有名的话："君他日功名，必在老夫之上！"

第三个点赞的"大V"，是最有名的，叫林则徐。

1849 年冬，林则徐因病卸云贵总督职，回福建途中经过长沙，专门召见 37 岁的左宗棠。两人在舟中相见，畅谈一整夜。两人讨论的重点，就是沙俄的野心，以及新疆的问题。

所以就这点来看，如果说李鸿章是曾国藩门生的话，左宗棠应该继承的是林则徐一脉。

相见后不久，林则徐病故。逝世前，他让次子上奏，大力向朝廷举荐左宗棠，因为他对左宗棠的评价是："一见倾倒，诧为绝世奇才。"

4

名声已经在外，所以左宗棠一点儿都不急。

自从不再执着于科举之后，左宗棠反而想开了，不再攻读儒家经典，而是专心研读中国历史、地理、军事、经济、水利等方面的著作，开始学"经世致用"之学。

自古以来，自比谁的都有，但敢自比诸葛亮的不多，左宗棠算一个——他自号"今亮"。

　　但卧龙也要有出山的时候，如果左宗棠一辈子蛰居，没有发挥的空间，可能也就这样默默无闻一世了。

　　1852 年，左宗棠"加 V"的时刻，毕竟还是到来了。

　　这一切，看来还是要"感谢"太平天国。说实话，没有那场席卷中国的太平天国起义，我们可能现在都不会知道曾国藩的名字，也不会知道左宗棠，更别提李鸿章了。

　　1852 年，太平天国大军围攻长沙，湖南省城告急。左宗棠在好友郭嵩焘等人的劝勉下，应湖南巡抚张亮基之聘，终于出山。

　　这一年，左宗棠已经 40 岁了。

　　不急，40 岁草根的逆袭之路，就此开始。

　　左宗棠是被人用绳子吊着放进长沙城的。张亮基贵为巡抚（相当于现在的省长），居然把所有事务都交给左宗棠了。

　　而左宗棠居然也就揽下了。他"昼夜调军食，治文书"，"区画守具"，太平军围攻长沙三个月不下，撤围北去。

　　左宗棠一战成名。

　　首秀成功之后，左宗棠的仕途就开始顺了起来。

　　两年后的 1854 年，左宗棠应湖南巡抚骆秉章之邀，第二次入佐湖南巡抚幕府，长达 6 年。在太平军驰骋湘北的这段时间里，左宗棠辅佐骆秉章"内清四境""外援五省"。骆秉章对左宗棠言听计从。所以左宗棠虽为幕府，但其实是等同于行巡抚之职的。当时的他，被世人留下了这样一句评价：

　　"天下不可一日无湖南，湖南不可一日无左宗棠。"

5

　　这个时候，左宗棠应该是一个比较有名的"小 V"了，但离成长为一个"大 V"，还差遇见一个人。

这人就是曾国藩。

1860 年，才高气盛的左宗棠惹了一桩麻烦，因而引起了一些人的忌恨和诽谤，特别是因为湖南永州镇总兵樊燮的构陷，左宗棠差点儿把命都丢掉，只能离开骆秉章的幕府。

此时收留他的，是已经权倾一时的曾国藩。

左宗棠和曾国藩是老乡，也是旧识。但左宗棠内心其实是不太看得起曾国藩的，认为他文采和军事能力都不行。

曾国藩虽然入过翰林院，但文采确实一般，虽然创立湘军，但军事能力也确实很普通，甚至被太平天国打得投江自尽过。但是曾国藩最厉害的地方，在于"识人"和"用人"。

换句话说，就是眼光和情商。

左宗棠和曾国藩是旧识，但后来闹过不少不愉快。这些不愉快，本篇不展开。平心而论，曾国藩对左宗棠是有提携之恩的。

当时曾国藩的幕府里，人才济济，左宗棠虽然名声在外，但已经是"大V"的曾国藩要捏死左宗棠，还是轻而易举的。

但曾国藩并没有那么做，反而一再保荐左宗棠。

一开始，曾国藩给左宗棠保荐过一个知府职位，左宗棠嫌官小，不去。1861 年，湘军攻克安庆，准备围困太平天国的大本营江宁。朝廷来旨，派左宗棠去四川督办军务。

但曾国藩婉拒了这个谕旨——他觉得左宗棠是个帅才，去四川是寄人篱下，应该独当一面。于是曾国藩放手让左宗棠组建自己的"楚军"，并在第二年保荐左宗棠成为浙江巡抚，把赣浙边境的湘军全部交给他指挥！

这下真的是蛟龙入海了。

短短 4 年间，左宗棠大展身手，率军横扫江浙，灭太平军李世贤部，平捻军和回乱，封一等恪靖伯，成了一个真正的"大V"。

6

"大V"是不是就已经到头了呢？不，还有"超级大V"在等待左宗棠。

1876年至1880年，左宗棠真正迎来了自己人生的高光时刻——他力排众议，亲自率兵出征，讨伐新疆叛乱，并且陈兵新疆威慑沙俄，最终为中国收复伊犁。

关于左宗棠出兵平定新疆叛乱和收复伊犁，详见本书收录的《一个63岁的老头是怎么收复166万平方公里国土的》，这里就不展开了。

收复新疆后，上海泰来洋行的德国技师福克在新疆哈密与左宗棠会面，观看了部队的演练。福克看完后的评价是："清军若与俄国交战于伊犁，必获全胜。"

经此一事，左宗棠终于成了一位堪称名垂青史的"超级大V"。

为何这么讲？因为在左宗棠的坚持和率领下，清朝收复了166万平方公里的中国领土，相当于8个湖南省的面积，相当于现在中国国土陆地面积的1/6。

有人说，中国历史上，左宗棠是收复国土面积最大的一位将军。

至此，从40岁的草根到成为"超级大V"，左宗棠完成了他的逆袭之路。

梁启超对此给过左宗棠一个评价："五百年来第一伟人。"

美国的《新闻周刊》在2000年的时候评出了最近一千年全世界的40位智慧名人。中国有三人入选：一位是毛泽东，一位是成吉思汗，第三位，就是左宗棠。

一个 63 岁的老头是怎么收复166 万平方公里国土的

因为篇幅实在过长，上一篇文章中，最后把左宗棠人生的高光时刻一笔带过了，这个高光时刻，就是他收复新疆。本文详细写整个收复的过程，这实在是晚清帝国夕阳中的一抹亮色。

1

1875 年 5 月 3 日这一天，清政府任命了一位 63 岁的钦差大臣。

这位钦差大臣，来头不小：他本来就已官拜陕甘总督——清朝九位最高级别的封疆大吏之一——督办陕西和甘肃两省的军务和政务。

他是名震朝野，堂堂晚清中兴四大名臣之一：左宗棠。

但他这次被任命为钦差大臣所要做的事，却绝非常人想的是一桩美差，而是人人避之唯恐不及的一件棘手之事——收复新疆。

但是，这件棘手的事情，是左宗棠自己千求万求求来的。

2

左宗棠为什么会求着收复新疆？原因很简单：那个时候如果再不管新疆，新疆就没了。

先简单说说新疆。

新疆原称西域，从清朝康熙皇帝开始至乾隆二十四年（1759），连续三朝用兵，终于平定了这块地方，定名为"新疆"。到了乾隆中后期，新疆人口稳定，商业稳健发展，形成了古城（新疆古城）—归化（内蒙古呼和浩特）—张家口的西北商业主干道。

但是，"康乾盛世"之后，清朝国力日益衰落，再加上席卷半个中国的太平天国起义，中央政府对新疆的控制力逐渐减弱，扶植变少，征税却开始直线上升。最终在1864年，新疆爆发了回民之乱，各路势力在库车（今库车县）、和阗（今和田市）、喀什（今喀什地区）、吐鲁番（今吐鲁番市）等地先后建立了地方割据政权，宣告独立。

在一片乱战之中，占据了喀什旧城的一个地方势力头领司迪尔引入了一个强援——来自中亚浩罕汗国（以乌兹别克人为主）的贵族阿古柏。当时没有人想到，请来阿古柏其实是"引狼入室"，具备相当军事能力和头脑的阿古柏进入新疆后，随即建立了自己的势力，东征西讨，不断兼并各个势力。1867年，阿古柏建立了"洪福汗国"，占领了南疆，到1871年年底，又占领了北疆——阿古柏成了全新疆的霸主。

如果阿古柏只是一个地方割据势力，哪怕建立所谓的"洪福汗国"，还不算是最严重的问题。最严重的问题是，阿古柏的背后，还有两个国家撑腰。

一个是英国。1868年，一直对新疆地区有野心的英国就派遣特使会晤阿古柏，承认"洪福汗国"，并向他们赠送了大批军火，还支援他们成立军工厂。英国的维多利亚女王还亲自写信向阿古柏致以问候，双方互派了大使。

另一个国家就是俄国。1870年，俄国派人前往喀什，承认"洪福汗国"，并在1872年签订了双边条约。

不仅如此，1870年，奥斯曼帝国的苏丹阿卜杜勒·阿齐兹也承认了"洪福汗国"在伊斯兰教教法上的合法地位。

这下问题就变得非常严重了——阿古柏的"洪福汗国"俨然已经成了气候，还在国际上得到了一定程度的认可。

166万平方公里的新疆，眼看着就要从中国的版图上消失了。

3

在这样的情况下，身为陕甘总督的左宗棠，不断要求收复新疆。

1875年1月，光绪帝登基。新皇帝登基，总要有万象更新的气象，左宗棠觉得等来了一举定乾坤的机会，上书要求出兵收复新疆。

按理，左宗棠贵为封疆大吏，提出收复新疆的要求合情合理，哪有那么困难？

但还真的存在阻力。主要是施加阻力的人的官爵、地位、声望和才能，可以说和左宗棠至少是一时瑜亮。

那人就是李鸿章。

光绪帝即位后，当时的直隶总督兼北洋大臣李鸿章提出了七大建议：第一，开煤矿；第二，开铁矿；第三，架电线；第四，修铁路；第五，各海口添设洋学格致书院；第六，建海军。

李鸿章不愧为一代名臣，这六条建议可以说都是极具战略眼光的。但他的第七条建议，却引起了左宗棠的极大不满：停止西征，暂时抛弃新疆，加强海防。

这就引发了当时著名的"海防"和"塞防"之争。

在李鸿章的眼里,谁是中国未来最大的死敌?无疑就是日本。所以当下所有要务,都要围绕海军建设和防范日本进行。他上书:"新疆乃化外之地,茫茫沙漠,赤地千里,土地瘠薄,人烟稀少。乾隆年间平定新疆,倾全国之力,徒然收数千里旷地,增加千百万开支,实在得不偿失。依臣看,新疆不复,与肢体之元气无伤,收回伊犁,更是不如不收回为好。"

而在左宗棠看来,他并不否认日本是中国未来的劲敌,但他认为,当下最紧迫的问题,其实是新疆问题。新疆是中国的国土,怎能说丢就丢?

于是他也上书:"天山南北两路粮产丰富,瓜果累累,牛羊遍野,牧马成群。煤、铁、金、银、玉石藏量极为丰富。所谓千里荒漠,实为聚宝之盆。……若新疆不固,则蒙古不安,匪特陕、甘、山西各边时虞侵轶,防不胜防,即直北关山,亦将无晏眠之日。而况今之与昔,事势攸殊。俄人拓境日广,由西向东万余里,与我北境相连,仅中段有蒙古为之遮阂。徙薪宜远,曲突宜先,尤不可不豫为绸缪者也。"

李鸿章和左宗棠虽然都出自曾国藩的湘军幕下,但从关系而言,李鸿章可以说完全是曾国藩的衣钵传人,而左宗棠只比曾国藩小一岁,二人更多的只是上下级关系,而且左宗棠其实一辈子就没服过曾国藩。从传承关系来看,左宗棠更倾向于林则徐一脉——林则徐一直把沙俄视为中国的心腹大患。

李鸿章当时位高权重,再加上所言并非全没道理,所以当时朝中支持"海防"的占多数。但关键时刻,有一个人最后还是拍了板:新疆问题,还是要解决的!

这个人就是慈禧太后。

慈禧为什么要支持左宗棠?第一,左宗棠的观点当然是有道理的，166 万平方公里国土，谁丢了都愧对列祖列宗；第二，左宗棠官名清廉，他要求做的事，肯定是为国，不会存私心；第三，清朝就是作为边疆少数民族问鼎中原的，入关后就一直很重视少数民族的问题，新疆一乱，如果波及蒙古等其他少数民族，大清江山危矣。

当时尚未完全掌权的慈禧，经过权衡利弊，最终给左宗棠点了赞：就听你的！放手干吧！

4

但左宗棠只是解决了一个问题：要不要打。

接下来的问题其实更棘手：怎么打？

即便是现在交通工具如此发达，我们去一次新疆都难免舟车劳顿，何况在清朝？而且去新疆不是旅游，而是打仗，粮草辎重、部队后勤如何解决？军饷何来？士气怎样？阿古柏背后还有沙俄和英国撑腰，怎么办？

这些都是左宗棠面临的难题，也是当初大多数人不愿意打新疆的另一个重要原因。

但左宗棠其实从 1872 年开始就进行了细致的战争准备，总结下来就是四个字：缓进速决。

"缓进"，就是要进行充分准备，不准备好不打。

左宗棠做的第一件事就让人大跌眼镜：大战在即，他做的不是扩军，而是裁军。

对麾下的军队，左宗棠发出命令：凡是不愿意参加西征的，一律给回家路费。要留下来的，必须是精兵强将。经过一番筛选，左宗棠最后筛选出了 6 万精兵。

左宗棠这么做的目的其实很明确：远征新疆，山高路远，军队若人数过多，不仅耗粮惊人，而且素质参差不齐，日久容易兵变。

准备充分之后，就是要"速决"。

左宗棠的西征军

"速决"其实也是无奈之举，因为大清当时国库已经空虚，左宗棠知道，大军一旦开拔，就必须速战速决，越拖越打不动。当时，左宗棠做了详细的测算，从一个士兵、一匹军马每日所需的粮食草料入手，推算出全军8万人马（包含后勤杂役等）一年半时间所需的用度。然后，再以一百斤粮运输一百里为一甲，估算出全程的运费和消耗。甚至连用毛驴、骆驼驮运，还是用车辆运输，哪种办法节省开支也做了比较。

经过周密计算，左宗棠估算出全部军费开支共需白银800万两。为防止意外开支，留有余地，左宗棠向朝廷申报了1 000万两。

当时朝廷也没钱，但咬着牙给了左宗棠一纸诏书："宗棠乃社稷大臣，此次西征以国事而自任，只要边地安宁，朝廷何惜千万金，可从国库拨款五百万，并敕令允其自借外国债五百万。"

于是，左宗棠找到"红顶商人"胡雪岩，在上海向英国汇丰银行借款。左宗棠自己也知道"借贷打仗"实在是尴尬，但他认定这和西征收复失地相比，是"两害相权取其轻"。

有了粮，有了钱，左宗棠随即把6万精兵武装到了牙齿。

"红顶商人"胡雪岩，后因协助左宗棠收复新疆有功，被授予布政使衔（清代的布政使有点类似于现在的常务副省长），赏穿黄马褂、官帽上可戴二品红色顶戴

1875年7月，知道清政府准备对新疆用兵的沙俄政府，派来了一个所谓的"科学贸易考察队"，这个"考察队"的主要任务就是了解清军的实力。

在兰州，左宗棠麾下由刘锦棠率领的西征军的实力让俄国人大吃一惊：清军拥有大量欧洲最先进的火器及国内的仿造品（比如德国毛瑟步枪M1871型11毫米后膛枪，以及美国制造的"雷明顿一号"步枪）。刘锦棠的这支13 000多人的精锐部队，拥有各种来复枪2万支。

考察队的队长立刻得出结论：阿古柏的失败只是时间问题了。

5

1876年5月，经过精心准备之后，左宗棠的西征军骑兵和步兵共25个营分批入疆，经哈密前往巴里坤。对新疆阿古柏势力的总攻正式开始。

阿古柏的实力在新疆其实也不算弱，军队同样拥有不少火器，骑兵加步兵在一起，总共有4万人左右。但整个战斗却进行得毫无悬念——阿古柏的部队一触即溃，连战连败。

阿古柏的军队

除去左宗棠西征军战斗力颇强的因素之外，阿古柏自己在新疆地区失去人心是一个重要因素。

阿古柏本来就来自外国，在新疆根基不深，为了巩固自己的势力，大量使用自己的亲信，造成很多当地贵族的不满。此外，阿古柏的军事能力还算不错，但治理能力却实在不佳，在新疆地区实施重税，当地的老百姓苦不堪言，"东望王师"的大有人在。再加上左宗棠下令一律不许"杀降"，导致整个战争过程中，整城打开城门投降清朝军队的案例有很多。

按照左宗棠制定的"先北后南"的策略，从 1876 年 5 月到 1877 年 3 月，清军只用了 10 个月时间，就摧垮了阿古柏苦心经营的"天山防线"，光复北疆，剑指南疆。

1877 年 5 月 29 日凌晨，陷入绝境的阿古柏猝死于喀拉沙尔（新疆焉耆县）——《清史稿》里说他是饮毒酒自杀，但也有其他说法是被人毒死。

1878 年 1 月初，清军攻克南疆所有土地，收复全疆。英国人对此评价，这是"从一个多世纪前的乾隆时代以来，一支由中国人领导的中国军队所曾取得的最光辉成就"。

但是，还有一个地方没有收复，那就是被沙俄占去的伊犁。

6

伊犁是被沙俄趁乱占去的。

1871 年，阿古柏在新疆作乱，沙俄趁机出兵占领了伊犁 20 多万平方公里的土地，并宣布"伊犁永远归俄国管辖"。不过当时沙俄经历了第九次俄土战争（也称"克里米亚战争"），元气还没恢复，多少有点儿心虚，所以就照会清朝：称占领伊犁是为了"安定边疆秩序"，只要你们能收回乌鲁木齐等新疆重镇，我们就交还。

当时沙俄的算盘是，清朝怎么可能收复新疆？

但左宗棠居然真的带兵收复了。

其实在征讨阿古柏的时候，有人建议左宗棠趁势收复伊犁，但当时左宗棠暂时还不想招惹沙俄，表示"师出无名"，没有采纳。

但左宗棠心里毕竟还是记着伊犁的。1880 年，左宗棠上书朝廷，建议在新疆设省，并建议朝廷派员与俄国会谈归还伊犁，朝廷同意，派遣完颜崇厚为全权大臣出使俄国进行谈判。

完颜崇厚曾经官拜直隶总督，但在外交方面实在是一窍不通，出使俄国，鬼使神差地和俄国人签订了一个《里瓦几亚条约》(又称《交收伊犁条约》)，得到伊犁一座孤城，大批领土全部丧失，还要赔款给沙俄200多万两白银。

关键是完颜崇厚还没有禀报朝廷，擅自签完约就回来了。

这个条约一签订，朝中上下一片哗然，名臣张之洞上奏说："若尽如新约，所得者伊犁二字之空名，所失者新疆又万里之实际。"左宗棠更是怒不可遏，说："我得伊犁只剩一片荒郊，北境一二百里间皆俄属部，孤注万里，何以图存？"

朝廷一怒之下，把完颜崇厚抓进了监狱，定"斩监候"，准备秋后杀头。

但和约都已经和人家签了，怎么办？左宗棠一拍桌子：重新谈！重新签！

慈禧太后听从了左宗棠的建议，派出了以曾纪泽为代表的团队，重新赴沙俄谈判。这个曾纪泽是谁呢？就是曾国藩的长子。

曾纪泽

以沙俄之狡诈，白纸黑字落了款，要反悔，谈何容易？左宗棠于是上奏："如沙皇一意孤行，应诉诸武力。臣虽不才，愿当此任。"

左宗棠的意思是：战场上得不到的，谈判桌上自然也别想得到。

1880年，68岁的左宗棠再次率军西征，号称"王师四万"，屯兵哈密，为在前方谈判的曾纪泽做军事后盾。

　　为了表示自己的决心，左宗棠下令把自己的棺材从肃州运到了哈密，这就是著名的"抬棺出征"。

　　沙俄见状后，一度火速增兵伊犁，并派舰队威胁天津、奉天（今辽宁）和山东等地。但另一方面，鉴于 1875 年得到的左宗棠部队的实力情报，沙俄也不敢怠慢，四处打探这支部队的战斗力。

　　从各方面汇总的情报显示，左宗棠的军队，真的不是花架子。上海泰来洋行的德国技师福克，曾在新疆哈密与左宗棠会面，观看了部队的演练。福克看完后的评价是："清军若与俄国交战于伊犁，必获全胜。"

　　当时，俄国刚刚结束了第十次"俄土战争"，元气未复，自己算了笔账，实在没把握战胜左宗棠。最终，俄国决定让步。

左宗棠两次率部西征，一路进军，一路修桥筑路，沿途种植榆杨柳树。几年之内，从兰州到肃州，从河西到哈密，从吐鲁番到乌鲁木齐，凡军队所到之处所植道柳，除戈壁外，皆连绵不断，枝拂云霄，这就是后人所称的"左公柳"

1881 年 2 月 24 日，曾纪泽与俄方代表签订《中俄伊犁条约》，虽然这个条约依旧还是个不平等条约（沙俄几乎归还伊犁全境，但还是割去了一部分领土，并且赔款增加到了 500 万两），但将之前签订的条约翻盘，已是大为不易。

在这个过程中，曾纪泽有功，但同样有大功的，是后面抬了口棺材率军威胁沙俄的左宗棠。

1884 年，在左宗棠的反复敦促下，清王朝正式设立"新疆省"。

一年之后，左宗棠逝世。

馒头说

在晚清的几大名臣里，左宗棠应该算是比较另类的一个。

如果要选人出演晚清版《人民的名义》主角，李鸿章不行，张之洞也不行，曾国藩早年清廉，晚年也有点糊涂，更何况还放任敛财高手弟弟曾国荃敛财，算来算去，还真的只有左宗棠。

左宗棠一生清廉，后来和胡雪岩关系密切，有人参奏他必然有贪污受贿行为，结果慈禧派人一查，左宗棠清清白白，慈禧大喜之后甚至下谕：三十年不准参奏左宗棠！

左宗棠辞世后，留给家人的钱，也就 2 万多两银子（大概相当于他一年的俸禄）。而且他再三教育自己的孩子要老实做人。左宗棠的后人中，几乎没有人从政，不少倒成了医学名家。

而且左宗棠不是只清廉不干事。左宗棠一直是想干一番惊天动地的大事业的，所以在花甲之年，他还会抬着一口棺材去打仗。

有人曾说，让左宗棠取代李鸿章，估计晚清的格局会大为改观。

但我觉得不行。

左宗棠外号"左骡子"，以他那个臭脾气，给谁都没有好脸色看

（到了晚年还盯着曾国藩骂），根本不可能在当时的政局中如同李鸿章那样为官老到，坐到高位。而且以当时中国面临之内忧外患，已经不能要求李鸿章更多了，左宗棠去做，除了在一些事务上态度会更强硬外，未必能比李鸿章做得好多少。

　　但是在任何年代，任何朝代，我们都还是需要几位像左宗棠这样不通人情的硬骨头，不是吗？

珍妃为什么必须死

这个故事要说的这位珍妃，可能未必是中国后宫历史上最有名的妃子，但至少是最受关注的妃子之一。因为她的聪慧，也因为她的悲情。

1

1876 年 2 月 27 日这一天，是光绪二年的农历二月初三。

礼部侍郎长叙得了一个女儿，这是他的第五个女儿。

长叙估计不会想到，13 年之后，他这个女儿会被选入宫中。当然，和她一起选入宫中的，还有她的姐姐，只是姐姐远没有妹妹的名气大。

因为这个妹妹，被后人称为"珍妃"。而珍妃之所以有名，是因为她在 24 岁的花样年纪就香消玉殒。

珍妃之死，一直是备受后人争议的一个话题。

珍妃应该拍过很多照片，但目前故
宫博物院珍藏的清朝资料中均不见
她的照片，只有在紫禁城东南的皇
史宬（现中国第一历史档案馆明清
档案陈列室）里保存着一张珍妃的
半身肖像照，这也是现存唯一的珍
妃照片

2

　　珍妃是 13 岁时被选入宫的。

　　珍妃和她的姐姐（瑾妃）从小在广州随伯父长善长大。长善是
广州将军，但却喜欢和文人打交道，给这两个侄女聘请了一位叫文
廷式的名士做老师（此人后来中了榜眼），所以这两个女孩从小就知
书达理。

　　更重要的是，广州是当初五口通商里最主要的口岸城市，与西方
的接触最早，受到的影响也最大，容易接触到很多开放和先进的思
想，这对珍妃的成长起到了很大的作用，也为她后来得到光绪的青睐
埋下了伏笔。

　　1888 年，也就是光绪十四年，小皇帝到了可以成亲的年纪。当
然，他是没有选择权的，这一切由他的姨妈（也是伯母）慈禧太后
敲定。

　　慈禧选了自己弟弟的女儿，21岁的叶赫那拉氏作为光绪的正妻，也就是后来的隆裕皇后，而长叙的两个女儿被选为嫔——15岁的四女儿被封为"瑾嫔"，13岁的五女儿被封为"珍嫔"（清宫后妃分八个等级，分别为皇后、皇贵妃、贵妃、妃、嫔、贵人、常在、答应，嫔为第五等）。

　　是集万千宠爱于一身，还是一入宫门深似海？13岁的珍嫔当时自然不知道，紫禁城内，究竟是什么样的命运在等待着自己。

3

　　美貌，有时候未必是能得到皇帝宠幸的必要条件。

　　不少史料显示，光绪喜欢珍嫔，最初是因为她长得漂亮。不过也有另一种说法，说当时18岁的光绪最初看中的其实是瑾嫔。但无论如何，光绪最终在自己的"一后两嫔"中独爱珍嫔，是没有什么疑问的。究其原因，与其说是因为珍嫔的容貌，倒不如说是因为她的性格。

　　相比于相对木讷的瑾嫔和比自己大三岁的隆裕，天真活泼、思维活跃的珍嫔无疑更讨人喜欢。再加上珍嫔琴棋书画皆精，又来自当时领风气之先的广州，时值大清王朝内忧外患之际，身在深宫中的小皇帝本就有师夷长技、发奋图强之意，两个孩子意气相投，自然很容易就走到一起。

　　更难能可贵的是，连一向挑剔的慈禧，也喜欢这个聪明伶俐的小女孩。

　　据曾侍奉珍嫔的白姓宫女回忆："珍妃貌美而贤，初入宫时，极为慈禧所钟爱。"因为珍嫔的字写得不错，所以有一段时间里，慈禧赐群臣的"福""寿""龙""虎"等字，都是由珍嫔代笔的。为了提高珍嫔的书画水平，慈禧还特地指派才女缪嘉惠做她的书画老师。

在珍嫔后辈人唐海沂写的《我的两位姑母——珍妃、瑾妃》文中还提到，珍嫔曾经替皇后主持过继嗣典礼——这种级别的典礼，如果没有慈禧点头，珍嫔是绝对不可能获得资格的。

1894年，18岁的珍嫔和姐姐一起，由"嫔"晋升为"妃"，种种迹象表明，接下来的戏路，应该是按照"集万千宠爱于一身"的套路往下走的。

但哪有那么简单。

4

后宫之中，没有钩心斗角，是不可能的。

珍妃整天和光绪皇帝腻在一起，谁会最先不开心？当然是皇后隆裕。

《我的两位姑母——珍妃、瑾妃》文中曾转述白姓宫女的回忆："白大姐说，隆裕为了报复，就和李莲英及珍妃宫内的太监勾结起来，把一只男人靴子放在珍妃的宫里，妄图污蔑她有奸情。为了这件事白大姐也受过拷打。

"后来又因珍妃有一件衣服的料子和经常进宫演戏的一个戏子的衣料一样（据说戏子的衣料是光绪送的），隆裕抓着这件事又大做文章，致使珍妃遭受廷杖。"

珍妃身边宫女的回忆，应该是有态度倾向的。但从当时后宫的关系来看，皇帝宠幸妃子而冷落皇后，皇后心中不爽自然是肯定的。即便隆裕皇后后来以贤惠温和著称，但也不代表她连这个也不会在意。至于平时在慈禧太后面前不会说珍妃什么好话，这是完全可以推断的（当然，珍妃在光绪面前也没说隆裕的好话）。

但得罪皇后，最多也是一出"宫斗戏"。让珍妃命运急转直下的，是她得罪了慈禧太后。

5

慈禧无疑是喜欢珍妃天真活泼的，但超过她的三观范畴，就另当别论了。

当时西洋的照相技术已传入中国，但很多国人认为照相会取人魂魄，导致人损寿。思想开放的珍妃却完全不以为然，她悄悄购置了一套照相机，在自己的寝宫景仁宫反复练习，很快便学会了照相技术，成为清宫后妃中最早拍摄照片的人之一。

学会照相技术后，珍妃给光绪皇帝和宫内的其他人拍照，还教太监学会拍照，让他们给自己照相。而她照相的时候"不拘姿势，任意装束"，甚至还会穿着男装到处走动拍照。至于拍照的地点，不仅在自己的景仁宫，甚至还去了皇帝的养心殿，这无疑就让慈禧大为反感（虽然慈禧本人也非常喜欢拍照）。

据说珍妃还曾暗中指使一个姓戴的太监，在东华门外开设了一个照相馆，此事被慈禧听说后，以"宫嫔不应所为"斥责珍妃。照相馆被关闭，戴姓太监被打死。

如果珍妃的这些事尚且能被认为是"任性胡闹"的话，那么接下来，让慈禧产生"嫉妒"，就有点糟糕了。

小德张（清末最后一任太监总管）过继孙子张仲忱写的祖父口述回忆录《我的祖父小德张》记载，宠爱珍妃的光绪曾用库存的珍珠、翡翠为她串制珍珠旗袍一件。有一天二人在御花园散步，正在兴头时，被慈禧撞见。慈禧大怒道："好哇！连我都没舍得用这么多珍珠串珠袍，你一个妃子竟敢这样做。想当皇后怎么着，谁封的？皇帝也太宠你了！"

光绪和珍妃马上跪在地上叩头请罪。慈禧立即叫随身的太监二总管崔玉贵把旗袍扒下来，回宫后还打了珍妃30竹竿子。

《我的祖父小德张》的一些记载后来证明有失实之处，但慈禧身边的女侍德龄所著的《瀛台泣血记》中也记录过这一段，说明还是有可信度的。

这件事除了证明慈禧觉得珍妃"有失体统"之外，还传递了另一层意思：慈禧和光绪虽非亲生母子，但无数史料证明，慈禧当初确实是把光绪当亲生儿子养育的，母子之情碰上婆媳关系，大家都懂的。

天真任性，再加上婆媳关系搞僵，还不算什么。让珍妃罪加一等的是她开始触犯大清律例了。

应该说，珍妃在未成年即进宫，又受万千宠爱，尤其是得到皇帝恩宠，渐渐有些不知轻重，是完全可以理解的。但珍妃选择"卖官受贿"，就有些触碰高压线了。

当时后宫的后妃们每月用度都是配额供给的，比如皇后是每年一千两，外加些绸缎、兽皮、肉食等，然后逐级下降，到"妃"一级是三百两。三百两银子，妃子自己开销自然是够了，但她们花销最多

中坐者为慈禧，右一为隆裕，左一为瑾妃，左二为德龄

的，是打点和赏赐身边的人。珍妃生性大方，身边又有不少太监顺着她心意吹捧，再加上喜欢照相等各种西洋玩意儿，钱自然是不够花了。

据胡思敬所著的《国闻备乘》记载，凭借和光绪皇帝关系近，能吹"枕边风"，珍妃开始接受一些贿赂，让光绪帝给人封官，有一次更是收取了四万两白银的贿赂，最终东窗事发。（"初太后拷问珍妃，于密室中搜得一簿，内书某月日收入河南巡抚裕长馈金若干。"）

《国闻备乘》多少有点野史的味道，不过记录这件事情的不止这一本书，所以倒也不是完全不可信。

这就是破了大清"宫闱不能干政"的律例了。结合之前种种，慈禧决定给珍妃来个"下马威"——珍妃连同姐姐瑾妃，被施以"褫衣廷杖"的刑罚（脱去衣服直接对肉体施刑），这一刑罚主要针对朝中大臣，在此之前还没有过对嫔妃施刑的先例。不仅如此，这一年（1894）的十月二十九，珍妃和瑾妃双双被降为贵人。

毫无疑问，瑾妃基本属于无辜，慈禧针对的，就是珍妃。

6

其实话说回来，"卖官鬻爵"这种事情，在清朝后期已经非常常见，甚至从康熙年间开始，就是被官方默许的。

所以，这也并非珍妃命运转向的真正原因。

那究竟是什么原因？关键还是珍妃的涉政，而且是深度涉政——影响光绪帝，试图推翻慈禧。

珍妃被廷杖和降为贵人是在1894年，请注意这个年份，是中国在中日甲午战争中惨败这一年。

中日甲午战争一战，很多人以为罪在慈禧，但事实上，慈禧那时候已经"归政"光绪。实权虽然依然掌握在幕后的老佛爷手里，但甲午战争，站在前台指挥的一直是光绪帝自己。

在这场改变中日两个国家国运的战争中，以光绪帝为代表的"帝党"是坚决主战的，而以慈禧为代表的"后党"其实是主和的。当然，不能说当时以大清帝国之威（自我评估），主战有什么不对，但至少当时，"帝党"和"后党"之间的对立已经比较明显。

在这个过程中，珍妃毫无疑问是站在光绪一边的。而且她凭借自己的影响，试图一举

光绪皇帝像

逆转皇帝相对于太后长久以来的劣势。比如，珍妃的启蒙老师文廷式，以及他的堂兄志锐（当时的礼部侍郎），借机参奏李鸿章求和卖国，惹恼了这位晚清第一权臣。李鸿章马上反参文廷式企图支持珍妃夺嫡取代隆裕皇后，反对慈禧听政，支持光绪皇帝自主朝纲。

结果果然激怒了正愁没把柄的慈禧：文廷式被驱逐出宫，永不录用；志锐被贬，放官边疆（蒙古）。至于珍妃，自然是被又打又降——不敢对皇帝怎样，但用你的宠妃震慑一下你，我还不敢吗？

但这个时候，慈禧和珍妃的婆媳关系毕竟还没有恶劣到不可收拾的地步。第二年，珍妃和瑾妃又恢复了"妃"的位分。

真正的问题出在1898年——这一年，发生了"戊戌变法"。

这一针给病入膏肓的大清强行注入的鸡血，彻底让慈禧和光绪这对母子翻了脸。尤其是"帝党"试图包围颐和园的"围园杀后"行动败露（袁世凯对告密此事亦有贡献），让慈禧彻底寒了心——可以说，

自那以后，慈禧对光绪已不再抱希望。

辛辛苦苦养大的孩子，怎么会变成这样？当妈妈的慈禧肯定也经过无数个辗转反侧之夜，找过很多原因。而其中一个重要原因，自然会归到珍妃头上：我花了20多年让他接受圣贤教育，你分分钟就给他洗脑了？

于是，"戊戌变法"失败后，珍妃再次遭罚廷杖，而且这一次，她被打入景祺阁后的小院——一个当妈的，儿子都不要了，还会心疼儿媳妇？

据《故宫通览》（紫禁城出版社，2005年）的介绍，珍妃被囚禁的那个小院，位于紫禁城最北端，原来是明代宫廷奶妈养老居留的地方。珍妃入住后，正门被牢牢关上，打上内务府的十字封条，珍妃住在北房三间最西头的一间，屋门从外面反锁着，饭菜、洗脸水等均由下人从一扇活窗中端进递出。

珍妃每天吃的，就是普通下人的饭。平时不准与人说话。逢年过节或每月初一、十五，这些别人高兴的日子，看守她的一名老太监就代表慈禧对她进行训斥。训斥在午饭时进行，老太监指着珍妃的鼻子列数罪状，珍妃得跪着听训。训斥结束，珍妃还必须叩头谢恩。

没错，珍妃被打入了冷宫。

7

如果没有1900年的八国联军打进北京，珍妃会不会在冷宫里孤独终老？没有人知道答案，因为珍妃的生命，在这一年走到了尽头。

关于珍妃的死因，一直有两种说法。

一种说是八国联军兵临城下，慈禧带光绪西逃，临行前珍妃不肯走，和老佛爷争执起来，赌气跳井，慈禧一个没留神，没拦住，她就跳下去了。事后慈禧还表示相当惋惜。

这个说法出自隆裕太后的回忆，源头自然是慈禧自己的叙述。考虑到隆裕太后向来温顺听话，唯老佛爷之命是从，她的说法存疑。

而另一种说法，见诸各种野史和当时见证者的回忆，那就是珍妃是慈禧让人给扔到井里去的。

持这种说法的回忆很多，其中最有说服力的，无疑就是在场的当事人——当时奉命将珍妃投井的太监崔玉贵的回忆。

1985—1988 年间，故宫博物院主办的《紫禁城》杂志连续 20 期刊载了由金易、沈义羚合著的《宫女谈往录》。这位"谈往"的宫女是赫舍里氏，先后在慈禧身边服侍八年，是负责给慈禧点烟的贴身使女，在宫内慈禧叫她"荣儿"。

书中有一篇说的是崔玉贵离开清宫后，有一次来荣宫女家串门，提起了那段往事。而荣宫女本人恰恰在珍妃"落井"那天当值，侍候慈禧。

按照荣宫女的回忆，崔玉贵是这样描述当时情景的：

> 七月二十日那天中午传完膳后，老太后有片刻的漱口吸烟的时间……就在这时候，老太后吩咐我，说是要在未刻召见珍妃，让她在颐和轩候驾，派我去传旨。
>
> ……
>
> 我们去的时候，景祺阁北头的东北三所正门关着。我们敲了门，告诉管门的一个太监，请珍小主接旨。珍妃在接旨以前，是不愿意蓬头垢面见我们的，必须给她留下一段梳理工夫。由东北三所出来，经过一段路才能到颐和轩。我在前边引路，王德环在后面伺候，我们伺候主子，向例不许走甬路中间，一前一后在甬路两边走。小主一个人走在甬路中间，一张清水脸儿，头上两把头摘去了两边的络子，淡青色的绸子长旗袍，脚底下

是普通的墨绿色的缎鞋（不许穿莲花底），这是一副戴罪的妃嫔的装束。她始终一言不发，大概也很清楚，等待她的不会是什么幸运的事。

到了颐和轩，老太后已经端坐在那里了。我进前请跪安复旨。说，珍小主奉旨到。我用眼一瞧，颐和轩里一个侍女也没有，空落落的只有老太后一个人坐在那里，我很奇怪。

珍小主进前叩头，道吉祥，完了，就一直跪在地下，低头听训。这时屋子静得掉地下一根针都能听得清楚。

老太后直截了当地说，洋人打进城里来了，外头乱糟糟，谁也保不定怎么样，万一受到侮辱，那就丢尽了皇家的脸，也对不起列祖列宗，你应当明白！话说得很坚决。老太后下巴扬着，眼连瞧也不瞧珍妃，静等回话。

珍妃愣了一下说，我明白，不曾给祖宗丢人。

太后说，你年轻，容易惹事！我们要避一避，带你走不方便。

珍妃说，您可以避一避，可以留皇上坐镇京师，主持大局。就这几句话戳了老太后的心窝子了，老太后马上把脸一翻，大声呵斥说，你死到临头，还敢胡说。

珍妃说，我没有应死的罪！

老太后说，不管你有罪没罪，也得死！

珍妃说，我要见皇上一面。皇上没让我死！

太后说，皇上也救不了你。把她扔到井里头去，来人哪！

就这样，我和王德环一起连揪带推，把珍妃推到贞顺门内的井里（据回忆，还丢了两块大石头）。珍妃自始至终嚷着要见皇上，最后大声喊，皇上，来世再报恩啦！

这是到目前为止，最多人取信的一个版本。

根据崔玉贵的回忆，珍妃临死前给他留下了印象最深的三句话："我罪不该死！""皇上没让我死！""你们爱逃跑不逃跑，但皇帝不应该逃！"

由此可见，珍妃在临死前，依旧对皇帝抱有期望。

而这，恰恰是珍妃不得不死的最主要原因。

慈禧垂帘听政47年，其实很明白自己的权力终将失去，所以越到后面，她越在乎的是自己身后的权力运转和评价体系。

但恰恰她自己选定的光绪，并没有显示出会继续走"慈禧路线"的意思，而他身边的这位珍妃，又有主见，对光绪影响又大，一旦给了珍妃机会，肯定不会给自己什么好脸色，甚至"开棺鞭尸"也未可知。

故宫里投珍妃的那口井

当时八国联军兵临城下，谁都不知道大清帝国会不会就此覆灭，自己的性命是否还保得住（因为当时是慈禧力主向所有西方列强宣战的。事实证明后来八国联军并没有灭亡清朝，也没想颠覆慈禧，这是让老佛爷最欣慰的一件事）——所以不如事先把能安排的事都安排"妥当"（根据崔玉贵回忆，慈禧那天派人将珍妃投井绝不是临时起意，而是早有预谋）。

就连光绪本人，都在慈禧驾崩的前一天离奇去世（这又是一桩有争议的悬案），怎么还会怜惜你珍妃的一条性命？

8

1901 年，虚惊一场的慈禧带着光绪回京，命人从井里捞出珍妃的尸体。据当时的人回忆，尸体浮肿，面目已不可辨认。

慈禧表示大为惋惜，追封珍妃为"珍贵妃"——毫无疑问，这是安抚光绪的一个动作。

打捞尸体的那天，光绪并没有来。

但从那之后，光绪再也没有亲近过任何一个嫔妃。

馒头说

曾经看过一篇文章，对珍妃之死甚是惋惜，甚至把她比为"圣女贞德"。

我个人觉得，倒也不至于。

珍妃死得可惜吗？确实挺可惜的。一个妙龄女子，并没有犯什么大错，就这样莫名其妙丢了性命。

但真的要说她有安邦救国之志，辅佐明君之才，却也未必，至少从现有的史料来看，证据不足。当然，给她证明的时间也不多。

很多后人之所以为珍妃惋惜，其实是在为光绪鸣不平，与其说为光绪鸣不平，倒不如说是在为大清扼腕。

但其实仔细想一想，就算光绪大权在握，亲政临朝，就真救得了大清？就凭一腔热血对日宣战？就凭康有为那套拍脑袋的"维新变法"？或者，就凭珍妃出谋划策？

人家崇祯皇帝刚即位时起得比鸡还早，睡得比狗还晚，结果呢？更何况相对于大明王朝，大清王朝已经被卷入整个世界发展的滚滚洪流，面临千年不遇的大变局。

所以这事情的根本原因不在珍妃，也不在光绪，甚至不在老佛爷慈禧。现在回过头来看，当时的大清王朝其实已经失去了自愈的能力，只能凭借外科手术进行一次彻底的革新。

所以，对珍妃，我只能发出一句最近比较流行的感慨：

来世莫生帝王家。

靠画漫画，28 岁就缴 4 000 万元的个人所得税是怎样一种体验？

这个人是一个漫画家，一个日本漫画家，他的漫画，说是风靡了全世界，应该并不夸张，当然，也深深影响了我，影响了我们一代人。如果你真的不知道他的漫画，没关系，就给你看一个农村漫画家成长的故事。

1

某网站的一则图片新闻，在社交媒体里被热转。该图片中，窦靖童穿着一件印有"悟"字的 T 恤，标题是《随王菲信佛？窦靖童穿 T 恤"悟"字当胸充满禅机》。

当然，热转的原因不是因为窦靖童，而是因为编辑给这条新闻起的标题。

几乎所有热转的网民都配上了一句类似评语："这个编辑显然没看过《龙珠》。"

当然，也有人感慨："小编可能是个 95 后吧，现在终于开始有人

《龙珠》主人公孙悟空

不知道《龙珠》了……"

那么，作为《龙珠》的作者，曾经被我们这一代人视为"大神"的鸟山明，估计也慢慢被人忘记了吧？

所以，我想再说说他的故事，一个乡村少年逆袭的故事。

2

1955 年 4 月 5 日，鸟山明出生在日本爱知县的西春日井镇。

"鸟山"这个姓听上去有点奇怪（连日本人都觉得奇怪），但"鸟山明"确实是他的真名。

西春日井是农村地区，鸟山明的家庭是普通的农民家庭，后院就是耕地。他的整个生活环境，就是"鸡犬相闻"的农村——这对鸟山明日后两部最重要的作品《阿拉蕾》和《龙珠》都产生了巨大的影响。

进入高中后，鸟山明专门学了设计，在学校期间参加了"漫画研究同好会"，一度还当选会长。

把时间直接跳到鸟山明踏上社会吧。

鸟山明大学毕业后，一开始在设计公司上班，但这个慵懒的家伙上班老是迟到，于是有一天他发现，自己的薪水七零八碎加在一起还不如在办公室打杂的女孩子多。

于是，工作了三年之后，23 岁的鸟山明决定辞职。

辞职以后做什么呢？他选择做自己梦想中的职业——漫画家。

漫画家鸟山明

据说，想当漫画家，是因为鸟山明有一次坐电车，捡到了一位漫画家遗失的漫画手稿——当时日本漫画家的报酬高得离谱，一个普通画家的一页原稿报酬能达到 1 万日元。鸟山明一看那页手稿就怒了：什么东西，我也能画啊！

一开始，鸟山明只是接一些传单、插画之类的零工，最终，他根据当时全世界大热的《星球大战》电影，画了一个翻版的短篇——不管怎么说，这是他第一部正式的、有始有终的漫画。

于是，鸟山明决定投稿。

投给谁呢？在"漫画之国"日本，当时有两家人气最高的漫画杂志社：《周刊少年 Magazine》和《周刊少年 Jump》。在日本的电车或地铁上，如果你看到有人在看漫画书，一般都是这两家杂志社出的。

按照鸟山明的初衷，他是想把作品投给《周刊少年 Magazine》的，也没什么特别的原因，就是他们家的"新人奖"奖金是 50 万日元，这对当时没有固定收入的鸟山明而言是笔不小的收入。

但是，鸟山明一查，《周刊少年 Magazine》的截稿日期已经过了，

因为每月都接受投稿而幸运获得鸟山明垂青的《周刊少年Jump》周刊杂志

无奈之下，就把漫画投给了《周刊少年Jump》。

现在回过头来看，这个 20 出头的毛头小伙子，在当时决定了两个杂志社未来 20 年的发展轨迹。

3

鸟山明的第一次投稿，并没有得奖。因为那个是《星球大战》的翻版，不能算原创，所以鸟山明的名字只是被列在了杂志上。

但是，鸟山明依靠扎实的设计功底所表现出的精致漫画设计，引起了《周刊少年Jump》杂志社一位编辑的注意。

鸟山明的漫画中有很多机器，从车到船到机器人到枪械，无一不绘画精致

就像当初儒勒·凡尔纳被出版商儒勒·赫泽尔赏识一样，千里马最终需要遇到伯乐。

那个编辑叫鸟岛和彦，当时也是个菜鸟编辑（现在已经是集英社的董事了），他一眼就觉得那个姓鸟山的漫画家与众不同——真可谓"鸟鸟相惜"。

发现天才鸟山明的鸟岛和彦。后来在鸟岛落魄的时候，鸟山明承诺，今后的漫画和衍生作品，都给鸟岛抽成

　　鸟岛和彦虽然是菜鸟，但以"严格"著称，他前后一共退回了鸟山明不下 1 000 张画稿。但鸟山明始终没有气馁，继续坚持给鸟岛投稿。

为了"报复"鸟岛总是退稿，鸟山明在《阿拉蕾》漫画里给鸟岛设计了一个妄图统治全世界的邪恶形象：马西利特博士

　　终于，一部鸟山明创作的短篇，获得了鸟岛的赞赏。

　　那是一部关于一个天才博士和一群生活在企鹅村里的村民发生的各种有趣故事的漫画——很显然，企鹅村就是鸟山明自己当初生活环境的映射，一般的漫画家没有那样的生活经历。

　　这部漫画让鸟岛和彦眼前一亮，但他随即给鸟山明提了一个建议：天才博士创造的那个机器女娃娃很可爱，让她做主角，漫画肯定会更受欢迎。

　　鸟山明一开始并不愿意，但最终接受了鸟岛的建议。

　　1980 年 1 月，《周刊少年 Jump》5、6 合并号上开始连载一部由一个叫鸟山明的漫画家画的漫画，叫作《阿拉蕾》。

　　这部散发着轻松和淳朴气息，并有浓浓"鸟山明式冷幽默"的漫画作品，犹如一颗原子弹在日本的漫画界引爆。1981 年，《阿拉蕾》

阿拉蕾著名的"嘿哟哟"
台词一度成为全日本的
流行语

动画片制成上映，收视率高达惊人的 36.9%，日本漫画界干脆把这一年定义为"阿拉蕾年"。

可以说，一部《阿拉蕾》就奠定了鸟山明在日本漫画界的地位。而一个漫画家，一生能有一部《阿拉蕾》这样的作品，就足以聊慰平生。

但当时才 29 岁的鸟山明却不这样想。

1984 年，当大家都对《阿拉蕾》崇敬不已的时候，鸟山明又造了一座日本漫画界的珠穆朗玛峰。

那就是《龙珠》。

4

《龙珠》其实是被逼出来的。

鸟山明最初创作《阿拉蕾》时，就想着是画一个短篇。但没想到画出来后如此受欢迎，甚至成了《周刊少年 Jump》的顶梁柱。没办法，鸟山明只能不断往下画。一直到 1984 年，鸟山明实在忍无可忍，提出必须终结《阿拉蕾》。于是，《周刊少年 Jump》提出了一个条件：结束连载可以，但在三个月之内，要拿出一部新的漫画！

在《龙珠》小悟空大战黑绸军的故事中，鸟山明还让阿拉蕾出来客串过

那时候，鸟山明毕竟才 29 岁，远远未到"封笔"的年纪（但他的成就和收入——尤其是收入——已经到了，后面会提到），于是就决定创作一部新的漫画。这部漫画要带有两个明显元素："中国风"和"功夫"（20 世纪 80 年代初，随着中日邦交正常化和日本对中国低息贷款和无偿贷款的开始，中日两国关系开始进入"蜜月期"，中国对日本充满友好，日本对中国也充满好奇）。

于是，一部参照中国古典名著《西游记》和日本江户时代作品《南总里见八犬传》的漫画，横空出世。

因为鸟山明最初设定的故事主线，是让那个叫"小悟空"的男主角和小伙伴们一起，收集散落在世界各地的七颗龙珠，所以这部漫画取名叫《龙珠》（中国大陆第一版翻译叫《七龙珠》）。

　　在《龙珠》的早期阶段，"中国风"非常明显，但《龙珠》面世后，遭遇了"开门黑"。

　　哪怕是挟《阿拉蕾》之神勇，鸟山明的新作《龙珠》当时在日本漫画界也没有掀起太大的波澜，在漫画排行榜的排名一度跌到十名之外——那可是大神鸟山明的心血啊！小悟空带着布尔玛、小八戒寻找龙珠之旅虽然轻松诙谐，但似乎有些太散，读者一开始就有些不太适应（但漫画里的那段时期是我现在非常怀念的）。

小悟空和布尔玛的第一次相遇，是《龙珠》系列经典定格之一

　　关键时刻，眼光毒辣的鸟岛和彦又站了出来。

　　鸟岛告诉鸟山明：你要在故事里增加"追求力量"的主题。

　　鸟山明再一次听从了鸟岛的建议，小悟空在漫画中的使命，从一开始的集齐七颗龙珠，演变成了参加"天下第一武道会"，成为天下第一的强者。

　　果然，这一个改动让《龙珠》迅速崛起，俘获了全日本乃至全世

"天下第一武道会"初登场，确实让人眼前一亮。细心的读者会发现，每一届武道会，鸟山明都会为小悟空设置一个最强大的对手：龟仙人、天津饭、短笛大魔王。打败短笛，是小悟空第一次真正意义上得到冠军

界漫画爱好者的心！

　　在两年的连载之后，1986 年，《龙珠》成了全日本漫画界当之无愧的王者，当时整个日本漫画市场 80% 的读者都把《龙珠》作为头号支持连载的作品。

　　要知道，当时的《周刊少年 Jump》杂志正处于鼎盛时期，当时同时在杂志连载的漫画，没有一部不是至今大家仍如雷贯耳的神作：《圣斗士星矢》《北斗神拳》《灌篮高手》《幽游白书》……但这些漫画在《龙珠》面前都逊色一筹——当时的日本漫画界，分成了两类作品：《龙珠》和其他。

　　1987 年，《龙珠》的动画片上映，真可谓"鲜花着锦，烈火烹油"。《龙珠》动画片在法国等欧洲国家收视率一度超过 85%，在西班牙超

过 70%，在美国一度挑战传统的美漫的地位，美国人翻拍了诸多真人版的《龙珠》。

动画再反过来带动漫画的传播。在人口只有 550 万的丹麦，《龙珠》漫画的销量超过了 150 万册，在泰国，光盗版《龙珠》的出版社就达到了 100 家。

在中国呢？别的不用多说，光说一家出版社——海南摄影美术出版社，这个名字就足以让同行眼羡不已。当时 1.9 元一本、9.5 元一卷的《七龙珠》，让多少男生心甘情愿地放弃自己的早饭、午饭，拿着皱巴巴的钱去书报亭换一本最新的《七龙珠》，然后迅速在同学间传阅。

海南摄影美术出版社的《七龙珠》，代表的就是我们的童年

5

说说鸟山明当时有多么成功吧。

尽管用金钱来衡量一个人有多成功，很俗，但有时候这确实也是

一个参考标准。

2016 年，《华西都市报》发布的"中国作家收入排行榜"显示，排在第一名的作家是《龙族》的作者江南，版税收入是 3 200 万元人民币。

而在 1983 年，当年才 28 岁的鸟山明的个人所得税纳税额，是 6 亿 4 745 万日元，折合人民币 4 014 万元——是在 34 年以前！《龙珠》以及所有衍生周边还没有出现之前！而且是个人所得税！

那么抛开金钱，再说另一个一直在日本流传的故事。

当时居住在名古屋的鸟山明，每次都要开车去机场给东京的《周刊少年 Jump》杂志寄稿子，但从家里到机场的路非常不好走，于是，鸟山明就想索性搬家算了。

一个一年纳税 6 亿多日元的漫画家要搬家了，这不是要了名古屋政府的命吗？不仅是纳税损失，随之损失的还有各种漫画迷的旅游观光收入、城市形象等，名古屋该有多大的损失？

于是，名古屋政府当即拍板：从鸟山明家那里，专门修一条高速公路通到机场。

6

给鸟山明带来职业生涯最大荣誉的肯定是《龙珠》。

不过，《龙珠》也给鸟山明带来了最甜蜜的烦恼——不许终结！

按照鸟山明原来的计划，《龙珠》写到小悟空在天下第一武道会上战胜短笛大魔王，就应该全部终结了。

但是《周刊少年 Jump》绝不答应！

彼时，《周刊少年 Jump》这本杂志的命运早已和《龙珠》紧紧捆绑在了一起：1984 年，杂志的平均销量约为 350 万册，随后每年都不断增长，1989 年就已经突破 500 万册，1991 年突破 600 万册，在日

短笛大魔王是鸟山明《龙珠》世界里第一个由邪恶转变为善良的角色（第二个是贝吉塔），他舍身拯救孙悟饭（孙悟空长子）的那幅画面也是《龙珠》的经典画面之一

本漫画界奠定了不可动摇的王者地位。

《龙珠》一旦决定终结，不光是《周刊少年Jump》这本杂志会受到影响，背后的集英社出版集团，改编动画及周边产品相关的万代公司、富士电视台、东映动画等一批日本动漫的王牌企业都会出现连锁反应，甚至会在整个日本漫画界引起地震——这就是当时《龙珠》的影响力。

那么怎么办？继续画呗！

于是，在小悟空打败短笛大魔王后，鸟山明挠了挠头，又让悟空的哥哥、赛亚人拉蒂兹造访地球，进而把《龙珠》的战场从地球扩大到了整个宇宙。

不得不说，这是鸟山明的一个天才创意，也是我个人认为的整个

拉蒂兹的出现，直接告诉读者：孙悟空不是地球人。他还带来了两个全新概念：赛亚人，以及战斗力显示器

《龙珠》里最精彩的篇章。从贝吉塔、那巴抵达地球开始，整个《龙珠》世界被赛亚人拖入了一场横跨宇宙的大纷争：在那美克星，地球人、弗利萨一伙和孤军奋战的贝吉塔三股势力纠缠在一起，情节跌宕起伏，让人看得荡气回肠。

　　但是，当孙悟空变成超级赛亚人，完爆最终变身形态的弗利萨之

小林之死促成悟空变身超级赛亚人。孙悟空变身后漫画中断了相当长一段时间，让无数人望眼欲穿，直到后面的《重返地球》卷出现

后，鸟山明发现，全宇宙已经没有什么人能阻挡这个当初带尾巴的淳朴少年了（战斗力显示器都炸成粉末了）。

但还是不准终结！只能继续画！

于是，鸟山明只能搬出了"时间旅行"这个概念（我个人认为可能是受了当时热映的《终结者2》的影响）。沙鲁主宰的这个故事虽然也不乏亮点，但看得出，鸟山明的创造力已经到了强弩之末，一些漏洞也开始出现。

但是，哪怕鸟山明最终安排孙悟空的儿子孙悟饭终结了沙鲁，顺便让孙悟空"领了便当"，还是不能终结漫画！还要继续画！

除了出版社的要求外，遍布全世界的龙珠迷要求鸟山明"不要结束"的呼声，也是让他选择继续的一大原因。

于是，以布欧为终极大Boss①的又一段《龙珠》出现了——孙悟空顶着天使光环，也必须回来！

在这个体系里，虽然鸟山明似乎又回到了《龙珠》最开始那种轻松诙谐的风格，但整个《龙珠》世界，已经寸步难行了。

1995年，《龙珠》终于到了和所有人说再见的日子。

那一年，《周刊少年Jump》杂志卖到了惊人的653万册，因为所有读者都想和陪伴了他们11年的《龙珠》说一声再见。

《龙珠》完结之后，《周刊少年Jump》杂志的销量便掉头向下，一路衰退，虽然其间有《浪客剑心》这样的小神作撑场面，但依旧难掩颓势，直到后来另一部大神作《航海王》的横空出世，局面才稍微好了一点。

但是孙悟空，这次是真的和所有人告别了。

---

① Boss，指游戏、漫画中实力极强、极难对付的反面角色。——编者注

从沙鲁这一系列一开始，
鸟山明就在各种暗示悟饭
是悟空的接班人，倦怠之
心已经显现

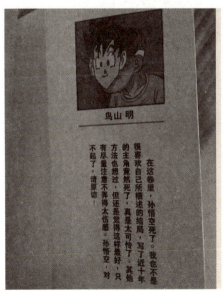

鸟山明把孙悟空写"死"
之后，还发表了一段致歉

孙悟空

孙悟空的不同形象

7

　　《龙珠》虽然终结了,但《龙珠》的影响却一直没有消退,这是日本漫画界的另一个奇迹。

　　《龙珠》漫画终结了20多年,但在全世界范围内,龙珠热却一直没有降温的迹象。在中国，"集齐七个××能不能召唤神龙""变身超级赛亚人""战五渣"这类源自《龙珠》的哏，依旧被一代代网民口口相传。

之前爆出东京奥运会用"孙悟空"作为形象大使，其实并不是指我们中国人熟悉的"孙悟空"，而这也折射出了日本人对《龙珠》在全世界普及程度的一种自信

迄今为止，《龙珠》在全世界范围内已销售超过 2.3 亿册。更不要说由此衍生的手办、人偶、服饰、动画、电影和各类周边了。

而鸟山明呢？

终结《龙珠》的时候，鸟山明只有 40 岁，可以说，依然没有到退休的年龄。

但一部《龙珠》似乎耗尽了鸟山明毕生的热情和功力，在那之后，他只画过一些游戏如《勇者斗恶龙》的人设和一些短篇，再也没有一部长篇漫画问世。

可是，对一个留下《阿拉蕾》和《龙珠》两部传世神作的漫画家，还能苛求他什么呢？

大神应该早就过上神仙般的日子了吧。

这是鸟山明给自己设定
的形象

馒头说

　　我一直很羡慕现在的孩子们，因为他们比我们那时候要享受太多
的时代福利。

　　但唯有一点，我觉得他们应该羡慕我们，那就是动画片。

　　现在回想起来，我们这一代的童年，就所能看到的动画片而言，
真是幸福得做梦都应该笑出来。

　　在国产动画片方面，我们没有错过古老经典的《大闹天宫》《小
蝌蚪找妈妈》，而后又有《黑猫警长》《天书奇谭》《邋遢大王奇遇记》
（我个人认为是上海美术电影制片厂的一部被低估的神作）等各种优
秀作品的熏陶（现在回看这些动画片，依旧能感受到幕后那些制作团
队的真诚和敬业）。

　　而在世界观开始慢慢形成的时候，我们有幸能赶上一批外国动画

片的涌入，除了迪士尼的《米老鼠和唐老鸭》等，对我们这一代人影响最大的，应该就是日本的动漫。

谈这个问题，我觉得完全可以抛开民族情绪，客观地承认——我们邻居日本的动漫，确实比我们的强大太多。

我觉得我们这代人是幸运的。我记得那时候《阿拉蕾》被引进中国，叫作《天才博士和机器娃娃》。其实那部动画片里有那么点"色色"的情节的，但当时一刀未剪，完整播放——看着这部动画长大的我们，至今仍记得企鹅村一个个温馨的镜头和善良互助的人们，并没有成为色情狂魔。

从《聪明的一休》开始，到《龙珠》《圣斗士星矢》《灌篮高手》等，我们这代人有了一个充满热血和激情的青春。

《龙珠》为什么会在全世界范围内那么受欢迎？一个很重要的原因是从小悟空到孙悟空，男主角天真善良的性格、不怕挫折的勇气、永不言败的精神，一直在感染着读者。

一部好的漫画，真的会改变一个人的一生。别的不说，就拿我以前所做的体育记者工作来说吧。

2002 年韩日世界杯，有媒体曾对崛起的日本男足国家队做过一次调查，全队有 16 个人，是从小看着高桥阳一的《足球小将》长大，立志要成为一个足球运动员的。

2010 年广州亚运会，我曾在日本男篮赛后新闻发布会上直接提问日本男篮 10 号竹内公辅："你平时看《灌篮高手》吗？"他笑着回答："我们全队人手一套，经常会拿出来看！"（日本篮协曾给《灌篮高手》作者井上雄彦颁发过"特别贡献奖"）

日本漫画《光之棋》（国内译为《棋魂》。李世石战胜阿尔法狗的那一手棋被称为"神之一手"，来源就是这部漫画）在日本风靡时，全日本因此增加了 400 万围棋爱好者。

所以，就我个人而言，可以理解现在有关部门规定黄金时段禁播外国动画片的初衷，但如《喜羊羊与灰太狼》这种剪纸片或Flash水平的动画片，给中国孩子带来的教育意义，就一定大于《阿拉蕾》或《聪明的一休》？

当然，国内动画的水平在这几年确实进步神速，尤其是在技术和视觉效果上（比如《大鱼海棠》《秦时明月》《画江湖之不良人》等），但在背后的精神传递以及叙事结构，包括整体风格的把握上，依然有很长的路要走。

就不扯远了，拉回来。

其实还是想说声感谢吧。感谢有像鸟山明这样的大神塑造了一个"龙珠"的世界，感谢我们的童年时代，当然也感谢那些可能并不熟悉《龙珠》或对动漫不感兴趣却看到这里的读者——

这可能不是对你们胃口的故事，但我还是想写。

谢谢你们听我扯了这么多！

往事并不如烟

逸 闻 篇

烟也是有形态的。拨开烟雾看往事，或许会有另一种体会和感悟。

45 年过去了，我们为什么没有再回月球？

我曾在公众号上写过一篇文章，《47 年前，人类究竟有没有登上月球？》。在那篇文章里，我试图和大家一起探索一个问题：人类，确切地说是美国人，当年有没有登上月球？而今天，我想和大家一起探讨另一个随之而来的问题：为什么这么多年过去了，人类再也没有重登月球？

1

1972 年 12 月 19 日，美属萨摩亚群岛东南约 650 公里的太平洋。一个奇怪的飞行器，带着三个降落伞，缓缓落到了太平洋洋面。

一批救援船靠近后，飞行器里走出了三名美国宇航员：尤金·塞尔南，罗纳德·埃万斯，哈里森·施密特。

这艘飞行器，就是"阿波罗 17 号"的返回舱。

而相对于之前的"阿波罗"系列，"阿波罗 17 号"注定将在人类历史上留下它的名字——就在 3 天前，在月球的表面，本次登月行动

"阿波罗 17 号"登月

的指令长尤金说了下面这段话:

> 我正站在月球表面,我迈出了人类在此的最后一步并即将返
> 回地球,或许要再过一段时间才会回来,但我相信不会太久。

是的,"阿波罗 17 号"成为人类历史上最后一艘曾经登月的载人
飞船。

尤金说的那句"不会太久",已经跨越了 45 年。从 45 年前到现
在,人类却再也没有重返月球。

"阿波罗 17 号"飞行器返回地球

2

于是就要说到大名鼎鼎的美国"阿波罗计划"。

"阿波罗计划"，又称"阿波罗工程"，是美国从 1961 年到 1972 年组织实施的一系列载人登月飞行任务。目的是实现载人登月飞行和对月球的实地考察，为载人行星飞行和探测进行技术准备。

从 1967 年 1 月 27 日的"阿波罗 1 号"模拟发射开始（很不幸，发生了事故，三名宇航员遇难），到 1972 年 12 月 19 日为止，"阿波罗计划"一共有 17 个序列号的宇宙飞船，其中，最有名的是"阿波罗 11 号"——它于 1969 年 7 月 16 日载着阿姆斯特朗等三名美国宇航员首次成功登陆月球。

之后，美国还进行了 6 次载人登月发射，其中 5 次成功，1 次失

阿姆斯特朗登月

败（失败的是"阿波罗 13 号"，但三名宇航员成功返回地球，为此有一部电影就叫《阿波罗 13 号》，由汤姆·汉克斯主演），前后一共有 12 名美国宇航员登上过月球。

"阿波罗 17 号"是"阿波罗计划"中第 6 次执行载人登月任务的宇宙飞船，1972 年 12 月 7 日发射，11 日登陆月球，19 日返回地球，全程历时 12 天，其中在月亮表面停留了大概 75 个小时。

"阿波罗 17 号"创造了一系列的登月纪录：最长的登月飞行，最长的月表行走时间，收集了最多的月球标本（约 111 千克月球岩石），在月球轨道中航行了最长的时间。

"阿波罗 17 号"宇航员在月球表面留下了一整套科学仪器，并留下了一块铭牌：

　　　　人类完成了对月球的第一次探索。公元 1972 年 12 月。愿我们带来的和平精神与全人类同在。（签名：塞尔南、埃万斯、施

"阿波罗 17 号"的三名宇航员：哈里森·施密特（左一），尤金·塞尔南（右前），罗纳德·埃万斯（右后）

"阿波罗 17 号"拍下的那张著名的地球照片，宛如一颗蓝玛瑙

密特、理查德·尼克松）

随后，宇航员告别了月球，而尤金·塞尔南也成为迄今为止，最后一个登陆月球的人。

3

"阿波罗 17 号"的任务无疑是圆满成功的。

但随着"阿波罗 17 号"的归来，"阿波罗计划"也随之中止（原来打算一共发射到"阿波罗 20 号"）。随着时间的推移，质疑声越来越响：

为什么我们不再重返月球？

这确实是一个大家都关心且充满疑虑的问题：早在 20 世纪 70 年代初，美国已经掌握了频繁发射载人飞船登月的技术，却偃旗息鼓。而且，在之后的多年时间里，人类的科学技术已经大踏步前进，美国人却一次也不去月球了。

这难道不可疑吗？

4

各种猜想，纷纷出炉——当然，所有的猜想都是围绕"外星文明"的。

第一个版本是关于"登月第一人"阿姆斯特朗的。

最经典的一种说法是：阿姆斯特朗在自传里表示，在 1969 年进行完月球漫步，于月球返回地球的途中，他真实地感受到有外星文明在注视着自己，并表示自己的队友都看见了在眼前突然消失的不明飞行物。

有人透露，早在阿姆斯特朗踏上月球表面那一刻的前 6 小时，"阿波罗 11 号"的登月艇舱"老鹰号"其实就已经着陆了，同舱的另一名宇航员艾德林曾目击不明光源，他还因此崩溃大喊："看到突然消失的不明物体！"

关于这个说法，到目前没有任何官方证据。

而且，阿姆斯特朗并没有写过自传。

我看到这些像星星一样移动的光亮

"阿波罗 11 号"与阿姆斯特朗同时登月的另一名宇航员艾德林在接受某部纪录片拍摄时这样说。不过，艾德林在 NASA（美国国家航空航天局）内部似乎口碑不佳，大家都认为他是个爱出风头的人，一度打算不让他和阿姆斯特朗搭档登月。这部纪录片叫 *Aliens on the Moon：The Truth Exposed*（《外星人在月球：真相揭露》），美国全国广播公司的一个有线电视频道 Syfy 在 2014 年推出，业界反响一般，有兴趣的可以自己去辨明真假

5

第二个版本，是关于"阿波罗 18 号"的。

阿波罗计划不是到第 17 号就终止了吗？不，在这个世界上，有相当一部分人深深相信——其实"阿波罗 17 号"之后，美国还进行

过一次登月，那就是"阿波罗18号"。

按照他们的说法，1974年12月，美国发射了"阿波罗18号"，不仅发射了，而且还顺利登陆了月球，只是，在月球上遭遇了神秘的外星文明。

"阿波罗18号"甚至还被一个俄罗斯制片人和一个西班牙导演拍成了电影《阿波罗18号》，说的就是三名"阿波罗18号"的宇航员在月球上遭遇了外星文明，最终全部牺牲（他们的目的据说就是去探索那个神秘区域）。

这部电影大量采用了20世纪70年代的电影拍摄风格，引来观众的大量吐槽，但导演声称：我们并不是拍了这部电影，而是通过各种方式，找到了这个从NASA流传出来的视频。

当然，关于"阿波罗18号"的说法，NASA给予了大量的驳斥。其中一个例证是，"阿波罗17号"上的科学家哈里森·施密特原来就是计划跟随"阿波罗18号"登月的，但"阿波罗18号"任务被取消，所以他就只能登上"阿波罗17号"了。（事实上，NASA最初的计划是在"阿波罗15号"之后就停止探月。）

6

第三个版本，还是来自美国宇航员。

在阿波罗探月过程中曾发生过这样一件事：当时两名宇航员回到指令舱后，登月舱突然失控坠毁在月球表面，设置在离坠落点72公里处的地震记录仪，记录到了持续15分钟的震荡声，这种声音犹如一口大钟和大锣鼓所发出的声响。而在"阿波罗12号"探月时，碰撞月球所发出的回声还持续了4小时——如果月球是实心的，这种声音只能持续一分钟左右。

此外，科学家在月球上还发现了有类似地震那样的月震。月震的震级很弱，最大的月震也只相当于地震的一二级，但震动持续时间却很长。所有这一切似乎证明了"月球是空心的"。

苏联著名天体物理学家瓦西里和晓巴科夫曾在《共青团真理报》上撰文指出："月球可能是外星人的宇航站。月球是空心的，在它的表层下存在一个极为先进的文明世界。"

月球本身就是一艘太空战舰？这还了得？

但现在已经有不少科学家指出：月震持续时间比地震长，原因在于月球上没有水和表面松散的沉积层，正是由于水和松散沉积层对地震有一定的吸收作用，地震波才很快衰减。有的科学家还认为，月球的内部结构与地球完全相同，是由月核、月幔及月壳组成，而并非空心的。

7

第四个版本，来自美国当时最大的竞争对手：苏联。

瑞典曾有科学杂志报道说，早在 1964 年，苏联发射的"月球 9号"探测器就在月球背面拍到了"一个飞碟基地和由形状奇特的高大建筑物组成的城市"。

1968 年 12 月 25 日，当"阿波罗 8 号"飞船载着指令长弗拉克·鲍曼及两名助手进入月球背面用肉眼探察时，据说也曾发现飞碟降落。

比起苏联的发现，更让人怀疑的是，苏联的探月工程居然几乎和美国同时中止。这两个国家当初你死我活地叫嚷着要进行"太空竞赛"，一个率先实现了人类进入太空和探测器在月球着陆，另一个实现了载人登月——然后，两个国家忽然都停止了登月计划。

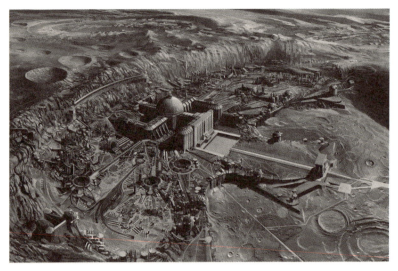

月球背面假想图

太空第一人，苏联的加加林。后离奇死于空中事故，年仅 34 岁

于是难免有这样一种说法：美国和苏联都受到了外星文明的警告。

不过，更令人信服的说法是——至少苏联方面确实是在后期被美国拖垮了，无论是在资金还是在技术上，就是迈不过最后这道载人登月的门槛，和外星文明的警告没有什么关系（苏联用来登月的N1火箭发射了 4 次，4 次全都失败，最终被迫取消）。

8

其他的，无非就是各种图片和猜测了。

比如据说在"阿波罗 11 号"首次登月时，阿姆斯特朗发现月球表面有 23 个人类赤足的脚印。

也有人公布过据说是从月球表面发来的照片，照片中可以清晰地看到类似金字塔的建筑，以及有明显人工痕迹的环形山。

这张照片的真实性存疑

1987 年 3 月，有一张据说是苏联人造卫星从月球背面发回来的传真照片，照片显示，有一架二战时期的美制老式轰炸机，停放在月球的陨石坑边，机身机翼都有明显的美国空军标志，有人推测可能是外星人掳到月球上去的。

1988 年，该位置的飞机失踪了。

还有，每逢碰到无法解答的问题，总有人会把"大神"尼古拉·特斯拉给搬出来。有狂热的特斯拉支持者宣称，美国用来发射登月飞船的"土星五号"火箭推进器的原理图，是特斯拉设计的。特斯拉去世后，这机器没人会修，所以就永远无法登陆了。

值得指出的是，以上这些说法，都从没有得到过官方的认可，也没有可靠的来源和出处。

9

但是你不能怪民间有各种各样的猜测是不是？

因为月球对于我们人类来说，那么近又那么远，那么亲切又那么神秘，探月工程的中止，自然会引起无数人的猜疑和推测。

那么真正让美国停止探月工程的原因又是什么呢？

目前比较可信的说法，还是时代的变迁，使得美国做出了自己的选择。

先看当时为什么登月，为什么能登月。

首先，是政治环境逼出来的。

20 世纪 60 年代到 70 年代初期，是"美苏太空争霸"的高潮时期，苏联人要面子，美国人也要面子。1966 年，NASA 获得了有史以来最高的政府预算拨款，这笔拨款占到当年美国联邦政府预算开支总额的 4.5%，合计 59.33 亿美元（大约相当于今天的 430 亿美元）。有了大把的钱，才能办好登月的事。

其次，政治环境需要美国争气，经济环境也给了美国底气。

1961 年，"阿波罗计划"获得了批准。当时，美国正处于西方经济学家公认的"黄金时代"。美国的国内生产总值从 1961 年的 5 000 多亿美元上升到 1971 年的 10 000 多亿美元，1965—1970 年美国的工业生产以接近 18% 的速度增长。1970 年的美国拥有世界煤产量的 25%，原油产量的 20%，钢产量的 25%。1971 年美国拥有汽车 1.11 亿辆，83% 的家庭至少拥有一辆汽车。1970 年美国农产品比 1950 年增长了 2 倍，一个农民能养活 47 个人。

这样的经济底气，也让 NASA 有资格获得那么多的预算。

再看为什么现在不登月了。

第一，政治意义大减。"冷战"结束了，对手崩溃了，美国的登月计划意义就减小了许多。据说到了阿波罗 15、16、17 号的时候，发射直播不是每个人都有兴趣看了。

第二，还是经济。从 1973 年的"石油危机"开始后，美国的经济就再也没有回到过"黄金时代"，NASA 的预算开始逐年减少，根本无力支撑起登月那么庞大的计划了（1966 年的预算成了可望而不可即的巅峰）。

据统计，当时"土星五号"火箭发射 13 次，总共花了 65 亿美元，平均每次 5 亿美元。总耗费相当于现在的 1 500 亿美元，每次仅发射就耗费 115 亿美元（可以造一艘超级航母）。

2001 年至 2014 财年，美国在反恐上耗费的预算是 1.6 万亿美元（美国国会研究所数据），这也是一个侧面原因。

第三，还是要看经济投资回报比。

如果耗费巨大，但有回报，那也可以接受。但从目前来看，登月耗费的成本实在太大，在短时间内根本无法获得经济回报。

所以曾有人说，如果现在人类具备了月球开发和居住能力，谁先上去就立刻能瓜分月球地盘开始殖民，瞬间就会有 10 个以上的国家拥有登月能力。

基于此，NASA 的重心发生了转变——他们不是不再探索太空了，而是抢在苏联人之前出完风头之后，就换方向了：在有限的预算里，

NASA把投入的重点转向了天空实验室、航天飞机以及大量的无人探测器和卫星。

总的来说，我们总觉得美国停止登月，有天大的秘密，但很有可能，原因就是那么简单。

10

那么人类还会重登月球吗？

其实每个人都相信，答案是肯定的。

正如本文开头，"阿波罗17号"的指挥长尤金·塞尔南那段话的末尾："我们即将从陶拉斯-利特罗地区离开月球，正如我们从这里踏上月球。上帝保佑，我们将会回到这里，带着所有人类的和平与希望。"

馒头说

又想起了玛丽·尤肯达修女1970年写给NASA的恩斯特·斯图林格博士的那封信，以及博士那封著名的回信。

在信中，修女问："目前地球上还有这么多小孩子吃不上饭，你们怎么能舍得为远在火星的项目花费数十亿美元？"

这个问题，我相信很多人都会问。

那封著名的回信有点长，有兴趣的可以去网上搜。

那封信列举了很多太空项目在民生科技上的应用和提升（当时的数据是每年有1 000项技术用于民生），其实我们现在熟悉的红外线耳温枪（原来是用来测量星球温度的）、人造假肢、婴儿食品、冷冻脱水蔬菜等，都是因太空探索诞生的发明和应用。

　　我印象最深刻的，还是博士回信中的最后一段："太空探索不仅仅给人类提供一面审视自己的镜子，它还能给我们带来全新的技术、全新的挑战和进取精神，以及面对严峻现实问题时依然乐观自信的心态。"

　　在那封回信中，博士给修女寄了一张 1968 年圣诞节时"阿波罗 8 号"在环月球轨道上拍摄的地球的照片。

　　太空探索让人类知道了自己的渺小，知道了地球家园的可贵，以及对未知事物的渴望。

　　我坚信，人类对太空的探索，永远不会止步。

需要经历时间考验的，
除了爱情，可能还有建筑

有没有一类建筑，一说起一座城市，就立刻会想到它？肯定是有的，而且有不少。埃菲尔铁塔就是这类建筑的代表。看到它，想到的不仅仅是巴黎，甚至还可能是法国，但这座大名鼎鼎的铁塔，并不是与生俱来就享有荣誉的。

1

1885 年的时候，法国政府想干一件大事。

因为四年之后的 1889 年，法国即将再次举办世界博览会。作为一场主题是"纪念法国大革命胜利 100 周年"的世界盛会，法国政府想在巴黎战神广场建立一座纪念碑或高塔。

1851 年，在英国伦敦举行的首届现代世博会上，用新材料玻璃和钢材建造的"水晶宫"让全世界惊叹不已，甚至让人们后来习惯称那届世博会为"水晶宫博览会"。一座吸引眼球的建筑，似乎成了成功举办一届世博会的标配。

　　而就在 1884 年年底，美国的华盛顿纪念碑刚刚落成（历时 51
年）。这座高达 169 米的方尖碑，是当时全世界最高的建筑，吸引了
全世界的目光和赞誉。

1851 年在伦敦海德公园建造的"水晶宫"，由园艺家帕克斯顿设计

华盛顿纪念碑于 1833 年开工，1884 年竣工，其间停工 22 年

说法国人不羡慕，那是假的。

所以，法国政府想借举办世博会的机会，也搞个"面子工程"。

但是，他们开出的建造条件却很奇怪：第一，必须能吸引游客参观，卖票赚钱；第二，世博会结束后能轻易拆除。

要有面子，要能赚钱，还是一次性的——法国政府的这个要求倒还真不容易满足。

所以，它就向全世界发出了招标邀请。

2

在 1886 年 5 月 18 日的最后截止期限之前，法国政府收到了超过 100 份设计稿。大部分的设计稿，都很传统，但其中也不乏"惊人之作"：

有人提出建造一个巨大的断头台（倒也确实是纪念"法国大革命"）。

有人提议竖起一个 1 000 英尺（305 米）高的洒水装置，在干旱的季节里可以灌溉整个巴黎（可能是气象学家或农业学家投的稿）。

还有人建议建造一座高塔，在顶上安装一个巨大的电灯，可以把整个巴黎照亮 8 倍——以便市民阅读报纸（说得好像巴黎市民有夜间外出阅读报纸的习惯一样）。

这时候，一位名叫古斯塔夫·埃菲尔的建筑师的提案，引起了法国政府的注意。

埃菲尔说，我就是要建造一座塔，没有任何其他功能，就是一座塔。但这座塔和其他塔都不一样：

第一，它全部由钢结构构成。

第二，它比现在世界上的任何建筑——无论是胡夫金字塔、科隆大教堂、乌尔姆大教堂铁塔还是华盛顿纪念碑——都至少要高一倍。

古斯塔夫·埃菲尔

埃菲尔铁塔第一版的设计手稿

3

埃菲尔是不是在吹牛？

并不是。

当时 54 岁的古斯塔夫·埃菲尔其实已经是一位享誉欧洲的建筑学家了。

在埃菲尔 24 岁的时候，他主持设计了法国的波尔多加隆河铁道桥，开创了用高压空气驱动桥墩的创新技术，这也是他终身最佳成就之一。1860 年，28 岁的埃菲尔完成了这项著名的工程，将长达 500 米的钢铁构件架设在跨越加隆河的 6 个桥墩上。

1875 年，埃菲尔一手设计了布达佩斯火车总站。第二年，他又设计建造了杜罗河铁路桥——当时世界上最大的非悬吊式大桥，这座桥一直使用了 114 年（1991 年退役）。

杜罗河铁路桥也称"玛利亚·皮亚桥",位于葡萄牙杜罗河上

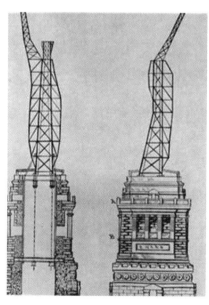

自由女神像的钢骨架结构

哦,对了,埃菲尔还设计了美国纽约自由女神像里面的钢骨架结构。

所以,虽然埃菲尔关于建造一座高度超过300米的铁塔的方案听上去有些吓人,但几乎没有人怀疑他的建造能力。

按照埃菲尔的计算,这座塔的预算是160万美元(按黄金比价,可能相当于现在1.4亿美元左右)。

法国政府说:我可没那

么多钱。

埃菲尔说：没事，我来。

根据约定，法国政府会支付 30 万美元，而埃菲尔倾尽所有，包括把公司全部资产抵押，垫资 130 万美元。作为交换，埃菲尔将会获得在世博会期间和此后 20 年铁塔的各项收入（这时候政府已经同意在世博会后保留铁塔）。

不少人都觉得埃菲尔可能疯了。

1887 年 1 月，双方签订协议。

4

1887 年 1 月 28 日，就在协议签订后没多久，铁塔开始正式动工——两年后，世博会就要开始了。

然而，这座铁塔的动工，却遭遇到前所未有的巨大争议。

1887 年 2 月 24 日，包括法国文学家莫泊桑、小仲马在内的 300 位著名人士（据说是因为铁塔要造 300 米高，那么就一人代表一米）签署了《反对修建巴黎铁塔》抗议书，他们说：

> 我们深爱巴黎之美，珍惜巴黎形象。现在以法国色彩被蔑视、法国历史遭威胁的名义，义正词严地抗议这座修建在我们美丽首都心脏位置的荒谬怪物。
>
> 请诸位设想一下，巴黎的美丽建筑怎么能与一个使人头晕目眩、怪异可笑的黑色大烟囱放在一起？黑铁塔一定会用它的野蛮破坏整个巴黎的建筑氛围，令巴黎建筑蒙羞，巴黎之美将在一场噩梦中彻底丧失。
>
> 这是滴在纯净白纸上的一滴肮脏的墨水，是魔鬼强涂在巴黎

美丽脸庞上的可怕污点。

名人们的抗议，也引发了巴黎市民大规模的请愿，他们认为巴黎铁塔如同一个巨大的黑色的工厂烟囱，耸立在巴黎的上空。这个庞然大物将会掩盖巴黎圣母院、卢浮宫、凯旋门等著名建筑物的光芒。

当然，还有其他的批评声音。

法国一位数学教授预计，当铁塔盖到 748 英尺（228 米）之后，这个建筑会轰然倒塌；有专家称，铁塔的灯光将会杀死塞纳河中所有的鱼；《纽约先驱报》巴黎版声称铁塔正在改变气候；日报《巴黎野玫瑰》则用头条报道铁塔"正在下沉"。

但是埃菲尔丝毫不为所动。

作家吉尔·琼斯在他的著作《埃菲尔的铁塔》中这样写道："对埃菲尔来说，这个项目的全部就是：法国会建出世界上最高的建筑物，将是当时最高建筑的两倍，并且他知道如何在技术上实现这一点。"

5

埃菲尔确实有自己的底气。在建造铁塔之前，埃菲尔和他的工程师们就已经绘制了 5 329 张图纸，规划了 18 038 个钢铁构件，把每项工作都想到了最细。

为了保持四个塔墩处在一个水平线上（这将决定铁塔是否会倾斜倒塌），埃菲尔在每个塔墩底部都安装了一台临时水压泵以进行高度的微调。但事实证明埃菲尔多虑了：四个塔墩造到 55 米高的时候，误差都没有超过 7 厘米——这个完美的水平高度一直保持到今天。

埃菲尔铁塔高 300 米，用掉了 12 000 个各类金属部件，但因为设

埃菲尔铁塔的底座施工

计严谨，没有一个部件返工过。在建造过程中，埃菲尔设计了许多创造性的技术：

　　和当时其他的大型建筑工程不同，埃菲尔预先在自己的车间里面制造好所有的部件。部件只要被送往工地，就能够迅速安装完毕。

　　整个铁塔共用 250 万个铆钉，铆钉孔预先以 1/10 毫米的容差制作完毕，这使得 20 个铆接小组能够每天装配 1 650 个铆钉。

　　建造铁塔的每个部件都不超过 3 吨，这使得小型起重机得以普遍应用。

　　埃菲尔的铁塔，就在争议声中，一天一天慢慢长高。等到铁塔高度超过计划高度 2/3 的时候，批评声音开始渐渐消失，赞美的声音开始多了起来。

6

该说说埃菲尔铁塔造完后的故事了。

埃菲尔铁塔建成后，立刻成了法国至高技术的代表，更是成了法国的象征，大批原来的批评者变成了赞美者。就连当时的法国总理蒂拉尔，一开始也反对造埃菲尔铁塔，但等铁塔落成后，他亲自给埃菲尔颁发了荣誉军团勋章。

无论是法国人还是世界各地的游客，都被埃菲尔铁塔的雄伟壮观震惊。在整个世博会期间，铁塔的门票和各项收入就达到了140万美元——是的，埃菲尔在世博会期间就已经收回了投资。事实上，到2010年的时候，埃菲尔铁塔能在一年里给法国带来15亿欧元的旅游收入。

虽然是一个纪念碑式的高塔，但埃菲尔铁塔却慢慢展现出了它的实用性：空气动力学实验、材料耐力研究、登山生理学、电信问题、气象观测等都依托于铁塔展开。

尤其是无线电技术的普及，让高高在上的埃菲尔铁塔具有了更大的意义。1914年第一次世界大战的马恩河战役中，法国人就在埃菲尔铁塔的顶端向前线的法国军队发射战略信号。

那位曾经激烈反对建造埃菲尔铁塔的作家莫泊桑呢？他开始爱上了在埃菲尔铁塔二层的餐厅吃饭。当人们问他是否还讨厌埃菲尔铁塔时，他的回答让人捉摸不透："这毕竟是全巴黎唯一一个看不见这座铁塔的地方啊！"

7

以一个爱情故事作为这个铁塔故事的结尾吧。

　　很多人都猜测，当时埃菲尔愿意赌上全部身家去造一座铁塔，除了成就感和经济利益之外，应该还有些别的原因。

　　可能真的有。

　　在埃菲尔还是个默默无闻的小伙子的时候，他结识了一位名叫玛格丽特的富家小姐。玛格丽特一直鼓励埃菲尔实现自己当建筑师的梦想，并且不顾家人的反对，毅然决然地嫁给了他。

埃菲尔铁塔

　　那是埃菲尔生命中最幸福的时光，直到玛格丽特的生命终止在31岁。悲痛欲绝的埃菲尔一直希望能有一座建筑能够纪念自己对妻子的爱——他后来终生未娶，直至91岁与世长辞。

　　在埃菲尔晚年的时候，据说他曾登上埃菲尔铁塔的最顶端，大声呼喊妻子的名字——

　　或许，因为那是当时离天堂最近的地方吧。

馒头说

去过卢浮宫的人，肯定对门口的玻璃金字塔有印象。

这个由华裔设计师贝聿铭设计的卢浮宫美术馆大门，借用古埃及金字塔造型，采用现代材料玻璃，既能表现巴黎不断变化的天空，还能为地下设施提供良好的采光。

而当时这个方案公布时，在法国引起轩然大波——大家都认为这种建筑会毁了这座有 800 年历史的古建筑的风格。据说，当时有90%的巴黎人反对。

但随着时间的推移，这座玻璃金字塔已经成为卢浮宫的象征。

记得我第一次去卢浮宫的时候，站在入口，甚至产生了这样的一种感觉：这座现代感极强的玻璃金字塔，就是一个时光入口，我们现代人从入口进去，就进入了卢浮宫里的古典世界。

卢浮宫门口的玻璃金字塔

但凡现在成为经典的世界建筑，多少都经历过争议吧。

埃菲尔铁塔是这样，卢浮宫金字塔是这样，悉尼歌剧院也是这样——它的设计者乌松和澳大利亚政府闹翻后，一气之下再也不踏进澳大利亚半步，连建筑建成后都不愿意来看一眼。

所以需要经历时间考验的，除了爱情，可能还有建筑吧。

张衡的地动仪，到底是否存在？

这是一篇涉及中国古代的文章，但没写军事，也没写政治，写的是一项科技发明，而且归根结底，说的还是现代的事情。

1

汉，永和三年（公元 138 年），二月初三。

这一天，都城洛阳的那台奇怪的仪器，忽然发出了"叮"的一声响。

是那台仪器上朝着西北方向的那条龙，忽然吐出了含在口里的钢珠，落在下面张口等着的铜蟾蜍嘴里。

张衡走上前去，拿起了钢珠，望向西北方，皱起了眉头。

"有地震了。"他说。

周围的人面面相觑，有人甚至嗤笑了一声。没有人有任何震感。

三天后，陇西的信使快马加鞭赶到洛阳报告：陇西地震，二郡山崩！

京城上下，无不震动。人们奔走相告："张衡大人的那台地动仪，神了！"

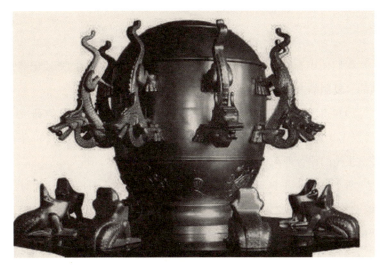

王振铎复原的张衡地动仪

2

这段故事，是对《后汉书·张衡传》中一段记录的扩写。

原文只有 35 个字，摘录如下："尝一龙机发而地不觉动，京师学者咸怪其无征，后数日驿至，果地震陇西，于是皆服其妙。"

"地动仪"这三个字，对于中国人而言，实在是太熟悉的一个名词。

长期以来，本文开头地动仪的形象，出现在我们的历史教科书里、电视里、邮票上、博物馆里，大家都已经耳熟能详。而这台仪器的意义，大家也都已经烂熟于胸：

公元 132 年，东汉的张衡发明了地动仪，这是人类历史上第一台能测量感知地震的仪器，比欧洲早了 1 700 多年，是中华民族古代科技文明的结晶。

但是——至少我们所熟悉的那台地动仪，是假的。

3

我们从小看到大的那个地动仪，是根据《后汉书》的那段记载复制的。复制的人，叫王振铎。

1934 年，在燕京大学读历史专业研究生的王振铎，认真研究了《后汉书》的相关记载，诞生了复制地动仪的念头——公元 200 年前后，张衡的那台地动仪就消失了（据信是毁于战火）。

两年之后，王振铎按照书中所说"形似酒尊"的记载，设计了"地动仪"的外形，但对于内部结构，王振铎却犯了难。因为，整个《后汉书》对于"地动仪"的记载，一共只有这一段：

> 以精铜铸成，员径八尺，合盖隆起，形似酒尊，饰以篆文山龟鸟兽之形。中有都柱，傍行八道，施关发机。外有八龙，首衔铜丸，下有蟾蜍，张口承之。其牙机巧制，皆隐在尊中，覆盖周密无际。如有地动，尊则振龙机发吐丸，而蟾蜍衔之。振声激扬，伺者因此觉知。虽一龙发机，而七首不动，寻其方面，乃知震之所在。

究竟是什么原理，让地动仪能感知地震，而且还能辨明方位，从龙嘴里吐出铜珠？

王振铎选择遵从英国地震学家米尔恩 1883 年《地震和地球的其他运动》一书中阐述的"悬垂摆"的结构原理：从地动仪的上部垂下来一根摆，用以判明地震方向，并控制相应机关。

1949 年，新中国成立，王振铎担任了文化部文物局博物馆处处长。在那个百废待兴的年代，为了弘扬中国古代灿烂文化，国家要求博物馆复制一批代表古代文明的器物，作为陈列和宣传之用。

王振铎自然而然想到了复制地动仪。

1951 年，王振铎放弃了自己 1936 年想遵从的悬垂摆原理，而是用倒立的直杆原理，复制出了 1∶10 比例的"张衡地动仪"模型。

1952 年 4 月，《人民画报》对这尊复制的模型进行了报道。中央人民政府文化部社会文化事业管理局的王天木，以《伟大的祖国古代科学发明地动仪》为题，用一个整版的篇幅图文并茂地向读者讲解了地动仪的结构和工作原理——请记住，是"直立杆原理"。

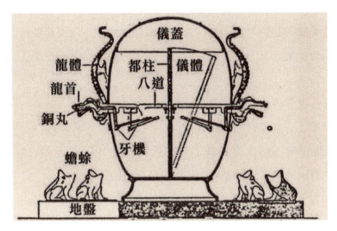

王氏"张衡地动仪"内部结构

王振铎复制的这款"张衡地动仪"随即被编入全国中小学教科书，但在之后历次的修订中，却略去了《人民画报》中王天木的一段话："可惜张衡这一重要发明早就失传了，隋朝时科学家临孝恭写有一部《地震铜仪经》，也未能流传下来。……这里介绍的这个模型，是我们在 1951 年设计完成，主要是根据《后汉书·张衡传》的记载，及考古材料而复制的。"

于是，一代代的老师和学生（包括那时候的我）都认为，课本上的图片，就是张衡当年造的地动仪。

4

这个 1951 年复制的"张衡地动仪",很快就轰动了世界。

在联合国世界知识产权组织总部,"张衡地动仪"被安排展览,和它并排展出的,是美国宇航员从月球带回的岩石。

在中国地方性的博物馆里,"1951 年版张衡地动仪"也被当作文物来仿制和收藏——不仅进入了教材,就连中国地震局也用这个复制模型做了几十年标志,直到近年才取下。

最关键的是,大家一直认为,王振铎的这个"张衡地动仪"版本是不可改动的,甚至更多的人以为,张衡的地动仪就是按照这个原理铸造的。

来自世界各地的质疑声开始响起。

事实上,从 20 世纪 60 年代起,王振铎这个版本的"张衡地动仪",就开始不断遭受地震学界的质疑。从 1969 年开始,日、美、荷、奥等国地震学界发表了一系列措辞严厉的论文。

1972 年,日本学者关野雄用计算否定了"直立杆原理"。1983 年,荷兰人斯莱斯维克、美国人赛维也提出王氏模型不能成立,并从根本上否定了直立杆原理。

1984 年,美国地震学家博尔特院士更是毫不客气地指出:"中国目前最流行的地动仪模型工作原理模糊,模型简陋粗糙,机械摩擦大大降低了灵敏度,对地震的反应低于居民的敏感,其作用应予以质疑,而且利用铜丸的掉落方向来确定震中也是不可能实现的。"

有所质疑的,还不止外国人。

1976 年,作为王振铎的老朋友,中国地震学的奠基人傅承义院士当面向王振铎指出了 1951 年版本地动仪的原理性错误,并说了一句让人挺尴尬的话:"房梁下吊块肉都比你那个模型强!"

　　但这种当面批评，还不是最尴尬的。1988 年，地动仪在日本奈良展出，中方的解说员无法证明这个仪器的灵敏性，只能手持木棍——木棍捅一下，龙口中的铜丸才会掉到下面蟾蜍的口中。

　　对地动仪的怀疑开始蔓延开来，甚至扩散到了对张衡，甚至对中国古代科技的怀疑。奥地利学者雷立柏在他的《张衡，科学与宗教》一书中写道："对张衡地动仪的迷恋正是华夏科学停滞特点的典型表现。"

　　老祖宗留下的这个"地动仪"，真的是个没用的东西吗？

5

　　"张衡地动仪"的证明之旅，再一次启程。

　　在这个过程中，一个叫冯锐的人，成为领军人物。

　　1966 年，邢台发生地震，当时冯锐是中国科技大学的二年级研究生。他们这批学生在第一时间赶到灾区，帮助抗震救灾并印发各种关于震时逃生技巧的小传单。传单中有一条，是建议老百姓在房间里倒立一个酒瓶子，如果瓶子倒了，就是地震来了，马上出逃。

　　然后时间就到了 2002 年。那一天，《防灾博览》杂志的编辑武玉霞（中国地震局的高级工程师）找到冯锐，问他为什么在一篇地震科普文章中写"地震没地震，抬头看吊灯"，而他早年散发的传单却是教人们倒立酒瓶子。

　　当时的冯锐，已经是中国科学院的教授，但他被这个问题给问住了。

　　武玉霞之所以问冯锐，还有一个更深层的原因——冯锐在文章中写道，张衡的地动仪是世界上最早的验震器。

　　而酒瓶子和吊灯，恰恰指向了这个问题的根本所在：按照王振铎仿制的版本，张衡地动仪的原理是"直立杆原理"，就是酒瓶子原理，而吊灯的原理，却是"悬垂摆原理"。

倒立酒瓶子，也就是"直立杆原理"有两大弊端：一，外界一有震动，哪怕不是地震，也会倒；二，就算倒下，也无法知道地震的方位。

这恰恰和《后汉书》中记录张衡地动仪的描写是完全相悖的。

难道张衡的地动仪确实错了？

冯锐回忆当时自己的感受："我作为一个地震学家，一直引以为豪的是，张衡是地震仪器的鼻祖，如果张衡的地动仪错了，我觉得会有很大的精神上的压力。这起码让我从感情上是很难接受的。"

冯锐的感情，其实代表了很多中国人的感情。这也是一代又一代的教科书，始终没有修改的原因。

6

那么作为一个地震学家，难受一下，就过去了？

冯锐选择了重新探索"张衡地动仪"的奥秘。

首先，冯锐根据王振铎的论文来推算当年陇西地震的烈度。推算下来，能够触发在京师洛阳的倒立棍倾倒，地震最低烈度应为 5 度。但如果是这样的烈度，洛阳肯定地面晃动，人畜惊逃。显然这样的结果大大违反了《后汉书》中记录的"一龙激发，而地不觉动"。

而要达到人没反应而"地动仪"有感应，按照王振铎的设计，那根核心部件"倒立棍"，也就是《后汉书》里记录的"都柱"，要高达 2 米，但直径只能是 1.5 毫米。

这样的立柱根本就不可能立得起来。

那么就只能证明一点：王振铎设计的地动仪的核心部件——"都柱"不合理。

这一点给了冯锐非常大的启发。冯锐突然意识到，外界所有对张

衡地动仪的质疑，并不
是张衡的那台仪器错了，
很有可能是王振铎的设
计错了。

1953 年中国发行的"张衡地动仪"邮票

　　随后，冯锐又读了不
少史书，发现那个时候对
地震的记载，经常用一个
"摇"字，包括皇帝诏书
上也写"地摇京师"，说明人们已经注意到了，地面是摇晃的。那么，
地动仪的原理，是否并不是利用"酒瓶子倒下"的原理，而是"悬挂
的吊灯晃动"原理？而后者就是现代地震学之父，英国人米尔恩创立
的"悬垂摆理论"。

　　但问题又来了：米尔恩创立的理论，距今也就 100 多年，张衡在
1 800 多年前就想到了吗？

　　从出现这个念头开始，作为自然科学家的冯锐就一头扎进了完全
陌生的考古学领域中，开始查证汉代的物质基础——张衡会不会在那
个时代，产生"摇"的灵感？

　　在大量出土的汉代石刻和文物中，冯锐发现，当时已有大量悬挂
物存在，而"地摇京师"时，这些悬挂物肯定都在摇。冯锐认为，那
个时代的张衡也许还不能准确描述地震波的性质和惯性原理，因此在
《后汉书》中，也就没有详细描述"都柱"的运动方式。但古人却巧
妙地用"尊则振龙机发吐丸"这八个字，把地动仪机械联动的先后顺
序写得清清楚楚。

　　最终，他得出的结论是：张衡当时认识到"悬垂摆"的理论，是
有物质基础的，受启发是可能的。

　　但这依然只是一个推测，就算理解了"悬垂摆"，1 800 年前的张

衡，做得出地动仪吗？或者说，你能按照 1 800 年前的水平和原理，复制出一台吗？

2003 年，缺少科研经费的冯锐无奈停住了前进的脚步，他在当时的论文里写道："我们现在还没有能力对张衡地动仪的悬垂摆的原理的施关发机，牙机巧制，做出更具体的复原，那么就像我们赞美断臂的维纳斯雕像一样，宁可去欣赏它的超越时代的缺憾美，而把这个古典文化的无穷魅力留给后代。我们不要给它加胳膊了。"

7

但对真相的探索，永远是吸引人的，缺少的只是机会。

一年之后，冯锐的机会来了——河南博物院发来了邀请。

1998 年，河南博物院新馆在建设过程中，汉代展厅希望能展示张衡的地动仪，于是请来苏州天文仪器研究所，按王振铎的模型复制了一个木制模型。

博物院提出个合情合理的要求："能否让地动仪动起来？"得到的回答是："不可能。即使是中国历史博物馆里陈列的那台也不能检测地震。"

但对方提出，可以在模型下面人为地安上一个装置，让"地动仪"动起来。这让当时担任陈列部主任的田凯心里不是滋味："我们展出的是科学仪器，不是玩具，这样做是对观众的欺骗。"

这个心结，一直在田凯心中存留了 6 年。2004 年，田凯通过各种媒体表达了自己的愿望：谁能真正地复原地动仪？经人牵线，田凯找到了冯锐。

2004 年 8 月，河南博物院与中国地震台网中心签订了合作协议，组成了课题小组，共同复原"张衡地动仪"，经费全由河南博物院承担，中国地震局全力支持。

　　冯锐的团队，力量一下子增强了。冯锐团队在此之后的研究和努力，限于篇幅和观赏性，只罗列下面几条。

　　第一，文史专家加入了冯锐的团队。在此之前，记载张衡地动仪的只有《后汉书》一家，所谓"孤证不立"，可信度确实存疑。但专家们发现《续汉书》《后汉纪》等七部典籍中，均有对张衡地动仪的记载。（正是《续汉书》中对张衡地动仪的描述，让冯锐确信，下面的"蟾蜍"其实是和本尊连为一体的。）

　　第二，冯锐了解到，地震仪的发明人，英国地震学权威米尔恩是第一个将《后汉书·张衡传》翻译成英文的人，曾大量实验"悬垂摆"以验证张衡地动仪，并且公开宣称："人类历史上第一个地震仪是中国的张衡发明的。"这让冯锐备受鼓舞：张衡的地动仪，肯定启发过米尔恩。

　　第三，在自己的研究和文史专家的帮助下，冯锐了解到了《后汉书》记载文字中的"方面"其实并不是大家理解的"方位"，而搞懂了这一点，恰恰印证了地动仪的科学性。

　　第四，考古部门让冯锐亲临当年汉代放置地动仪的灵台密室，让他对灵台的土质有了直观考察，再一次印证了当年张衡是利用灵台相对疏松的土质，达到放大地

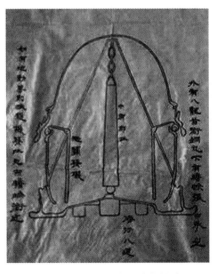

冯锐版"张衡地动仪"内部构造

震信号的目的。

第五，有关方面调来了陇西历次地震的波形图，让冯锐一一用数据对应。

总而言之，在各方面的全力配合下，"张衡地动仪"的神秘面纱，在冯锐眼前慢慢揭开。

2005 年 3 月，冯锐的课题组拿着复制出来的地动仪，开始接受全面的检测。

经过连续 7 天 168 小时的强干扰实验，新复制的地动仪，数据准确，且没有一次误触发。

这个模型，终于得到了考古界和科技界的一致认可。

8

2009 年 9 月 20 日，中国科技馆新馆开馆，新的地动仪模型与观众见面。

这是一个真正可以"动"的地动仪。观众可以亲自动手按下按钮，观察在不同波形下地动仪的不同反应——只有横波到来它才吐丸，其他来自纵波的震动，都无法使地动仪有任何反应。这就排除了其他的干扰，如很重的关门、汽车过境的震动、巨大的炮声等，对它的影响。

美籍华裔理论物理学家、国际华人物理学会会长杨炳麟听了冯锐在中国科学院理论物理研究所做的报告后，认为张衡应该是最早利用惯性原理验震的人。

这还没有结束。

2010 年 1 月 24 日，冯锐接到教育部部长袁贵仁的电话。袁贵仁在仔细阅读冯锐修改教科书的建议和相关资料后，原则上同意修改

"张衡地动仪"这一章节。

2010 年秋季教改出台以后，按照教学大纲，"张衡地动仪"已不再是历史课本中的内容，人教版历史课本中已拿掉了这一知识点。而作为对这一错误的补救措施，人教社今后会将新版地动仪的知识加到教师用书中。

馒头说

冯锐版的"张衡地动仪"，是不是最完美的复原？

我觉得不是。冯锐自己也说过："可能是目前阶段，最接近的一种复原。"

那么，张衡的地动仪，究竟存在过吗？我不是科学家，也不是史学家，这个问题，我真的没法回答。

但我也想问一个问题：什么是科学？

这是个宏大的问题，甚至已经是一个哲学问题。但一般来说，我们目前公认的"科学"这个定义，是建立在有限观察的基础上，具有客观、逻辑、实证、可重复检验、可证伪这些特性。

我之所以想写这个故事，并不仅仅是因为"张衡地动仪"这个仪器本身，而是因为对这个仪器从探索到制造的整个过程。

在 1 800 多年前，那个叫张衡的中国人，就已经尝试制造一种仪器，去解读当时被所有人视为"天怒"的地震。

在 1 800 多年后，又有王振铎、冯锐以及一大批可能还默默无闻的人（2011 年，湖南还有个语文教师黄佑军尝试复原"张衡地动仪"，并申请专利），在尝试复原自己祖先留下的"神奇科技"。

整个复原过程，尤其是冯锐，绝没有半点敷衍和马虎，都是在实验和实证的基础上，一步步艰难但又坚实地迈进。

整个过程，就是一个科学探索的过程。

我们应该早已跨过了需要过分夸大一件事或一样东西来满足民族自尊心的时代，那样做，只会映射出自己的自卑。

有，我会证明；没有，我会承认。

这才是最大的自信。

"世纪之骗"背后的兴奋剂黑历史

这个故事，和体育有关，但这个话题，却远远不是体育那么简单。就在 2016 年的里约奥运会，我们无数国人还为这个话题各自站队争吵过，而我们今天的讨论，也是从一名运动员开始的。

1

1988 年 9 月 27 日，凌晨 3 点。韩国汉城[①]。

眼里布满血丝的加拿大奥运会代表团官员，最终还是决定连夜召见本·约翰逊。

代表团召见这名本国运动员，是为了拿回一样东西：奥运会金牌。

然后，交出金牌的本·约翰逊还得到了一个通知：你已被开除出加拿大队。

7 个小时后，国际奥委会官方召开了新闻发布会——据说那是奥运会史上记者参与人数最多的一个新闻发布会。

---

① 汉城，韩国首都，2005 年改名首尔。——编者注

在会上，国际奥委会正式宣布：本届奥运会，男子 100 米金牌获得者，加拿大运动员本·约翰逊在赛后被发现服用兴奋剂，取消冠军资格，禁赛两年。

消息一出，全场震惊，汉城震惊，世界震惊。

就在 3 天前，本·约翰逊刚刚在汉城奥运会的男子 100 米决赛中，战胜老对手美国运动员卡尔·刘易斯，以 9 秒 79 的破世界纪录成绩夺得金牌。

这场被当时媒体形容为"世纪之战"的比赛，最终演变成了著名的"世纪之骗"。

2

本·约翰逊的对手，美国的田径天才卡尔·刘易斯之后成了英雄。

在赛前，卡尔·刘易斯宣称，一定要拿到这枚金牌，献给自己的妻子和母亲——当然，本·约翰逊也宣称，要为自己的母亲而战。

最终，虽然刘易斯只跑出了 9 秒 92 的成绩，虽然那已是他个人的最好成绩，但相对于本·约翰逊那个作弊的 9 秒 79，这个成绩是干净的，大家都公认，这是配得上奥运金牌的，是对得起他的妻子和母亲的。

在那以后，卡尔·刘易斯积极投入"反兴奋剂"的宣传活动中。这位参加过 4 届奥运会、夺得过 9 枚奥运金牌和 8 个世界冠军头衔的传奇人物，一直在呼吁要严格药物检查制度，并声称田径场已经到了"前所未有的肮脏"的地步。

他的呼吁声一直持续到 2003 年，戛然而止。

2003 年 4 月，一位名叫维德·埃克森的美国医生拿出了一份 3 000 字的文件，揭露美国奥委会长期包庇和纵容本国运动员服用禁药以提高比赛成绩。在被包庇的运动员的名单里，卡尔·刘易斯的记录赫然在列："1988 年奥运会前的三次检测均呈阳性，体内违禁药物包括麻黄碱等三种。美国奥委会先做出禁止其参加奥运会的决定，随即又接受了刘易斯'是在不知情情况下服药'的申诉，允许他代表美国前往汉城。"

卡尔·刘易斯一开始还狡辩，但在 2003 年 4 月 24 日，他放弃了抵抗："我想我是做错了。"

这不得不让人们的思绪又回到 1988 年，在被剥夺金牌之后，本·约翰逊曾愤怒地抗议：大家都服药了！为什么只罚我一个?！

3

看到这里，是不是觉得这个剧情反转得有点快?

那么我们就不妨先顺口气，来简单回顾一下人类使用兴奋剂的历史。

使用兴奋剂的历史可以追溯到北欧传说。北欧传说中的神勇战士巴萨卡（Berserker），据说在战斗前一定要服用一种名为"不头疼"（Butotens）的饮料，因为可以大幅提高战斗力。经过后人考证，这种饮料很可能含有毒蘑菇的成分。于是，毒蘑菇据传成了古代奥林匹克运动员赛前经常使用的"兴奋剂"。

发动鸦片战争的英国，可能是最早把鸦片应用于体育竞技的国家。在 19 世纪，英国一直流行一种超长耐力跑项目。1807 年，耐力跑的参赛者亚伯拉罕·伍德公然宣称，大家只有使用鸦片酊，才能在 24 小时内保持清醒，不断奔跑。

1878 年，英国耐力跑的夺冠成绩你知道是多少吗？ 520 英里（837 千米）！冠军为此连续奔跑了 138 个小时！

必须指出的是，在那个时候，大家并没有"兴奋剂"这个概念，认为这是合理地使用药物。

根据《瞭望东方周刊》一篇《兴奋剂黑历史》（2008 年第 34 期）的记载，1904 年，在美国圣路易斯举行的第三届奥运会的马拉松比赛上，美籍英国人托马斯·希克斯在比赛过程中，身后一直跟着一个拿着注射器的教练查尔斯·卢卡斯。每当希克斯跑不动的时候，卢卡斯就会在适当的时机给他注射一针"士的宁"（strychnine），外加给他一杯威士忌。"士的宁"也叫番木鳖碱，是一种中枢神经兴奋剂。

比赛结果是，希克斯获得了冠军。

自行车比赛一直是兴奋剂的"重灾区"。"环法王"阿姆斯特朗也曾承认服药，震惊世界

不只是田径比赛。1930 年，著名的环法自行车比赛的参赛手册上明确指出，组织方不负责各支车队的"药物"费用——意思是使用药物是合法的，只是要你们自费。

如果照这个态势发展下去的话，人类的现代奥运会其实很可能演变为四年一届的"兴奋剂成果博览会"。但是，事情发生了转变。

转变的代价，是有人付出了生命。

1960 年的罗马奥运会，丹麦自行车选手延森在比赛中猝死，尸检证明，他服用了苯丙胺、酒精和另一种扩张血管的药物。7 年后，奥运铜牌得主、英国自行车运动员辛普森，在环法比赛途中猝死，死时衣袋中还有未吃完的苯丙胺。人们忽然又回想起来，那个一边跑一边打针的马拉松冠军希克斯，在那届奥运会后，再也没有参加过大型比赛……

死于兴奋剂最有名的例子，可能是美国著名女子短跑运动员，"花蝴蝶"乔伊娜。

就是在 1988 年的那届汉城奥运会上，乔伊娜在女子 100 米比赛中以 10 秒 54 的成绩夺冠，这个成绩到现在依旧是奥运会纪录。而就在当年美国国内的奥运会选拔赛上，乔伊娜还跑出了 10 秒 49 的世界纪录。

10 秒 49 是个什么概念？ 2016 年里约奥运会，女子 100 米的夺冠成绩也就是 10 秒 71——那可是过去了整整 28 年！在塑胶高弹力跑道、高科技气垫跑鞋、减风阻的运动衣都被发明之后，女性人类依旧无法打破，甚至接近乔伊娜当年创造的那个世界纪录。

可是，1998 年，乔伊娜在睡梦中悄然逝世，只有 38 岁。无数人怀疑，是过量服用兴奋剂夺走了她的生命。

无论如何，人类认识到了兴奋剂的危害。

1968 年的墨西哥奥运会，人类历史上第一次反兴奋剂的检测出现了。

但回过头来看，也没什么可以特别兴奋的，因为这只是意味着，一场"猫捉老鼠"的好戏，正式拉开了帷幕而已。

4

在那一届的墨西哥奥运会上，瑞典现代五项选手利延沃尔成为奥运史上兴奋剂违禁第一人，但是，他服用的违禁药物只是过量的酒精。

是那届奥运会特别干净吗？并不是，是那时候的反兴奋剂手段实在太落后。

简单介绍下兴奋剂的类型吧。

第一类可以概括为"不会累"，其实就是中枢神经兴奋剂，像咖啡因、可卡因、麻黄碱等，前面提到过的耐力跑运动员服用的鸦片酊，也属于这类。这类兴奋剂，是最先能被检测出来的。

第二类可以概括为"特有劲"，就是类固醇。其中比较有名的是睾酮。吃了这类兴奋剂之后肌肉力量明显增加，骨骼变粗壮，女性特征渐渐消失。在中国，俗称"大力补"（美雄酮）。大家可以回忆一下当年号称一直服用"中华鳖精"的"马家军"。

在 2000 年悉尼奥运会之前，类固醇药物很难被检测出来。但就在那一年，检测手段有了极大进步。也就是在那一年，"马家军"获得奥运参赛资格的 7 名队员中，有 6 名没有参加悉尼奥运会。而中国女子游泳队的一位世界纪录保持者，同样也被内部规定不许去参加奥运会。

第三类就高级了，称为"EPO"，即促红细胞生成素，原来用于治疗贫血。运动员吃了之后供氧能力增强，耐力等各方面能力提高。这类兴奋剂在历史上相当长时间内根本无法检测出来。

第四类就是各种杂类了。比如 2008 年北京奥运会，朝鲜男子射击选手金正洙获得了男子 10 米气手枪铜牌和 50 米手枪银牌，但赛后被剥夺了奖牌，因为他被查出服用了"兴奋剂"——严格意义上，其实是"兴奋剂"的反义词：一种叫"心得安"（普萘洛尔）的镇静剂。

第五类，是最新的高科技，被称为"基因兴奋剂"，通过改造人体基因来增强运动员的各项能力。对不起，这个目前还处于猜测阶段，现在所有检测手段都检测不出来。

虽然自 1968 年墨西哥奥运会开始，人类已经决心把借助药物提高成绩的运动员踢出去，但一直心有余而力不足——反兴奋剂的检测方法，一直是要等兴奋剂出来后才会被发明和改进。

这就意味着，所谓"道高一尺，魔高一丈"，在兴奋剂方面，"魔"总是比"道"要先行一步。

所以 1988 年的汉城奥运会，本·约翰逊被检测出服用兴奋剂才会引起那么大的轰动。因为在此之前，人们的反兴奋剂成果实在是少得可怜。

5

究竟是什么在推动兴奋剂不断进化和发展？

人们曾经以为，冷战期间，讲究国家意识形态的一些社会主义国家阵营是兴奋剂泛滥的最大推动力。

确实，民主德国在里面一直扮演着一个不光彩的角色。从 1972 年到 1988 年，民主德国取得了 383 枚奥运奖牌，还创下了不计其数的世界纪录。按照民主德国的人口数，这个奖牌比例是美国的 10 倍。

民主德国和联邦德国合并后，原民主德国国家安全局的档案被解密，一项名为"Komplex 08"的计划被公之于众——在民主德国的各大训练基地中，教练系统性地给运动员们吃一种蓝色的药丸，告诉他们是维生素，但其实是类固醇。民主德国的女子铅球欧锦赛冠军海蒂·克里格因为长期服用类固醇药物而变得男性化，她最终做了变性手术。

但真的只有社会主义国家的人服用兴奋剂吗？

1954 年的男足世界杯决赛，当时堪称"梦之队"的匈牙利队在上半场开场 8 分钟就攻进联邦德国队两球。然而，上半场 0 比 2 落后的

联邦德国队在下半场判若两队，最终 3 比 2 逆转匈牙利队，获得世界
冠军。这场比赛被称为"伯尔尼奇迹"。

　　然而，到了 2004 年，德国媒体披露，1954 年的世界杯决赛中场休
息时间，联邦德国队的每个队员都注射了一种中枢神经兴奋药物，以增
加体力和爆发力。更让人感慨的是，2008 年德国内政部科学局联合德
国奥委会，委托柏林洪堡大学调查德国的禁药史，结果显示：前联邦德
国为追求成绩，系统性地组织运动员服用各类禁药，长达 30 多年。

庆祝获胜的联邦德国队。之后他们队中有 8 名队员因为得了黄疸型肝炎（注射那
种药物的最明显副作用）而接受疗养，有两名球员数年后死于肝癌

　　那么，冷战结束之后呢？就在 2016 年的里约奥运会，整个俄罗
斯田径队因为兴奋剂问题被禁止参赛。但就在奥运会闭幕之后没多
久，俄罗斯黑客侵入世界反兴奋剂机构的电脑，公布了五波兴奋剂检
测呈阳性但依然被允许参赛的各国运动员名单，他们主要来自美国、
英国、法国等资本主义国家阵营。

　　"一个国家的科技实力，决定了这个国家运动员在奥运赛场上的表现。"这句看似有理的话，背后又透露出一种怎样的讽刺和无奈。

馒头说

　　1984 年洛杉矶奥运会前，加拿大反滥用药物组织主席、类固醇专家鲍勃·戈德曼曾经问过这样一个问题：

　　"如果我有一种神奇的药物，它能使你们在 5 年之内，在包括奥运会在内的所有比赛中战无不胜。但是，请注意！你们吃了这种药，5 年之后就会死去，你们愿意吃吗？"

　　他把这个问题，抛给了 198 个来自世界各地的优秀运动员，而结果是什么呢？

　　有 103 名运动员回答说：我愿意吃！

　　所以，兴奋剂之所以屡禁不绝，背后的推动力不仅仅是国家的力量。

　　奥运会带给个人的巨大荣誉和社会声望，以及奥运会商业化之后带给运动员的巨大经济利益，促使越来越多的运动员愿意铤而走险。本·约翰逊当年被剥夺冠军后，一家意大利皮鞋厂立刻和他解除了高达 200 万美元的赞助合同——一位 100 米奥运会冠军的商业价值由此可见。

　　所以，那一句"查得出的是兴奋剂，查不出的就是高科技"成为不少运动员愿意去搏一把的最大动力。

　　和兴奋剂做斗争易，和人性做斗争难。

　　而这，也可能是反兴奋剂的道路如此艰难的最主要原因。

史上最黑暗的一届奥运会

1972 年 8 月 26 日开幕的这届奥运会，并不是以"XXX 奥运会"被人铭记的，而是"XXX 惨案"。

1

1972 年的第 20 届慕尼黑奥运会，当时的主办国联邦德国是很想办好的。

联邦德国政府从上到下，都希望通过这届奥运会抹去 1936 年柏林奥运会给全世界留下的阴影——那是在希特勒的纳粹浪潮下举办的一届奥运会。

联邦德国希望告诉世人：现在的德国，是一个文明富强、安宁祥和的国家。

慕尼黑奥运会，也确实呈现出了这样的一种景象：这是截至当时规模最大、耗资最多的一届奥运会，参加的国家和运动员数量，也超过了以往任何一届。包括以色列，尽管纳粹在他们身上留下的伤痕印记还没消退，但在奥林匹克精神的感召下，他们也派出了史上最大规

慕尼黑奥运会

以色列代表团在开幕式入场

模的运动员代表团。

如果说这届奥运会有什么美中不足的话，那就是大量的资金被投在了场馆设施和器材上，削弱了安保的预算。

不管怎样，开赛一周，各项赛事顺利进行，一切迹象表明，一届"欢乐祥和成功的盛会"正在慢慢变成现实。

直到 9 月 5 日凌晨，8 个蒙面的黑影，悄悄潜进了奥运村。

2

1972 年 9 月 5 日的凌晨 4 点，8 个蒙面男子来到了奥运村 25A 门旁的一段栅栏前。

这段栅栏有 2 米高，但这根本拦不住来参加奥运会的各国运动员们，他们在晚上吃喝玩乐之后，经常会翻越这道栅栏进村。

奥运村的保安并不会阻拦他们——都是年轻人嘛，玩过头了很正常。而且保安拿什么阻止他们呢？为了扭转当年柏林奥运会给各国运动员造成的那种恐惧感，保安甚至连枪都没有配。而且，奥运村里没有路障，没有探头，没有探测器，真正体现"欢乐祥和"。

在此之前，没有一届奥运会因此出过什么问题。

更何况，那 8 名不明身份的男子，是套着田径运动服翻过栅栏的，动作娴熟。

他们如果是窃贼，倒也算了。但是，翻过栅栏后，他们从包里摸出了冲锋枪和手雷。

3

这 8 个人，是"黑色九月"（巴勒斯坦的一个秘密恐怖组织）的成员。

而他们这次潜进奥运村，显然是有备而来。一翻过栅栏，他们直接就扑向了 31 号建筑——那是以色列运动员的宿舍楼。

9 月 5 日凌晨 4 点 25 分，恐怖分子来到了 31 号楼 1 号房间门前，他们掏出了事先准备好的万能钥匙。

第一个听到异响的，是摔跤裁判约瑟夫·古特弗洛英德。他一开始以为，是另外一名外出的室友回来了。但他听到门外的谈话，用的是阿拉伯语。

"黑色九月"的恐怖分子后来在阳台上被拍摄下的镜头

他瞬间反应了过来，一面冲上去用他重达 124 公斤的身躯顶住房门，一面用希伯来语朝屋内大喊："有危险！"

尽管 8 名恐怖分子最终撞开了房门，但约瑟夫的努力没有白费，另一位举重教练破窗而逃——他是第一个逃出的以色列人。

另一个反抗的，是摔跤教练摩西·温伯格。他挥拳打倒了一名恐怖分子。但他随即被另一名恐怖分子用枪射穿了面颊。

剩下的4位以色列运动员，都被恐怖分子用枪指着头。

之后，3号房间的门随即也被恐怖分子撞开，里面的6名以色列运动员也被带了出来。其中的轻量级摔跤运动员贾德·祖巴理决定赌一把，趁人不注意，他突然发力冲出了房间。恐怖分子连射几枪都没有击中他——贾德幸运地成为第二个逃出的以色列人。

面颊血流如注的摩西没有放弃，在贾德逃跑时，趁着恐怖分子分神，猛地击碎了其中一个人的下巴，但随即胸部连中数枪。他还试图拿起一把菜刀，但随后又被一枪命中头部——摩西成为第一个死去的以色列人。

举重运动员鲁马努抄起了另一把菜刀，直接砍向了一名恐怖分子，但之后他被冲锋枪几乎打为两截——他是第二个死去的以色列人。

至此，13名以色列人，逃走两个，死去两个，剩下的9个被8名

以色列运动员的房间现场

恐怖分子控制了。

　　恐怖分子曾殴打那 9 个以色列人，威逼他们说出其他以色列运动员藏身的房间，但 9 个人紧咬牙关，没有一个开口。

　　另外 7 名以色列运动员，逃过一劫。

4

　　这场发生在 9 月 5 日凌晨的殊死搏斗，持续了大约半小时，其间还有枪响，但没有人注意到。

　　作为一届"欢乐"的盛会，奥运村里夜夜都有狂欢活动，砸碎酒瓶甚至燃放鞭炮的现象经常发生，保安都已经习以为常。警察局曾接到过几个路人打来的电话，但同样认为是运动员的嬉戏打闹，并没有引起重视。

伪装成运动员的警察，试图去营救人质

直到逃出来的两名以色列运动员，分别到韩国和意大利代表团下榻的地方打电话报警。

但其中一名运动员贾德犯了一个错误：他告诉警方，恐怖分子只有5个人。

9月5日凌晨5点，慕尼黑警察局局长弗雷德·施赖伯从睡梦中被电话铃声惊醒，他知道出大事了。

5点30分，弗雷德接到了恐怖分子的要求：在9月5日9点以前，释放被以色列政府关押的234名巴勒斯坦人和被联邦德国政府囚禁的"巴德尔-迈因霍夫帮"成员，然后派3架飞机把包括他们在内的所有人都送往一个安全的目的地。在那里，他们将释放以色列运动员。否则，他们就要"将人质同时或一个一个地处决"。

5

到了恐怖分子限定的9点，国际奥委会主席拉基宁和本届奥运会组委会主席道默宣布，从9月5日下午开始，慕尼黑奥运会所有比赛暂停。

同时，联邦德国的两位部长、奥运村的村长以及警察局长弗雷德提出愿意进入建筑换回人质，但恐怖分子拒绝了，只是同意把时间延迟到12点，并且放宽条件：只需要把他们和人质用飞机送到埃及开罗，再释放他们要求释放的其他人。

在此期间，联邦德国总理维利·勃兰特通过电话与以色列总理果尔达·梅厄磋商了10分钟。比撒切尔夫人成名更早的"铁娘子"梅厄重申了以色列对恐怖主义的立场：决不妥协！在任何情况下都不会让步！

但在奥运村这边，为了营救人质，联邦德国政府表示，愿意同意恐怖分子的要求，但需要进一步谈判细节，以此拖延时间。

晚上 6 点 35 分，联邦德国内政部部长、奥运村村长和弗雷德警长作为谈判代表，进入了 31 号楼。但他们出来后，带来了令人失望的消息：恐怖分子既疯狂又坚决，取消攻进大楼营救人质的计划。

之后，就像那些警匪片里拍的那样，在包围奥运村的 12 000 名联邦德国警察的注视下，2 架直升机腾空而起，载着 8 名恐怖分子和 9 名以色列运动员，飞往菲尔斯滕费尔德布鲁克军用机场。

6

机场，是最后一次机会了。

晚上 10 点 35 分，两架载有恐怖分子和以色列人质的直升机，降落在一架波音 727 喷气式飞机旁。恐怖分子强迫直升机的驾驶员站在前面，然后 4 个恐怖分子走出直升机，去检查客机。

此时的机场周围，自然已经安排了联邦德国的狙击手。但机场的灯光造成许多阴影，影响了狙击手的判断。

最要命的是，联邦德国警方听信了贾德关于恐怖分子只有 5 人的话，还真的不多不少，只安排了 5 个狙击手。

时间不等人。

当恐怖分子从直升机走向客机的时候，狙击手开火了。

很遗憾，尽管上来就击中了两个恐怖分子，但 5 个狙击手，不可能瞬间击毙 8 个恐怖分子。

枪声一响，直升机的驾驶员按照事先的约定，拔腿就跑。其中两人安全脱险，两人被击中，重伤。

但他们还能跑，而被捆在直升机里的以色列人质，双眼被蒙住，动弹不得。

恐怖分子立即就近找掩护，开枪还击。解救人质的一场突袭，居然变成双方互射的一场枪战。

因为顾及人质的安全，联邦德国警察不敢火力全开。在几次劝降都被恐怖分子拒绝之后，失去耐心的联邦德国警察决定不顾一切了——他们出动了六辆装甲车，突击队队员跟在后面冲了上去。

失去逃跑希望的恐怖分子，终于做了所有人都不愿意看到的事——他们往一架载有 5 名以色列人质的直升机扔了一颗手榴弹，直升机顿时化为一团烈火。另一架直升机里的 4 名以色列人质，被直接射杀。

被烧毁的直升机

9 月 6 日凌晨 1 点 30 分，警方终于击毙了最后一名不肯投降的恐怖分子，后来经查实，这个叫穆罕默德·马萨尔哈德的人，原来作为一名建筑师，参与修筑慕尼黑奥运会的奥运村，所以恐怖分子才会那么熟门熟路。

　　最终，8 名恐怖分子，5 人被击毙，3 人被抓捕。但 9 名以色列人质，无一生还。

　　在检查直升机残骸时，警方发现，那 4 名被捆绑射杀的以色列人质，绳索上留下了他们的牙痕——直到最后一刻，他们还在努力逃跑。

7

　　9 月 6 日上午，慕尼黑的奥林匹克主体育场座无虚席，但大家不是为了观看比赛，而是所有的参赛国运动员和官员，为以色列代表团逝去的 11 条生命默哀。

　　著名的巴伐利亚歌剧院管弦乐团，现场演奏了贝多芬的《英雄交响曲》，许多在场运动员失声痛哭。

　　以色列代表团团长拉尔金——本来是这次"黑色九月"要抓的头号目标——发表了讲话："现在，我要带着我同胞的遗体回国了。但是，奥林匹克的精神不会变。我们保证，四年后的 1976 年蒙特利尔奥运会，我们还会回来。"

　　9 月 7 日，慕尼黑奥运会比赛全面恢复。

遇难的 11 名以色列运动员

那一届奥运会，苏联名列第一，带回了 50 枚金牌。美国名列第二，带回了 33 枚金牌。

而以色列，带回了 11 具同胞的尸体。

馒头说

其实，以色列在那届奥运会上的保证，并不仅仅是继续参加奥运会。

11 具同胞遗体被送回国后，铁腕女总理梅厄公开表示，以色列必须"以眼还眼"。她当即授权摩萨德（著名的以色列情报机构），必须为 11 名以色列运动员复仇。

在摩萨德领导人扎米尔将军的策划和实施下，一份名为"上帝之怒"的复仇计划出炉了。

摩萨德选出了 11 名"黑色九月"组织的领导和重要成员，开始了全世界范围的追杀，或爆破，或暗杀上了"复仇名单"的 11 个人，最终只有 1 个人侥幸逃脱，其余 10 人全部被杀。关于这段故事，斯皮尔伯格（他自己就是犹太人）专门拍过一部电影，就叫《慕尼黑》。

在 2001 年 9 月 11 日之前，以色列是全世界唯一一个公开自己暗杀行为的国家。但在那之后，曾经批评这种行为的美国也加入了这个行列，甚至开始动用无人机发射导弹"定点清除"目标。

2004 年雅典奥运会是我采访的第一届奥运会，当时我就惊讶于每次进入奥运村，都要在荷枪实弹的军人注视下，通过安检门并被搜身，甚至随身的笔记本电脑也要当着他们的面启动一次。

但了解了慕尼黑惨案之后，你就会发现，这些检查都不是多余的。

只是，用斯皮尔伯格导演完《慕尼黑》之后的话来说："我喜欢以色列受到严重威胁时做出的强烈反应。但我认为以反应来对抗反应并不能解决任何问题，它只是造成了一种永动的报复机制。"

尤其是放到恐怖主义重新抬头的今天，每个人其实都想知道，这种冤冤相报的尽头究竟在哪儿？

孙杨为什么会被别人质疑"服药"？

这是一个关于中国游泳队的故事。2016 年 8 月 10 日，里约奥运会期间，法国游泳运动员拉库在游完自己的 100 米仰泳比赛后，再次攻击孙杨服药。算上之前的澳大利亚人霍顿，孙杨已经是第二次被人指责了，是不是大家都针对孙杨？其实并不是。从某种意义上说，孙杨只是一个"背锅者"，在为中国游泳队过去的一段历史"还债"。中国游泳队过去有段历史，很残酷，很现实，以至我们不愿意面对，很多人都开始选择淡忘，甚至根本不知道，但这是一段必须面对的历史。

每一届奥运会闭幕，全世界的媒体都会做回顾。而巴塞罗那奥运会，所有媒体的目光都聚焦在了中国游泳队身上。

在这一届奥运会的游泳比赛上，后来被称为中国游泳"五朵金花"的庄泳、杨文意、林莉、钱红和王晓红，在女子 100 米蝶泳、50 米自由泳、200 米混合泳和其他几个项目中，一共拿到了 4 枚金牌和 5 枚银牌。

举世震惊！

要知道，4 年前的汉城奥运会，同样是这批人，只获得了 3 银 1 铜。

从这届奥运会开始，外国游泳选手开始私下质疑。

质疑什么？很简单，质疑中国运动员服药。

外媒猜测的一个关键年份，是 1986 年。

1986 年，中国游泳队请来了来自民主德国的教练克劳斯。外界普遍怀疑，就是从那时候，中国游泳队开始和兴奋剂沾边。而民主德国的惯用手法，是通过药物增强女性肌肉，但会让她们变得更男性化。

当年的中国游泳女队：（从左至右）冯晓东、陈运鹏、杨文意、钱红、林莉、庄泳、周明和张雄。令人唏嘘的一张照片

中国女子游泳队真正成为全世界怀疑目光的焦点，是在巴塞罗那奥运会后两年，1994 年的罗马世界游泳锦标赛。

在那届世界游泳锦标赛的所有 16 个女子项目中，中国游泳队只有 800 米自由泳没有拿到奖牌，其余 15 个项目全都进入前三名！

其中 12 个项目拿到金牌，还有 5 银 1 铜，并创造了 5 项世界纪录！

1994 年罗马世界游泳锦标赛的泳池完全被中国女子游泳队主宰

整个世界泳坛瞠目结舌。

在比赛期间，很多其他国家的运动员故意冷落中国运动员，十几个国家的教练联名上书国际泳联，抗议中国选手是靠药物来夺取胜利的。

最受打击的，就是澳大利亚队。因为游泳可以说是澳大利亚整个国家最引以为傲的体育项目。据说，那一届世锦赛，澳大利亚游泳队的姑娘们在更衣室里抱头痛哭。

中国游泳队和澳大利亚游泳队的梁子，其实在那时候就结下了。

如果说在罗马游泳世锦赛上，那些选手还只是抱怨中国选手，却苦于没有证据的话，1 个月后举行的日本广岛亚运会就成了让中国游泳队刻骨铭心的一届运动会。

1994 年的广岛亚运会，中国游泳队一共获得 23 块游泳金牌，而昔日的亚洲泳坛霸主日本，只得到了 7 块。

就在比赛期间，日本泳协忽然向国际泳联上诉，要求对中国队进行"飞行药检"。同时，日本泳协提供了证据——中国游泳队队员服药的录像带。据说，在那次亚运会，中国运动员居住的房间内被事先安置了窃听器和针孔摄像机，中国运动员在房间内注射吃药以及随意丢弃的针头，都被认为是服用兴奋剂的铁证。

不管怎样，在检验结果面前，任何辩解都是苍白无力的。最终，中国队有7名选手被查出服用了违禁药物"诺龙"，这种药物能明显促进肌肉的生长，增加肌肉的力量和耐力。

那7名选手，3男4女，现在我已不想点出名字，但4名女选手都是在罗马游泳世锦赛夺金的运动员。

最终，中国队被剥夺12枚金牌，这12枚金牌全记入日本队名下，日本队也借此超越韩国，成为亚运会金牌榜第二。

这次的服药事件，等于在世界体坛丢下了一颗原子弹。因为这次事件，中国游泳队教练陈运鹏辞职，教练王林调离。

原先就憋了一口气的美、澳媒体，立刻宣称："这是近代运动史上查出的最大药物丑闻！"

在1994年末的各国通讯社评出的世界十大体育事件中，"中国游泳队服药事件"都排在前三位。

1995年，中国游泳队直接被禁止参加泛太平洋游泳锦标赛。

那两年，是中国游泳的最低谷——中国游泳选手已经和"药罐子"画上了等号。

1996年的亚特兰大奥运会开幕式，中国代表团入场时，美国的一个解说员直接说："看！一支靠服用兴奋剂获得成绩的队伍正向我们走来！"

这就是当时中国游泳队，乃至被殃及的中国运动员在世界面前的形象。

亚特兰大奥运会上，4年前在巴塞罗那奥运会所向披靡的中国女子游泳队，最终只有乐靖宜获得了一枚女子100米自由泳的金牌。

但这枚金牌弥足珍贵：在中国游泳运动员被全世界用放大镜仔细监视的情况下，我们证明了我们依旧有夺金的实力。

但要挽回中国游泳队的形象，依然任重道远。

1998 年，世界游泳锦标赛在澳大利亚珀斯举办。在澳大利亚人的主场，他们怎么可能放过这个仔细检查的机会？

只能怪我们自己，确实不争气。

中国女子游泳队的队员原媛与教练周哲文，在抵达机场后，被当场查出携带生长激素，直接被警方带走。那一张照片在短时间内就传遍了全世界。

此外，中国游泳队的队员王薇，虽然在比赛中名次非常靠后，但组委会依然要求她参加兴奋剂检测，结果果然被查出服用禁药。

1999 年初，当时的中国游泳队总教练周明的弟子熊国鸣和王炜，再次被查出服用禁药。熊国鸣被终身禁赛，周明被终身禁教。

中国游泳队终于幡然醒悟。

1999 年，国家体育总局正式出台反兴奋剂规定，态度只有一个："宁可错杀一千，绝不放过一个！"

2000 年悉尼奥运会之前，中国国家体育总局砸了几千万元，对所有耐力项目的运动员进行了血检。当时女子 200 米混合泳世界纪录保持者吴艳艳直接被禁赛 4 年，失去参加奥运会资格。

那一年的悉尼奥运会，中国游泳队别说金牌，连一枚奖牌都没拿到。

但这一切，都是值得的。

除了管理者在醒悟，运动员自身也在慢慢觉醒：他们开始变得不愿意参与到一池浑水中去。

2001 年第九届全运会，当时创造亚洲纪录的名将罗雪娟直接表态："我身后的这池水不干净。"三年后的 2004 年雅典奥运会，她在女子 100 米蛙泳中夺得金牌。

罗雪娟当年在雅典奥运会上的这枚游泳金牌，让外界"中国女泳不吃药就不行"的说法不攻自破

　　尽管从管理者到游泳队都开始慢慢觉醒，尽管在此期间国内泳坛还会出现"全运会成绩无敌，奥运会一落千丈"的奇怪现象（因为奥运会兴奋剂检测严格），但中国游泳队，还是在一步步地洗刷自己。

　　只是，因为之前"欠账"太多，中国游泳队的自证清白之路，艰难而坎坷。

　　2012 年伦敦奥运会，叶诗文横空出世，她在女子 400 米混合泳最后 50 米自由泳冲刺的时间，居然比该项目男子冠军、美国的罗切特在同样 50 米里还快了 0.17 秒。

　　这无疑又一次撩拨了欧美媒体记者的神经——但我们确实也很难去控制人家的嘴：因为我们之前有那么多"前科"！

　　当时我就在叶诗文的赛后新闻发布会现场，面对外国记者毫不客气的提问，我看得出小叶子心中的委屈和愤怒。

　　更不用提孙杨了。

叶诗文在伦敦奥运会上一战成名

在运动成就上，孙杨是可以比肩刘翔的中国男子运动员。

在孙杨之前的相当长一段时间里，中国男子游泳运动员最好的奥运成绩，是蒋承稷在亚特兰大奥运会上进入 50 米自由泳和 100 米蝶泳两项的第四名，直到 2008 年北京奥运会，张琳获得了男子 400 米自由泳银牌，才打破了中国男子游泳队奥运无牌史。

然后孙杨横空出世了：拿世锦赛金牌，拿奥运会金牌，还要打破世界纪录。全世界媒体自然而然又忙不迭地拿起了放大镜。

孙杨经常在赛后哭，这里面确实有他性格的因素，但不知道有谁还记得他失金后的那句话："按照这个训练强度，应该拿冠军的。"

可能并没有多少人知道，孙杨的三个项目——男子 200 米自由泳、400 米自由泳和 1 500 米自由泳的训练强度。就说一点，韩国的游泳天才朴泰桓，后来放弃了 1 500 米自由泳这个项目，理由只有一个：1 500 米自由泳的训练，实在太苦了。

只是，孙杨确实出过一段"禁药风波"（这件事情的各种是非曲直，这里先不说了）。孙杨被禁赛后，澳大利亚泳协宣布，禁止孙杨在其教练丹尼斯所属俱乐部及其他14家俱乐部训练（这15家俱乐部属于澳大利亚泳协的一项游泳振兴计划，不允许有禁药阳性史的运动员训练）。

其实说到这里，你就应该明白了：叶诗文也好，孙杨也好，不管他们是否真的服用违禁药物，很多外人都不在乎。因为在外界看来——他们需要为中国游泳队过去那段不光彩的历史还债，背锅。

泼盆脏水很容易，而自证清白总是很难。

更何况，中国游泳队确实有前科。

馒头说

2013年3月22日，澳大利亚游泳队举行了一场特别的新闻发布会。

他们宣布，参加了伦敦奥运会游泳比赛男子4×100米接力的澳大利亚队成员公开承认，奥运会前夕，他们集体服用了违禁药物。

伦敦奥运会上，美国的女子800米自由泳冠军、15岁的莱德茨被英国媒体一致攻击服用禁药。而英国一名38岁的医生承认，曾给包括游泳队在内的150名顶级选手开过禁药。另一游泳大国荷兰的四枚奥运金牌获得者德布鲁因，直至退役时还在辩解自己没有服用过禁药。

说这些例子，其实只是想证明：在这个池子里，大家都已经习惯相信——没有人绝对干净。

游泳和田径，历来是奥运会兴奋剂的"重灾区"。

体育圈里都知道有句话："查得出的是兴奋剂，查不出的就是高科技。"

这句玩笑话，背后透着多少无奈。

但无论如何，对中国游泳队而言，至少有一点还是必须明确的：有些历史必须面对，只有勇敢面对，才能慢慢证明自己的清白——尽管非常艰难。

这是偿还旧债，也是重新出发。

"让球"阴影下的"小山智丽事件"

这篇文章要说的这场比赛，是一场乒乓球比赛，一场曾让无数中国人陷入"愤怒"的比赛。

1

1994 年 10 月 13 日，广岛亚运会乒乓球女单决赛。

场馆液晶屏上的比赛总比分，最后定格在了 3 比 1。

两位参加决赛的选手——小山智丽和邓亚萍都哭了。

代表中国队的邓亚萍，泪光闪烁。虽然她当时只有 21 岁，但已是当时世界女子乒坛排名第一的选手，所向披靡。但在这场比赛中，她却输了。

代表日本队的小山智丽，泪流满面。虽然她是当时日本队的头号选手，但已经 30 岁了，结果赢了比自己小 9 岁的世界第一。

无数中国观众通过电视屏幕收看了这场决赛，第二天的报纸也铺天盖地报道了这场比赛。这场女单决赛，成了后面几天国人在茶余饭后的主要议题，愤怒的议题——有些人甚至用上了"卖国贼"和

"汉奸"这样的字眼。

邓亚萍和小山智丽在比赛中

赛场上的小山智丽

因为小山智丽在战胜邓亚萍的比赛中，不停地喊日语"哟西"（好）给自己加油。

因为"小山智丽"本名"何智丽"。

因为她本来是一个中国人。

于是很多人问：她怎么和中国队有那么大仇？

2

时间切回到 1987 年，印度新德里，世界乒乓球锦标赛。

女单半决赛，三名中国选手、一名韩国选手入围。

韩国选手，是当时中国女乒的头号劲敌梁英子。三名中国选手分别是焦丽丽、管建华，还有一个，就是 23 岁的何智丽。

按照当时的对阵，是焦丽丽对梁英子，何智丽对管建华。

一场队内会，在赛前召开。当时的教练组认为，一旦焦丽丽把梁英子放进决赛，相比较而言，削球手管建华可以消耗梁英子的大量体力，赢面可能更大，所以教练组决定——何智丽在半决赛里"放"给管建华。

何智丽当时没有表示反对。

焦丽丽和梁英子的半决赛提前一小时进行，双方打得异常艰苦，进入决胜局。

何智丽与管建华的半决赛晚一小时进行。轻装上阵的管建华，上来却被何智丽打了个 2 比 0。第三局，何智丽打到了 18 比 10（当时的乒乓球比赛，五局三胜，21 分制），旁边的中国教练急了。

在频频暗示中，何智丽连放 10 分，把比分放到了 18 比 20。

正当中方教练组松了一口气的时候，何智丽又连拿 4 分，以 3 比 0 把管建华淘汰出局。

管建华当场痛哭。

中方教练组拂袖而去。

而另一场地的焦丽丽，在 18 比 12 领先的情况下，据说看到了另一场比赛的结果与之前开会结果不一样，情绪大受影响，被梁英子逆转，也被淘汰出局。

决赛成了何智丽对阵梁英子。

在之前1986年的亚洲乒乓球锦标赛女团比赛上，梁英子战胜过何智丽（这也是教练组决定放弃何智丽的原因之一），所以在决赛前，中国教练组严令，谁也不准谈论何智丽拒绝让球的事，不许对她有任何打扰。

那一场决赛，何智丽如同打疯了一般，3比0战胜了梁英子。

世界冠军！

3

一个世界冠军，让何智丽收获了国内无数的鲜花和掌声。

何智丽回到故乡上海，受到热烈欢迎。上海市体委举行表彰大会，宣读上海市人民政府对她的嘉奖令，市团委、市妇联分别授予她"上海市新长征突击手""上海市三八红旗手"称号。

但这个世界冠军，也让何智丽在乒乓球队内被孤立起来。

这应该是一直有"让球"传统的中国乒乓球队有史以来第一次，在大赛中有队员公然违反"让球"的安排——哪怕是赢下了比赛。

而让何智丽更受到责备的，还不只是"个人利益"不服从"国家利益"这一点。

汉城奥运会乒乓球女单冠军陈静回忆，就是那次1987年新德里世乒赛，女单八进四的比赛，自己对阵何智丽："我在新德里的机会其实很好，和何智丽八进四之战，我们真刀真枪地打了第一局，我赢了，但马上有教练来和我说，叫我让给她，我就让了。"

你不让人，却为什么接受别人让你？

针对陈静的回忆，有两种不同的说法。一种认为，乒乓球队内的让球，往往只告知要让球的一方，当时何智丽未必知道。而另一种说法是，何智丽在输掉第一局后，还催促教练组让陈静让球："不是说好的吗？"

两种说法都没有当事人认定，所以均无法考证。但可以认定的是，何智丽之前并不是没让过球。

1986年9月30日，汉城亚运会，按照何智丽自己的回忆，在她生日那天，她接到了队里的通知：让球给一起进入半决赛的队友焦志敏。

那一次，何智丽照办了。

而就在之后的亚洲乒乓球锦标赛，焦志敏"回让"了她一次。

至于在新德里世乒赛上，何智丽为何敢"揭竿而起"？有一种说法是因为她背后的资深教练孙梅英。厌恶"让球"的孙梅英赛前关照何智丽，让她别当面说不肯让球，到了场上放开打，"拿了世界冠军，我去机场接你"。

后来，乒乓球队让何智丽写检查，孙梅英确实以人大代表的身份奔走呼吁，让何智丽最终免于遭受处分。

然而，有些无形的"处分"，却是躲不开的。

1988年，乒乓球第一次正式成为奥运会项目。当时憋足了劲要拿第一枚女子乒乓球奥运金牌的何智丽，却遭受当头一棒：当时24岁的她，排名世界第一，却没有入选参赛名单。

尽管之后有各种解释，包括"队内民主投票说""战绩一般说"等，但世界排名第一的选手没有入选奥运代表队，在当时确实是不可思议的。

那一年的汉城奥运会女乒比赛，当初让球给何智丽的"小队员"陈静，顶住压力，拿到了女单金牌，成为有史以来第一个奥运会乒乓球女单冠军。

　　但同样不应该忘记的一个人，是和何智丽互相让过球的焦志敏。在奥运会女乒单打半决赛中，因为怕焦志敏进入决赛后打不过捷克斯洛伐克的选手赫拉霍娃，教练组再一次让焦志敏让球给队友李惠芬。

　　在后来争夺第三名的比赛中，25岁的焦志敏似乎为了证明教练组的错误选择，咬牙战胜了赫拉霍娃，却在领奖台上痛哭流涕。之后她说了一句："我再也不想打乒乓球了。"随后她远嫁韩国，拒绝了韩国乒乓球队的邀请，真的再也没摸过球拍。

4

　　1989年，在国内已经打不上球的何智丽，远赴日本，嫁给了日本大阪的工程师小山英之。

　　小山英之，是大阪日中友好协会会长的儿子。所以何智丽的婚礼在大阪举行时，证婚人是大阪府知事（相当于市长），而在上海举行婚礼时，证婚人是上海市前市长汪道涵。

当时何智丽的婚礼相当隆重

何智丽，从此改名小山智丽，并在之后获得了日本国籍。

1992 年，在日本的小山智丽重新拾起了乒乓球拍，并在 1993 年获得了全日本乒乓球锦标赛女子单打冠军。

1994 年广岛亚运会，小山智丽是憋着一股劲的。据说，她每天进行大运动量的训练，一度把男陪练累得尿血。

1994 年 10 月 13 日那一天，确实是小山智丽职业生涯的高光时刻。

在那天上午，她战胜了汉城奥运会女单冠军、当年的队友陈静（当时已代表中国台北参赛），下午，又战胜了当时中国女单技术最全面的乔红，到了晚上，则出现了本文开头的那一幕，击败了当时几乎没有败绩的邓亚萍。

一天之内，连胜中国女乒三大顶级高手。

这份战绩，足以让任何乒乓球选手激动，以至小山智丽在赛后接受采访时说："这比我作为中国选手获胜时还要高兴。这是我八年来第一次在大赛中夺取冠军。来日本后，我有六年时间没有参加大型比赛，但在我丈夫的指导下，技术有了很大提高。我明年在世界锦标赛上，还将作为日本队的一员，争取为日本夺取新的奖牌，以回报日本观众和新闻界对我的期待和鼓励。"①

这段话，其实已经在一定程度上刺激到了当时的中国观众。更糟糕的是，经过一些记者有意无意地"修改"，何智丽的一些话成了：

"我为拥有日本这样的祖国而自豪。"

"我最大的心愿就是打败中国人！"

"我终于战胜支那人了。"

这些"语录"，更是在当时的国内掀起了滔天巨浪。

有人曾说，中国乒乓的"海外兵团"那么多，打败中国选手的人

---

① 《光明日报》，1994 年 10 月 14 日，特派记者罗京生。

也很多，但为什么当时大家只恨小山智丽？

一种解释是：因为她代表日本，喊着"哟西"，打败了中国人。

若干年后，小山智丽在做客国内一档访谈类节目时表示，她平时一直喊"哟西"，甚至在国内打球时就喊，并不针对谁。

5

事实上，1994 年的广岛亚运会，是当时已 30 岁的小山智丽的最后巅峰。

在那之后，她除了在 1996 年拿到过一次亚洲乒乓球锦标赛女单冠军，以及连续六年蝉联日本乒乓球女单冠军之外，再也没在世界舞台上拿到过什么成绩，也不可能再对中国女乒造成任何威胁。

但是，就是那个亚运会乒乓球女单冠军，却让小山智丽成了整个中国乒乓球史，甚至中国体育史上不能忽略的一个人物。因为她让国人一直在审视个人与集体的利益该如何协调，祖国与入籍国的感情该如何归属，以及，那个一直困扰着中国体育优势项目的名词：让球。

2008 年，中国改革开放 30 年，《南方人物周刊》曾做过这样一项调查：你心中影响时代的 30 位中国人都有谁？

在这份 30 人的名单中，居然出现了一个可能早已不为 90 后知晓的乒乓球选手的名字——

当然，是她的中文名字：何智丽。

馒头说

想和大家说两个小故事。

第一个故事，发生在 2005 年，第 48 届世界乒乓球锦标赛在上海举行。当时我作为记者，在一次聚会上，碰到了两个在中国乒乓球历史上足以留名的人。一个是庄则栋，另一个，就是小山智丽。

我和小山智丽没说几句话，就记得她穿的是职业套装，妆容得体（当时她已和丈夫离婚，因为对方出轨）。

一位记者同行告诉我，之前何智丽去上海某小学参加活动，与一位区领导"切磋切磋"，结果何智丽打得非常认真，一个球也没让领导赢。

我听到这个就笑了起来，这可能就是"性格决定命运"吧。

然后我就想起了陈静后来回忆何智丽的话："现在想想，让球确实不应该，尤其当时比赛少，拿冠军的机会多难得啊！这次让掉了，下次就不知道要等到何时了！"

每个运动员，都是有血有肉的人，不是机器。渴望获胜，应该，也必须是每个职业运动员的本能吧。

第二个故事，发生在 2012 年，伦敦奥运会女子乒乓球单打决赛，我在现场。

那场球，在一个颇大的体育馆里举行，票价出乎意料地贵——一个球馆角落的位置，票价居然是 125 英镑。那个位置，根本就看不清场中央的球台，很多细节只能通过球馆的 LED 大屏幕观看。

关键是，那是一场没有悬念的中国球员的内战——李晓霞对阵丁宁，但场馆依然爆满。

我怀着好奇的心情，专门采访了一名坐在那个角落位置的英国男子，30 多岁，我还记得他叫艾伦。

我问艾伦，你平时打乒乓球吗？他回答，有时会打。

我又问他，你认识决赛中的两个中国选手吗？他腼腆地摇了摇头，说不太熟悉。

我说那你为什么要买那么贵的票来看？他说，因为中国的乒乓球是世界最强的，他希望带着家人，到现场来感受一下。

然后艾伦的儿子、女儿、妻子，忽然集体冒了出来，在旁边的座位一起向我打招呼。

当时我在心中默默计算票价的总和。

那场比赛，李晓霞最终以 4 比 1 获胜，丁宁眼泪都快流出来了，比赛结束后，连手都没和李晓霞握。

当时我就想，应该是场真打，不存在让球吧。

因为如果这是一场让球，我实在无法面对艾伦一家热情的加油呼喊和掌声。

第一个小故事说的是运动员，第二个小故事说的是观众。这两个小故事，就是我对"让球"的态度。

本文主要参考来源：

1.《1987 世乒赛何智丽让球内幕　陈静：她才是受益者》(江宇,《金陵晚报》, 2012 年 5 月 3 日)

2.《何智丽：我想有个家》(叶永烈,《新民周刊》, 2007 年 09 期)

3.《叶永烈："愤青"们请理解何智丽》(叶永烈,《新民周刊》, 2007 年 10 期)

4.《小山智丽是"汉奸"吗》(王安,《科技文萃》, 1994 年 12 期)

5.《谢谢你小山智丽》(徐恒足,《体育世界》, 1995 年 02 期)

6.《浅论体育报道的偏向性——以受众对小山智丽和郎平的态度为例》(张鑫,《当代体育科技》, 2016 年 12 期)

一根香烟点燃的革命

在中国近代史上，1911年10月10日无疑是个有纪念意义的日子。因为在这一天，爆发了一场改变整个中国命运的革命，这也是台湾"双十节"的由来，而这场波澜壮阔的革命，貌似是一根香烟点燃的……

1

让我们先回到这个日子的前一天——1911年的10月9日。

上午，武昌小朝街85号（现武昌复兴路紫湖村，武汉市第九中学附近）。

蒋翊武靠着桌子，正在招呼一群人开会。

蒋翊武是武汉革命组织"文学社"的社长（同时也是同盟会会员）。不要

孙中山后来称蒋翊武为"开国元勋"，这个称号孙中山只对他一人使用过

武昌起义的浮雕

以为"文学社"是个研究风花雪月的社团，其实它是一个革命组织。蒋翊武当时召集开会的，是武汉新军中已成为革命党人的标营代表。

按照清朝新军的建制，一个"标"相当于现在一个团，一个"营"即相当于现在一个营。当时，武汉驻扎的所有新军，总共一个"镇"（相当于现在一个师），12 000人左右，但其中，立志推翻清王朝的革命党军官和士兵已经接近3 000人。

按照会议的安排，这批清朝的军人，准备在10月16日搞一场大的起义，而起义的目的，就是占领武汉三镇，进而推翻他们为之效力的清王朝。

大清王朝已经坐在了火药桶上。

蒋翊武要做的，就是要点燃这个火药桶。

但就在蒋翊武他们讨论得热火朝天的时候，与武昌一江之隔的汉口，一个真正的火药桶，居然先被点燃了。

2

同一天的上午，汉口，宝善里14号。

孙武靠在窗边，正在仔细检查脸盆里的炸药。

孙武是武汉另一个革命组织"共进会"的负责人之一（也是同盟会会员）。共进会和前面提到的蒋翊武的文学社一样，都以推翻清朝为大任，所以索性就结成了同盟——蒋翊武是总指挥，孙武是参谋长。

曾留学日本，专门学习新式炸药技术的孙武，当时正在自制一个炸弹。按照计划，这个炸弹做好后，要从武汉总督衙门后围墙的武昌帽店楼上甩进总督的卧室，直接炸死湖广总督瑞澂。

孙武。因为孙中山名为"孙文"，所以不少人以为孙武是孙文的亲兄弟

当时的革命党人，就是这样血性又不失想象力。

这时候，房间里进来一个人，一个叼着香烟的人。这个人不是外人，是"共进会"另一个负责人刘公的弟弟，叫刘同。当时只有14岁的刘同，想进来看看大家是怎么制作炸药的。

房间里不可能有"此处禁止吸烟"的标语，而孙武和他的同伴们也完全没意识到这一点。

看得津津有味的刘同，顺手弹了一下烟灰。

"轰！"一声巨响。

孙武满脸是血，呆立当场，不知道是应该庆幸还是惭愧——炸药的质量实在一般，居然一个人也没炸死。

但伤情严重的他还是立刻被同伴送去了医院，同时，所有人立刻撤离。

巨大的爆炸声，很快引来了租界的巡捕。

宝善里，当时属于俄租界。

3

接下来发生的事会让人觉得，这批革命党人的革命经验，基本为零。

孙武他们制作炸药的宝善里 14 号，居然同时也是"共进会"的机关总部。策划起义用的大量旗帜、标语，都没来得及拿走。

最要命的是，还有一本起义人员名册。当时，这本起义人员名册是锁在保险箱里的，但钥匙在一个叫邓玉麟的人手里，他出门买表去了（起义军需要对时）。

闯进屋子的租界巡捕随后搜到了所有的东西，包括那本名册，大惊失色，立刻全部交给了湖广总督瑞澂。

这还不是革命党人下的最后一步臭棋。

因为怕名册被清政府搜去，"共进会"的负责人刘公，想来想去，还是决定派自己的弟弟刘同，潜回宝善里 14 号，拿回名册。

自己挖的坑自己填，后悔多吸一根烟的刘同，只能硬着头皮再回去。

然后就被守候在那里的巡捕一举抓获。

14 岁的孩子能懂什么呢？刘同一被抓获，立刻就招供了：他们是在准备一场起义……

湖广总督瑞澂大喜过望，立刻决定全城戒严，一个也不准出城，然后拿着花名册，准备一个个抓人。

4

再回到小朝街 85 号。

1911 年 10 月 9 日，下午。

蒋翊武一得知宝善里炸弹爆炸的消息，就知道事情要糟。

武昌小朝街 85 号

是坐以待毙，还是殊死一搏？

当然是后者。

蒋翊武马上做出了一个决定：就在当晚，提前起义。

蒋翊武以"总司令"的名义，下达了"十条十款"起义令，命令在 10 月 9 日晚上 12 点整，以南湖炮队鸣炮为号，城内外各军一齐行动。

这封命令用复写纸被抄写了 30 份，在下午 4 点由专人分送到各标营。其中最重要的一封，是给南湖炮队的，因为他们将担负"发令枪"的责任。蒋翊武特别关照那位同志："事关全局，最为紧要。"

接下来，蒋翊武决定死守小朝街 85 号不走了——革命爆发时需要各方面的联络和指挥，只要南湖炮队炮声一响，这里就不再危险了。

晚上 11 点，蒋翊武没有等到南湖炮队的炮声，而是等到了拿着花名册抓人的警察。

听到楼下敲门声的时候，蒋翊武就知道事情不对了。他对同伴说了一句："事已至此，不要慌！"然后抄起一颗炸弹就带头往楼下冲。同为革命党骨干的刘复基、彭楚藩、杨宏胜等人拿着炸弹，跟在后面。

面对涌入的大批警察，刘复基抬手就甩过去两个炸弹——革命党人的制作工艺实在太差，炸弹该响的时候，没响。

随即所有人被捕。

如果是在打电子游戏，屏幕上是时候出现如下一行英文了：Game Over（游戏结束）。

或者就像是在"斗地主"时，清政府手里一把王炸三个2，革命党手里一把散牌，还能往下打？

但就是这样的一局牌，都能有反转。

5

首先，蒋翊武居然逃出来了。

之所以能逃，是因为他没剪辫子。当时他留着长辫，穿着长马褂，一副路人的样子，而且他就是按照路人的台词表演的："我只是路过看热闹的，你们抓我干吗？"

这个时候，革命队伍里没有叛徒的重要性就凸显无遗——敌人没有一个认识蒋翊武的，自己人没有一个出卖蒋翊武的。

警察真的把蒋翊武当成了路人，根本没严加看管。于是，在同伴的帮助下，蒋翊武晚上瞅了个机会，翻过围墙就跑了。

其次，湖广总督瑞澂急于邀功，居然以为已经扑灭了革命之火。

在抓了32个人后，瑞澂通告全城："此次匪巢破获，可以安堵一方。须知破案甚早，悖逆早已消亡。"

然后，又急吼吼地向清廷发电："瑞澂不动声色，一意以镇定处之。""俾得弭患于初萌，定乱于俄顷。"

但是，一手烂牌的革命党人，厄运还没有结束。

因为已经获悉了革命党人的计划，武昌城全城戒严，所有营房的士兵都不准外出，不能与外界接触。

那位最重要的给南湖炮队送信的人，没能把信息传递过去。

换句话说，蒋翊武原来死守小朝街85号，是毫无意义的。

更重要的是：大家都知道今晚要起义，但是，没人打发令枪了。

而这时候，蒋翊武觉得起义暂时已无法发动，决定离开武汉，先到附近的监利县避避风头。

武汉革命党人的总指挥差点被抓，外出避难，总参谋长被炸弹炸伤，还在养伤。

这场迫在眉睫的革命，到底是爆发，还是不爆发？

6

时间到了1911年10月10日，晚上7点。

武汉新军第八镇工程营。

离原来约定的起义时间，已经过去了19个小时。

全城戒严中，二排排长陶启胜开始查房了。在查房的过程中，陶启胜发现正目（相当于班长）金兆龙和士兵程正瀛在擦枪（一说在睡觉，"擦枪说"出自熊秉坤回忆录，可信度高），旁边放着一堆子弹。

在全城紧张的气氛中，陶启胜立刻质问这两个人在干什么。

"以防不测。"金兆龙回答。

"是不是想造反？"陶启胜一把抓住金兆龙。

"造反又怎样！"金兆龙索性豁了出去。

"来人！抓起来！"陶启胜对外面的人大喊，然后脑后就挨了一枪托——一旁的士兵程正瀛动手了。

熊秉坤，因为组织第八营率先起义，被孙中山称为"武昌第一枪"，后又被人称为"熊一枪"

情知不妙的陶启胜转身就跑，程正瀛抬手一枪，正中陶启胜腰部。

武昌起义的第一枪，就是这样打响的。

枪声惊动了营外的工程营的代理管带阮荣发、右队队官黄坤荣和司务长张文涛，他们闻声奔进营内，结果被程正瀛及其他闻讯赶来的起义士兵全部击毙。

阮荣发临死前还喊了一句："此事做不得！要诛九族！"

枪声同样惊动了营外的另一个班长：熊秉坤。

熊秉坤绝不是一个普通的班长，而是革命党在工程八营的总代表。就在前一天起义计划暴露之后，熊秉坤在10日的早餐时间就串联好全营的革命弟兄：名册已经被搜集去了，反正是一死，晚上听枪声，起义。

只是这一枪，不是熊秉坤先打的，而是程正瀛打的。

既然枪声已响，熊秉坤就索性吹起了哨子——全部集合！开干！

7

枪声响起的时候，武昌城内各个军营都已经开始骚动起来。

虽然没有了总指挥，也没有了参谋长，但新军各营的革命士兵，就像昨天孙武脸盆里的那盆火药，只需要一个香烟火星，就能引发剧烈的爆炸。

接下来的故事，大家都已很熟悉：起义军占领了军火库，炮轰了总督府，一夜激战，占领武昌全城。

一天后，汉阳起义成功。

两天后，汉口起义成功。

四十八天后，清朝内地十八个省，有十四个省宣布独立。

八十一天后，亚洲第一个共和国——"中华民国"宣布成立，孙中山就任临时大总统。

一百二十四天后，清帝溥仪宣布退位，清朝灭亡。

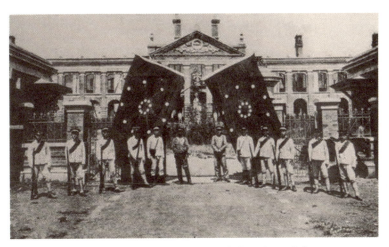

武昌起义革命军，背后是革命军旗帜"十八星旗"

馒头说

读完本篇会觉得"武昌起义"完全是一场偶然事件。

其实，历史哪有那么多偶然。

在当时的历史背景下——就像我在文中提到的那样——中国就像

宝善里 14 号那个堆满火药的房间，只需要一点火星，就可以点燃。

更何况，武昌起义毕竟是事先做过很多准备工作的。虽然起义的前夜和当天，各种场面都显得有些乱，但历史的大方向是绝对不可能改变的，不是 1911 年 10 月 10 日，也会是在未来不远的某个日子，不是蒋翊武这批人，也会是另外一批人。

此外，虽然这篇文章的笔调有些轻松，但那场革命，是真实且惨烈的。比如那一夜一起被捕而没有逃出的蒋翊武同伴刘复基、彭楚藩、杨宏胜三人，被拷打后坚决不吐露一点情报，在凌晨都被斩首示众。

而在那一夜被人熟知的那些名字：蒋翊武、孙武、程正瀛、金兆龙、熊秉坤、邓玉麟，他们人生的结局都不美妙。

这才是真实的历史。

并不是每一段历史，都有那么多的巧合可以说，有那么多包袱可以抖。

但也正是因为历史永远是那么冷酷无情，所以，所有理想坚定，并勇于为之奋斗甚至献身的人，都值得我们尊敬和铭记。

两个大总统，你选哪个？

这个故事要说的是两个总统。一说起总统，我们总会想起美国，但我们今天要说的，是中国的总统，一个是中国历史上第一个临时大总统，一个是中国历史上第一个大总统。

1

1912 年 2 月13 日这一天，中国历史上发生了一次重要的权力更替。

南方的中华民国临时大总统孙中山，就在这一天，将总统之位让给了北方的袁世凯。

这是中国近代

孙中山（左）与袁世凯（右）

史上一次重大的历史事件。

对于这件事，从初中到高中的历史教科书的叙述，一般是给人这样的印象：一直领导革命的孙中山不忍国家继续遭受战火，高风亮节，选择让位，而袁世凯窃取了辛亥革命的胜利果实。

所以相信有不少人一直会有这样的不忿：孙中山怎么那么傻？如果换作我，肯定不让！

所以，今天我们就要来讨论这个问题：回到那个中华民族走向共和的黎明前夜——处在当时的环境——到底谁更适合当大总统？

2

我们首先来看看，保障登上权力最高宝座的第一要素：枪。

"枪"就是军队，枪杆子里出政权嘛。

1911 年 10 月 10 日，武昌一声枪响，全国革命形势星火燎原。但有一点必须看到，同盟会以及各种革命团体进行革命乃至取得成功的主要依托力量，其实是清朝在各地的新军（除上海、广东和广西是民

着 1905 式清军服的官兵和军乐队

兵商团起义外，其余各地都是新军起义）。

新军是甲午战争惨败后，清朝政府痛定思痛，决定有别于八旗兵和绿营，按照西式方法操练、装备和建制而建立的，是全国最有战斗力的军队。

而最早体系化操练新军，建立一系列规章制度的，就是袁世凯。

凭借当年的"小站练兵"，袁世凯建立了一支忠于自己的强大军队，培养了一批后来赫赫有名的北洋系将领：冯国璋、段祺瑞、王士珍、曹锟……到了辛亥革命前夕，以当初袁世凯编练的新军为基础，全国的新军完整编制达到14镇（一镇基本相当于现在一个师）、8个混成协（相当于旅）、4个标（相当于团），而其中无论是战斗素质还是武器装备，遥遥领先的，就是袁世凯的"北洋六镇"。

相比之下，孙中山其实是赤手空拳的，身边除了一批热血沸腾的革命志士外，没有真正属于自己的一兵一卒。

当时，革命军和北洋军的战斗力差距到底大到什么程度？

袁世凯麾下的北洋军当时接受清朝官员检阅的照片。北洋军的战斗力当时在全国首屈一指

我们以清军反攻湖北军政府占领的武汉三镇战役为例。

1911 年 10 月 30 日,袁世凯仔细盘算好了局势,在清廷的催促下,乘坐专车进驻湖北孝感,亲自督战北洋军对起义的湖北军政府发动全面进攻。

与袁世凯同时抵达武汉前线的,是被革命党人称为"军神"的黄兴。黄兴抵达时,当时的湖北军政府都督黎元洪专门让人做了一面大旗,上书"黄兴到"三个大字,然后派人骑马举旗,在武昌和汉口的街道上来回奔跑,沿途欢声雷动。

然而在袁世凯的强大军事实力面前,根本就没什么用——同样是新军对新军,北洋军只用了两天,就攻克了汉口。

当时在汉口的英国传教士埃德温·丁格尔回忆:"革命军中有许多军官,然而看上去全无秩序。每个人都随心所欲,各行其是。"

从黄兴后来组织的一场试图收复汉口的反击战中,多少可以看出当时革命军的实力。

黄兴。1916 年积劳成疾,吐血而亡,终年 42 岁

按黄兴的计划,革命军应该分三路出击汉口,结果第一路的成炳荣部把出击方向搞反了(因为成炳荣喝醉了),官兵们走冤枉路走得筋疲力尽,结果无法出击;第二路杨选青部根本就没行动,因为杨协统(旅长)当天结婚;第三路由黄兴亲自统帅部队,结果手下的甘兴典部带头溃逃,拦都拦不住。

北洋军攻克汉口,在与清廷进行各种讨价还价和恐吓威逼之后,如愿成为"内阁总理"的袁世凯在 11 月 17 日,又命令悍将冯国璋率军进攻汉阳——9 天之后，汉阳陷落。

攻克汉阳后，清军完全可以一举拿下武昌，彻底端了湖北军政府的老巢，但袁世凯却下令冯国璋停止攻击。

袁世凯需要湖北军政府的存在，因为那是他和清廷讨价还价的重要筹码。

在之后的时间里，袁世凯的军队将炮口对准武昌，一边和革命党议和，一边逼清廷退位。其间不开心时，就下令向武昌城开几炮，震慑下革命党。

在袁世凯的军事实力面前，革命党人完全像是被他捏在手里的小鸟，根本动弹不得。

3

比拳头，比不过，那么再来看看第二个要素：钱。

对于百废待兴的政府来说，钱有时候可能比枪更重要。

1911 年 5 月 3 日，孙中山（前排右二）在美国芝加哥召集会议，同与会者合影留念

让我们把镜头对准 1911 年 10 月 12 日，辛亥革命刚刚爆发时的孙中山。

孙中山亲笔写的《革命原起》中记录，那一天，他并不在国内，而是在美国科罗拉多州丹佛的一家旅馆里睡觉。

那天，孙中山一觉睡到中午，醒来后，得知了武昌起义的消息。

但是，孙中山并没有选择立刻回国。

他曾说过，自己最快 20 天就可以返回国内，亲自参加战斗"以快平生"，但他之所以没有那么做，是因为他认为此时他自己最大的作用，不应是在国内的革命前线，而应是在"樽俎之间"——去和西方列强应酬。

和西方列强会面的最主要目的，就是筹钱。

孙中山首先写信给美国国务卿要求会晤，但没有得到任何回音。

随后他就离开了美国，去了英国，当时他希望能得到 50 万英镑的借款，但是，最终没有拿到一分钱。

随后他又去了法国，他试图向法国东方汇理银行贷款，但又遭到了明确拒绝，他得到的回复是："四国银行团[①]对此态度完全一致。银行团和它们的政府决定就财政观点方面严格采取中立，在目前情况下既不发行贷款，也不预付款项。"

孙中山无奈之下只能起身回国，在 1911 年 12 月 25 日回到上海。

在孙中山还没抵达上海之前，就有舆论在说，孙中山这次回来，带回来很多钱，甚至还带回了军舰。而孙中山在抵达后回答《大陆报》采访时说："予不名一钱，所带回者，革命之精神耳！"

革命当然需要精神，但没有钱，也是万万不行的。

在临时政府成立前，孙中山曾邀请民族实业家张謇担任财政总长

---

① 1910 年由英、美、德、法四国在华开设的汇丰、花旗、德华、东方汇理四银行组成四国银行团，企图垄断对华贷款。

1911 年 12 月 21 日，孙中山与欢迎者在船上合影

（后出任临时政府实业总长），张謇给孙中山算过一笔账：要维持临时政府的运转，每年至少需要 1.2 亿元，但临时政府的收入只有 4 000 万元，还有 8 000 万元的巨大缺口。

张謇告诫孙中山，要各国承认临时政府，一是看政府有没有统一的军队，二是看政府有没有能力支配财政。

但何止 8 000 万元，连计划中的 4 000 万元（3 000 万元关税，1 000 万元盐税），都收不上来。

为此，孙中山只能发行军用钞票 100 万元，但因为政府信用不够，很快失败。随后又发行中央公债 1 亿元，结果只卖出去 500 万元。

各地财政都不支持中央政府，还反过来要钱。安徽都督孙毓筠派专使到南京来要钱，孙中山大笔一挥，批了 20 万元，专使拿着总统孙中山的批条去财政部领款，得到的答复是：库里只有 10 块大洋了。

在这样的情况下，孙中山只能饮鸩止渴——向日本借款。

孙中山首先想出让的是汉冶萍公司股权。汉冶萍公司是当时中国综合铁矿、煤矿和炼钢为一体的大型企业，日本垂涎已久。孙中山的提议遭遇了各方反对，尤其以当时的实业总长张謇最为激烈：其他项目都可以和外国人合资，唯独铁厂铁矿不行；如果一定要和外国人合资，唯独日本人不行！

张謇没劝住孙中山，最终愤然辞职。但最后在巨大的压力下，孙中山还是放弃了和日本合作。

张謇，清末状元，民族实业家。向孙中山辞职后，他选择了袁世凯政府，后出任农商总长，但在袁世凯称帝前愤然辞职

1912 年 2 月 3 日，走投无路的孙中山又会见了日本政界和财界的联络人森恪，森恪提出：为防止俄国人南下，临时政府可以将满洲交给日本来保护，以此换取日本 1 500 万元的资助。

面对这样荒唐的要求，孙中山竟然答应了："余等希望将满洲委托给日本，而日本给革命以援助。"[1]

然而，日本政府的答复更荒唐：钱不借，孙中山必须向袁世凯妥

---

[1] 《孙中山年谱长编》上册，陈锡祺主编，中华书局，1991 年。

协，委托满洲的问题我们倒是可以继续谈。

之所以孙中山会做出那种冒天下之大不韪的事，是因为当时临时政府的财政已经顶不住了——革命军的部队，每天到陆军部领军饷的都有数十支，武汉前线的部队，已经出现了小规模的哗变。

巧妇难为无米之炊，没有钱，孙中山拿什么来维持临时政府？

4

没有枪，没有钱，那么就比人心吧！

孙中山作为革命的先行者和领袖，在当时应该是万众归心吧？

真的未必。

我们先来看看当时西方列强的态度——只取得局部胜利的革命军是否算革命成功，很大程度上取决于列强是否承认他们的政府。

1912 年 1 月 1 日，孙中山宣誓就职临时大总统，南京临时政府成立。成立后的第四天，孙中山就以临时大总统的名义发表《宣告各友邦书》，希望各国尽快承认南京临时政府。

一个月过去了，各国没有丝毫反应。

2 月 10 日，美国驻华公使馆参赞邓尼正式回复孙中山：美国不承认南京临时政府。

和美国持相同态度的，还有俄国和日本。日本的态度，在孙中山借款时其实已表露无遗，他们甚至宣扬要用武力维持中国的君主政体。

列强中，英国和法国没有表态。但法国和俄国是盟友，英国和美国是盟友。其实，从早前孙中山去英法借款未果，就可以揣摩出这两个老牌帝国主义的态度。

那么，不承认孙中山的临时政府，列强希望承认谁？

早在武昌起义的第二天，美国的《纽约时报》就发表了社论，那篇社论里的一句话，其实已经表露了西方列强一致的态度："袁世凯是唯一能将和平与秩序给予中国的人。"

外部势力不支持，那么内部呢？令人遗憾的是，不被国际社会承认，又面临袁世凯的压力，孙中山的同盟会已经开始慢慢发生了分裂。

一方面，越来越多的革命党人开始追名逐利，拉帮结伙，跑官要官。另一方面，同盟会骨干宋教仁、谭人凤、陈其美等已经开始策划成立新的政党，而张謇、伍廷芳等立宪派也成立了一个叫"共和统一会"的政党组织。黎元洪和武昌首义的革命党人之间甚至发生了流血冲突。

当初同盟会的骨干和各省都督之所以愿意推举孙中山为临时大总统，很重要的一个原因还是出于现实考虑：可以利用孙中山的声望获得列强的承认，并争取财政的援助。

当这一切都没有实现的时候，开始有人逼迫孙中山让位了。

一天深夜，革命党内一个声望很高又长得很帅的年轻人找到了孙中山，直截了当地希望他让位于袁世凯，并指出："先生岂欲作洪秀全第二，据南京称帝以自娱，违背驱除鞑虏之誓言乎？"

当时说出这句让孙中山"勃然变色"之话的那个无畏青年，名字叫汪精卫。

而早在1911年的12月9日，汪精卫还接到过另一个人拍给他的电报，其中写道："项城①雄才英略，素负全国重望，能顾全大局，与民军为一致之行动，迅速推倒清政府，令全国大势早定，外人早日承认，此全国人人所仰望。中华民国大统领一位，断推举项城无疑。"

拍这封电报的，是声望并不亚于孙中山的同盟会二号人物，黄兴。

---

① 袁世凯是河南项城人，人称"袁项城"。

　　虽然革命党人对袁世凯始终抱有警惕心理，但在当时内忧外困的形势下，很多人都已经无奈地把信任票投向了他。

5

　　枪、钱、人心，都已有所交代，最后再来比比"人"。

　　就是袁世凯和孙中山这两个人本身。

　　毫无疑问，孙中山是一名出色的革命家，意志坚定，理想崇高。但他的不足也很明显：虽有丰富的革命斗争经验、火一般的激情，但缺少必要的治国理政经验。更重要的是，长期在海外漂泊的他（被清政府通缉），除了威望之外，并没有自己的军队和可靠团队。

　　而当时的袁世凯恰恰拥有孙中山所缺少的。

　　袁世凯 26 岁就领正三品衔代表清廷镇守朝鲜（相当于朝鲜的太上皇了），在朝鲜 12 年间多次粉碎日本吞并朝鲜的图谋，成绩可圈可点（从日本人多次暗杀袁世凯就可侧面印证他的工作成绩）。

　　甲午战争后，袁世凯大力发展工矿企业，修筑铁路，创办巡警，整顿地方政权，开办新式学堂，包括编练新军，各方面都颇具成效。可以说，从资历、能力、经验、实力、人脉等各个方面看，当时

43 岁的袁世凯就任直隶总督。袁世凯在小站练兵时，能叫出每一个班长的名字，经常和士兵同吃一锅饭，睡一条炕。发饷时，他亲自到场，防止长官克扣。士兵往往泪流满面，感恩戴德

全中国要找出一个能和袁世凯比肩的，确实很难。

1912 年 3 月，孙中山和袁世凯有过唯一的一次会面。在那次会面中，孙中山提出了自己的宏伟计划：希望由自己主持，10 年内，在全中国修成 20 万里（10 万公里）长的铁路。后来，他又调整为 10 万英里（16 万公里）。

曾经力挺詹天佑主持建造中国第一条自主修建的铁路京张铁路的袁世凯，听完笑了笑，随即表示大力支持。

结果如何？

在孙中山提出建铁路计划的 103 年之后——截至 2015 年底，在我国大力修建铁路的背景下，中国的铁路营业里程才刚刚达到 12 万公里（中国铁路总公司提供的数据。这个里程仅次于美国，已居世界第二）。

革命需要理想和激情，但治国还是依靠理性和实践。

6

1912 年 2 月 12 日，在袁世凯的全盘控制下，清廷颁布了退位诏书。

2 月 13 日，孙中山向南京临时政府参议院递交辞呈，并同时推举袁世凯出任临时大总统。

2 月 15 日，参议院召开选举大会，17 省代表投票选举临时大总统，袁世凯获得 17 票。

中国历史上一个全新的，但依然充满混沌和迷茫的时代，就此拉开帷幕。

袁世凯与各国公使合影。在袁世凯就任临时大总统后不久，曾经明确拒绝孙中山的"五国银行团"（加了日本）随即放款 2 500 万英镑

馒头说

首先要郑重说明一点：写这篇文章，没有半点贬低孙中山先生的意思。

如果你看过孙中山早年从事革命的那些史料，你会真的很佩服他的坚定信念，尤其是那种百折不挠的精神。他的理念，以及他的行动，都使他无愧于中国民主主义革命的先行者和开拓者的荣誉。

但另一方面，他一生的重要对手袁世凯，长期以来还是有被低估乃至过分贬低的嫌疑。

由于篇幅所限，无法呈现袁世凯逼宫清廷的前前后后，可以说，袁世凯在 1912 年前后逼迫清廷退位，是一场完全值得纪念的"不流血革命"。那真是一幕精彩好戏，袁世凯的城府、手段、胆识展现得淋漓尽致。

不过，对袁世凯这个人，更多的还是一声叹息。

一个各方面能力和资源都明显高过同时代任何人的枭雄，凭自己的实力开拓了一个大好局面，最后却下出了一着大臭棋。

当然，这和当时袁世凯身边一群劝进的谋士，以及他的熊儿子袁克定脱离不了关系，但他本人肯定也难辞其咎，错误估计形势，去开历史的倒车。

一个国父，一个国贼，一念之间，一世英名。

一战，被遗忘的 14 万中国人

1998 年，法国的巴黎，竖起了一座纪念碑。应该说这是一座战争纪念碑，但纪念的，不是将军和士兵，而是一群来自远方的中国人。

1

如果问你：中国有没有参加第二次世界大战？

你无疑会很快回答：当然！而且在这场波及全世界的反法西斯战争中，中国是牺牲最多的国家之一。

那么如果再问你：中国有没有参加第一次世界大战？

你可能就会有点吃不准了。

事实上，中国参加了，只是没派军队——在第一次世界大战期间，中国派出了 14 万劳工，远赴欧洲战场。

整整 14 万中国劳工。

一战欧洲战场的中国劳工

2

故事，自然要从第一次世界大战说起。

1914 年 7 月爆发的这场世界大战，虽然开始得有些莫名其妙，但确实在全世界范围内都产生了广泛的影响，当然，也波及了当时远在亚洲的中国。

彼时，中华民国刚刚建立，国内正乱作一团，袁世凯在安抚各方势力的同时，悄悄做着帝国皇帝的黄粱美梦。面对谁都不能得罪的欧洲列强，北洋政府很快表明了自己对于一战的态度：中立。

但北洋政府里，有人不同意这样的选择。其中的代表人物，叫梁士诒。

后人对梁士诒评价不高，因为他一是"拥袁称帝"，二是被认为"亲日卖国"。但在那个时期，一直做到内阁总理的梁士诒，见识和能力，在北洋政府内都属于不错的。

梁士诒并不是一个战争狂，但他力主中国应该参加一战，而且要

梁士诒当时是袁世凯的亲信，总统府秘书长，后来主管过交通和财政

明确站队——站在英国和法国也就是协约国这一边。他之所以这样坚持，是因为就在一战爆发一个多月后，他就通过分析得出结论：两线作战的德国人必败！

所以，梁士诒认为中国应该尽早表态参战，那么等到战争结束，一来可以从德国手里要回一直被侵占的山东，二来可以以"战胜国"的身份，参与到世界大家庭中。

3

以中国当时的国力和财力，怎么可能派兵参加一战？

梁士诒给出的解决办法是：派劳工，不派军队。

1915 年，梁士诒开始派人和英国驻华公使朱尔典接触，询问是否可以以派遣劳工的方式，帮助协约国。

但英国人明确拒绝了这一要求——他们也看出了中国的意图。朱尔典在发回英国外交部的报告中提到："在我看来，中国新一代政治家致力于中国（在国际社会中的）平等地位及在战后拥有发言权。如果这一目标不能保证，他们是不会同意其同胞驰援欧洲战场的。"

英国人知道，只要接受中国的援助，无论是劳工还是军队，都会让中国加入协约国的一方，进而让中国在战后以战胜国的姿态和他们一起享受权益。

所以，英国人拒绝的理由，摊开来说就是一句话：你们不配！

但是，战局的发展，却让英国和法国越来越扛不住了。

1916年2月，著名的凡尔登战役爆发，法国军队伤亡超过50万，史称"凡尔登绞肉机"。1916年6月，索姆河战役爆发，英国军队伤亡超过40万（法国又赔进去20万士兵），史称"索姆河地狱"。

凡尔登战场的炮弹壳

经历了两年多的战争，英国和法国国内的男性青壮年几乎都被征召入伍，奔赴前线。后方劳动力奇缺，工厂里的大量岗位已经是由妇女来承担了。在这场惨烈大战还看不到结束迹象的时候，"人"成了决定胜负的一大砝码。

所以，英国和法国自然想到了世界第一人口大国：中国。

4

1916 年 5 月，天津大经路（今中山路）突然出现了一家叫"惠民公司"的机构。这家公司没有其他的业务，就是专门负责招聘劳工，然后向陷于一战泥潭的英国和法国输送劳动力。

之所以设立这家公司，是因为当时的北洋政府还没有向德国宣战，不愿意得罪德国，所以一定坚持要以公司的名义运营。

江苏丹阳的农民朱桂生（他是最后一个辞世的华工，活到 105 岁）曾回忆当初看到的招聘广告："带着至少 5 年的合同去法兰西吧！你的年收入将达到 2 000 法郎，回来时你将成为大富翁！"

原文肯定与朱桂生的回忆有出入，但大致意思是差不多的。由此可见，当时吸引华工去欧洲的主要诱惑，是钱。

到底有多少钱？

按照当时给出的标准，去欧洲的普通华工，每人每天可以领到 1 法郎，如果是工头或管理者，还会更多一些。这样算下来，一个普通华工一个月能拿到 25 法郎左右（当时 1 块银圆兑 5 法郎）。还有一部分工资则直接支付给华工家庭，每月 10 银圆。

当时的一块银圆，能买 30 斤上等的大米，还有近 10 斤的猪肉。而一般的体力劳动者在国内的报酬，也就每月四五块银圆。所以说，这个招工条件，是相当优厚的。

告示一贴，报名者无数。

当然，对于应征者，法国和英国也有考核。他们会进行严格的体检，只挑那些身强力壮的。为了找到更合适的"工源"，英国后来索

当时英国设立在威海的简易劳工营。劳工要先在这里培训再去欧洲

性把"招工办"从香港搬到了山东威海。法国人也认为，山东人更能适应他们国家的气候。所以在奔赴欧洲的华工中，绝大部分都是山东人（法国人后来回忆，他们到了法国之后每天都要吃苹果）。

1916年8月，第一批大约1 000名华工，搭乘轮船抵达法国马赛港。

很多甚至之前连村子都没出过的淳朴中国农民，来到了一个他们从未接触过的世界，以及，惨烈的战场。

5

在先后抵达欧洲的14万华工中，英国人分走了10万，法国人分走了4万，法国后来还转借给美国人1万名华工，为美国欧洲远征军服务。

按照最初的约定，中国派出的华工是不参加战斗的。但实际上，在战火连天的欧洲战场，他们怎么可能置身事外？

　　前面提到的那位朱桂生，编号"27746"，一开始被送到法国拉罗谢尔附近的面粉厂工作，后来人手吃紧，就被安排向前线运送粮食弹药。

　　在法国的朱桂生还算是幸运的。英国招收到华工后，直接把他们都投放到了前线：挖掘战壕，修筑工事，掩埋尸体，清扫地雷，修路架桥……英国人用华工替代了自己国家的码头工人和运输工人，让他们承担了最艰苦、最繁重甚至是最危险的工作。

华工在战场上紧急修复被炸毁的铁路

　　可能你现在很难想象，一群从农业国家走出来的人，进入现代文明国家中，并且直接遭遇最惨烈的战争，会是怎样一幅景象？

　　有一批华工刚刚抵达英国阵地，恰逢德国的轰炸机前来轰炸。第一次看到飞机的华工们纷纷走出工事好奇地抬头看天，然后被扫射和轰炸得血肉横飞。

1917 年 2 月，运送华工的法国轮船"阿陀斯号"遭遇德军潜艇的伏击，船体被一发鱼雷击中，船上的 540 名中国劳工全部遇难。

一位名叫张邦永的华工后来回忆，他们有些工作的地方，和敌人的战壕也就相距 50 米左右。华工就站在敌人的面前挖战壕，战壕都挖好后，英国士兵才进来。

还有更悲壮的。

在 1917 年法国皮卡第的一场战斗中，德军突破了防线，直接冲入了英法联军的阵地，正在挖战壕来不及撤退的华工们，只能用铁锹、镐头与德军展开肉搏。当英法援军赶到时，大部分华工已经战死。

搬运炮弹的华工

在这个过程中，中国人吃苦耐劳的精神和聪明的天性，给欧洲人留下了深刻的印象。

华工最初都是承担最底层的体力工作，但很快，他们就成为各个工厂中的"第一流工人"。在那个时候，在法国后方的港口、车站、仓库等任何地方，只要看到有起重机，在里面操作的基本都是华工。法国海军还专门声明：外籍劳工，他们只要华工。

存放在威海档案馆里的一份英国陆军 1918 年的报告显示："中国劳工是所有外国劳工中最优秀的……大多数劳工都能熟练地工作或者说能很快掌握工作技能，而且他们一直都在铁路、兵工厂和坦克车间高效率地工作。"

而法国军队总司令福煦，也曾在给法国总理的信中写道："（华工）是非常好的劳工，他们可以成为最好的士兵，在炮弹的狂射之下他们能保持很好的姿态，毫不退缩。"

6

然而，华工们得到的待遇，却配不上他们的付出。

原本合同上签订的"包吃包住"，到了国外，都被推翻了。华工的伙食费、置装费、医疗费等，都是要在薪金中扣除的。一个普通华工，每个月可能只能拿到原先承诺薪水的一半。

比起克扣薪水，让华工更不能忍受的，是人格上的歧视。

每一个华工手上，都有一个铜镯，上面有一个属于他自己的编号，没有人会记住他的名字。所有的人，都被集中营式管理，平时不准外出。

法国人对华工要宽松一些，比如允许他们穿着平民服装去酒吧或咖啡馆，但英国人却因此提出抗议，认为法国人这样管理，会加大英国人管理的难度。

英国人对华工的管理非常严格，不仅施行集中营式管理，对不服从命令的华工，动辄鞭打，甚至枪决。在后来被发现的英国人用来和华工交流的语言手册上，都是命令式的语句，其中还有一句："这是欧洲人用的厕所，中国人不准用。"

　　1917 年，几名华工因为内急使用了英国人的厕所，被捆起来残酷殴打，最终引发了华工的一场暴动。

在法国一家火药厂里工作的华工

　　有些之前连飞机都没看到过的华工，在天天遭遇轰炸之后，精神失常了。也有一些华工，因为不想参加自杀性的任务（排雷），最终选择在营地里挖一个坑，躺在坑中自杀——他们相信，这样可以留一个全尸，让灵魂飘回故乡。

　　1919 年，英国议会会议备忘录上有这样一句话："华工比其他有色种族的劳工担当了更大的风险，但是他们甚至连几块小小的军功章也未能得到。"

7

　　战争，终究会有结束的一天。

　　谁也没想到，等到战争快结束的时候，华工竟然会成为法国女性眼中的"香饽饽"。

　　1918 年 7 月，一战已经临近尾声。有一天，一位法国姑娘跑进当地华工服务中心，她的诉求只有一个：请人按照中国人的习惯给她保媒，因为她要嫁给华工中的一个"杨先生"。

　　中国著名历史学家蒋廷黻当时就在那里服务，他接待了那个姑娘。出于好意，蒋先生提醒法国姑娘还是谨慎考虑，因为两国生活习惯相差很大。

　　但那个法国姑娘非常坚持。她的理由是，如果失去这次机会，她可能就会嫁给一个莫名其妙的法国男人——挣一点钱就喝酒，喝醉了就回家打老婆。而她和"杨"已经接触一年多了，从没发现他喝酒，而且有很多法国男人没有的优点。

　　这位"杨先生"并不是一个人在"战斗"。在当时的法国，青壮年男性大多被征召入伍，劳动力奇缺，所以很多女性不得不进入工厂，顶替男子的岗位。这样，她们就有大量的机会接触华工。

　　这些华工，都是从中国挑选过来的 18~40 岁、身强力壮的劳工，吃苦耐劳，悟性又高。而不少法国女性也发现，华工会把每月工资中的大部分节省下来，按时寄回家，剩下的生活费也花得非常节省。这种顾家和自律的性格，让她们对华工渐生好感。

　　1917 年，法国勒阿弗尔甚至还发生了当地人的聚众抗议，他们抱怨："如果法军继续伤亡的话，法国就没有男人了。因此，我们继续打仗还有什么意义？最终结果只会是中国人、阿拉伯人和西班牙人娶走我们的妻子和女儿，并且迟早瓜分我们在前线为之献身的法国领土。"

　　而法国内务总长鲍慕司甚至在媒体上发布通告说："华工多数是家境贫寒的苦力……我们法国的妇女，为什么不嫁给那些凯旋的法国士兵，而偏偏打算与黄皮肤的苦力联姻呢？希望广大法国女子迅速觉醒。"

当时很多法国工厂里，除了华工，就是妇女

　　法国的法律还规定：本国女子若嫁与外国男性，则自动失去法国国籍。

　　但针对这一点，素有"民国第一外交家"之称的顾维钧也发表了声明：中国政府可以代负相关责任。江苏籍的华工张长松和他的法国妻子露易丝，后来就是在中国驻法大使馆完成了结婚登记手续。

8

　　当然，大部分劳工还是回家了。

　　据统计，大约有 3 000 名华工因与法国妇女结婚，或者得到了新的雇用合同，最终留在了法国——他们也成了中法关系史上第一批移民法国的中国人。

从 1918 年 11 月 1 日开始，到 1921 年结束，大概有 11 万华工最后回到了中国。除去留在英国和法国的华工，大约有 2 万名华工杳无音信，埋骨他乡。其中，留下名字的，只有 1874 个。

1925 年，当时的旅法华工总会写信给法国政府，希望能开辟一个纪念华工的特别墓地，但遭到了拒绝。

直到 1988 年，在纪念一战胜利 70 周年之际，法国政府才公布了有关华工的文献，让这段历史大白于天下。

1998 年 11 月 2 日下午，在巴黎 13 区唐人街区的布迪古公园内，举行了一个庄严隆重的仪式——法国政府为一战中在法国战场上牺牲的华工竖立纪念碑暨揭幕仪式。

法国北部索姆省华工墓地

纪念碑碑文由法国和中国两国文字刻着：

A LA MEMOIRE DES TRAVAILLEURS ET COMBATTANTS
CHINOIS MORTS POUR LA FRANCE PENDANT LA GRANDE
GUERRE 1914—1918

纪念在第一次世界大战中为法国捐躯的中国劳工和战士

馒头说

1919 年 6 月 27 日，巴黎和会《凡尔赛和约》正式签字的前一天。

中国代表团首席代表陆徵祥收到了一个奇怪的包裹。他打开包裹一看，里面是一把手枪，还有一张字条："苟签名承诺日本之要求，请即以此枪自裁，否则吾辈必置尔于死地！"

寄出这个包裹的，就是当时留在法国的华工，山东省莱芜县牛泉镇上裕村农民毕粹德，编号 97237。

这无疑是让人感慨的一个故事。

当初北洋政府派出 14 万华工，为的就是能以战胜国的身份，在战后向德国讨回山东。但是，众所周知，一战结束后，列强并没有把中国视为战胜国，而是把德国在山东的权益转交给了日本。

他们的理由是：中国是"宣而不战"。

这句话，真心对不起在异国他乡同样抛头颅洒热血的 14 万华工。

有人说，华工也是为了挣工钱去的。没错，这确实是一个重要的动力，但这些华工到了欧洲战场，付出了绝对对得起那份薪水的劳动，乃至生命。他们并没有辱没中国人的形象，正相反，他们让世界从另一个角度看到了中国人的勤劳、勇敢和聪慧。

在那个风雨飘摇、弱国无外交的年代，你还需要他们做到什么呢？

千言万语，不如鲁迅的那句话：

"欧战时候的参战，我们不是常常自负的么？但可曾用《论语》感化过德国兵，用《易经》咒翻了潜水艇呢？儒者们引为劳绩的，倒是那大抵目不识丁的华工！"

二战期间，居然
还有这样的一批日本人

说起二战期间的日本人，相信大家恨之入骨。但今天要说的
这群日本人，可能和你原来知道的不太一样，从严格意义上说，
他们应该是美国人……

1

1941 年 12 月 7 日，美国夏威夷珍珠港。

作为日本联合舰队的司令长官，山本五十六赌赢了人生中下注最
多的一把牌：这一天，日本海军成功偷袭了美国太平洋海军驻扎的珍
珠港，以损失 29 架飞机的微小代价，炸沉美国海军 4 艘战列舰（另
有 4 艘被炸瘫痪）和其他 18 艘大型舰船，美军官兵被炸死 2 403 人，
炸伤 1 178 人。

偷袭珍珠港，标志着第二次世界大战的"太平洋战争"正式爆发。

当偷袭成功的消息传到山本五十六的作战指挥室时，其余人都一
片欢腾，只有山本五十六神色冷淡，他说了一句："我们只是唤醒了

被关押的日裔美国人

日军偷袭珍珠港

一个沉睡的巨人而已。"

　　应该说，山本五十六那时候可能已经想到了美国人之后残酷的报复，以及日本的军民将陷于无尽的战火之中。

　　但不知道那时候他是否会想到，有一群特殊的日本人，也将遭遇前所未有的命运。

　　那是生活在美国本土的数十万日本人，已经取得美国国籍的日裔美国公民。

2

珍珠港被袭击的第二天，在美国西海岸加利福尼亚州（靠着太平洋）的日裔，就开始感受到明显的压力。

当时的加州州长卡伯特·奥尔森和州检察长厄尔·沃伦，做出了一个让人吃惊的决定：在美国的日本第一代和第二代移民，全部被开除公职。不仅如此，他们的律师资格证和行医证都被吊销，以捕鱼为生的渔民，被禁止出海。

奇怪的是，在加州，日本的第一代和第二代移民人口只占总人口的1%（10万人左右），而在更前线的夏威夷，日裔人口占到当地人口的1/3（15万），却没有遭到什么冲击。

一开始，美国的民众还是对日裔美国人抱有同情心理，《洛杉矶时报》当时发表的评论将这些日裔公民的性格描述为"从出生接受的教育就是成为品行很好的美国人"。

但一个月过去后，随着日本在东南亚的节节胜利，在本国的太平洋舰队依旧瘫痪的情况下，美国大陆开始恐慌起来。加州检察长沃伦致电华盛顿："本州司法官员一致认为，美国出生的日本人比日本侨民更危险。"

舆论也随即开始转向。

当时西海岸有一家报纸的专栏这样写道："为什么要对日本佬这么好？他们占了停车位，他们在邮局排队时站在你前面，他们在公交车和电车上有座位。让他们受苦、挨饿吧！谁反抗

二战中的日裔美国人

就让谁死！我憎恨日本人，恨所有日本人！"

在媒体的推波助澜下，保险公司取消了日裔美国人的保单，牛奶工拒绝给他们送牛奶，杂货店拒绝卖给他们食物，加油站不给他们加油，银行冻结了他们的资产。

理发店的窗户上写着："日本佬进来刮胡子，发生意外概不负责。"饭店窗户上写着："本店会毒死老鼠和日本佬。"有些地方，日裔美国人甚至被拒绝进入公共厕所。

政客也随即加入了反日裔阵营。

爱达荷州州长蔡斯说："日本佬跟老鼠一样生活，像老鼠一样繁殖，像老鼠一样活动。"

阿肯色州州长霍尔姆说："对于日本人的习俗，或者说是怪癖，我们的人民不习惯。"

这个杂货店的日裔美国人老板在"珍珠港事件"发生的第二天就贴出了这个标语：我是美国人。但之后他也被抓走关押了

堪萨斯州州长佩恩说："堪萨斯州不要日本佬，不欢迎日本佬。"他甚至让州警察禁止日本人的汽车在高速公路上行驶。

越来越多的州开始抵触日裔美国人，他们希望能够将本州的日本人集中管理，而能让这一愿望实现的，只有美国总统。

3

美国历史上最伟大的总统之一——罗斯福，当时正在被对日作战的各种情况搞得焦头烂额，并没有太多精力去处理国内的反日情绪。

于是，罗斯福把这件事情交给了手下人去处理，在层层转包后，美国西部防御司令德威特中将成了实际的决定人。这位将军是坚决主张将日本人集中关押管理的，"在美国，我不想有任何一个日裔人。他们是危险因素。没有任何方法可以证明他们的忠诚"。

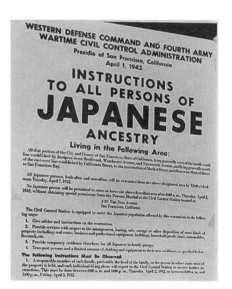

转移日裔公民的通知

1942 年 2 月 19 日，罗斯福总统签署了 9066 号行政令——作为一个深受人民爱戴的总统，那绝不是罗斯福的光荣时刻。

按照 9066 号法令，总统授权战争部建立"军事区"，可以命令"任何人或所有人"撤离。

这也就意味着，将日裔美国人驱逐并集中关押管理，成为合法行为。

3 月 27 日，是法令规

定"自愿迁移"的最后截止日期。3 月 30 日，从黎明开始，强制撤离的"第 20 号平民禁令"被贴到每一个日裔美国人家庭的家门上。被强制撤离的日裔美国人只允许携带个人物品，刀片和白酒全部被没收，投资和银行存款也全部被没收，所有的申诉和抗议全都无效。

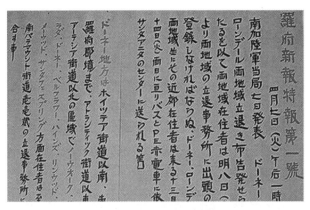

日本人生活区张贴的"重新安置"命令

等待运送大巴的日本家庭，每个人身上都系着标签防止走散

运输卡车停在日本家庭的门前,士兵在人行道上喊:"出来!日本佬!"这不由让人想起了德国士兵在欧洲的命令:"走!犹太人!快走!"

就这样,日裔美国人拖家带口,上了卡车,被送到了各个州设定的"战时安置中心",这些中心,全都设在整个国家最荒凉的土地上。

被安置的日本家庭的行李

根据当时的统计,第一代日本移民,损失的农田和设备价值7 000万美元,损失水果蔬菜价值3 500万美元(当时加州一半的水果是日裔美国人出产的),年收入减少5亿美元,损失其他存款、股票、债券不计其数。

4

那些被安置的日本家庭,过的是怎样的一种生活呢?

一个六七口人的日本家庭,在安置中心里大约能分到一间40平方米左右的"公寓"——一个用油毛毡搭起来的小木屋。屋子里有一个炉子（有的地方没有炉子）、一盏吊灯，以及床，其他的家具基本要他们用废木料自己动手做。

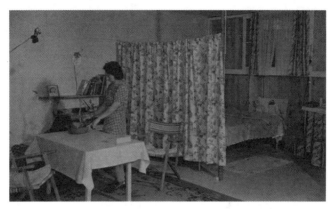

一个比较典型的安置中心日本家庭的木屋

房间里没有自来水，营房每个区共用一个洗衣房、食堂、厕所和露天淋浴室——妇女们不得不在岗哨看守的注视下洗澡。当她们提出反对意见时，看守反问她们："你们现在是美国人吗？"

安置中心的日裔美国人在食堂吃饭

最让人不能接受的是安置中心四周拉了铁丝网并通了电，有全副武装的士兵日夜巡逻，不准他们外出。晚上，强烈的探照灯灯光会照进每户家庭的窗户。

这是安置中心吗？并不是，越来越多的人找到了一个更合适的词来形容那些地方——集中营。

相比于纳粹集中营，只是食宿条件略好，没有焚尸炉和虐待而已。

在遭受了明显不平等的待遇后，那些日裔美国人是怎样反应的？

他们没有任何反抗。事实上，所有的营地都没有发生过一起暴动事件。不仅如此，就连营地看守都感到诧异的是，每天早上，日裔美国人都会集合升星条旗，在他们的童子军（每个营地只有一个）打鼓吹号的伴奏下，敬礼。

加州安置中心的星条旗

每个星期六晚上，营地里的日裔美国人都会唱《美丽的美利坚》，在营地设置的课程里，最受欢迎的课程是英语和美国历史。

在艰苦的环境里，日裔美国人依然想表达自己对这个国家的热爱和忠诚，而且，他们想做的事还不仅仅是在营地里。

5

1943 年，美国和日本在太平洋战场上陷入死战，同时开始在欧洲战场派出登陆部队，兵源严重吃紧。

也就是在这时候，日裔美国人获得了当兵参战的机会。

尽管日裔美国人的二代年轻移民都对自己的家庭和父母辈遭遇的不公颇有微词，但面对当兵的机会，还是争先恐后地报名——他们觉得，只要自己在战场上表现得好一点，自己在营地里的亲人就会被照顾得好一点。

1944 年 2 月 22 日，来自科罗拉多州安置中心的 48 名日裔美国人在丹佛征兵站报名参军，准备接受体检

一批日裔美国人进入了美军情报系统，负责破译日军的密码。1943 年 4 月 14 日，美军截获了日军一份机密电报，这份电报使用的是日军当时认为"无法破译"的新密码，但美军的日裔密码专家组熟悉日文的语法习惯，仅仅用了 6 个小时就破译了密码。

4月18日，发动"偷袭珍珠港"的日本联合舰队司令长官山本五十六，在视察日军基地的飞行途中，被得知他行程的美军战斗机埋伏，其座机被击落在原始丛林中，机毁人亡。

1944年7月，日裔情报员破译了之前被标记为"无军事价值"的日军情报资料，找出了"大日本帝国"军火库存清单，使得之后美军的B–29轰炸机有的放矢，一炸一个准，大大缩短了战争进程。

更多的日裔美国人，直接投身到了一线战场，他们被整编成了著名的美国陆军第100营和第442团。

在"珍珠港事件"爆发后，原本在美军中服役的日裔美国人立刻就被隔离了出来。但让美国军方头疼的是，对于这批训练有素的官兵，既不放心让他们参战，也不放心让他们解除现役恢复平民身份。想来想去，美方决定把他们组成第100营，投入欧洲战场（之后又组建了442团）。

日裔美军参加的主要是欧洲战场对意大利的作战（对手主要是纳粹德国）。当时这批部队被美国人看不起，被叫作"土拨鼠部队"[1]，艾森豪威尔甚至拒绝接纳他们。

但抱着为家人一战和证明自己忠诚想法的日裔部队，很快就以不怕死的战斗姿态震惊了盟军。面对剽悍的纳粹德国军队，100营和442团的日裔士兵仿佛不要命一般地拼死攻击，打到激烈时，不少日裔美军高喊着口号直接冲向德军阵地做自杀式攻击。

这两支清一色由日裔组成的美军，转战意大利北部和法国南部，参加了大大小小数十场战斗。被称为"土拨鼠营"的100营，后来被称为"紫心营"，因为他们获得了不计其数的紫心勋章。

442团的战时伤亡率达到314%，阵亡人数达到了刚组建时的3

---

[1]　因为日裔美国人身材矮小，且善于偷袭，故有此称。——编者注

倍，依靠不断继续补充日裔士兵才保持建制完整，成为二战期间美军伤亡率最高的步兵团，但也是整个美国陆军历史上获得荣誉最多的团级部队。

1945 年 4 月，第 442 团受命进攻德军防守的"哥特防线"，这条防线盟军足足打了 6 个月没有攻克，442 团抵达后，仅打了一天就渗透了防线，三周之内把德军赶到了波河流域，把美军高层看得目瞪口呆

整个 442 团（后第 100 营并入，保留番号）有 18 143 人次获颁各种勋章，所获荣誉包括 7 次总统集体嘉奖（美军著名的 101 空降师只获得 2 次，陆战 1 师仅获得 3 次）、21 枚荣誉勋章、52 枚优异服役十字勋章、560 枚银星勋章、22 枚军团勋章、4 000 枚铜星勋章和 9 486 枚紫心勋章等。

据说二战结束后，美国总统杜鲁门要检阅一支战争中最出色的陆军部队，结果一查下来，是 442 团，考虑到多方面因素（整个二战的美军，难道就日裔美国人打得最英勇？），最后换了支部队。

整个二战期间，有 17 600 名日裔美国人参军，应该说，他们还

是凭借自己的表现赢得了尊重，但战争结束后，他们并未得到自己
想要的。

1945 年 5 月 10 日，一个西雅图的日本家庭从安置中心返回家里，发现玻璃已全
被敲碎，家里被洗劫一空，还到处喷了反日标语

这些日裔美军士兵回到国内后，哪怕身穿制服，却依然被饭店和
理发店拒之门外，战争部试图带着日裔美军军官到西海岸巡讲，告诉
美国老百姓他们在战场上的英勇表现，但效果不是太理想。

有一次，一个农民问一个日裔美军中尉："你们连里死了多少日
本佬？"

中尉回答："到战争结束时，我们排的日裔士兵只活下来两个。"

那个农民回答："太可惜了！居然还剩下两个！"

当时的会场听众都一言不发，并没有人阻止。

最让这些军人失望的是，他们父母辈当时的农场、家园、产业，
大多数被白人占据了，并没有归还。

6

但错误总有被纠正的一天。

从 1945 年开始，陆续有日裔美国人就二战中遭受的不公正待遇提起诉讼。1948 年，美国国会通过了《日裔美国人重新安置索赔法》（The Japanese-American Claims Act）。不过，直到 1962 年，美国不过赔偿了 3 600 万美元。

1980 年，迫于日裔美国人的压力，卡特总统开始重新调查此事，并成立了专门的委员会。调查报告显示，当时在美国的日裔公民几乎没有任何不忠诚举动，设置集中营不具备军事必要性。1983 年 2 月 24 日，美国国会正式承认二战期间拘留日裔美国公民是一个错误，之后的索赔要求骤增。

1988 年，里根总统签署了《公民自由法案》，代表美国政府发表道歉，并向每个集中营幸存者提供 2 万美元的赔偿，最后总共赔偿了 16 亿美元（相当于现在的 33 亿美元左右）。

馒头说

看完这篇文章，不知道你的心情是否有点复杂。

似乎在这个故事里，美国不是想象中的美国，而日本，也不是想象中的日本。

说实话，我搜集第 442 团的照片时，看到那些穿着军装的日本人，也有一种古怪的感觉：他们穿的是美军的军装，拼死打的，是纳粹德国。

但这却是真真切切发生过的一段历史。

而也正是这段历史，才会让我们看到，日本极右翼哪怕再疯狂，但在日本国内，总有一批又一批的反战人士，发自内心地抵制战争，祈求和平。

因为他们清楚地知道，战争的机器一旦开动，卷入的绝不仅仅是交战的双方军队，还有更多无辜的平民百姓，甚至是自己预料不到的同胞手足。

那些埋骨欧洲战场的日裔官兵为之奋斗的，是全人类都认可的光明。

永远不要再有战争。

一段匪夷所思的"美国往事"

这个故事，是关于一道现在看起来匪夷所思的法令，但在当时，却被认为是理所当然。

1

让我们先来看一张照片。

这是一张刊登在 1933 年 12 月 5 日美国报纸头版的照片。

乍看上去，以为是美国人在庆祝他们的球队获得了世界杯冠军——当然，美国人只爱橄榄球，不爱足球。

或者，看上去像是一个生日派对？但从酒保双手高举的开心劲儿来看，又不像，而

美国宣布废除"禁酒令"

且也找不到"寿星"在哪儿。

其实，他们确实是在庆祝一件事，只是庆祝的事情其实很简单——就是他们手里的酒。

这一天，美国人欢天喜地：终于可以正大光明地喝酒了。

说起来真的是有点匪夷所思：在连空气中都弥漫着自由气息的美国，居然曾经像一个宗教国家一般，通过严格的法律，在全国范围内禁酒。而且，这一禁，居然就禁了整整14年。

这就是美国历史上著名的"禁酒时期"。

2

我们把时间再往前推14年——1920年1月17日。

这一天的午夜零时，美国宪法第十八修正案——禁酒法案正式生效。

这条法案规定：

1. 凡是制造、售卖乃至于运输酒精含量超过0.5%以上的饮料，皆属违法。

2. 自己在家里喝酒不算违法，但与朋友共饮或举行酒宴则属违法，最高可被罚款1 000美元及监禁半年。

3. 21岁以上的人才能买到酒，并需要出示年龄证明，而且只能到限定的地方购买。

毫无疑问，这是条相当严格的法案。换句话说，从法案颁布的那一天开始，美国其实基本上成了一个禁酒国家。

为什么会这样？

如果要分析美国禁酒令出台的背景，可能写一本书都说不完，但总的来说，主要有下面几个原因。

禁酒初期，美国开始大批量销毁葡萄酒

第一个原因，禁酒令的强制推行，来自强大的宗教背景——美国的清教徒。

1620 年，一艘载有 102 名乘客的"五月花号"轮船，来到美洲建立了普利茅斯殖民地。在 102 名乘客中，相当一部分都是在欧洲受到迫害的清教徒。

这批人在旅途中签署的《五月花号公约》，成为美国未来《独立宣言》的蓝本，也成了美国的立国之本，而清教文化，也就成了美国的文化之源。

作为第一批欧洲移民的后代，土生土长的美国白人，都是从小受着清教的文化熏陶长大：反对奢华纵欲，主张勤俭忍耐。而酒，他们认为恰恰是违反这些信条行为的最大推动力：醉酒闹事，饮酒伤身，酒后冲动……

总之，中国人说，"万恶淫为首"，清教徒们可能要改成"百恶酒为先"。

"五月花号"

波士顿的女性踩碎酒馆用于冰镇啤酒的冰块，欢庆禁酒令开始实施

第二个原因，是美国蓬勃兴起的女权运动。

试问，谁喜欢喝酒？无疑大多是男性。喝了酒后的男性，谁最反感？无疑大多数是女性。

直到 1920 年以前，美国的女性是没有投票权的（比欧洲晚）。从教育权、财产权、经商权再到投票权，美国的女性一直在努力争取自己的权利。而禁酒则成为一个有力抓手——妇女们认为男人酗酒会催生家庭暴力，会带坏孩子。所以当时禁酒运动背后的主要推动力量，是美国的女性。

就在禁酒令颁布 8 个月后，美国通过了宪法第十九修正案，美国女性获得了投票权。

第三个原因，则来自精英主义的"排外"。

到了 20 世纪初，美国无论是国内生产总值还是综合国力，都大大超越了英国，但架构起这一繁荣的移民文化，却也带来了不少社会冲突和矛盾——传统的美国白人（尤其是清教徒），有道德优越感，有作为盎格鲁-撒克逊人种的种族荣誉感，但总觉得有不和谐感。那些在大街小巷开着各种酒馆和娱乐场所的人，包括他们的消费者，都是谁？黑人、犹太人、华人等，他们收入较低，素质较差，行为粗俗，让白人清教徒觉得，必须要做些什么来捍卫自己的文化价值观。

与此同时，经济繁荣带来了美国中产阶级的崛起，面对物欲横流的社会、外来移民的涌入、道德水准的下降，他们一直有一种改良的愿望——或者概括为"进步主义"。而实现这种主义，一大手段就是通过大量的道德立法，禁酒令无疑就是其中的代表。

1920 年 1 月 16 日，也就是禁酒法案生效的前一天，美国各大城市道路上的运酒车络绎不绝——人们都赶着时间把酒运回家里收藏。那天晚上，街道上空无一人，因为人们都在家里或其他公共场合举行最后一次合法的、有酒精的聚会。

一位参议员在一个晚餐会上举杯祝酒:"今晚,是美国人个人自由被剥夺的前夜。"

全场热烈鼓掌。

3

那么长达 14 年的美国禁酒,效果究竟如何?

非常遗憾,有数据统计显示:禁酒期间的美国酒类消费量,比禁酒前提高了 50%。

为什么会产生这样的结果呢? 其实至少有一点道理是相通的:禁书往往卖得最热,禁片往往想看的人最多。

而且,美国的禁酒法案明显存在一条漏洞:禁止销售含酒精的饮料,却并不禁止贩卖酿酒的原料。

于是,各种各样的擦边球就开始出现了。

啤酒厂不能卖啤酒了不是吗? 法律没禁止我卖麦芽和啤酒花呀! 当时,很多啤酒厂都开始出售麦芽和啤酒花,然后注明这是用于"烹饪"或"烘焙"。

当时开始出现一种叫"Near Beer"的啤酒,酒精度正好控制在 0.5%,符合法律规定。但是! 啤酒厂会提供详细的说明书,告诉买家:千万不能做以下一些步骤,不然就会酿出高酒精度的啤酒,后果自负!

可以想象,卖家和买家相视一笑,一切尽在不言中。

然后一种叫"Vine Glo"的葡萄酒原料也开始盛行起来,这是一种经过调配的浓缩葡萄汁,30 天后,可以自行发酵成葡萄酒。还有一种"葡萄砖",以葡萄干加酵母的包装形式出售,生产商会在包装上附加"温馨提示":如果您不小心把这些东西加入一加仑(3.79 升)

的水中再密闭保存，那可要千万当心！因为 20 天后它可是会变成葡萄酒啊！

如果说，以上这些"小动作"还算温情脉脉的话，那么一些原先嗜酒如命的酒鬼的行为，可就要命了，是真的要命。

由于禁酒，美国地下市场上开始出现大批用工业酒精制作的劣质酒，一批一批的酒鬼为了解馋，前赴后继，饮鸩止渴。当时有一个叫牙买加生姜的医疗偏方，

著名的"Vine Glo"

使用者称之为"杰克"，它有非常高的酒精含量。有些无良店家便将"杰克"掺入工业用可塑剂，结果导致数以千计的受害者足部和手部瘫痪，最终造成大批人四肢麻痹、大脑不可逆受损甚至直接中毒死亡。

4

禁酒的效果不佳，这倒也算了，但随之带来的另一些后果，却是当初支持禁酒令的人们没有想到且完全无法接受的。

禁酒令实行了 14 年，居然让美国的黑社会迅速崛起，并大大滋生了政府各个部门的腐败，尤其是司法系统。

正规市场一旦没有某样急需品出售，随之兴起的是什么市场？无疑是黑市。美国禁酒期间，走私和地下交易酒类成了一本万利的

生意，从而促使大量的黑帮开始从事地下的私酒酿制生意。发展到后来，黑帮从事酿酒、运输（组建卡车公司）、贩卖（大量的地下酒吧），已经形成了一条龙产业，黑帮之间为了利益的火并也开始层出不穷。

在禁酒之前，美国的黑社会几乎没有资金来源，而禁酒令一出，黑帮开始财源滚滚。

禁酒时期的美国警察"搜酒队"

黑社会的迅速扩张，很快影响到了政府系统，首当其冲的是司法系统。警察之中，喜欢饮酒的大有人在，在这样的前提下，他们有什么动力去搜查贩卖私酒，取缔地下酒吧？这些都打击完了，他们喝什么？不仅如此，因为获得了巨大利益，黑社会开始用金钱逐步侵蚀司法系统，司法队伍中和黑社会沆瀣一气的人越来越多，不仅仅满足自己的饮酒欲望，而且开始收取保护费，提供保护伞，实现"警黑一家"。

司法系统外的政府官员，也开始加速堕落。

美国当时虽然禁酒，但为了保证宗教活动的用酒，法律允许一些小规模的葡萄酒生产，只是它们的供应必须由政府集中管理——"监守自盗"以及以政府内部为源头的私酒交易，开始源源不断地涌现。

　　没能幸免的还有医疗体系。在医院，威士忌是可以被医生作为处方药开给病人的，这还了得？禁酒期间，需要威士忌作为处方药的"病患"大量增加，医院居然成了买酒的好去处，而不少医生也变成了"酒商"。有数据显示，美国的医院当年一年就开出 100 万加仑（379 万升）的威士忌。

　　即便是表面上支持禁酒的时任美国总统哈丁（被很多美国人评为美国史上最差总统），其私人酒库里也总是摆满了酒，他的政府班子成员，几乎都和酒贩子有来往。

　　有美国学者曾经指出：禁酒令颁布之前，美国政府指挥黑社会；禁酒令颁布之后，黑社会通过贿赂，开始指挥美国政府。

5

　　到了禁酒令实施的后期，整个美国社会已经呈现出一种荒唐的状态：

　　本来想通过禁酒提升美国国民的健康水平，结果越来越多的人因为喝了品质低劣的酒甚至假酒，频频被送进医院。

　　本来是想通过禁酒稳定社会，降低犯罪率，结果却让黑社会茁壮成长，整个社会安全系数大大降低。

　　本来想通过禁酒提高人的道德水准，降低贪污腐败的概率，结果整个政府体系却迅速堕落，警务系统甚至已被黑社会腐蚀得不堪入目。

　　当然，禁酒令也对美国的酿酒产业造成了致命打击。禁酒期间，一半的啤酒厂倒闭，解禁后也没有再恢复。美国的啤酒至今仍被人诟病没有个性，只是大众消费的产物。葡萄酒方面，全美的葡萄酒正规产量（不包括自酿）从禁酒令前的 5 500 万加仑（2.08 亿升），骤降到 3.5 万加仑（13.2 万升）。最关键的是，葡萄酒从一种精致的酒品，开始变为禁酒期间一种粗糙的、可以解馋的低劣产品（都是自酿的），这个状况在禁令解除后很久也没有改变。

人们开始游行示威，反对禁酒令

随着时间的推移，就连当初大力支持禁酒法案的美国人，也慢慢开始质疑自己当初的抉择了。

这时候，压倒禁酒令的最后一根稻草来了——经济大萧条开始了。

1929 年开始的那场波及全世界的经济大萧条，让整个美国陷入了前所未有的困境，在举国士气低迷甚至委顿的背景下，谁还去考虑喝酒究竟道德不道德的问题？

从农业来看，酒精的生产可以扩大粮食的消费，拉动内需。从商业来看，多一种商品流通，市场的流通性也就随之增加。从经济来看，美国政府禁酒损失的酒类税收，一年就高达 5 亿美元。

哪怕什么都不管了，对于哀伤的美国人而言，给他们一点酒精的慰藉，又有什么不妥呢？

于是，1933 年，一位叫富兰克林·罗斯福的总统竞选人把"废除禁酒令"也放进了竞选纲领，并表示，如果当选，一定废除这项法案。

然后罗斯福就当选了（当然不仅仅因为这点），之后他就践行了诺言——

1933 年 12 月 5 日，施行长达 14 年之久的美国宪法第十八修正案，也就是禁酒法案被宣布废止。

这是美国历史上唯一一个被废除的宪法修正案。

禁酒令解除后，疯狂"报复"的美国人

馒头说

2003 年，我去美国采访女足世界杯，那是我第一次去美国。

其间有几天，我住在洛杉矶附近的小城市卡森。有一天，我去超市里买啤酒。当我拎了一打啤酒到收银台结账的时候，柜台的墨西哥阿姨看了我一眼，向我伸手："证件或护照。"那是我第一次听说买酒要凭护照。

我问为什么。她说，我们这里规定，21 岁以下不能买酒。

当时我带着世界杯的采访证，我诡笑着和她解释：阿姨您看啊，我是中国的记者，来这里采访你们女足的，您觉得如果我 21 岁以下，报社会派我到这么遥远的国家来吗？

阿姨看都不看我一眼，重复两个字："护照！"

后来，我步行 1 公里回酒店，拿了护照重新去买啤酒。

回国后，我经常向人说起这件事——是当作正面案例说的。

我个人不讨厌喝酒，但我比较反感我们的未成年人在哪里都能轻松买到高度酒，以及香烟。我也希望，我们的有关部门能够严格执法，分类对待。

从那时候起，我对美国对待酒类贩卖的问题，就产生了一点兴趣。

禁酒令无疑成了美国历史上的一段尘封旧事，但据了解，美国各个州至今对酒类的销售和运输有着严格和详尽的规定。虽然再不可能全面禁酒，但对各种可能出现的情况，包括饮酒的场所、酒驾的判罚等，都有了更仔细的、更人性化的考量和制约。

我觉得这应该就是禁酒令给美国立法，以及给其他国家立法带来的积极意义，它让我们思考一个问题：

在一些情况下，法律以"全有"或"全无"的形式介入，尤其是在一些由人类强烈欲望驱动的领域，往往未必是一种最佳的方式。我们是否可以进行一系列调试和分类，最终达到目的？

有些时候，一刀切的政策不是"效率"的体现，而是"懒政"的标签。

战 争 篇

一寸山河一寸血

中国人不好战，但不畏战，也不会忘战。逢敌亮剑，止戈为武。

一场耻辱海战的背后

这个故事，关于一场海战。这场海战，在中国近代史上并不算太有名，甚至已经很少有人提及，因为那是中国海军的一场惨败。但仅凭教科书上那一段简短的文字，我们无法了解那场海战背后的故事。

在中国的近代史上，最经常被人提及的，无疑是中日甲午海战。

而"马尾海战"，提到的真不多。在中学的历史课本里，大致会有这样一小段描写：1884 年，法国远东舰队司令孤拔率舰队侵入马尾港。8 月 23 日，法舰首先发起进攻，清军主要将领畏战，弃舰而逃，福建水师各舰群龙无首，仓促应战。福建水师的舰只还没来得及起锚，就被法舰的炮弹击沉两艘，重创多艘。海战不到 30 分钟，福建水师 11 艘战舰全部沉没，官兵殉国 760 人，福建水师几乎全军覆没。

这应该就是我们读书时代对马尾海战的全部记忆。

然而，中国近代海军舰队的第一场海战，又怎么只有这 100 多字？

马尾海战

1

马尾，又称马江，指在闽江的下游，从福州东南乌龙江与南台江汇合处，至入海口的一段。

在马尾海战之前，马尾其实已经赫赫有名，它是当时中国最大的造船厂（隶属于福建船政局）的所在地。

这座由晚清名臣左宗棠建立、沈葆桢（林则徐的女婿）主持的造船厂，为清朝生产了40艘各类船只，并组建了中国的第一支近代海军——福建水师，也就是在马尾海战里，全舰队悲壮地沉没的那支水师。

炮舰上的中国水手群像

2

让我们把目光投向 1884 年 7 月 12 日。

这是中法战争（近代史上清政府难得打得还算有点脸面的一次战争）爆发后的第二年。

这是两个没落帝国之间的战争——清政府被两次鸦片战争折磨得奄奄一息，法国也深陷在普法战争的失利中不能自拔。

这一年，因为在争夺越南控制权的陆战中没讨到什么便宜，法国重新向清政府开出了和谈条件：清政府从越南撤军，赔款 8 000 万法郎。

法国人觉得，他们已经让步了，因为他们在战争开始之初，要求的赔款是 2.5 亿法郎。

孤拔

张佩纶

但清政府一口拒绝。

如果没有武力做后盾，谈判桌上永远谈不出什么有价值的东西。清政府敢于说"不"，正是因为他们在战场上没吃亏，而法国人要想得到他们所要的，只能再诉诸武力。

7月14日，在海军中将孤拔的率领下，法国军舰以"游历"为名，陆续进入马尾港。

战争的浓雾，开始笼罩马尾。

3

当时，主持福建沿海防务的大臣，名叫张佩纶。

张佩纶是晚清重臣李鸿章的女婿（当时还不是），个人才华也非常出众。他虽然是一介书生，但在当时的朝廷里，是一个有名的"主战派"。这也是他被派到福建的一个原因：你不是说要打吗？好！那么你来打打看。

总而言之，孤拔率领的法国舰队兵临城下，当时的张佩纶和福建船政大臣何如璋、福州将军穆图善三人，急得如热锅上的蚂蚁，天天商量对策。

客观地说，后来评价三人一味避战，是有些冤枉他们的。

法国舰队到来之时，张佩纶就紧急求援，但只有广东水师派来了两艘船做援军。

此时，这三人就反复请示朝廷：该怎么办？

而清廷的回复非常明确："彼若不动，我亦不发。"

这时候，张佩纶终于知道在朝廷上做"清流"和到战场上当指挥的区别了。于是，他给福建水师的指令也很明确："无旨不得先行开炮，必待敌船开火，始准还击，违者虽胜尤斩。"

这条指令，注定了福建水师被动挨打的局面。

4

那么如果当时放开手脚，福建水师有没有机会赢？

很遗憾，基本也是没有的。

当时的福建水师共有 11 艘军舰，但都是老旧的木壳军舰和炮艇，总吨位只有 9 800 吨。而且，水师装备的火炮基本上都是过时的前膛炮，无论射速还是威力，都比不过新式的后膛炮。

反观法国舰队，虽然只有 10 艘军舰，但全都配备了后膛炮，并且还配备了当时的新式武器——机关炮和鱼雷。更重要的是，法国舰队的"凯旋号"是装甲巡洋舰，福建水师任何一艘军舰的火炮，都撼不动"凯旋号"的装甲。

还有一点容易被人忘记的是，整个福建船政局，就是清廷聘请法国人日意格、德克碑主持建造并担任顾问的，里面几十个工匠也都是法国人。

换句话说，福建船政局造出的每一艘船，法国人其实都了如指掌。

所以可以想象，张佩纶他们当时心中的绝望之情。

5

1884 年 8 月 23 日上午 10 点，闽浙总督何璟接到了孤拔派人送来的战书：4 个小时后，向中国舰队开战。

这并非因为法国人的绅士风度，而是因为孤拔精确计算了马尾港的潮汐：到了下午退潮时，法国舰队的舰首主力炮，正好可以一起对准中国舰队孱弱的舰尾。

难以想象的是，何璟将这个消息封锁了。直到中午 12 点之后，他终于将这个消息告诉了张佩纶等人。

张佩纶他们大惊失色，想出的唯一办法，是精通法语的福建船政著名工程师魏瀚乘船前往法国舰队，要求延至次日开战（另一说，是魏瀚奉命去英国人那里打听法国舰队的动向）。

可惜的是，为求速度，魏瀚坐的是一艘小火轮。而法国舰队旗舰"窝尔达号"看见中国方面驶来的这艘船，误以为是中国军舰提前来袭。孤拔随即下令：向中国舰队开火！

一声炮响，惊醒了午睡中的张佩纶，他的第一反应，是逃跑。作为最高指挥，他在海战爆发之初，就已临阵脱逃。

6

1884 年 8 月 23 日下午 1 时 45 分，马尾海战正式爆发。

拥有优势装备和火力的法国舰队，早已准备好进行一场"虐杀"，但之后的战斗，却出乎他们的预料。

法国舰队一上来就把所有火力集中，围攻福建水师的旗舰"扬武号"。

福建水师旗舰"扬武号"

"扬武号"根本来不及掉转船头，只能一边砍断锚链，一边开炮还击。第一炮，就击中了法军旗舰"窝尔达号"的舰桥，炸死法军5人——虽然福建水师的水兵们屡屡请战被张佩纶拒绝，但他们也早就将炮口瞄准了法国舰队。

但法国人有鱼雷。

法军的46号杆雷艇一颗鱼雷击中了"扬武号"的右舷，上层建筑也开始起火。这时候，管带张成弃舰逃走。在猛烈的炮火攻击下，"扬武号"开始下沉，但全舰官兵很少有率先弃舰的。

有一位水兵，在"扬武号"着火沉入水中的最后一刹那，才跳水逃生。他是清朝第一批留美学童中的一员，后来自主设计了中国第一条铁路，他的名字，叫詹天佑。

福建水师的"福星号"没有机关炮，近距离时，全舰官兵只能用步枪向敌舰射击。"福星号"管带陈英喝退让他"暂避锋芒"的随从，下令拔锚起航，掉转船头直接冲入法国舰队阵中——"此吾报国日矣！吾船与炮俱小，非深入不及敌船。"

孤拔指挥3艘军舰围攻"福星号"。陈英大喊"大丈夫食君之禄，当以死报！今日之事，有进无退！"，指挥所有火力猛击法军旗舰，但因炮小未能击中敌军要害，自己却在瞭望台中炮身亡。

"福星号"在法国舰队火炮和鱼雷的围攻下，最终爆炸下沉，全舰官兵95人，仅幸存20余人。

"福星号"（右）和"福胜号"（左）

"福星号"不是唯一一艘冲向法国舰队的中国舰船。

跟在"福星号"之后的，是"福胜号""建胜号"两艘蚊子船。

所谓"蚊子船"，只能称为"水上炮台"，只在舰首装备有一尊不能转动的前膛阿姆斯特朗16吨大炮，火力很弱，而且马力小、笨重迟缓。但这两艘舰船还是毫不犹豫冲了上去，"建胜号"还命中了孤拔的旗舰"窝尔达号"，只是因为火力实在太弱，没造成多大破坏。

"建胜号"的管带吕瀚，战前就给母亲和妻子写了遗书："见危授命，绝不苟且！"他中炮牺牲时才32岁。"福胜号"管带叶琛，重伤不下火线，最终以身殉国。

福建水师的"永保号"和"琛航号"两艘船，是运输船。按理说，炮火一开，它们应该退出战场。

但是它们没有撤退，而是直接冲向法国舰队，试图撞击敌舰。但因为速度慢，最终相继被击沉，舰上官兵全部殉难。

法国舰队的旗舰"窝尔达号"

福建水师的炮舰"飞云号"和"济安号"还没来得及起锚，就被炮火击沉。但另一艘炮舰"振威号"却是最先做出反应的——法国舰队一开炮，它就立即轰击了附近的法舰"德斯丹号"。

随后，"振威号"管带许寿山下令砍断锚链，迅速迎敌。法军集中三艘军舰猛轰"振威号"，"振威号"全舰多处中弹，眼看不济。此时，许寿山下令：开足马力！去撞沉"德斯丹号"！

人们知道后来北洋舰队邓世昌的"撞沉吉野"，却很少有人知道之前福建水师许寿山的"撞沉德斯丹"。

不幸的是，在法舰的炮火拦截之下，"振威号"锅炉中炮爆炸，船身终于开始下沉。但这个时候，许寿山并没有弃船，而是站在一尊大炮旁，那尊大炮，还有最后一颗炮弹，是许寿山专门留下的。

法国舰队的"德斯丹号"

反映马尾海战的铜版画

在船身下沉的最后时刻，许寿山拉响了引绳，一炮轰中"德斯丹号"。当时有在场的外国人留下现场描述："这一事件在世界最古老的海军记录上均无先例。"

　　32 岁的许寿山与大副梁祖勋最终被敌舰机关炮击中，壮烈牺牲。

　　到了下午 2 点 25 分，惨烈的马尾海战进入尾声——11 艘中国军舰全部被击沉。

　　但更令人难忘的，是那一天的晚上。那一夜，沿江居民的渔船、盐船出现在水面上，冲向法国舰队，发起了"火攻"。

　　那是怎样一幕悲壮的景象：一艘艘民用船只，如同飞蛾扑火一般扑向法国舰队，然后被军舰的炮火摧毁。

　　马尾海战之后，清政府退无可退，最终对法宣战。

馒头说

　　2014 年，在马尾海战 130 周年之际，福建省炎黄文化研究会称收到 103 份来自法国国家档案馆的马尾海战史料，其中有一张当年《申报》刊登的"福州地理形图"。

　　根据当年刊登的内容，福建水师其实和法国舰队鏖战两天，击沉 4 艘法舰，击毙数百名法军，最后法国舰队是败退的，马尾海战其实是我们获胜的。

　　有些专家说这将颠覆历史，但说实话，真假一看便知。

　　从当时的信息不畅，以及民众的爱国情怀角度考虑，我个人更愿意把这理解为一种美好的寄托。毕竟，我们的 11 艘战船悉数被击沉，而法国海军经此一役，掌握了我国东南沿海和台湾海峡的制海权。

　　谁胜谁负，其实一目了然。

　　但那一场海战的失败之所以值得铭记，不仅仅是因为它提醒我们要"知耻后勇"，我们更要铭记一种精神。

　　马尾海战，是中国组建近代海军以来，第一场正式的战斗，比让我们刻骨铭心的"甲午海战",还要早 10 年。

在这场我方全军覆没的海战中,中国军人表现出的那种气势和魄力,才是我们这个民族在后来的各种逆境甚至遭遇灭国危险时,一直坚持到底赢得最后胜利的底气和基石。

有目击者回忆了马尾海战中让他印象深刻的一幕:在旗舰"扬武号"沉没的最后一刻,一位没有留下姓名的水兵,爬上了主桅杆顶,在漫天炮火中,挂上了一面龙旗。

船虽沉,旗仍在。

"九一八事变"前后的四张面孔

我个人总是觉得,从来没有什么"偶然引发"的历史事件。在我们所熟知的历史事件背后,都有一些看似偶然的必然因素在推动。它们来自各个方向、各种人、各种意图,但最终促进这个事件爆发的,往往就是这些背后的故事。

1

1931年,关东军作战主任参谋石原莞尔的脸色,是得意的。

倒不是因为石原莞尔官运亨通——虽然他日后被授陆军中将,但在1931年,他的军衔还只是中佐。

让他得意的,是他的一个观点在日本国内军政界得到了高度评价。

石原莞尔的观点是这样的:代表东方的日本和代表西方的美国,未来难免会为争夺世界霸权决一死战。在此之前,日本最需要的就是夺取中国的东北——他们称为"满洲"——作为日后的扩张和补给基地。

说实话,这种"自己家里没有,就要强占人家"的强盗逻辑,在

石原莞尔被有些人称为日本军国主义时期的"第一谋略家"。他坚持日本的"有限侵略论"，即占领满洲即可，日本不应与中国全面开战

对中国一直虎视眈眈的日本，早已不算新鲜。但石原莞尔的老调重弹之所以受到追捧，还是和1931年的日本国情有关。

在"明治维新"之后，日本经历了一段高速发展的时期，无论从哪个方面看，这个弹丸之国，在当时确实走在了亚洲的最前面。

但1929年从美国开始的世界经济危机，让日本尝到了大苦头——到了1931年，日本显然已经撑不住了：这一年，日本的工业总产值比1929年下降了30%，对外贸易总额下降了近50%，国际收支出现巨额赤字，国内市场严重萎缩，中小企业大批破产，失业人口接近400万。

这时候该怎么办？

美国选择了罗斯福，开始了"罗斯福新政"，而日本选择了另一条道路：大幅度提高军费开支，开始扶植以三菱、川崎为代表的一大批企业转向军火制造，创造大量就业岗位，谋求高额利润。

当然，军事膨胀之后，是需要有宣泄口的。这个宣泄口，无疑就是中国。

石原莞尔的观点，只是给原本就下定决心的日本人，再打一针鸡血罢了。

2

1931 年的 9 月 18 日晚，日本关东军中尉河本末守的面色有些紧张。

但他可能不会意识到，自己接下来要做的事，将改变历史。

河本末守隶属日本关东军独立守备队第二大队第三中队，是个队副，但他的另一个身份，是爆破专家。

9 月 18 日的那一天晚上，他带着 6 名士兵，偷偷埋下了 42 包黄色炸药。

42 包炸药，本来不足以让历史记住河本末守的名字，但他埋炸药的地方，是中国沈阳的北大营西南 800 米左右的柳条湖——北大营，是当时中国东北军的驻地。

这些炸药，是埋在南满铁路的铁轨下面的。

22 点 30 分，42 包炸药被准时引爆。

这次爆炸，其实并没有引起什么损失，据说，爆炸之后 20 分钟，一列列车还安然无恙地开了过去。

日本人在事后拿出的被炸的铁路枕木等所谓证据

但这对日本关东军来说，已经足够了。

随着爆炸声的响起，早就在 4 公里外等候多时的川岛正大尉——河本末守所在中队的中队长——下达了对北大营中的中国东北军第七旅的攻击命令。

23 点 46 分，爆炸发生一个多小时后，驻扎在沈阳的土肥原贤二给驻扎在旅顺的日本关东军司令部先后发了两封电报。

第一封，说中国军队破坏了铁路，袭击了日本守备队。

第二封，说中国军队和日本守备队正在激战中。

早已等候多时的日本关东军司令官本庄繁、参谋长三宅光治、作战主任参谋石原莞尔等立即拍板：迅速集结，惩罚中国军队，占领东北三省！

"九一八事变"，就这样爆发了。

3

那一晚，东北少帅张学良的神情非常轻松。

这位东北军的最高统帅，"九一八事变"的当晚，并不在东北。

张学良 5 月底因为重感冒，住进了北平的协和医院。因为长期吸毒，少帅的身子骨总是比正常人恢复得要慢一些，到了 9 月初才痊愈。

那一晚，张学良带着夫人于凤至和赵四小姐，在北平的前门外中和戏院观看由梅兰芳表演的京剧《宇宙锋》。

其实不光是张学良。9 月 18 日那一晚，东北边防军参谋长荣臻在忙着给自己的父亲做寿；黑龙江省主席兼东北边防军副司令长官万福麟也在北平，代管黑龙江的是他儿子；另一个副司令长官、吉林省主席张作相，奔父丧回了锦州。

少年得志的张学良

　　那一晚，据梅兰芳后来回忆，在他演到赵女金殿装疯的那一段时，看到有人奔进了包厢，对张学良耳语了几句，然后张学良迅速起身离开了包厢。

　　少帅看来真的是急了。

　　他回到自己房间后，了解了一圈情况，然后立刻给参谋长荣臻下了一道命令。

　　此时的沈阳，在关东军开始攻击后，东北边防军第七旅参谋长赵镇藩（旅长王以哲也不在军营里）命令部队迅速进入阵地。随后，赵镇藩接到了荣臻的电话，在电话里，荣臻传达了张学良刚才从北平发过来的命令——宣称是绝对死命令：

　　"不准抵抗，不准动，把枪放在库房里，挺着死，大家成仁！为国牺牲！"

　　无论是当时还是现在，无论从哪个角度来看，这道命令实在是让人无法理解。

　　9月19日凌晨，关东军司令官本庄繁命令关东军所有能调动的军队，全部向沈阳进军。驻扎在沈阳各个要塞和机构的东北军全部奉命

"九一八"当晚入侵沈阳的日本士兵，手臂上绑着白色毛巾作为标志

不战而退，中国军警全部缴械。

9月19日早上7时左右，在"九一八事变"发生9个小时后，东北军一枪不发，沈阳全城陷落。

下面是一组令中国人痛心的数字：东北军全面撤退后，仅在沈阳兵工厂，日军就缴获步枪15万支、手枪6万支、重炮和野战炮250余门、各种子弹300余万发、炮弹10万发。还有张学良多年苦心经营，购买来的各种飞机260余架。其他经济损失，高达15亿元以上。

下面还有一组数字，更让人痛心：当时，日本关东军正规军1万人左右、非正规军1万人、警察3 000人，一共23 000人。而作为中国最强的军阀派系，东北军一共有30万人。除了10万人被调进关内，在东北地区的军队有20万人。尤其是攻击东北军北大营的关东军一共650人左右，而北大营内有东北军12 000人。

在"九一八事变"之后一周的时间里，区区2万名日本关东军在中国的东北三省横行，面对不抵抗的东北军，几乎兵不血刃地占领了

30多个城市。

100万平方公里的中国国土，就此沦陷。

1936年，已经被逼入绝境的张学良不惜搞出"西安事变"来证明自己的抗日决心，但在1931年，手握一把好牌的少帅，就这样毫不心疼地把自己老爸张作霖一辈子辛苦打造的基业，轻松败光。

张学良为什么当时选择不抵抗？后来接受华人史学家唐德刚先生的"口述历史"采访时，他给出的原因是："因为

日本军队缴获的东北军武器装备

过去对日本的挑衅，一直都是大事化小，小事化了。我当时也是大事化小、小事化了。……东北那么大的事情，我没把日本人的情形看明白……我就没想到日本敢那么样来，我对这件事情，事前未料到，情报也不够。"

当然，那时候也有不少人说，"不抵抗"的罪名，不应该张学良一个人来背。

4

那一晚，蒋介石的脸上神色淡定。

因为，他那时候真不知道发生了什么事。

9月18日的晚上，蒋介石正在开往江西南昌的"永绥号"军舰

上。事变的消息，是蒋介石在 9 月 19 日军舰抵达湖口后才知道的。

当时，蒋介石立刻给张学良拍去了一封电报："限即刻到。北平张副司令勋鉴，良密，中（正）刻抵南昌，接沪电知日兵攻沈阳，据东京消息，日以我军拆毁铁路之计划，其借口如此，请向外宣传时，对此应辟之，近情盼时刻电告。中正叩。皓戍。"

从电文可知，蒋介石也不清楚东北那一夜究竟发生了什么事，一开始只是希望张学良要辟谣"是中国军队拆毁铁路"的说法。

但是，如果说蒋介石并没有下令张学良别抵抗，把"九一八"的"锅"全甩给张学良，却也有失公允。

因为在"九一八事变"爆发之前，蒋介石曾不止一次告诫张学良"不要冲动"。虽然关于蒋介石明确下令张学良"不要抵抗"的"铣电"是否存在，各界还有一定争议，但从蒋介石之前明确表达的种种态度和指示来看，他给张学良传递的主要思想就是：避免冲突，不要给日本人任何把柄。

所以，尽管"九一八"当晚究竟发生了什么，蒋介石在最初确实一无所知，但从之前阴云密布的形势来看，他对日本人的野心和打算，完全是心里有数的。

蒋介石其实也在为这口"锅"付出代价——1931 年 12 月，日军主力开始围攻东北的锦州，蒋介石和国民政府多次致电张学良，于公于私，都希望他能积极防守，但张学良最终依旧选择了撤退。

张学良晚年在自己的口述中承认："我作为一个封疆大吏，我要负这个责任。不抵抗，不能把这个诿过于中央。"

这是张学良认为自己应该负的责任，但这并不意味着，蒋介石是免责的。

那么，蒋介石当时反复告诫张学良"不要冲动"的背后原因，究竟是什么呢？

　　除了认识到国力上的差距之外，有一个原因是无法回避的。

　　9 月 18 日，蒋介石所乘的"永绥号"军舰之所以开往南昌，是因为蒋介石要亲自坐镇江西，"围剿"红军。

　　就在"九一八事变"前七个月，蒋介石刚刚调集 30 万大军，对共产党的瑞金中央根据地进行第三次"围剿"，他在《告全国将士书》中表示："赤祸是中国最大的祸患！"

　　即便到了 1931 年 11 月 30 日，蒋介石发表演说的内容，也不是如何收复东北，而是那句大家后来都知道的"攘外必先安内"。

1931 年 11 月 30 日，蒋介石首次提出"攘外必先安内"

　　所以，蒋介石和张学良在 1931 年 9 月 18 日前后，对日本人采取的态度其实是一致的，那就是两个字：

　　忍让。

5

1931 年，中国人如果不忍让，究竟会怎样？

按照蒋介石和张学良的估计，日本人会就此找到借口，不断增兵，最后全面入侵中国。

那么忍让了，又产生了什么结果呢？

1932 年，日本人"请"出了溥仪，成立伪满洲国，企图坐实侵吞中国东北的事实。

1933 年，日军攻占热河省，并攻击长城各个隘口。《塘沽停战协定》签订，中国军队被规定只能待在长城以南，等于变相承认不会去收复沦陷的热河省和东北三省。

1934 年，日本指使伪满洲国成为"满洲帝国"。

1935 年，日本制造"华北事变"，策动宋哲元等进行"华北五省自治运动"。11 月 25 日，策动殷汝耕等汉奸在通州成立冀东"防共自治委员会"（之后改称"防共自治政府"），宣布脱离南京政府。

1936 年，日本和伪冀察政委会秘密签订《华北防共协定》。协定规定：中国军队不得进驻冀察两省。同年，在关东军的支持下，伪蒙古军政府成立。

1937 年，"卢沟桥事变"爆发，反而觉得自己"忍让"了六年的日本，终于开始全面侵华。

面对一头注定要作恶的狼，你的忍让，只是给了它磨牙的时间罢了。

馒头说

在 1931 之后，自张学良以下，东北军，甚至东北人，似乎都和"不抵抗"三个字扯上了关系。

但事实上，即便是成为沦陷区，东北人也从没有选择放弃，辽宁义勇军、吉林义勇军、黑龙江抗日救国义勇军等纷纷成立，最后会合成了东北抗日联军。

　　东北三省是第一片沦陷的中国国土，也是对抗日本入侵时间最长的一片土地。在这片土地上，留下了太多值得记住的名字。

　　有八位东北抗日联军的女战士，在被关东军包围后，手挽手走向了即将冰封的乌斯浑河，全部牺牲——她们叫冷云、胡秀芝、杨贵珍、郭桂琴、黄桂清、王惠民、李凤善、安顺福，她们的故事，就是后来被人传颂的"八女投江"。

　　有一位东北抗日联军的团政委，在被捕后饱受关东军令人发指的酷刑，却坚决一字不吐，最后慷慨就义，她的名字叫赵一曼。

　　还有一个抗联的总指挥，在被叛徒出卖后誓死不降，牺牲后被关东军解剖胃部，发现里面是一些棉絮、树皮和连牛都不吃的草根。他的名字叫杨靖宇（杨靖宇的故事，参见本书收录的《他没有军衔，但人人称他"将军"》）。

　　还有太多太多的东北抗日志士，都没有留下名字。他们被关东军逮捕后，受尽酷刑，英勇就义，头颅被高高悬挂在城市的电线杆上。但第二天，还是会有日本士兵被神秘杀死，尸体直接横在马路上。

　　《泰晤士报》曾经报道：在东北，对于关东军来说，没有一条街道是安全的。

　　英国人可能无法理解，已经被中央政府"抛弃"的东北人，哪来的那种前仆后继、无畏死亡的动力？那是因为他们可能没有看到，在日本士兵的尸体旁边，会有一张写着四个大字的传单：还我河山！

　　这就是他们的动力所在，也是整个中华民族的动力所在。

　　打不过是客观事实，但坚持打是主观态度。

　　对于1931年的中国而言，东北的沦陷只是一个国家14年苦难的开始，但也是一个民族觉醒的发端。

一寸山河一寸血。

本文主要参考来源：

1. 《张学良口述历史》，（唐德刚，中国档案出版社，2007 年）

2. 《九·一八事变中张学良的"不抵抗"思想及其根源》（李学成，《侨园》，2016 年 08 期）

3. 《从日记看蒋介石处理"武力剿共"与"军事抗日"关系的心路历程——以九·一八事变为中心的考察》［洪岚，《华南师范大学学报》（社会科学版），2016 年 02 期］

4. 《石原莞尔："石原构想"的炮制者》（李玉勤，《湖北档案》，2015 年 11 期）

"大刀向鬼子们的头上砍去"的背后

你如果没听说过抗战期间的二十九军，那你应该听说过赫赫有名的"大刀队"；如果你没听说过"大刀队"，那你肯定知道有一首歌曲："大刀向鬼子们的头上砍去……"本文我们就要说说这首歌曲背后的故事。对不起，可能这个故事，并不像我以前的故事那样，能让你热血沸腾。

1

1933年3月6日这一天，西北军二十九军军长宋哲元接到了一纸军令：将部队布防在从冷口经董家口、喜峰口、罗家峪至马兰关一线的长城关口。

这一刻，二十九军上下都知道：要和小日本真刀真枪干了！

这一年，是"九一八事变"发生后的第三年。

在占据了东北三省后，野心膨胀的日本军国主义分子早已抑制不住自己激动的心情，将手伸向了华北。

1933年元旦夜，日军炮击山海关，两天后，将刺眼的太阳旗插上了"天下第一关"。前方将士浴血奋战（两个营全部殉国），后方东北军元老、热河省主席汤玉麟不战而逃。

日军随即向延绵的长城一百多个关口发动全面进攻。

长城，在中华民族心目中有特殊的含义。当长城烽烟燃起的时候，就是中华民族抵御外敌，到了千钧一发的时刻。

喜峰口大刀队

"长城抗战"的守军

宋哲元的二十九军受命加入的，就是"长城抗战"，而让二十九军一战成名的，就是这场大抗战中的"喜峰口大捷"。

2

关于"喜峰口大捷"，历史教科书上已有不少交代，我们这里只再做一个简要的回顾。

3月6日，二十九军接到军令，3月7日，二十九军接防喜峰口阵地。3月9日，日军铃木、服部两个旅团进犯喜峰口，并率先抢占高地。从9日夜到11日夜，二十九军与日军展开血战。12日凌晨，二十九军109旅旅长赵登禹身先士卒，率500人大刀队夜袭日军阵地，刀光飞舞，日军鬼哭狼嚎。据战报，共砍死砍伤敌人逾千名，缴获坦克11辆、装甲车6辆、大炮18门、机枪36挺、飞机1架，还有日军御赐军旗、地图、摄像机等。

这就是著名的"大刀队"夜袭。后来，作曲家麦新在上海为此专门谱写一曲，就是现在我们都耳熟能详的《大刀进行曲》。

3月16日，日军放弃喜峰口，改向罗家峪进攻。"喜峰口大捷"由此声名远扬，而二十九军和他们的"大刀队"更是名震天下。

"喜峰口大捷"是"九一八事变"后，中国方面在一败再败、退无可退的情况下，第一次让气焰嚣张的日军受挫，确实有非常重要的意义。

但我们今天要讲的，不是这场大捷，而是这场大捷背后所体现的三个问题。

3

第一个问题，是这场战役本身。

二十九军在"长城抗战"中以"喜峰口大捷"一战成名。但整场战役，其实不是二十九军一家在打。

事实上，除了二十九军这支西北军外，在"长城抗战"中浴血奋战的，还有东北军和中央军。

其中，东北军王以哲的一〇七师，以及中央军第十七军的关麟征二十五师，在古北口以及南天门一带的阵地打得尤为惨烈，是整个"长城抗战"中时间最长、过程最激烈的战斗。

但这场各路军队汇集，倚仗长城险关，与日军殊死一战的"长城抗战"，最终其实失败了。

"长城抗战"中中国军队一共投入了约 30 万人，而作为对手的日本关东军，一共只有 8 万人（其中包含 3 万伪军）。中国军队伤亡 4 万人，而日本军队的伤亡，根据他们自己公布的数字，是 2 600 人。

东北军高级将领王以哲，是张学良亲信，也是"西安事变"的主要策划人和实施人之一。1937 年 2 月，东北军兵变，王以哲遇害

到了 1933 年 5 月，中国军队防守的各路长城阵地已呈现崩盘之势，只能全部撤退。无奈之下，国民政府只能和日本签订《塘沽停战协定》。

这无疑是一份耻辱的协定。协定规定，双方在长城以南设置 100 公里的"非武装地带"，中国军队全部撤出，不能越过警戒线。日本军队可以用飞机或其他方法侦察长城以南地区，中国方面还应该提供保护予以各种便利。

更重要的是，《塘沽停战协定》实际上是承认了日本扶持的伪满洲国的"国界"。

从此以后，华北门户大开，无险可守，日军可以轻易直取北平和天津。

1933年5月31日，国民政府代表熊斌一行，与日本方面代表冈村宁次一行，签订《塘沽停战协定》

"长城抗战"是中国正规军在"九一八事变"之后，第一次同仇敌忾，万众一心，在正面战场上与日本军队拉开架势打的一次战役，但结局，却和他们想的不太一样。

所以，当全国民众都在庆祝"喜峰口大捷"的时候，很少有人会在意宋哲元战后的一句感叹："我以三十万大军，不能抗拒五万敌人，真奇耻大辱！"

4

人又多，心又齐，怎么会打成个"奇耻大辱"？

这就要说到第二个问题了，那就是二十九军的"大刀队"。

"大刀队"一战成名，二十九军人人背一把大刀，当时让国人无不啧啧称奇。但是，却很少有人会去问：他们为什么要背一把大刀？

原因很简单：因为二十九军穷啊！

当时二十九军的装备，在全国范围内，可能也就比川军稍微强一点：整个军（当时2万多人）只有野炮、山炮十余门，重机枪加在一起不过100挺左右，每个连只有两挺轻机枪。全军用的步枪，1/3是自己造的土枪，子弹也严重不足。

大刀队

在这样的情况下，冯玉祥只能下令，包括二十九军在内的西北军人人佩一把大刀。之所以是大刀而不是军刺刀，还是因为军刺刀对钢的要求高，规格也严，而大砍刀相对来说对制作工艺要求低，中国普通的铁匠铺都能打造。

二十九军的"大刀队"，其实是整个抗战期间，中国军力与日本军力的一个折射。

就以钢产量为例，在1937年中日全面开战前夕，日本每年的钢产量是8.7万吨，而中国呢？是700吨。

事实上，"大刀队"奇袭的成功，最主要的因素还是夜色掩护和出其不意。实事求是地说，如果真的换到白天开展白刃战，即便西北军有习武的传统，沉重的大砍刀是否真的能砍瓜切菜一般对付当时日本步兵上了刺刀后的"三八大盖"，还真的不敢下定论（日本步兵对刺刀拼杀有极为严格的训练，抗战时无论国民党军队还是八路军都承认日本的单兵素质远胜中国）。

还有一点，当时国内媒体没提到——当然，他们也未必知道——"大刀队"夜袭后撤退时，遭到了日本军队的密集火力射击，伤亡大半。

所以，当时有个叫黄绍竑的桂系将领，在参与"长城抗战"后，对当时国内媒体的报道发表了自己不同的看法。

当时的媒体是怎么报道"大刀队"的呢？比较有代表性的，是天津的《益世报》，报道称：

我们喜峰口的英雄是光着脚、露着头，使着中古时代的大刀，……抢回了山，夺回了岭，收回了喜峰口，俘虏了几千个日本人，收到了几千支日本枪，捉住了许多辆日本坦克，抬回来许多架日本开山炮。这个故事，岂不比（法军守卫）凡尔登的故事还威武！还壮烈！还光荣！还灿烂！

黄绍竑在"长城抗战"停战后，在上海对《申报》的老板史量才说：新闻界不去鼓吹正规军的新式武器，而来鼓吹大刀队，不是又要演出义和团的老把戏了吗？

话虽说得刺耳，但也确实引发人们的一个感慨：都已经进入20世纪30年代了，我们的子弟兵竟然还挥舞着冷兵器时代的武器，去和武装到牙齿的侵略者肉搏，这又是怎样的一种悲壮！

5

或许你会说，兵器是死的，人是活的。

宋哲元。"九一八事变"后，宋哲元是第一批通电要求全国抗战的将领

于是，就要说到第三个问题，关于人的问题。

这个人，就是二十九军军长宋哲元。

只凭历史教科书中对宋哲元这个人寥寥几笔的叙述，是很难理解这个人的转变轨迹的——从 1933 年全国皆知的抗战英雄，慢慢蜕变成优柔寡断、畏首畏尾的官僚，到最后差点与日媾和，做了汉奸（有史料表明他后来已派人和土肥原贤二接触）。

这到底是为什么？

看了 1933 年"长城抗战"后华北一带的变化，你就不难理解了。

1933 年的《塘沽停战协定》签订后，国民政府的部队撤离了长城一带，华北出现了权力真空，宋哲元成了实际上的最高行政长官。在这样的机遇下，宋哲元大力扩充部队，二十九军从原来的区区 2 万多人，扩充到了 10 万人，武器装备也上了一个档次（全军配备的轻机枪比中央军配备的还要多）。

随着势力的不断扩大，宋哲元的地盘已经囊括了河北、察哈尔两省和北平、天津两座大城市，并坐拥领地内的税收。

有枪，有人，有钱，有地盘，然后会滋生什么思想？没错，就是军阀思想。

在握有华北地区统治权后，宋哲元一方面找出百般理由，严格禁止中央军进入自己的势力范围，另一方面又和日本人周旋，他希望以自己的种种退让，换得日本人对他统治华北的实质认可。

在"长城抗战"期间，宋哲元手书"宁为战死鬼，不作亡国奴"，感动无数国人

宋哲元无疑是痛恨日本人的，但没有证据表明，在其他方面，他的思想和一个旧军阀有什么本质区别。所以，你理解了宋哲元身上体现的军阀思想，就不难理解抗战期间整个中国的一大难处——当时的中国从严格意义上说，并不是一个现代化国家，而是一个名义上有中央政府，实际上是一个因为要抵抗外力才捏合在一起的军阀共同体。

但宋哲元的算盘还是打得太理想了——华北是兵家必争之地，哪怕他想在刀尖上跳舞，也是不可能的。

1937 年 7 月 7 日，"卢沟桥事变"爆发，日本侵华战争全面开始。

就在连蒋介石都已经认清了日本人的嘴脸，开始部署全面抗战的时候，宋哲元居然还对日本人抱有幻想："目前日本还不至于对中国发动全面战争，只要我们表示一些让步，局部解决仍有可能。"

宋哲元的态度，影响了二十九军的一批高级将领，包括后来赫赫有名的张自忠。

"卢沟桥事变"时，时任二十九军三十八师师长的张自忠曾专门打电话，训斥与日军发生冲突的旅长何基沣。他训斥的话，可能最能代表二十九军高层当时的心态："打起来对共产党有利，遂了他们借抗日扩大势力的野心；对国民党有利，借抗日消灭杂牌。我们西北军辛辛苦苦搞起来的冀察这个局面就完蛋了！"①

日军通过卢沟桥

但是，日本人对宋哲元"抛媚眼"，只是在为自己调动部队争取时间。时机一成熟，日本的中国驻屯军司令长官香月清司随即给宋哲元发去了最后通牒：限在 7 月 28 日中午之前，中国军队全部撤出北平。

直到那一刻，宋哲元才真正醒悟：日本人真的要全歼二十九军，大举侵华。

7 月 28 日，宋哲元向二十九军各部队下达了平津地区防御作战的指令，但命令刚下达，部队防线还未展开，早已等待多时的日本军队就排山倒海般地发起了全面攻击。

仓促迎战的二十九军将士立刻被分割包围，陷入苦战。在北平的

---

① 《民国军事史》第三卷（上），姜克夫编著，重庆出版社，2009 年。

南苑防线，"喜峰口大捷"中一战成名、升任一三二师师长的赵登禹身先士卒，再次提着大砍刀亲自督战，但被子弹击中胸口，壮烈牺牲。

一天之内，北平外围阵地尽失。

28 日晚，宋哲元决定把烂摊子丢给张自忠，自己率军部撤往保定。临行前，他还交代张自忠："西北军是冯先生一生心血所建，留下的这点底子，我们得给他保留着。此事非你不能做到。二十九军现在战线过长，我们要把部队收容起来，只有你能和日本人谈判，拖延一个星期……"

赵登禹从冯玉祥贴身卫兵做起，一路做到师长，牺牲时年仅 39 岁。那一天壮烈牺牲的还有二十九军另一位高级将领——副军长佟麟阁

忠心耿耿的张自忠选择服从命令，他说："你们成了民族英雄，我怕要成汉奸了。"

（事后正如张自忠所料，他背负了汉奸之名，被人唾骂"自以为忠"，之后萌发死志，将功赎罪，壮烈殉国。详见本书《"汉奸将军"的自我救赎之路》。）

28 日夜，宋哲元等人撤离北平。29 日凌晨，曾经在"长城抗战"中令国人扬眉吐气的二十九军官兵，大部分都撤离北平，只留下四个团维持治安。

北平城门洞开，不战而降。

而就在 7 月 28 日，当北平城南面响起枪炮声的时候，全城的老百姓还都兴高采烈起来——自己的军队终于和日本人真刀真枪地干起来了！

老百姓们迅速组成了慰问队，在马路两旁摆出西瓜、馒头、酸梅汤等食品，向过往的士兵脱帽致敬。

他们还迅速请来了几十名磨刀人。

他们想为二十九军的官兵磨大刀，杀倭寇。

馒头说

写这篇故事的起因，是在网上看到了一个传播颇广的"抗日神剧"片段。

在这个片段里，一个八路军战士（看模样可能是炊事班的），在全军比武中发明了一系列神奇食物。

他当着部队首长的面，咬了一口包子，咀嚼几口，把剩下的一半往远处一扔，"轰"，爆炸了。随后，他又摆出了西红柿、黄瓜、萝卜等一批食物，都是咬一口，然后往远处一扔，"轰轰轰"，看那个爆炸效果，比手榴弹要强多了。

这位同志高兴地表示，这是专门"孝敬"鬼子的。八路军战士们纷纷竖起大拇指。一个首长也咬了一口包子，说："味道还真不错！"另两个首长频频点头。

手撕鬼子、裤裆藏雷、可以获得诺贝尔奖（诺贝尔自己就是搞炸药的）的"包子炸弹"……我们似乎早已习惯了近乎戏谑的"抗日神剧"，而渐渐淡忘了那14年的艰苦岁月里，我们的先辈们是以一种怎样的决死信念和千千万万条生命筑起的血肉长城，才抵御住了一次濒临灭国的侵略。

我们总说，中国人一人一口唾沫，就能淹死小日本，却有多少人知道，当年有多少满腔热血的中国军队进入战壕，连日本兵的影子都没看到就整班、整排甚至整连地被日军炮火炸死在战壕里。

那是一个工业化国家对一个农业化国家的降维打击啊!

写这篇文章,绝没有贬低当年二十九军"大刀队"之意,事实上,大刀队的战绩伴随着《大刀进行曲》,鼓舞着无数中国子弟兵在抗日战场上顽强不倒,死战不退——在台儿庄战役进行到最惨烈的时刻,坚持到最后一刻的将士们,是高唱着《大刀进行曲》,再一次扑向敌人的。

但是,现在一味强调"大刀队",乃至神化我军的各种"超能力",展现日军的各种不堪一击,其实是对14年抗战中抛头颅洒热血的先烈们的最大不公。

落后就是要挨打的。

我们永远需要"大刀精神",但我们不能永远停留在"大刀"的时代。

本文主要参考来源:

1.《略论喜峰口大捷及其后二十九军扩编》(潘荣、张春生,《长城抗战学术研讨会论文集》,2005 年)

2.《长城抗战的历史记忆与群体认同》(侯杰、常春波,《中州学刊》,2015 年 09 期)

3.《以长城抗战为例看日军对中国的蚕食》[蔡峰,《西安文理学院学报》(社会科学版),2006 年 01 期]

4.《宋哲元与长城抗战》(齐福霖,《长城抗战学术研讨会论文集》,2005 年)

5.《档案揭示国民革命军第二十九军历史面貌》(任学军,《档案天地》,2011 年 06 期)

6.《追忆为国捐躯的二十九军三位抗日名将》(无畏,《瞭望新闻周刊》,1995 年 27 期)

7.《500 大刀催生的〈大刀进行曲〉》(祖远,《文史月刊》,2010 年 01 期)

这群四川人，不该被遗忘

国民党有过几十名陆军一级上将，其中有不少赫赫有名的人物，但也有一些报上名字，会让人愣一下的人。刘湘这个名字，介乎两者之间，但他却是值得书上一笔的一级上将。不仅仅是因为他，也因为他身后的300万四川子弟兵。

1

刘湘

用刘湘自己的话来总结，自己49岁之前的经历是四个字：不甚光彩。

1888年出生的刘湘，20岁时考入四川陆军速成学堂，立志从戎。

在二次革命和护国战争中，刘湘一直都是站在袁世凯这一边的，并且立下了汗马功劳。所以在1917年，刘湘29岁的时候，就已经被北洋政府授予陆军中将军衔。

从 1918 年到 1933 年的 15 年，是刘湘在四川沉浮的 15 年。

在这 15 年里，刘湘先后和熊克武、刘存厚、杨森、刘文辉等一大批四川的大小军阀恶斗，几进几出，掌权又下野，下野又复出，连年征战，终于掌握了四川的军政大权，成为公认的"四川王"。

好不容易坐稳了位置，刘湘又开始面临另一个难题：蒋介石要他"剿共"。于是，从 1933 年到 1937 年的这 4 年，刘湘又开始与共产党军队作战。

作为"川人治川"的积极拥护者，刘湘一方面严格制止蒋介石的中央军入川，另一方面，又希望给自己留条后路，和共产党的军队一边打一边沟通，可谓费尽了心机。

总而言之，从 1918 年到 1937 年这 19 年里，川军给全国都留下了一个"差评"的印象：派系林立，频繁内战。连刘湘自己都承认："一直是自己人打自己人。"

这个情况，一直持续到了 1937 年 7 月 7 日。

卢沟桥一声枪响，日本开始全面侵华。三天后，刘湘就做出了一个让人有些意外的举动：致电蒋介石，请缨抗战。

当时全国那么多大小军阀，刘湘是第一个致电蒋介石要求抗战的人。

7 月 14 日，刘湘通电全国，称"日军侵略非一省一部之问题，主张全国总动员，拼与一绝"。8 月 7 日，刘湘飞赴南京参加国防会议。

在那场会议上，主战派与主和派都有，蒋介石说，你们表决吧——表决不是举手，而是要起立。蒋介石说，同意和日本人打的，站起来。"呼"的一声，刘湘带头就站了起来。

刘湘做出承诺："四川愿意出 30 万军队，500 万壮丁，供给粮食若干万石……四川所有人力财力，均可贡献于国家。"

他当时给出的理由很简单："我们的民族要亡国灭种了！我们整

个中国的人都要说日语了！川军要为民族、为国家尽忠！"

2

刘湘说到做到，回到四川，就开始总动员。

虽然刘湘是"四川王"，但四川军队内部派系林立，绝非想象中那么简单。很多军长和师长根本就不愿意出川。刘湘想尽一切办法，甚至亲自在报纸上发文，号召四川军民"誓复国仇"，要用日本人的血，洗刷川军内战的耻辱。

远离烽火第一线的四川，迸发出了巨大的抗日激情。

1937 年 9 月 5 日，成都少城公园内人山人海。刘湘发表讲话："四川人一直有吃苦耐劳的、反侵略的光荣传统，我们现在就要发挥这个传统，派到前线去参加抗战，我作为一个川军统帅，我一定不要辜负四川父老的希望，上前线英勇杀敌，就是从尸山火海中爬出来，也要把日军赶出中国去！"

随后，川军的主要将领邓锡侯、唐式遵等都发表了讲话。唐式遵因为常年打内战，被四川人骂为"唐瘟猪"，但那天他推开了话筒，直接念了一首诗："男儿立志出夔关，不灭倭奴誓不还。埋骨何须桑梓地，人生处处有青山！"

诗念完，场下很多当初骂他"瘟猪"的老百姓都流下了眼泪，现场掌声如雷。

那一天的数万人里，有不少是妻子送丈夫或父母送儿子去参军，其中有不少人直接写好了遗书。

有一个叫王者成的 50 多岁老汉，主动报名要去打日本人，被告知超龄，他就让自己的儿子王建堂去参军。王建堂去集合的时候，王者成送了他一面旗，旁观的人一看都肃然起敬——上面写了斗大的一个"死"字，旁边还有小字：

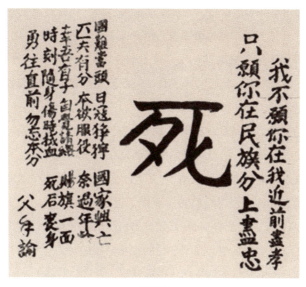

死字旗

我不愿你在我近前尽孝，只愿你在民族分上尽忠。国难当头，日寇狰狞。国家兴亡，匹夫有分。本欲服役，奈过年龄。幸吾有子，自觉请缨。赐旗一面，时刻随身。伤时拭血，死后裹身，勇往直前，勿忘本分。父手谕。

3

蒋介石是非常希望刘湘出川的。

一方面，中日双方一上手就互丢"王炸"的淞沪会战，消耗了蒋介石大量的部队（包括他的嫡系中央军），亟须补充兵源。另一方面，蒋介石早就有把四川作为战略大后方的准备，所以一直希望能分割消灭刘湘的川军势力。所以，刘湘主动请缨出川，蒋介石求之不得。

川军名义上属于国民革命军，但一直是一支独立的军队：川军的每一件军装、每一根皮带、每一颗手榴弹、每一颗子弹、每一支枪，都是川军自己制造、自己购买、自己供给的，军官也是自己培训的。

这也带来了一些预料不到的后果。

出川在即，刘湘发现川军根本没有收到国民政府的拨款，他马上给军事委员会发报，第二天接到的复电是："责成本省自筹。"

于是，刘湘只能自己拿出 10 万大洋做抗战经费。在刘湘的带动下，川军高级将领也纷纷解囊，筹集了近 50 万元，后由四川省政府拨款 40 余万元，民众募捐 50 万元，出川抗战的费用才落实下来。事实上，之后川军和其他杂牌军享受的也是一样的待遇：军饷只有中央军的一半，至于弹药装备补充、武器更新，更是往后靠了。

川军出川，川人夹道欢送

以刘湘的精明，何尝不会洞悉蒋介石的心思，但是这个标准的"旧式军阀"，还是拿出了自己的全部家底——把川军分为二十二、二十三两个集团军，辖5个军3个独立旅，出川抗日。

刘湘出川前，对蒋介石提出的要求只有一个：出于语言习惯等多方面原因，希望能和龙云的滇军、白崇禧的桂军放在一起，作为一个方面军使用。

但本来就有意"边攘外边安内"的蒋介石，怎么可能答应让这三个"刺头"聚在一起？三个方面军后来被安插到了三个战区，不仅如此，刘湘出川前的最低要求——川军必须放在一起使用——也被蒋介石拒绝了。

川军一出川，就被以军和师甚至团和营为单位，分散到了各个战区，接受各个战区司令长官的指挥。

可以说，川军一出川，刘湘就已经失去了控制权。接下来，全靠四川子弟兵们自己证明自己了。

4

川军出川的第一仗，就是去被称为"绞肉机"的淞沪战场上打的。

1937年9月，川军第二十军在杨森率领下，进入淞沪战场——当时，没人看好这支部队。

川军当时在全国军界被称为"中国最糟糕的军队"，或"杂牌军中的杂牌军"。因为川军的军事素养一般，装备更是非常差。几十万川军，穿短裤、草鞋，背着"老套筒"（开几枪可能就哑火了），甚至背着大砍刀，就热血沸腾地出川了。而杨森的第二十军，更是川军中装备最差的一支部队，以二十军第二十六师为例，一个连有八九十人，只有一挺轻机枪和五六十支步枪，有的步枪的枪柄是用麻绳系着的,以防脱落。

这支部队,9月1日从贵州出发,没有交通工具,穿着草鞋,每天白天徒步行军100多里,夜里再自己编织新的草鞋,昼夜兼程,到了湖南才坐到了船。坐完船再换火车,经历了40多天的颠簸,10月12日才抵达淞沪战场。

刚刚抵达,二十军就被投入惨烈绞杀的上海大场一带的阵地。

军长杨森视察阵地时,发现日军的火力装备远在简陋的川军之上——别说川军,就连德械装备的中央军也完全不能匹敌。但他依然做了一番战前训话:"我们二十军是川军中的铁军,是全国闻名的勇敢部队,所以才被调到上海来对日作战。我们这次打的是国际战,是最光荣的!如果上海这一仗抵不住,我们就要亡国,我们要为国牺牲,这是最光荣的!"

面对日军排山倒海的攻势和漫天炮火,还没来得及休整的二十军接替友军防务,迅速进入阵地。

一时之间,很多四川士兵这辈子都没见过的巨大火力,铺天盖地向自己倾泻而来。日军一轮炮火轰击,川军有时整个排就被炸死在战壕里。伤亡巨大,但二十军死战不退。

二十军第一二四师第八〇五团团部少尉见习官胡忆初后来回忆:"深约2米的战壕,在战争开始时,人们还要站在踏脚坑上才看得出去,随后战壕逐渐被战士的血肉填满了,此时死尸堆积竟比战壕还高,活着的人是用先烈的血肉做掩体,继续打击敌人的……全团数千人参战,最后只剩下150人。"

装备最恶劣的二十军第二十六师打到最后,全师4个团长,两个阵亡。14个营长,伤亡13个,连长、排长共伤亡250余名。每个连留存下来的士兵仅三五人,最多不过八九人。全师4 000多人,这场仗打完仅剩下600多人,但最终还是坚守住了阵地。

这个被人看不起的师，成了淞沪战役中战绩最好的 5 个师之一，全师 5 000 人，撤离战场时仅剩 600 多人。

淞沪会战中，川军伤亡惨重

杨森原先也是打内战的"好手"。但在出川前，他曾对着将士说："我们过去打内战，对不起国家民族，是极其耻辱的。今天的抗日战争是保土卫国，流血牺牲，这是我们军人应尽的天职，我们川军决不能辜负父老乡亲的期望，要洒尽热血，为国争光。"

二十军没有辱没使命。

5

另一支奉命进入山西的川军，命运更坎坷了。

进入山西的，是川军将领邓锡侯麾下的第二十二集团军。出发前，川军部分旅长和团长，以为会得到中央的补给，士兵们穿着单衣、带着简陋的武器就出川了。但到了西安后，西安行营主任蒋鼎文拒绝补充物资，让他们找"山西王"阎锡山。

精明的阎锡山推诿：山西方面的一切武器弹药和军需物资，早已运过黄河储存于潼关附近，没办法补充。结果第二十二集团军的四十一军整整一个军，仅得到了阎锡山给的山西造轻机枪 20 挺。

在缺衣少枪的情况下，部分四十一军的士兵砸开了阎锡山的军火库，自己补充军火。这下惹恼了阎锡山，要求将川军赶出自己所辖的战区，因为他们"成事不足，败事有余"。

蒋介石随即让第一战区的司令长官程潜接收川军，结果程潜也坚持不要。

满腔热血出川的川军，遭遇了一个尴尬局面：各个战区都不愿意接纳装备低劣的他们。

这时候，第五战区司令长官李宗仁站出来表态：来，到我这里来！诸葛亮扎个稻草人都能吓退敌兵，川军比稻草人肯定要强吧？

1938 年 1 月，川军第二十二集团军进入第五战区，开始加入徐州会战。在这场惨烈的会战中，全国都知道了川军第四十一军一二二师，因为他们死守了滕县县城三天，是后来中国军队获得台儿庄大捷的关键前提。

当时负责进攻徐州的日军板垣、矶谷两师团是日军中最顽强的部队，之前发动"二二六"政变的日本少壮派，几乎全在这两个师团之内。在滕县，日本最强的部队和中国最烂的部队不期而遇。

一二二师师长王铭章，四川新都人。在那场著名的"滕县保卫战"中，他身先士卒，在知道援军抵达无望之后，发出电报"决以死拼，以报国家"，一直坚守到城破的最后一刻。

根据李宗仁后来的回忆和著名记者范长江的记录，王铭章在城破之时，坐镇城中心的十字街道继续指挥巷战，最后身中数弹而亡。同时殉难的还有师参谋长赵渭滨及川军一二四师（当时在城外血战）参谋长邹绍孟等人。

王铭章

王铭章牺牲后，守城的川军继续战斗，除少数突围外，全师5 000人尽数殉城（有不同说法，说没有那么多）。最后不愿意投降的数百川军，拉响手榴弹，与日军同归于尽。

李宗仁后来留下评语："若无滕县之苦守，焉有台儿庄大捷？台儿庄之战果，实滕县先烈所造成也！"

6

尽管被分散到各个战区独立作战，但川军确实打出了自己的血性。

在整个抗战期间，一共牺牲了24个少将以上军衔的川军将领，占到整个中国军队牺牲将军数量的1/10。其中，14个川军将领是1938年之前，也就是出川一年内就阵亡的。在淞沪会战、南京保卫战、徐州会战这些主要战场，到处都是川军的身影。

在这些将领中，有一位最高将领，是病死的。那就是刘湘。

刘湘身边的人，包括他的妻子，其实当时是坚决反对刘湘出川的，因为他有严重的胃溃疡。

胃溃疡发作的时候，刘湘经常会吐血。出川前，他请了一位德国医生做诊疗，医生关照他必须开完刀才能走，但刘湘不答应，把那位医生一起带上了。

1937 年 11 月中旬，刘湘抵达南京，此时中国军队已从淞沪会战败退，日军先后攻占嘉定、常熟等地，沿京沪铁路和太湖南岸兵分两路逼近南京。作为负责该地区的第七战区司令长官，刘湘曾向蒋介石请战，将川军两个集团军集结，由他来指挥保卫南京（后来选的是唐生智）。

11 月 20 日，国民政府宣布迁都重庆，刘湘立刻通电："谨率七千万人，翘首欢迎。"

11 月 23 日，因吃了螃蟹，刘湘病情加重，胃出血不止。次日傍晚，蒋介石亲携张群、钱大均至刘湘处探视，劝其出京治疗，而刘湘则要求继续坐镇指挥。

11 月 27 日，刘湘陷入昏迷。在蒋介石的示意下，刘湘乘船离开南京，入住汉口万国医院。12 月上旬，刘湘的病情略有好转，可以由人搀扶走路。那个时候，因为国民政府迁都重庆，所以刘湘开始考虑四川作为大后方安排大批内迁人员。

1938 年元旦，刘湘发表了《长期抗战中的四川》一文，文中提到四川的地位一天比一天重要，四川是一致拥护政府抗战到底的，并深信有四川作为抗战的一个忠实后方，抗战一定能够进行到底，并最终取得胜利。

但就在这一天，刘湘知道了一个让他难堪的决定：在没有通知他的情况下，蒋介石撤销了他第二十三集团军司令官的职务（其实接任者是刘湘的亲信唐式遵）。没有了职务，他就没有了指挥军队的权力。

尽管他作为一个病人，确实难堪指挥重任，但刘湘认为，蒋介石应该事先告知他。

1月13日上午，刘湘的老友冯玉祥来访，据后来门口的卫士回忆，当时刘湘情绪激动，大声说过"今天抗日，我出川军十多万，将来历史上，国人会知道我刘湘是什么人"。

1月17日，刘湘病危，医生马上要求给他输血。从前线赶回来的川军第二十三军军长潘文华给他输了300毫升的血，但当时刘湘的血管已经萎缩，连血都很难输进去了。

刘湘终于决定开始写遗书：

> 余此次奉命出师抗日，志在功赴前线，为民族争生存，为四川争光荣，以尽军人之天职。
>
> 不意宿病发，未竟所愿，今后唯希我全国军民在中央政府及最高领袖蒋委员长领导之下，继续抗战到底，尤望我川中袍泽，一本此志，始终不渝。
>
> 即敌军一日不退出国境，川军则一日誓不还乡，以争取抗战最后之胜利，以求达我中华民族独立自由之目的。

1月20日，刘湘病逝，享年50岁。

1月22日，国民政府明令褒恤刘湘，追赠陆军一级上将。

刘湘那段"敌军一日不退出国境，川军则一日誓不还乡"的遗嘱，在之后很长一段时间里，前线的川军每天升旗时，官兵都会大声诵读。

在他病逝后，有人在他房间的抽屉里找出了一张纸条，上面有他手写的两句话："出师未捷身先死，长使英雄泪满襟。"

四川阵亡将士子女寄托所师生合影

馒头说

一直以来，不少人会有一个疑问：刘湘在大后方待得好好的，为什么要出川抗日？

有一个说法是，刘湘为了避免被蒋介石裁军。

根据当时的情形来看，谋求统一的蒋介石，已经开始了对川军的裁撤和渗透工作，刘湘此时率军出川，确实可以作为一个周旋手段。

但不管刘湘出川的背后到底有什么动机，川军是实打实抗日的。淞沪会战和南京保卫战两场战役，刘湘就耗光了手里六个精锐主力师。在之后的徐州会战和长沙会战中，川军凭借低劣的装备，用自己的血肉和勇气，打出了自己的军威。说刘湘和川军将士纯粹是打着自己的小九九抗日，这对他们不公平。

据统计，全面抗战八年来，一共有40万川军出川抗日，参加了抗战中所有的正面战场战役，其中有26万川军埋骨他乡，再也没有回来。

　　1937 年到 1945 年，全国征兵总数为 1 400 万，其中四川贡献兵员 320 万，占全国总兵员 1/5 强。

　　不仅仅是出人，还有出钱。在抗战最困难时期，四川负担了国家财政总支出的大约 30%。1937 年至 1945 年，中国财政总计支出 14 640 亿元法币，四川就负担了约 4 400 亿元，达到了约 1/3。四川出粮也最多，仅 1941 年至 1945 年，四川共征收稻谷 8 228.6 万市石，占全国征收稻谷总量的 38.75%、稻麦总量的 31.63%。

　　川军抗日阵亡将士纪念碑在四川成都市的人民公园。

川军抗日阵亡将士纪念碑

　　这座雕像，展现的就是那时候最典型的一个川军士兵形象：大砍刀，斗笠帽，简陋的步枪，短裤，草鞋。

　　就是这样一支装备如此简陋的川军，当年浩浩荡荡，满腔热血，出川抗日。

中国的军界，原本有句话，叫"无湘不成军"。但自抗日战争川军出川之后，多了一种说法，叫"无川不成军"。

在汶川大地震后，互联网上又有了一句话：

"川人从未负国，国人绝不负川！"

本文主要参考来源：

1.《抗战前后刘湘的政治抉择新论》[刘长江、陈显川，《重庆师范大学学报》(哲学社会科学版)，2016 年 01 期]

2.《川军抗战将领刘湘最后的殊荣——国葬》(吴志忠，《四川档案》，2015 年 05 期)

3.《蒋介石与刘湘关系述论》[郭昌文，《合肥工业大学学报》(社会科学版)，2014 年 06 期]

4.《无川不成军》(陈维灯，《重庆日报》，2014 年 9 月 3 日)

5.《对抗战前四川战略准备的再认识》(肖俊生，《中华文化论坛》，2014 年 08 期)

6.《川军出川抗战述评》[蒲自林、陈哲，《四川理工学院学报》(社会科学版)，2006 年 03 期]

7.《川军出川抗战》(王晓春，《四川档案》，2005 年 05 期)

抗日战争，我们到底有没有空军？

这是一个中国飞行员的故事，这位飞行员，因为在抗日战争中的英勇表现而被铭记。但今天我们怀念的，其实不是他一个人，而是他所代表的一批当时中国的空中精英。

1

1937 年 8 月 14 日，"淞沪会战"爆发的第二天。

日本的鹿屋航空队 18 架"九六式"轰炸机，每架携带着 2 枚 250 公斤的炸弹，从台北的日本空军基地起飞，飞向中国大陆。

这是日本海军第三舰队司令长谷川清的命令。就在这一天的凌晨，中国的空军出动飞机 76 架次，轰炸了日本在上海的司令部、码头、仓库和舰船。

日本人根本就没有想到：孱弱的中国空军，居然敢在大日本帝国的空军面前主动出击！

所以，这是日军的一次报复行动，报复的目标之一，就是上海附近的杭州笕桥机场。与黄埔军校齐名的笕桥中央航校，可以说是中国空军的摇篮，如果能摧毁笕桥机场，不仅可以缓解在上海作战的日军的压力，更能一举摧毁中国空军的士气。

8月14日下午，9架"九六式"轰炸机飞临笕桥机场上空，日本的飞行员甚至已经可以看到，中国的飞机正在向机场降落。

"九六式"轰炸机

根据情报，中国空军的第四大队第二十一、二十二、二十三中队，刚刚从河南的周口转场到杭州的笕桥机场，刚降落的飞机肯定燃料已经不足，正是攻击的好时机。

笕桥机场的空袭警报拉响了。

日本飞行员吃惊地发现，刚刚降落的中国飞机，立刻滑出跑道起飞升空，而正在降落的中国飞机随即拉升了机头，转身向自己的编队扑来。

淞沪会战的第一场空战，就在笕桥机场上空拉开。

这是一场遭遇战。按理说，日本空军的轰炸机应该有战斗机护航，但当天因为天气原因，日军航母上的"九六式"舰载战斗机不能起飞。更重要的是，长谷川清根本不相信中国有什么像样的空军力量，认为单凭"九六式"轰炸机就够了。

"九六式"轰炸机是日本三菱重工研发的当时世界上非常先进的单翼轰炸机，虽然体形笨重，但每架飞机上配有3挺7.7毫米口径的旋回机枪，完全可以对抗普通战斗机。而中国空军驾驶的，是从美国购买的霍克–3型双翼驱逐机，火力不及"九六式"轰炸机，但飞机性能却优于对手。

霍克–3型驱逐机

这场不到30分钟的空中绞杀，结局让日本人大吃一惊，甚至让中国人也大吃一惊：日本空军被击落三架飞机（当时战报是击落6架），击伤一架，而中国空军无一损失！

杭州的报纸，两个小时后就出了号外：日本空军不可战胜的神话被打破！

全国沸腾。连很多中国人都不相信这个消息。蒋介石亲自打来电话，问消息是否属实，然后询问：击落第一架日本飞机的我方飞行员叫什么名字？

他得到的回答是三个字：高志航。

2

高志航，原名高铭久，1907 年出生于吉林省通化县。1920 年，13 岁的高志航考入了奉天中法学校，后来又进了张作霖父子办的炮科学校（东北军当时以炮兵打天下）。1922 年，张学良改组军队，决定大力发展空军，从国外买了 120 多架飞机（可见当时张氏父子多么有钱），筹建空军学校，并准备从炮科学校中选拔 18 名学员到法国学习飞行技术。

当时高志航非常想去，但因为身高只有 167 厘米，落选了。他一个人在学校走廊里哭，但没人理睬。后来，他用法语给张学良写了一封信，并在信中把名字"铭久"改成了"志航"，表达了自己的决心。张学良最终同意让高志航加入留学生的行列。

1927 年 1 月，19 岁的高志航以优异成绩学成回国，随后被张学良将军任命为东北航空处飞鹰队少校驾驶员，随即转任东北航空教育班少校教官。

高志航（前排右二）与留法同学的合影

在那期间，高志航遭遇了一次事故：他试驾一架刚买进的新型飞机，出了故障，弹出的操纵杆敲断了高志航的腿骨。因为接骨效果不理想，需要敲断重接。为了避免影响对飞行员来说最重要的神经系统，高志航坚决不肯打麻药，在无麻醉状态下敲断腿骨重接。接完骨后，高志航的伤腿短了1厘米，从此人称"高瘸子"。

1931年，"九一八事变"爆发，东北军不放一枪，全线退回关内（详见本书收录的《"九一八事变"前后的四张面孔》）。这件事给了高志航极大的刺激，他不顾家人的反对，只身返回关内——作为一名当时中国极度稀缺的优秀飞行员，他希望能有一个报国的机会。

高志航当年的留法同学邢铲非，当时已经做到了国民党军政部南京航委会航空大队长。经他的介绍，高志航来到杭州笕桥中央航校，接受了一个高级班的短期培训。但因为他当时东北军的身份，处处受人猜忌和排挤，结业后只得到了一个空军见习少尉的头衔，还没有单独飞行资格。

高志航的座机（第四大队一号机）

但是，高志航一点都不在意，因为他有过硬的飞行技术。在之后几年，他通过刻苦自修，掌握了"夜间起飞不打灯""倒飞""弧形飞"等当时国际一流的飞行技术，并在几次检阅中技惊四座，很快就成为空军教导总队的少校总队副。

1936年10月31日，蒋介石49岁生日。那天，南京航委会特别在南京举行了一次有英、德、意等国空军参加的空战技术和飞行特技表演。正留守杭州的高志航闻讯后主动驾机前往参加。当时，他那些拿手好戏让外国飞行员的特技都相形见绌，给蒋介石留下了深刻印象。从此以后，高志航声名大振。

1935年，高志航奉命去意大利考察并购买飞机。在意大利，酷爱飞行的墨索里尼对高志航的飞行技术大为赞赏，甚至希望他能留下，当然遭到了拒绝。意大利的飞机制造厂商出了重金贿赂高志航，试图让他买下一批落后的飞机带回国，高志航坚决不答应，随即向美国购买了100架霍克–3型飞机。

这就是1937年8月14日，中国飞行员驾驶的那批飞机。

3

再回到1937年8月14日那一天。

当时笕桥机场上空大雨，由河南飞来的中国空军第四大队第二十一中队9架飞机刚刚降落在机场准备加油，第二十二、二十三中队还在飞行途中，准备降落。

已经是第四大队队长的高志航，得到日机来袭的警报后，随即奔了出去。因为通信设施不灵，高志航骑了辆自行车，不停用手势加喊叫："起飞！赶紧起飞！"在命令第二十一中队起飞迎敌后，高志航自己也跳上了一架霍克–3型战斗机，带了两架僚机迎了上去。

当时的日本"九六式"轰炸机编队因为过分轻敌，已经四处分散寻找轰炸目标，放弃了交叉火力掩护，这也给升空后的中国空军提供了难得的机会。高志航率先在云层下发现了一架涂着迷彩色的"九六式"轰炸机，对方也同时发现了他，机枪马上从炮口中伸了出来。

但高志航不可能给予对手任何机会，他先是用机枪摧毁了那架飞机的尾炮，然后从容跟进瞄准，精准击中了对手飞机的主油箱，日机像一个火球一般，坠落在钱塘江畔。

8月15日，不相信失败事实的日军从马鞍群岛附近的"加贺号"航母上起飞了16架轰炸机和29架战斗机，再次奔袭杭州。高志航率第四大队起飞迎敌，又打下日机3架（高志航本人击落2架）。那一天，中国空军第四、第五大队一共打下17架日本飞机。8月16日，又击落日机8架。

短短几天，日本人引以为傲的木更津和鹿屋两个航空队，竟然在他们本以为"不存在"的中国空军面前，损失了一半最新式的"九六式"轰炸机，且对战略目标的打击根本不能完成。

在"大日本帝国巨大的耻辱"面前，木更津航空队联队长石井义大佐切腹自杀。

4

但令人扬眉吐气的胜利，毕竟只是暂时的。

1937年，中日两国的空军实力对比是这样的：日本拥有91个飞行中队，各类作战飞机2 100架左右，而中国一共只有300架左右的作战飞机，日本作战飞机数量是中国的7倍。

更关键的是，日本自己拥有飞机制造能力和技术更新能力（1940年后服役的著名"零式战机"曾给中美空军造成巨大麻烦）。抗日战争时期，日本人的飞机越打越多，越打越强。而中国所有的飞机包括

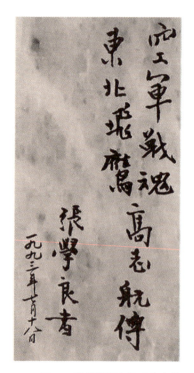

1993 年，92 岁的张学良为《高志航传》题词

零件都从外国采购，本身没有任何制造能力，换句话说，打一架就少一架。在最初的交手之后，中国空军飞行员每一次驾机升空，往往要单挑对方 10 架甚至 20 架飞机。

在这样的情况下，每一个中国飞行员都知道自己的必然结局——殉国。

其中当然也包括高志航。

1937 年 11 月，因为中国的飞机越打越少，只能从苏联秘密购买（美国当时因不愿得罪日本，不再向中国出口飞机）。高志航受命到兰州接收从苏联购买的飞机。11 月 21 日，转场的飞机抵达河南周口机场，随时准备飞赴南京支援前线。

但是，这个情报却被日本人获悉了（一说是汉奸告密）。

11 月 21 日清晨，数十架日军轰炸机飞临周口机场上空，对新到的中国飞机施行轰炸。高志航率先冲进机舱准备升空迎敌，但一连发动两次飞机都失败了。这时，炸弹已经在机场爆炸，身边的军械长劝他先找地方避一避。高志航回答："身为中国空军，怎么能让敌人的飞机飞在头上？"

就在第三次发动的时候，密集的炸弹落在了他的座机周围，高志航连同 14 架飞机，淹没在一片火海中。

殉国时，高志航的双手还紧紧握着飞机的操纵杆，时年 30 岁。

5

悲壮殉国的，不仅仅是高志航。

当时，包括高志航在内，中国空军有"四大天王"。

乐以琴，曾被称作"空中赵子龙"，一人击落过 8 架日机。在南京保卫战中，他与战友董明德驾驶仅存的两架飞机升空迎战数十架日机，飞机被击中后，跳伞落地身亡，时年 23 岁。

李桂丹，"八一四空战"中击落第二架日机的王牌飞行员。1938 年武汉保卫战中，他以寡敌众，在击落 3 架敌机后，在空中被日机击中油箱，机毁人亡，时年 24 岁。

刘粹刚，一人击落过敌机 11 架。南京保卫战中，日机欺负中国空军已无力量，在南京上空做特技表演，刘粹刚单独驾驶飞机升空，在数万南京市民眼前击落日机一架。1937 年 10 月，在支援山西战场夜航时，他为了保全珍贵的飞机而不肯跳伞，最终飞机撞上高平县魁星楼，机毁人亡，时年 24 岁。

除了这些英雄，还有一批名字值得铭记。

沈崇海，在 1937 年 8 月 19 日的淞沪空战中，飞机冒烟起火，与同机的陈锡纯决定放弃跳伞，驾机撞击日军旗舰"出云号"，最终失败，坠机入海殉国。沈崇海时年 26 岁，陈锡纯时年 22 岁。

陈怀民，在 1938 年武汉"四二九空战"中，飞机中弹起火，但他放弃跳伞，驾机翻转 180 度，与当时日本王牌飞行员"红武士"高桥宪一的日机相撞，同归于尽，时年 22 岁。

还有很多在空战中牺牲的飞行员，只是留下了一个名字。

1944 年第 5 期《中国的空军》上曾刊登过一篇名为《殉国成仁的烈士群》的文章，其中记载了很多当时中国空军飞行员的事迹，而最多的一句就是："某天，他一去就再也没有回来。"

上一：高志航，下一排左起：刘粹刚，李桂丹，乐以琴

在笕桥中央航校，同学之间最普遍的一个现象是：同年入校，同年毕业，同年殉国。

这些飞行员殉国时，风华正茂，他们大多有着良好的家世和教育背景，但在国难当头之际，他们从来没有想到过退缩。刘粹刚在给妻子的最后一封家书中这样写道："真的，假如我要是为国牺牲杀身成仁的话，那是尽了我的天职！因为我们生在现代的中国，是不容我们偷生片刻的！"

翻开当年中国空军的飞行员花名册，你会发现一个残酷的事实：在与日本惨烈的空中战斗中，中国的第一批精英飞行员，基本没有一个活过 1938 年。

以高志航为首的中国空军"四大天王"，在开战一年之内，全部殉国。

馒头说

最后还想说一个中国飞行员的故事。他的名字，叫阎海文。

1937年8月16日，隶属中国空军第五飞行大队的阎海文奉命轰炸日军驻上海司令部。在完成轰炸任务返航的过程中，阎海文的5210号座机被地面高炮击中，他被迫跳伞，却因为风向变化，落入了日军阵地。

大批的日军围了上来，他们希望能活捉一名"支那飞行士"，看看他们到底有什么能耐，居然能击落"大日本帝国"的飞机。

阎海文身边只有一把手枪，他在日本士兵的"投降"喊话中，举枪击毙了5名日本士兵，然后给自己留下了最后一颗子弹。

21岁的阎海文在自尽前，喊了一句："中国没有做俘虏的空军！"

日本大阪《每日新闻》的随军记者木村毅吃惊地目睹了这一幕，并写成了报道发回国内。

日本人的情报工作，向来做得细致。早在开战之前，中国空军有多少家底，他们早就已经摸得一清二楚。

但是，机器是死的，人却是活的。子弹是冷的，血却是热的。

1937年"卢沟桥事变"爆发后，成千上万的中国军人，拿着低劣甚至原始的武器，毅然决然地走上了战场。哪怕是在最讲究武器与机械性能的空中战场，中国军人所表现出的魄力和战力，也让日本空军感到震撼。一个日本空军飞行员曾回忆：中国飞行员根本就不是来空战的，他们不要命一样，就像是来拼刺刀的。

因为他们不理解，一个人在保卫自己家乡国土的时候，能迸发出多大的勇气。一位笕桥中央航校六期的东北籍飞行员曾写过这样一段话："我进入笕桥就准备好有朝一日血洒长空，我抱定了舍生取义的信念，只盼在与敌同归于尽之前，打回东北去，驱逐日寇，把我的战机降落在家乡的机场！"

这位东北飞行员后来在江苏句容上空被击落阵亡。但千千万万的中国飞行员，依然义无反顾地投入战场。据统计，整个抗日战争期间，中国空军在空中击毁日机 568 架，在地面击毁日机 599 架（抗战后期，美国"飞虎队"加入后战局明显好转），日本陆海军航空兵被击毙、俘虏及失踪者，共计 2 764 人，在这个过程中，中国空军伤亡 14 037 人，损失飞机 1 813 架。

阎海文自尽后，日本士兵给他做了一个简单的坟墓，立了块墓碑，上面写了"支那空军勇士之墓"，以示敬意。

那位记者木村，在发回国内的报道最后，写了这样一句话：中国已非昔日支那！

本文主要参考来源：

1. 《空军战魂东北飞鹰——记抗日民族英雄高志航》（田玲、季晓芸，《兰台内外》，2005 年 04 期）

2. 《高志航牺牲日期考辨》（蒋泽枫，《兰台世界》，2012 年 01 期）

3. 《击毙日军"四大天王"始末》（廖汉宗，《党史天地》，2005 年 08 期）

4. 《笕桥上空，傲气雄鹰破日寇》（方力，《浙江日报》，2015 年 8 月 30 日）

5. 《抗战前国民政府空军建设研究（1931—1937）》（刘俊平，南京大学博士论文，2014 年）

6. 《中国的天空——中国空中抗日实录（3）》（何君，《现代兵器》，2003 年 08 期）

7. 《乐以琴："飞将军"长空击敌名垂青史》（赵小燕，《大飞机》，2015 年 04 期）

8. 《八·一四空战及以后》（李军，《浙江档案》，2004 年 08 期）

一座被死守的仓库

这个故事，和一座仓库有关，那曾经是一座千疮百孔的仓库，因为一群军人的死守，这座仓库被人永远铭记。

1

1937年10月27日，凌晨2点。上海闸北区苏州河北岸，四行仓库。

那是一座六层的钢筋水泥建筑，因为是当时上海四所银行设立的联合营业所的仓库，所以被上海人叫作四行仓库。

此时的仓库里，脚步声声，人声鼎沸。

"一楼所有门窗，用沙包和粮食全部堵死！"

"二楼以上窗口，堵死一半！到时候可以扔手榴弹！"

"电源全部切断！别让鬼子利用电线放火！"

一道道命令被传达下去，一队队士兵在仓库内来回穿梭。

"报告长官！一切准备就绪！"士兵向一位长官报告。

"清点人数！把每个人的名字都记下来！"长官命令。

之所以下这道命令，是因为长官希望这份名册能传递出去，等全体殉国后，让国家优待烈士家属。

布满弹痕的四行仓库

然后，长官命令全体集合。

"这个仓库，就是我们最后的阵地！"长官当着所有人的面，大声说，"也可能，就是我们的坟墓。"

长官顿了一下。

"但是，只要我们还有一个人，就要和敌人拼到底！听清楚没有?！"长官吼道。

"听清楚了！"所有士兵大声回应，呼声在整个仓库间激荡。

在之后的四天，这支残缺不全的部队，将被整个中国，乃至世界知晓：国民革命军第八十八师二六二旅五二四团。

团长的名字，叫谢晋元。

2

谢晋元，广东省蕉岭县人，1905 年出生。

谢晋元原本是一个地道的读书人，但是在那个年代，他发现，空谈理论或上街游行和喊口号，并没有什么太大的作用，要改变这个国家，必须自己投入到第一线去。

1925 年，谢晋元以广东大学（现中山大学）毕业生的身份，考入了黄埔军校四期，投笔从戎。

1926 年 7 月，北伐战争开始。谢晋元提前毕业，从一名排长做起，一路冲锋陷阵，到了 1936 年，谢晋元做到了国民革命军第八十八师二六二旅的旅部中校参谋。

谢晋元

那一年，中日之间火药味已经四处弥漫。谢晋元的部队，从四川万县调防江苏无锡。谢晋元立刻做了一件事——把住在上海龙华镇的妻子凌维诚和儿子送回广东原籍。

在与妻子告别时，谢晋元说："我不是好儿子，也不是好丈夫，奉养年老父母、抚育年幼子女的重担，要你承担了。这场和日本的战争，会非常激烈，我们肯定会有很大的牺牲，也会有局部的失利，但我们国家一定会胜利！到时候，我亲自接你们母子回上海！"

1937 年 8 月 11 日深夜，二六二旅五二四团奉命从无锡出发开赴上海。

两天后，惨烈的淞沪会战爆发。

当时日本人喊出的口号是："三天占领上海，三个月灭亡全中国。"为此，日本一共在上海投入了十四个半的最精锐师团，并出动了一半以上的海军。

而蒋介石也投入了自己的血本。这场在当时远东第一大都市上海爆发的残酷会战，前后有 80 万最精锐的中国军队对阵 30 万最精锐的

燃烧的上海市政府大楼

日军，从8月打到11月。但打到10月底的时候，中国军队其实已经顶不住了。

10月25日，中国军队在上海的大场防线被突破，全军撤退。

这个时候，第八十八师师长孙元良接到了蒋介石的命令：全师留下，死守上海！

第八十八师是蒋介石的嫡系王牌师，全德械装备，淞沪会战一开始就顶到了最前线——蒋介石也希望借此让全国各地的军阀看到中央军誓死抗日的决心。

但这个命令被孙元良断然拒绝：这纯粹是白送死！死得没有任何意义！

于是蒋介石讨价还价：留下一个团？

孙元良还是不同意。

最终，决定留下一个营。

当时有很多人都不理解蒋介石这一举动：所有部队都撤退了，为什么还要留一支孤军？

而蒋介石的目的，是希望留下这支坚守的部队，让全世界看到，在上海，中国军队仍在抵抗日本人，他一直希望获得国际的关注，以及随后的干预。

而这支注定有死无生的部队，就是五二四团一营。谢晋元其实是当时的团附，代理团长。

10月27日凌晨，谢晋元率五二四团一营进驻四行仓库。当时全营其实只有 400 人左右，为了迷惑日军，号称"八百人"，所以才有了后来的"八百壮士守四行"。

于是，就发生了本文开头的那一幕。

3

10 月 27 日，清晨。

大摇大摆来到苏州河边的日军，被四行仓库里突然射出的子弹打蒙了：中国军队不是全撤了吗？怎么还有部队在这里？

整整一个上午，日军没敢行动。

在摸清了情况之后，当天下午，日军对四行仓库完成了包围，开始大规模进攻。

一时之间，枪林弹雨，弹片横飞。

四行仓库独特的地理位置，给谢晋元的孤军创造了一个有利条件——仓库三面被日军包围，但南面与英租界相连。

当时的日军，还不敢动租界。

所以，尽管枪声激烈，但日军不敢动用飞机轰炸，也不敢炮轰。在基本相同的武器条件下，视死如归的中国军人又居高临下占据了守势，日本人的头就一下子大了起来。

而两岸的上海市民却沸腾了。

"还有一支中国军队没撤！他们还在打鬼子！"

这个消息，在上海市民中迅速传播。到了 27 日下午，苏州河岸边，居然聚集了上万名上海市民。

虽然不远处就是弹片横飞的战场，但隔着苏州河围观的上海市民却没有躲开的意思。他们看到谢晋元的士兵干掉日本士兵或炸毁日本战车，就一起拍手欢呼，齐声叫好。看到日本军队想偷袭，就齐声喊

远眺炮火连天的四行仓库

叫提醒中国士兵，还用大黑板写字和画图向仓库里的中国士兵预告。

　　知道仓库里留守的中国军队可能会缺少食品和药物，上海市民自发组织起来，捐赠食品和药品，第一天就通过租界送进去2万张大饼和各种水果、药品（当时上海的流氓大亨杜月笙也出力颇多，参阅《"上海皇帝"的正面与反面》）。

　　在上海市民里面，有一个22岁的女孩，叫杨惠敏。当时她看到，四行仓库的三面都飘扬着日本的太阳旗，而南面飘的是英国的米字旗。作为当时战地服务队童子军的杨惠敏，就希望能为谢晋元和他的壮士们做些什么。

杨惠敏

　　27日夜，杨惠敏冒着生命危险，爬过当时上海的西藏路，通过四行仓库与英租界相接的烟杂店，送进去一样东西。

　　10月28日清晨，东方慢慢露出鱼肚白，一大早就来围观的上海市民，发现四行仓库楼顶，居然升起了一面国旗。

那一面国旗，由两根竹竿接在一起当旗杆，在一片日本太阳旗和英国米字旗中间，迎风飘扬，分外显眼。

20个左右的中国军人，在楼顶，面向国旗，肃穆地敬军礼。

对岸的上海市民顿时沸腾了，很多人脱帽致礼，而更多的人瞬间就流下了热泪。

人群中忽然爆发出了齐声的呼喊："打倒日本！""我们必胜！""中华民族万岁！"

4

战斗越来越惨烈。

第二天，10月28日，日军对四行仓库发起了一轮又一轮的冲锋，谢晋元自己也拿起枪站到窗口开始狙击日军。

但日本人想出了一个法子：他们找了一块厚钢板，由十几个日本突击队士兵托举在头顶挡住子弹，向四行仓库的底楼突进——他们准备用随身携带的炸药包，炸开四行仓库底楼的墙体，打出一个突破口。

一开始，五二四团一营还在仓库外设有阻击阵地，后来全部退进仓库

关键时刻，敢死队员陈树生站了出来。他在自己身上绑满手榴弹，拉了导火索，就直接从窗口跳了下去，与那个突击队的十几个日本士兵同归于尽。谢晋元当时就在窗口，泪流满面。

陈树生是四川人，之前他已在一件白汗衫上，给远在家乡的母亲写下了血书："舍生取义，儿所愿也！"

像这样的遗书，四行仓库里一共有 298 封。

10 月 29 日，谢晋元给师长孙元良发了一封信："誓不轻易撤退，亦决不做片刻偷生之计。在晋元未死前，全营官兵必向倭寇取偿相当代价。""决不负师座，不负国家！"

10 月 30 日，孤军坚守四行仓库四天之久的谢晋元将士，已经把日本人惹得恼羞成怒——他们终于调集了 37 毫米口径的平射炮开始猛轰四行仓库，然后四处纵火焚烧，甚至完全不顾国际公法，向仓库内发射瓦斯弹。

淞沪会战中戴着防毒面具的日本部队，证明他们确实使用了毒气

日军扬言：将不顾一切后果，采取极端手段，对付中国守军！

无论是实际攻势还是口头威胁，都没有对四行仓库内的守军发生任何作用。直到 10 月 30 日晚，四行仓库依旧岿然不动。

但有些人毕竟还是被吓到了。

10 月 30 日晚，谢晋元非常意外地接到了撤退的命令。

5

对于命令谢晋元撤退的原因，至今还没有一个明确的说法。

有一种说法是，各国使节向中国政府提出照会，要求出于人道主义考虑，撤回谢晋元的孤军。

另一种说法是，由于日军被激怒，各种火力和攻击手段明显升级，租界怕殃及池鱼，坚持要撤出谢晋元的部队。

从谢晋元后来的遭遇看，后一种说法更可信。

10 月 30 日晚，再三表示"全营将士已准备与仓库共存亡"的谢晋元，在安排好狙击掩护后含泪将自己的部队撤进了英租界。

四行仓库坚守四天，消灭日军 200 余人，摧毁日军坦克两辆，而谢晋元的部队，牺牲 9 人、伤 28 人，300 多人的部队，安全撤进英租界。

但一进英租界，谢晋元的部队就被缴械了。

按照原先的约定，谢晋元的部队是要通过租界，然后与沪西的中国军队会合，继续投入抗日战场中去的。

但日本人给租界发出了威胁：如果你们敢让谢晋元的部队离开，我们就立刻进入租界，搜捕追击！

最终，租界迫于中国民众压力，没有把谢晋元的部队交给日本人，但也不敢放走他们，而是将他们放在租界内一块 15 亩大的地方，软禁起来。

这一禁，就是 4 年。在那期间，谢晋元和他的部队遭受了很多不公正的待遇，但他率领一营全体将士，每天准时出操、训练、自办饭食，还自己举办唱歌会、运动会。

在那期间，上海也沦陷了。但上海市民每天都会来到这片"孤军"的营地，给他们带好吃的，告诉他们外面的新闻和战事进展。多的时候，每天有数千人，少的时候，也有数百人。有的上海市民，来了，就远远地朝谢晋元他们鞠一个躬，就转身离去。

在那期间，有无数的日本浪人和特务，试图闯入营地暗杀谢晋元，但都没得逞。1940年汪伪政府成立，以陆军司令的高官诱降谢晋元，被谢晋元痛斥拒绝。

诱降不成，汪伪的特务只能使出下作的手段了。

1941年4月24日晨5时，谢晋元在照例带兵出早操时，被汪伪收买的四个谢晋元的士兵，拿出早就准备好的匕首和铁镐等凶器，猛刺猛击谢晋元的胸部和太阳穴。谢晋元重伤后不久就离世了，年仅37岁。

谢晋元和他的部下

消息传来，举国悲愤，上海市30万市民自发吊唁，几条马路都被堵塞。蒋介石追封谢晋元为少将。

但坏消息并没有结束。1941年12月7日，日本偷袭珍珠港，太平洋战争爆发，日本正式对欧美列强宣战。一直试图明哲保身的上海租界，被日军全面接管，而租界营地里的谢晋元孤军，被全部拘禁，然后被发配到各地去做劳工和苦役，更有 36 个人被发配到了遥远的新几内亚。

曾经威震敌胆的谢晋元及四百壮士，最终落得了这样一个结局。

馒头说

历史有时候就是这样的冷酷无情。

我们总幻想着英雄们有一个圆满的终场——或者以为至少是一个悲壮的结局，但真实的历史，就是会让你无言以对。

事实上，抗战胜利后，谢晋元留下的这些将士，也过得不好。谢晋元的遗孀凌维诚在抗战胜利后回到上海，发现六七十个依然在世的原谢晋元五二四团一营的将士，都处境艰难。自己也非常穷困的凌维诚，为了他们四处奔走，但当时国民党各个部门相互推诿，没有结果。

1949 年新中国成立后，无奈的凌维诚写信给当时的上海市市长陈毅，说明了自己的情况。陈毅很重视，上海市政府当时发出第 589 号令，指出必须照顾好为国捐躯的谢晋元家属，拨出吴淞路 466 号房屋一栋和墓地一块给了凌维诚。但是到了"文革"的时候，谢晋元的墓碑被红卫兵给砸了。直到"文革"结束后，谢晋元的墓被移入上海"万国公墓"，对谢晋元的纪念才慢慢多了起来。

历史虽然冷酷无情，但该记住的，还是会被记住。

在那个被讥笑为"东亚病夫"的年代，在那个被断定"三个月就可以灭亡"的国家，正是这样一个又一个、一批又一批的志士仁人，抱着必死的决心，用自己的血肉之躯，向世人传递一个声音，就像抗战初期那首传遍全国的歌曲《歌八百壮士》唱的那样——

中国不会亡，中国不会亡，

你看那民族英雄谢团长。

中国不会亡，中国不会亡，

你看那八百壮士孤军奋守东战场。

……

同胞们，起来！

同胞们，起来！

……中国不会亡！

本文主要参考来源：

1.《四行孤军光与影》(苏智良、胡皓磊，《档案春秋》，2015 年 07~10 期)

2.《忠昭千古——谢晋元与"八百壮士"》(吕荣斌、龙任雯，《党史纵横》，2000 年 09 期)

3.《"八百壮士"流离的血泪传奇》(田际钿、余玮，《党史纵横》，2014 年 09 期)

4.《四行仓库"八百壮士"，到底有多少人》(毛锦伟，《解放日报》，2015 年 8 月 10 日)

5.《浴血四行的背后——〈歌八百壮士〉何以荡气回肠》(新伟，《党史纵览》，2015 年 01 期)

6.《八百壮士，多是湖北兵》(蒋绶春，《湖北日报》，2015 年 5 月 17 日)

7.《淞沪会战中的"孤军营"》(《文汇报》，2015 年 5 月 11 日)

8.《抗战女英雄杨惠敏的坎坷人生》(张磊，《文史博览》，2008 年 02 期)

1937，这座城没有不战而降

对不起，这个故事，可能会让你有点憋屈，我一度想放弃，因为自己写着也觉得很憋屈。但是，最终还是想写出来，让更多人知道，我们每一个中国人，都知道那一场在一座城市发生的大屠杀。在此之前，我们都觉得那是一场一枪未放、束手待毙的溃败，但事实上，并不是。这座城市，并没有不战而降。

1

1937年12月7日，清晨5点45分。

南京的明故宫机场起飞了一架飞机。在那架名为"美龄号"的飞机上，坐着的是蒋介石。

此时的南京城外，日军已准备正式攻城。

在此之前，蒋介石的军舰一直停在江面上，他希望通过这个信号，告诉南京的守军：我一直和你们在一起。

但如今，他要坐飞机先走了。

飞机飞离南京的时候，没有人知道蒋介石当时的心情。但从南京外围阵地前几日的战况来看，蒋介石可能会有点后悔。

因为当初是他力主死守南京的。

2

就在 1937 年 11 月 20 日，日本人得到了一个令他们大为震惊的消息：国民政府宣布，将中国的首都从南京迁到重庆。

刚刚取得淞沪会战胜利的日本人，一直憋着一股劲，要趁势拿下离上海只有 300 多公里的中国首都南京，进而使南京国民政府彻底屈服，坐下来谈投降的条件。

但现在，国民党却宣布迁都了！这是要"奉陪到底"的意思啊！

一直力主进攻南京的松井石根，进入南京后纵容了南京大屠杀。战后被远东军事法庭判处绞刑

那么南京还打不打？当然要打！在淞沪会战中已经杀红了眼的日本人，早已视南京为囊中之物，日军的第十军司令官柳川平助和上海派遣军司令官松井石根，甚至在没有得到参谋本部允许的前提下，争相向南京进发，企图夺取头功。

11 月 28 日，在一片少壮派军人"南京！南京！"的呼喊声中，本想停止进军开始和中国谈判停战条件的日军参谋本部，最终批准了进攻南京的命令。

日本人决定打南京了，那中国人守不守？

蒋介石为此专门召开了一个高级将领的内部会议。

时任第五战区司令长官的李宗仁态度最明确：南京不能守！

李宗仁的理由其实很站得住脚：南京虽然是十朝古都，又是首都，意义非凡，但现在从战术上说已经是个绝地，敌人可以三面合围，而南京北临长江，又无路可退。另一方面，南京现在的守军，全是从淞沪战场上溃退下来的中国军队，兵源不足不说，士气还受到了沉重打击，根本守不住。

李宗仁的建议是：宣布南京为不设防城市，避免敌人找借口屠杀平民。中国军队主力撤到长江两岸，让日军空得南京一城，没有实际意义。

对于李宗仁的这个提议，时任参谋本部副参谋长、主持制定整个抗日计划的"小诸葛"白崇禧非常赞同。

李宗仁和白崇禧同为桂系，意见自然一致。而蒋介石自己的亲信、刚刚从淞沪战场上撤下来的淞沪会战前敌总指挥陈诚同样坚决反对守南京，他也认为南京孤立，要塞设施简陋，军队士气低下，不宜死守。他认为日军在"战略上已经失败"（即放弃从北向南，改由从东向西打），那么中国军队应该迅速撤离战场，开始持久抗战。

蒋介石的智囊，时任军令部第一厅厅长的刘斐揣摩出蒋介石的意思。刘斐的意见，算是稍微给了蒋介石一点面子：象征性地防守一下。

刘斐认为，南京是孤城，守肯定是守不住的，但南京毕竟是首都，又不能不做任何抵抗就放弃，所以他的建议是，用十二个团，最多十八个团，象征性抵抗一下就主动撤退吧。

蒋介石一直不吭声。

这时候，有一个人站了起来，朗声说："南京是我国首都，为国际观瞻所系，又是孙总理陵墓所在，如果放弃南京，将何以面对总理在天之灵？"①

蒋介石点头："南京还是要守一下的。"

① 《正面战场·南京保卫战——原国民党将领抗日战争亲历记》，唐生智、刘斐等著，中国文史出版社，2013年。

那个发言的人，叫唐生智。

3

国民党陆军一级上将唐生智

唐生智，湖南东安县人，出生于名门望族，祖父唐本友，在清朝时官拜广西提督。

因为政见不合，唐生智一生有三次反蒋，其中两次导致蒋介石下野，但最终两人握手言和。不过无论如何，唐生智肯定不是蒋介石的嫡系。

唐生智常年信佛，人称"佛教将军"，但他的部队，其实战斗力很强。北伐战争时期，以唐生智的湘军第四师改编的国民革命军第八军，是整个北伐部队里战斗力最强的部队之一。

唐生智在会议上力挺死守南京，其实是有些出人意料的。有人后来曾揣摩，当时不如意的唐生智，可能是希望借这次机会，重新掌握军权。

但当时的南京危在旦夕，哪怕是出于私心，又有多少人敢出面主持这样的危局？

蒋介石随即任命唐生智为南京卫戍司令长官。

那么唐生智手里有多少牌可打？说实话，实在不多。算上淞沪会战退下来的残兵，有七个军，但因为都是编制不全的部队，所以满打满算，只有十五个师，大约10万人——按照另一种确切的说法，大概8万人，还是士气低落的8万人。

淞沪会战打出了中国军人的血性，但也损失惨重

　　而日本方面，因为是要攻占敌人的首都，都像打了鸡血一样，整个投入的兵力为 30 万人左右，南京正面战场大约聚集了 10 万日军，携带大量优势装备。

　　但唐生智还是决心死守。

　　为了表示决心，唐生智向交通部长俞飞鹏提了一个要求：把唯一能从南京出逃的长江边的下关码头到对岸浦口码头的轮渡和各类船只全部撤走。唐生智还要求驻防江对岸的中国军队：凡由南京向北岸渡江的任何部队和军人个人，都必须制止，必要时"可以开枪射击"。

　　有一种说法是，唐生智接受了守卫南京的任务，第二天就把家眷都转移了。但从唐生智儿子的回忆和其他一些史料来看，唐生智和他的家人都留在南京，直到最后一刻。

　　唐生智曾回忆当时他和蒋介石的一段对话：

唐：我同意守南京，掩护前方部队的修整和后方部队的集中，以阻止和延缓敌人的进攻。

蒋：哪一个守呢？

（唐生智回忆：当时没有一个人作声。）

蒋：如果没人守，我自己守。

唐：用不着你自己守，派一个军长或总司令，带几个师或几个军就行了。

蒋：不行，他们资历太浅。

第二天，蒋介石又找到唐生智。

蒋：关于守南京的问题，要么就是我留下，要么就是你留下。

唐：你怎么能留下呢？与其是你，不如是我吧！

蒋：你看把握怎么样？

唐：我只能做到八个字——临危不乱，临难不苟。

从后面发展的情况看，唐生智应该是做到了后四个字，却没有做到前四个字。

4

1937 年 12 月 7 日，日军全面攻城的一刻，终于来临。

清晨，在占据绝对优势的炮兵和航空兵的火力掩护下，日军开始向南京城外的第一道防御阵地展开猛烈攻击。

其实从 12 月 1 日日军就开始轰炸南京，12 月 3 日，开始对南京周边发动正式攻击，仅仅用了 4 天，就三面突破，推进到了南京城外的第一道防线。

武器落后、编制不全的中国军队，实在是难以抵挡杀红了眼的日本军队。12月7日，南京东面的汤山阵地首先被突破，南京卫戍司令部急调三支部队三面围堵夹击突入的日军，但中国军队还未赶到，日军的增援部队就源源不断地涌入。

当时进攻南京的日军，配有2 000门以上的大炮，其中150毫米加农炮和240毫米榴弹炮就超过700门。在敌人的优势火炮面前，中国军队搭建的防御工事根本不堪一击，很多优秀勇敢的机枪手，直接就被轰死在机枪掩体里，一枪未发。

日军在中国战场投入了240毫米榴弹炮，其一发重达200公斤的炮弹，在中国战场上没有什么工事阻挡得住

5

12月8日，南京保卫战进入第二天。

南京城外围的东面、南面、西南面阵地，相继被日军突破。

防守南京东南面淳化镇阵地的，是第七十四军。第七十四军是蒋介石的嫡系部队中央军，所辖的第五十一师和第五十八师，都是中国陆军的王牌师。

第五十一师师长王耀武是山东人，一向敢打敢拼，他指挥的部队和进攻的日军打起了对攻战，激战三昼夜，迫使日军数次增援，依旧不克。

第五十八师师长冯圣法，黄埔一期生，做过蒋介石警卫团的参谋长。在战斗中，他穿着崭新的军装端坐在师指挥部，他说他如果被打死，日军会向他的遗体敬礼，因为他会让日军认识一个死战死拼的师长。

拥有当时中国军队罕见的反坦克炮的五十八师，击毁了日军 5 辆坦克，毙敌 300 人。

只是局部的胜利，无法挽回整体的败局。

到了 12 月 8 日晚，南京外围阵地已经基本丧失殆尽，卫戍司令部命令：中国守军全部退守南京城郭阵地。日本军队就势完成了对南京城的包围。

8 万中国军队，失去了最后一个整体突围的机会。

6

12 月 9 日，南京保卫战艰难地进入第三天。

这一天，日军又出动了飞机，但这次不是轰炸，而是投撒日军华中方面军司令官松井石根的劝降书："……日军对抵抗者虽极为峻烈而弗宽恕，然于无辜民众及无敌意之中国军队，则以宽大处之，不加侵害……"

唐生智随即下令："……各部队应以与阵地共存亡之决心，尽力固守，决不许轻弃寸地，摇动全军！"

南京守军，誓死不降。

日军真的会对中国的民众和军队仁慈吗？

当时，从东京来到南京前线的新任上海派遣军司令官朝香宫鸠彦王，签署了一道"机密，阅后销毁"的密令："杀掉全部俘虏！"

7

12 月 10 日，守城第四天。

　　从东面到南面，日军向南京的中华门、雨花台、光华门、紫金山等要点发起全面进攻。

　　在光华门，一股日军在坦克的掩护下，突破了中国守军第二五九旅的阵地，突进南京城内 100 米左右。同样是中央军嫡系的第八十七师被调了上来，他们得到的命令是："把突入城内的日军消灭，完不成任务提头来见！"

　　这场战斗持续了 8 个小时，最后，突入城内的日军被击退，但第八十七师二五九旅旅长易安华和参谋主任倪国鼎双双阵亡。

　　到了晚上，中国军队发现已经封闭起来的光华门门洞里，居然还藏了一股日军，这伙日军准备届时和冲进来的日军里应外合。教导总队的团长谢承瑞组织士兵，往城门洞里浇汽油，把日军全部烧死。

　　战斗才进行到第四天，围绕城门的争夺，已经惨烈至此。

8

　　12 月 11 日，第五天。

　　南京紫金山一带，一场让日军也近乎疯狂的战斗打响。

　　守卫这里的中国军队，是蒋介石身边最精锐的中央军校教导总队。这支队伍是精英中的精英，当时堪称中国所有陆军里最强的部队，蒋介石一般不舍得拿出来用，但在淞沪会战和南京保卫战的战场，他也只能把王牌甩出来了。

　　教导总队的火力猛，工事坚固，日军数日不能前进一步。当日军终于弄明白，对面防守的是蒋介石的精锐部队后，他们在加强飞机大炮火力掩护的同时，开始使用毒气弹。

　　最后，双方进行了白刃战。中国军队的顽强大大出乎了日军的

全德械装备的中央军校教导总队

预料。

与此同时，驻守雨花台阵地的第八十八师在敌人猛烈炮火的轰击下，已经失去了抵抗能力，向中华门退去。而300多名日军竟然跟着撤退的中国军队攻进了中华门。关键时刻，卫戍司令部副司令长官罗卓英亲自到一线指挥部队，与日军展开巷战，最后全歼敌人。

但蒋介石最担心的事还是发生了：日军的国崎支队当日渡过了长江，开始向浦口方向加速行进—— 中国南京守军的唯一退路，将被切断。

这时候，蒋介石慌了。11日的中午，长江北岸的顾祝同给唐生智打来了电话："委员长已下令要南京的守军撤退，你赶快到浦口来！"

唐生智不肯，说必须见到蒋介石亲自下的命令。

11日晚，蒋介石拍来了电报："如情势不能久持时，可相机撤退，以图整理而期反攻。"

日军用加农炮发射毒气炮弹。士兵都戴着防毒面具。此照片为日本方面的照片，照片上盖着明显的"不许"印戳

9

12 月 12 日，南京保卫战的第六天。

这一天的拂晓，南京城郭的所有中方阵地，遭到了日军雨点一般的炮火攻击。在各个阵地上，因为伤亡数实在太大，原先由排长带头的敢死队，开始由连长、营长，甚至由团长带头冲入日军阵地。

基本都是无一生还。

在雨花台阵地，第八十八师第二六四旅连工兵营都全部冲了上来，阵地前双方尸体叠在一起，鲜血居然汇成了涓涓小溪。

下午，中华门西面的城墙终于被轰塌，日军蜂拥而入。中华门内的南京老百姓们，慌乱地开始向城北逃去，而残留在城内成百上千的中国士兵，此时已经失去了统一指挥，但他们身边是手无寸铁的老百姓——于是，他们向着日军蜂拥而入的缺口，自发地迎了上去……

这一天的黄昏，唐生智召开师以上的军官会议。

唐生智问：大家觉得南京还能守吗？

没有一个人回答。

于是，唐生智拿出了蒋介石那封"可相机撤退"的电报。

随后，唐生智开始布置突围计划。

如果说，之前发生的一切，都不是唐生智一个人能够控制的话，那么接下来发生的事，唐生智应该背负他应有的责任：当时的南京，三面城门均已被突破，只有背靠长江的下关码头还在中国军队的控制中，那也是北渡长江突围的唯一安全通道。

根据突围计划，能从下关码头撤退的，只有宋希濂的第三十六师（当时该部队负责防止其他部队逃跑，维持码头秩序）、宪兵部队、司令部直属部队以及负责掩护的第十军。而其他的部队，都应该从自己的阵地往东、南、西正面突围。

但是，唐生智下了一个口头命令：允许第七十四军、第八十七师、

日军坦克列队由中华门进入南京。城墙上的四个字是"誓复国仇"

第八十八师以及教导总队由下关码头北渡长江。

这些部队，都是蒋介石的嫡系部队。

而这个口头命令，也给其他部队不按照计划突围提供了一个最好的借口。

一场大混乱，由此爆发。

10

12月12日晚，混乱之夜。

唐生智没有践行当初"与南京共存亡"的誓言，坐上早就准备好的船，到达了江对岸的浦口。

司令官先跑了。

而唐生智没有想到的是，他在会议上布置突围计划之后，整个南京守军就陷入了混乱。

有的部队长官，回部队做了布置，就立刻率军撤离了阵地；有的长官只是打了个电话，部队都没回，自己就先走了；还有的长官，甚至没通知部队，自己就走了。

没有协同，没有掩护，之前还拼死抵抗的中国军队，瞬间全部放弃了阵地，争相撤退。

被命令固守乌龙山要塞的第十军，在军长徐源泉的带领下，在突围会议一结束就放弃了阵地，北渡长江。而乌龙山要塞俯瞰下关码头，一旦阵地丢失，日军可以直接用炮火封锁码头和长江江面。

原本是担任掩护南京守军撤退任务的第十军，居然成了第一支撤退的部队。

下关码头成了逃生的唯一通道，却也成了人间炼狱。

各路撤退的部队蜂拥通过必经之路——只剩一个门洞的挹江门。

部队之间互不相让，吵骂不断，和维持秩序的三十六师几乎发生火并。而前文提到的那个用汽油烧死日军的教导总队团长谢承瑞，竟然在这场拥挤中被活活踩死。

到了码头，成千上万的士兵却发现，江面上空空如也，只有两三条渡船——为了表达破釜沉舟的决心，唐生智在开战前就把所有船只都收缴了。

那些无船可乘的官兵，要么抱着木桶、木板跳入江中，要么索性直接开始游泳。但那个时候，日军的军舰已经赶到了，在江中漂流的成千上万的中国士兵，成了活靶子，被不断扫射，一时之间，江面上全是浮尸。

而发现已经不可能渡江的官兵们，只能放下武器，一批批地成了日军的俘虏。

被俘虏的中国军队官兵

南京陷落的第二天，日本内阁首相近卫文麿在新闻发布会上，针对南京守军坚持不肯投降的行为，说："不但中国军人，包括所有中国人，都是'不可救药'的劣等人。"

于是，日军"拒绝对中国施用国际法"。①

一场惨绝人寰的大屠杀，就此开始。

馒头说

南京究竟应不应该守，当时确实是一个棘手的问题。

从战略上看，毫无疑问应该放弃，但从政治影响上看，却又不能轻易放弃。

但无论战略是否欠缺，战术是否失当，指挥官跑了还是没跑，那8万死守南京的中国将士，不应该被今天的我们忘记。

他们并没有不战而降，他们也希望能保卫自己的首都，哪怕毫不犹豫地献出生命。

1937年12月7日，日本不顾一切发动了南京战役，随即获得了一个他们认为的巨大胜利。

但是他们错了。他们以为中国会就此屈服，其实绝不可能。正相反，他们进一步陷入了中国战场的泥沼，直到战败，再也没能抽身而退。

很巧，四年后的1941年12月7日（美国夏威夷时间），日本人又认为获得了一个巨大的胜利——他们成功偷袭了珍珠港，重创美国太平洋舰队。

但是他们又错了。他们以为美国会就此低头谈判，但美国那台超级巨大的战争机器，反而因此开始全力开动，并且一发不可收，直到日本无条件投降为止。

在战略判断上，日本从来都是输家。

---

① 《真相——裕仁天皇与侵华战争》，[美]赫伯特·比克斯，新华出版社，2005年。

不过，"12 月 7 日"这个日子，应该总是会被日本的军国主义者念念不忘的吧？

那么他们是否会知道 33 年后的一个"12 月 7 日"？

1970 年 12 月 7 日，联邦德国总理勃兰特访问波兰。在华沙的犹太人殉难者纪念碑前，这位总理双膝跪地，诚恳道歉。

这么多年过去了，中国，以及亚洲那么多国家，却依然还在等待。

本文主要参考来源：

1.《不该遗忘的"南京保卫战"——抗战阵亡将士英灵值得永远纪念缅怀》（曾立平，《东方收藏》，2013 年 08 期）

2.《百岁老人回忆南京保卫战》（张映武，《天津政协》，2013 年 03 期）

3.《南京保卫战若干问题辨识》（严海健，《共产党员》，2012 年 08 期）

4.《南京抗日血战纪实》（柯云、国军，《文史精华》，2011 年 01 期）

5.《南京保卫战中唐生智功过述评》（李沛霖，《阅江学刊》，2010 年 01 期）

6.《从日本军方资料看南京保卫战中国军队损失》（叶铭，《军事历史研究》，2009 年 03 期）

7.《唐生智与 1937 年南京保卫战》（陈长河，《军事历史研究》，2005 年 04 期）

8.《南京保卫战：中国军队血战雨花台》（孙宅巍，《钟山风雨》，2005 年 01 期）

血战台儿庄

连日本人都很惊讶：在遭遇接连的挫败之后，中国军队是哪里来的勇气和信念，能在台儿庄组织起一场炼狱般的保卫战？

1

1938 年 3 月 24 日，蒋介石到了徐州。

彼时的中国战局，让蒋介石头疼不已：华北沦陷，淞沪会战失利，南京保卫战失利……尽管蒋介石自认之前对中日战力已有一个比较清晰客观的认识，但战端一开，日军进展之神速，还是大大出乎他的意料。

而如今，一个严峻的事实

第五战区司令长官李宗仁战后在台儿庄火车站站牌下

摆在面前：由华北南下的侵华日军，与由南京北上的侵华日军，正全力打通津浦线会合，以形成南北夹击的态势。

为了阻止这种不利局面的形成，以铁路交通枢纽徐州为中心，蒋介石准备布置一场大会战。

在视察结束后，蒋介石把带着一起来的三个人都留了下来，他们是白崇禧、林蔚和刘斐。这是一个绝对豪华的阵容：白崇禧，副参谋总长，人称"小诸葛"；林蔚，军事委员会石家庄行营参谋长；刘斐，军令部第一厅厅长，蒋介石身边的智囊。

他们三个人，被命令留下来协助当时的第五战区司令长官李宗仁指挥作战。

而这一群当时中国军队的最高层将领，此时却无暇顾及整个徐州战区的大形势，而是紧紧盯住了一个方圆才2平方公里的小村庄。

这个小村庄，叫台儿庄。

2

台儿庄，位于京杭大运河的中心点，西南距徐州大约50多公里。虽然叫"庄"，但其实是由砖土结构寨墙环绕的一座市镇。

台儿庄，原本根本就不应该成为焦点的。按照李宗仁原先的计划，台儿庄只是一个"诱饵"——由第二集团军三十一师驻守，负责牵制和引诱日军装备精良的第十师团濑谷支队（"支队"为日军非常设单位，主要是为了完成一项特定任务而组建。当时濑谷支队的总兵力大约为1万人，但为了这次攻坚战配有师团级的重炮），然后由汤恩伯率领的中央军第二十军团从侧后方突然发动攻击，打一场歼灭战。

但是，当时情况发生了两个变化。

第一，汤恩伯军团并没有按照事先的约定，在三十一师与日军接火后"不顾一切，马上抄袭敌之侧背"。

第二，日军的濑谷支队，并不是原先李宗仁估计的试探性进攻，而是一上来就准备全力攻下台儿庄。

于是，台儿庄从一个"诱饵"，一下子变成了主战场，而驻守台儿庄的三十一师师长池峰城，原先得到的承诺是"守住三天就行"。

李宗仁立刻通过第二集团军总司令孙连仲给池峰城下令：必须死守台儿庄！

汤恩伯一直是蒋介石的嫡系，但晚年失宠

一场事先谁都没想到的炼狱一般的大血战，就此拉开帷幕。

3

3月24日凌晨，濑谷支队开始攻击台儿庄外围的孙庄，但遭遇了中国军队的坚决抵抗。当晚，支队长濑谷启就收到了求援电报。

濑谷最初派往攻击台儿庄的部队，仅仅有一个大队左右的兵力（1 000~1 500人），而当时台儿庄周边的中国军队大约有4个师的兵力。

但日军确实有他们骄狂的理由。日本的陆军在当时的世界范围内实在难称一流，但与中国军队相比，已经属于降维攻击：除了武器数量和质量远胜大部分中国军队序列，日军进攻之前，可以派飞机提前轰炸，也可以用占据绝对数量优势的重炮轰击，战斗中，还有坦克加入协同攻击——日军所谓的坦克与德国乃至苏联的坦克比，甚至很难称为坦克，但即便如此，仍然让没有坦克也没有反坦克武器的中国军队毫无办法。

侵华日军配备的94式超轻型坦克，非常小，铁皮薄，其实和装甲车差不多

但在与台儿庄守军接火之后，日军很快发现，这一次的中国军队抵抗非常坚决，乃至拼命。在台儿庄外围的村庄，日军每攻下一个小村，都要付出巨大的伤亡代价，防守的中国军队往往全都战死在战壕里，他们宁可身上绑着炸药跳上日本的坦克同归于尽，也不肯后退一步。

收到求援电报后，濑谷启立刻派两个中队外加两门重炮支援，日军第十师团师团长矶谷廉介闻讯后，也立刻派出六十三联队的第三大队前往增援。

台儿庄之战，由"战斗"开始往"战役"升级。

虽然中国军队的抵抗很坚决，但凭借优势火力，日军在3月25

日还是兵临台儿庄北面的寨墙之下。他们架起大炮，开始对着砖土结构的寨墙猛轰。很快，台儿庄北门及附近的寨墙被轰塌数丈，200多名日军拼死冲进墙内。

负责守卫的三十一师一八六团奋不顾身地冲了出来，开始与日军肉搏，付出巨大代价才把缺口堵上。一部分日军冲入了庄内的城隍庙死守，被中国士兵放火后全部烧死在庙中。

台儿庄战役中的中国军队重机枪阵地

但台儿庄薄薄的寨墙，实在挡不住日军优势炮火的攻击。3月26日清晨，台儿庄北门再次被日军突破，傍晚，东门也被突破。

大量的日军涌入台儿庄，庄内的中国守军开始内外受敌。

第五战区司令长官李宗仁坐不住了，他搞不明白为什么兵力占优的中国军队，居然会在那么短时间内就让日军冲入了台儿庄。他立刻给第二集团军司令长官孙连仲拍去了电报："……我军兵力数倍于敌，早当解决，乃经几日战斗，台儿庄围子反被敌冲入一部，殊感诧异。……"

面对长官的"诧异",身在前线的孙连仲只能苦笑。

4

孙连仲

孙连仲其实从一开始就是准备拼命的。

孙连仲是冯玉祥的"十三太保"之一,西北军的悍将。在台儿庄战役爆发之前,他就下令把第二集团军的总指挥部前推到离台儿庄不足2公里的一个小村庄里。

按照规定,集团军的总指挥部距离战场一线20公里就可以了,但孙连仲带着参谋推进到2公里,可见他死守台儿庄的决心。这是个非常危险的决策,因为这个村庄已经进入了日军的炮火射程——只是日军完全没想到中国的集团军总指挥部敢那么突前,所以始终没有发现。

让台儿庄守军士气大振的,还不只是集团军司令长官突前指挥。

3月27日,就在台儿庄北面已经炮火连天的时候,在台儿庄南站,出现了一个身材瘦削的人,他就是蒋介石。

李宗仁是坚决反对蒋介石亲临台儿庄前线的,但蒋介石坚持要去。最终,在李宗仁和白崇禧的陪同下,蒋介石在炮声可闻的南站,见到了三十一师师长池峰城。

蒋介石拉着池峰城的手说:"你的长官说你是忠勇精干兼备之人,今天看来此言不虚。"

对蒋介石的出现惊喜交集的池峰城立刻回答："我师绝对战斗到底，与阵地共存亡，以报国家，以报委座知遇之恩。"

池峰城

蒋介石都亲临前线，孙连仲就在身后2公里的地方，池峰城还有什么理由不拼？

就在这一天，日军在20多辆坦克的掩护下，开始猛攻台儿庄西门，在西门防守的一八一团三营几乎全营殉国，300多名日军突入庄内，随即竖起了日本旗。日本媒体甚至已经开始准备"皇军已经占领台儿庄"的通讯报道。

负责守卫庄内的副师长王冠五在电话里向池峰城请求撤退，池峰城对王冠五说："我把工兵营派给你支援！坚决顶住！不能撤退！记住，台儿庄就是我们的坟墓！"

援军抵达后，王冠五亲自率队打反击，用血肉之躯顶着日军的坦克炮火向前冲，最终拔掉了日本旗，插上了中国国旗。

有国旗在，台儿庄就没有丢！

5

但台儿庄之战，毕竟还是陷入了地狱般的死斗。

一到晚上，在台儿庄外围的中国军队就开始向日军的各个据点发起反击——他们认为，不让日军休息，就能缓解困守在台儿庄内的中国守军的压力。

而不管晚上中国军队的反击是否结束，第二天清晨，日军都会集结主力再度向台儿庄猛攻——你们也别想休息。

从 3 月 28 日开始，日军决定再一次增加赌注：整个步兵六十三联队被调了过来，外加各种独立机枪大队、野炮兵大队、重炮兵大队、轻装甲车中队，攻击台儿庄的兵力开始超过 1 万人。

此时台儿庄的态势是：最里圈，是三十一师死守在庄内，但一半的面积已经被日军控制；中间一圈，是日军的部队将台儿庄三面围困；再往外一圈，是正在准备合围的中国军队。

所以，当务之急，是台儿庄不能丢。

满是断壁残垣的台儿庄，成为中日两国士兵绞杀的战场。在庄内，因为两支军队已经混战在了一起，飞机大炮失去了作用，全是巷战乃至肉搏战。

这时候，最能起作用的，是"敢死队"。

早在 3 月 25 日，三十一师就出现了第一支敢死队，那是九十三旅三营，他们发现一个猛轰台儿庄的日军炮兵阵地。三营长高鸿立决定把那十几门炮给夺过来，随即把上身的棉军衣和衬衫全都脱了，光着膀子，右手举起大刀，向手下喊道："敢跟我去夺炮的，跟我一样！"

话没说完，全营官兵全都把上衣脱得精光，步枪全部上刺刀，直扑日军炮兵阵地，日军惊慌得弃炮而逃。

从那以后，台儿庄的中国军队敢死队不断涌现。白天日军火力凶猛，夺下据点，晚上中国军队就组织敢死队，趁夜色夺回据点。台儿庄内每一座民居，甚至每一堵墙，都成了血肉搏杀的战场。有时候双方距离甚至近到一堵墙上有两个射击孔，中国军队和日军隔着一堵墙向对方扑上来的士兵射击。

一开始，每个敢死队员都会得到大洋作为奖赏，但到了后面，没人要钱了。

在守卫台儿庄的最后关键时刻，孙连仲曾亲自组织过一支敢死队，让身边的军需官把身上仅剩的大洋都分给敢死队员。队员们把大洋都扔在了地上，带头的一个士兵说："我们以死相拼，为的是报效国家，为的是不成为日本鬼子的奴隶，不是为了几块大洋！"

孙连仲放声大哭。

6

时间从 3 月底到了 4 月初。

原本日军以为能轻易拿下的台儿庄，满目疮痍，却依然屹立不倒。

台儿庄内三十一师坚持下去的唯一信念，就是汤恩伯的第二十军团能挥师杀到——这也是三十一师当初作为"诱饵"的任务。

汤恩伯军团下辖第十三、第五十二与第八十五三个军，一共 7 万余人，齐装满员，装备精良，是蒋介石的嫡系中央军，也是当时鲁南战场战斗力最强的一支部队。

但是，原先承诺"台儿庄枪声一响就立刻挥师杀到"的汤恩伯军团，却一直在台儿庄附近的枣庄与日军纠缠，任凭台儿庄炮火连天，孙连仲电报频频，汤恩伯的主力一直躲在抱犊崮山区不出来。

这件事，后来有比较大的争议。按照李宗仁后来的回忆，是汤恩伯不听命令，擅自行动。而汤恩伯自己的解释是，当时日军一直在找机会围歼汤恩伯军团，所以他如果直接突入解台儿庄之围，反而会陷入日军的包围，不如迂回，择机再进入战场。

这个说法并非没有道理，而且汤恩伯确实起到了部分牵制和阻击的作用。白崇禧晚年在台湾回忆，也承认汤恩伯的用兵是合适的。但考虑到当时白崇禧和李宗仁这对桂系"铁杆"已分道扬镳，一在大陆一在台湾，白崇禧不力挺李宗仁的说法，也是有可能的。

不管怎么说，三十一师的池峰城在台儿庄的震天炮火里日日苦盼汤恩伯，日日以失望收场。

4月2日，濑谷启坐不住了。这一天，濑谷启亲自率领第十联队主力抵达台儿庄以东地区，同时，第五师团的坂本支队也从东南方向靠近，两支部队准备发动致命一击，攻下台儿庄。

台儿庄战役的关键时刻终于到了——日军主力已经进入台儿庄范围，不存在围歼汤恩伯军团的可能，汤恩伯是时候杀"回马枪"了。

但这一切的前提，还是台儿庄要守得住。

横在濑谷第十联队面前的，是负责台儿庄外围防御的国民革命军第二十七师。

原属于西北军的二十七师，是一支没人注意的杂牌军，但就是这支被日军称为"叫花子部队"的军队，从台儿庄战役开打后，就一直在外围打得英勇顽强，不分昼夜地和日军进行拉锯战。

4月2日，第十联队开始向已经筋疲力尽的二十七师所有防御阵地发起全面进攻，数十门野山炮将无数炮弹倾泻在二十七师的阵地上。而二十七师的官兵也知道到了关键时刻——绝不能放眼前之敌进入台儿庄，不然所有人前功尽弃。他们尽一切可能防守，死战不退。

那一天的日本陆军《步兵第十联队战斗详报》忠实记录了战斗情况："研究敌第二十七师第八十旅自昨日以来之战斗精神，其决死勇战的气概，无愧于蒋介石的极大信任。凭借散兵壕，全部守兵顽强抵抗到最后。宜哉，此敌于此狭窄的散兵壕内，重叠相枕，力战而死状，虽为敌人，睹其壮烈亦将为之感叹。曾使翻译劝其投降，应者绝无。尸山血河，非独日军所特有。不识他人，徒自安于自我陶醉，为国军计，更应以此为慎戒。"

7

外围拼死阻援，台儿庄的内部也到了关键时刻。

4月3日，在台儿庄内与中国军队缠斗的日军，得到了第十联队和坂本支队已抵达东面地区的消息，开始孤注一掷地疯狂进攻，甚至在冲锋中使用了瓦斯毒气。

而此时苦苦死守了11天的三十一师，只剩下了1 000多人，也到了最危急关头。

副师长王冠五原来是池峰城的参议，原本可以不上前线打仗，但台儿庄战役开打之后，将领越打越少，他先是代理一八六团团长，再代理副师长，但他实在撑不下去了，打电话给池峰城，请求弃城撤退。

池峰城打电话给孙连仲，孙连仲在电话里只说了一句话："台儿庄失守，军法论处！"

中国军队在台儿庄内与日军巷战

池峰城于是给王冠五打电话："我们不能当民族罪人！不能对不起死难的官兵！台儿庄只能死拼不能撤。明天师部就搬到城里，绝不会你们牺牲，我们活着回去！谁再说放弃台儿庄，格杀勿论！"

王冠五在电话里回了一句话："请师长放心！"

当晚，他就组织了一支敢死队，消灭了西城的一个日军火力支撑点。

而在离台儿庄只有 2 公里的集团军司令总部，孙连仲虽然拒绝了属下池峰城的撤退请求，但还是把电话打给了李宗仁："报告长官，第二集团军已伤亡十分之七，敌人火力太猛，攻势过猛，但是我们也把敌人消耗得差不多了。可否请长官答应，暂时撤退到运河南岸，好让第二集团军留点种子，也是长官的大恩大德！"

但李宗仁的回答是："务必守至明天拂晓，如违抗命令，当军法从事！"

李宗仁后来回忆，自己当时心里也非常难过。

听到李宗仁这样说，孙连仲回话："绝对服从命令！整个集团军打完为止！"

但此时的第二集团军，真的连预备队都打完了。

孙连仲于是再打电话给池峰城："士兵打完了，你就自己填上去！你填过了，我就填进去！有敢退过河者，杀无赦！"

孙连仲没有食言，当晚，他以集团军总司令的身份，亲自进入台儿庄督战。

4 月 3 日一大早开始，外围的第十联队在 40 多辆坦克的掩护下，开始不顾一切地向台儿庄方向拼死突击。伤亡惨重、兵力已不足千人的第二十七师用尽最后的力气拼死抵抗。

而台儿庄的日军调集 30 多门重炮轰击庄内，也发起拼死攻击。守卫的第三十一师一次又一次组建敢死队，夺回失守的据点。打到后面实在没人了，一个姓任的特务连连长带着炊事班顶了上来，他们捡起牺牲战友的武器，朝日军阵地冲了过去，最终全体殉国。

4 月 4 日，准备围歼日军的中国军队陆续抵达攻击位置，在包围

孙连仲在台儿庄前线

台儿庄的日军外围，形成了一个更大的反包围圈——但汤恩伯军团的主力依然没有出现。

孙连仲在 4 日晚下达如同遗书一般的手令："今是我们创造光荣之良机，也是生死最后之关头……本总司令将以成仁之决心，与台儿庄共存亡。"

4 月 5 日一早，汤恩伯军团离台儿庄仍有 20 公里。

8

蒋介石终于忍无可忍了。

他亲自给汤恩伯发了电报："……即应严督所部，于六七两日，奋勉图功，歼灭此敌，毋负厚望，究竟有无把握？仰具报！"

这种带斥责口气的电报，蒋介石很少对中央军嫡系将领发出。

汤军团终于开始全速开动。

汤恩伯主动给池峰城发去了一封电报："如果 4 月 6 日中午 12 点

第二十军团还没赶到台儿庄，恩伯愿受军法处分！"

而之前汤恩伯答应池峰城的回援时间，是3月25日左右。

4月5日晚，汤恩伯"超额"完成任务，全线进入攻击地域，将台儿庄东北方向的坂本支队后方全部切断。

濑谷支队和坂本支队终于意识到：在苦战没拿下台儿庄之后，他们将面临被围歼的灭顶之灾。

怎么办？只能逃。

但日军不会使用"逃"这种字眼，连"撤退"都不会用，他们一律使用一个词："转进"。

4月6日，日军开始转入全面"转进"，这又是怎样的一种仓促"转进"：大量尸体和装备，就被随意遗弃在台儿庄内外；开不走的坦克，被日军焚烧，战马尸体随处可见；原先攻入台儿庄的日军，知道再也不可能等到自己部队的支援，开始大规模自杀和自焚。

4月7日凌晨1时，中国军队吹响了反攻的号角，李宗仁亲临台儿庄前线指挥。濑谷支队和坂本支队几乎抛弃了一切辎重，夺路而逃，全面溃败——哦不，转进。

至此，台儿庄战役宣告胜利。

9

来看一组数据统计。

算上台儿庄战役前期的临沂保卫战和滕县保卫战，整个台儿庄会战，日军5万人参战，自报的伤亡数字是11 984人（第五师团和第十师团）。由于日军向来喜欢少报自身伤亡数，根据中国军队当时的估计，日军的伤亡数大约在2万人。

而中国军队先后共有29万人参战，最终伤亡数达到了5万人。

从伤亡对比来看，很难说中国军队获得了最终胜利。

但这是抗日战争全面爆发后，中国军队在接连丧土失地之后，第一次在正面战场上粉碎日军的战术意图，并且在战场上硬碰硬地把日军打到溃不成军。"皇军不可战胜"的神话，就此彻底破灭。

连日本人都很惊讶，在遭遇接连的重大挫败之后，中国军队哪里来的勇气和信念，能在台儿庄组织起一场近乎炼狱一般的反包围战？

在台儿庄战役期间，著名的战地摄影记者、匈牙利裔的美籍人罗伯特·卡帕曾组织了一个摄影队去前线拍摄，他忠实记录了一位在前线的中国军官的一句话："我们必须在这里一战，不然连死的地方都没有了。"

这可能就是全部的理由。

馒头说

下面这个故事，我曾在前文提过，这里还想再写一次。

1986 年 4 月，香港举行了一个特别的首映式。

上映的，是广西电影制片厂拍摄的一部电影，拍的却是国民党抗日的内容，电影的名字，叫《血战台儿庄》。

这部电影，在当时的香港引起轰动——这是 1949 年以来，中共第一次正面承认国民党的抗战功绩。

尤其是里面有这样一个镜头：蒋介石亲自主持死守滕县殉国的王铭章师长的追悼会。此时，日军轰炸机突然来袭，空袭警报大响，轰炸声四起。蒋介石身边的一个军官忙对蒋介石说："委员长，是不是马上避一避？"

蒋介石一把推开那个军官说："慌什么！我们身为军人，要以王师长为榜样，临危不惧，视死如归。"

这组镜头，和大陆以前表现的蒋介石形象完全不同。

当时台湾"中央社"在香港的负责人谢忠侯在看完影片后，当晚就给蒋经国打电话汇报了这个情况。蒋经国听后大吃一惊，马上让人找一个拷贝来看。

经有关部门批准，拷贝很快就被送到了台北。蒋经国和宋美龄立刻就观看了这部电影，并马上决定请国民党中常委全体人员观看。

当时，蒋经国说了这样一句话："这个影片没有往我父亲脸上抹黑，大陆承认我们抗战了。"

之后不久，台湾的国民党老兵被允许回大陆探亲……

历史就是历史，历史不会忘记。

本文主要参考来源：

1. 《亲历大会战——访台儿庄战役"敢死队"队长仵德厚》（韩忠智，《万里长城暨中国长城学会优秀文集》，2005年）

2. 《台儿庄战役亲历二三事》（别志南，《春秋》，1994年03期）

3. 《台儿庄战役中中国军队的合作》[付勇、潘家德，《河北联合大学学报》（社会科学版），2012年05期]

4. 《台儿庄战役中的杂牌军》（张步超、金文锋，《文史精华》，2001年01期）

5. 《台儿庄战役的几个问题》（马仲廉，《抗日战争研究》，1998年04期）

6. 《蒋介石三次巡察台儿庄大战》（李海流，《文史天地》，2013年07期）

7. 《台儿庄战役的国际影响》（张注洪，《中国人民抗日战争纪念馆文丛·第五辑》，1995年）

8. 《汤恩伯军团与台儿庄战役》（韩信夫，《民国春秋》，1995年02期）

9. 《台儿庄战役中日军队作战序列》（黄埔军校同学会网站，2013年3月1日）

日本投降前后的四个片段

1945 年 8 月 15 日，这是每个中国人都会记得的日子，在这一天，日本宣布无条件投降。但在这场举世皆知的投降背后，还有一些小细节值得一说。

1

1945 年 8 月 9 日上午，日本战争最高指导会议，在一个东京的防空洞内举行。

参会的日本陆军大臣阿南惟几感到空前的愤怒。

他愤怒的原因，是以首相铃木贯太郎为代表的内阁，提议日本无条件投降。

阿南惟几不是不知道，大日本帝国的命运之烛，此时已到了熄灭的边缘。

在对战美国的太平洋战场，日本已经被对手榨干了最后一滴油，流尽了最后一滴血，日本本土已被强大的美国海空军全面包围。而且，就在三天前的 8 月 6 日，美国人刚刚在广岛投放了一颗前所未闻

描述日本投降仪式的油画

美军在日本广岛投放的原子弹大大加速了战争进程

的炸弹，一座城市瞬间灰飞烟灭。

在对战中国的大陆战场，蒋介石的国民党军尽管在 1944 年末依然出现类似"豫湘桂大溃败"这样的惨败，但没有在公开台面上与日本有过媾和行为，再加上共产党领导的人民军队在敌后长期不懈的斗争，近 150 万日本陆军被死死按在了这里。

在对战苏联的东北战场，就在 8 月 9 日这天凌晨，160 万刚刚经过对德国战争洗礼的苏联军队，向驻扎在中国东北的 70 万日本关东军发动摧枯拉朽的攻势，早就把精锐抽调入关对付中国军队的关东军毫无抵抗之力。

但以阿南惟几为代表的军方，从来没想过投降。

军方认为，日本此时尚有一战之力：本土还有 52 个师团，陆海空军共计 370 万人（虽然武器严重不足，兵员素质也极度低下），有 5 200 架作战飞机（大多数为简陋的自杀攻击机）。但大和民族是团结的！必须"本土决战"！为了天皇和大和民族的荣誉，必须"玉碎"！

日本的自杀式飞机

以日本首相为代表的内阁，却认为已经到了必须接受《波茨坦公告》的时候（要求日本无条件投降），现在如果继续死扛，可能之后连哀求投降的机会都不会有了。

这场争吵一直持续到中午，直到外面有人进来报信：长崎又被扔了一颗原子弹。

整个房间鸦雀无声。

没人再愿意赌，美国是不是还有第三颗，乃至更多的原子弹。"该

日本裕仁天皇

阿南惟几。他的第六子阿南惟茂，后来成为日本驻华大使，主张"中日友好"。不过四子阿南惟正作为日本钢铁公司副总裁，依然参拜靖国神社

不该投降"的议题，迅速切换为"该如何投降"。

但争吵还在继续。阿南惟几依旧坚持，必须"有条件投降"，其中包括"日本战犯由日本自己处理""盟军不能进入日本本土"等等。

在日本内阁的眼中，军方的这种要求简直是痴人说梦。你们还有什么筹码去讨价还价？

这场争执一直持续到8月10日，也就是第二天的凌晨，最终，双方决定请天皇决定。

裕仁天皇于是被请了出来。

天皇说了一长段所谓不忍看到百姓受苦的话后，明确表态：无条件投降！

当时的房间里，传来一片哭泣之声。

1945年8月15日凌晨1点30分，阿南惟几在自己宅内，面对天皇的皇宫方向，切腹自杀。

2

1945年8月14日，离日本宣布无条件投降还有一天。

　　作为当时中国最高领袖的蒋介石，内心激动，却也有痛苦。因为就在这一天，国民党政府与苏联达成了一份协定：《中苏友好同盟条约》。

　　这份条约除了一些场面上的"互相支持"等空话之外，最核心的内容只有一个：中国允许外蒙古公民投票，决定是否独立。这其实等于把外蒙古割裂了出去。

1941 年苏联和日本签订的《苏日中立条约》规定，苏联承认"满洲国"，日本承认"蒙古国"。蒋介石拒绝承认这一条约

　　1945 年 10 月 20 日，在外蒙古当局与苏联的监视和控制下，外蒙古进行了公民投票，结果显示，97.8% 的公民赞成外蒙古独立。

　　近 157 万平方公里的土地，自这一天开始，从中国的疆土中割裂了出去。

　　当时参与谈判的国民政府外交部部长王世杰一度不敢签字——割让那么大一片国土出去，以后就是历史的罪人。

　　蒋介石又何尝不是这样想？但斯大林传来的一句提醒，戳到了蒋介石最痛的地方：若不尽快达成协议，共产党的武装，就快进入东北了。日本无条件投降后，这是令蒋介石最头痛的问题。

在中国战场的第一线，国民党军队一度是抗战的主力。但在广袤的沦陷区，国民党军队早已撤退，一直都是共产党的武装在扛起抗日的大旗。日本投降，主力都在中国西南部的国民党军队，根本无法在短时间内赶到沦陷区去受降。而共产党军队在沦陷区艰苦奋战了那么久，怎么肯原地不动，放弃接受日本投降的权利？

准备投降的日本军队

70 万外强中干的日本关东军，根本扛不住如狼似虎的 160 万苏军，苏联事实上已经完全掌控了中国东北。苏联不怕美国，他想把东北给谁就给谁。

当时的东北，是中国的重工业基地，掐住整个中国的工业乃至经济命脉。

考虑再三，标准民族主义者蒋介石，痛苦地和苏联签订了《中苏友好同盟条约》，来换取苏联撤出东北，最重要的，是不支持共产党军队。

然后，后来的结局，我们都知道了。蒋介石也知道了。

1953 年 2 月 25 日，台湾当局外事部门宣布废除《中苏友好同盟条约》，不承认外蒙古的独立。然而，外蒙古独立早成既定事实，早已败退台湾的国民党喊出来的话，又有谁听？

1953 年，国民党的中央会议上，蒋介石说："承认外蒙独立的决策，我本人愿负其全责。这是我个人的决策，是我的责任，亦是我的罪愆。"

3

1945 年 8 月 30 日下午 2 点 5 分，美国五星上将、驻日盟军最高司令麦克阿瑟的座机"巴丹号"降落在横滨以西的厚木机场。

即便到了跨出机舱门时，向来天不怕地不怕的麦克阿瑟，内心依旧有一丝不安——尽管是他自己坚持要求飞到这里来的。

早在一周前，麦克阿瑟就应该降落到这里处理受降事宜了。但日本人警告他说，厚木机场停着数不清的"自杀式"飞机，数不清的"神风特攻队"队员已经表态：渴望与这位"沾满大日本皇军鲜血的刽子手"同归于尽！

于是，在命令厚木机场的所有日本飞机拆除螺旋桨后，麦克阿瑟的座机才敢降落到这里。

从机场到横滨市区，有 13 公里路程。一路上，麦克阿瑟发现，道路两旁站立着 3 万日本士兵。这些士兵，都是背对着道路站立的。

麦克阿瑟更不安了。

虽然他很得意自己这次的冒险行为——在日本本土，尚有 300 多万日本士兵，他却带着很少的人登陆日本来接受投降。麦克阿瑟一生都喜欢冒险，一直冒险到朝鲜战场上的仁川登陆，之后黯然退出历史舞台。

　　身边有人向他解释，日本士兵背对道路的这种姿态，是在保卫他们的天皇陛下。

　　"天皇"，是麦克阿瑟进入日本前，研究最多的词之一。在进入日本之前，美军给日本人翻译草拟的天皇投降诏书，第一句是："我，天皇裕仁……"麦克阿瑟发现，这句很平常的话，却让在场的日本人都面露愠色。有人悄悄告诉他：天皇从来不自称"我"，而自称"朕"。

　　麦克阿瑟后来告诫所有部下："不要不尊敬天皇，这样会惹怒疯狂的日本军人。"

　　但进入日本后，麦克阿瑟做了一个超出军人智慧的决定。他并没有如外界所呼吁的那样，惩戒日本天皇并废除天皇制度，而是保留了天皇制度，只是让天皇发布了一个《人间宣言》：天皇宣布自己也是人，而不是神。

　　美国人既降低了天皇的威信，又保留了日本人的颜面。

麦克阿瑟和日本裕仁天皇

　　之后，麦克阿瑟作为驻日本盟军最高司令，实际上的日本"太上皇"，做出了一系列让很多经济学家和政客都竖起大拇指的治理日本方案：释放包括共产党在内的各类政治犯（麦克阿瑟是狂热的反共产主义者），修订日本的民主宪法，分配给日本农民土地，瓦解财阀的垄断，甚至给日本女性投票权。麦克阿瑟透露过自己这样做的目的：进一步让日本男人的威信扫地。

日本居然在这样一个军人的治理下，迅速摆脱了战后阴霾，进入快速发展的轨道。

麦克阿瑟在"密苏里号"军舰上代表盟军签字

在 1945 年 9 月 2 日，东京湾"密苏里号"军舰上的日本签字投降仪式后，当时主持仪式的麦克阿瑟特意安排了一个环节：400 架 B–29 轰炸机在 1 500 架美国海军舰载机的护航下，集体掠过密苏里舰上空。

那种整个海洋为之震颤的感觉，是麦克阿瑟希望日本人感受到的：不是要"玉碎"吗？自己掂量下，有机会吗？

但那个时候，麦克阿瑟还是有一些不安的，因为接下来作为驻日盟军最高司令长官，他将决定日本未来的发展走向。

麦克阿瑟

所以，在 1951 年 4 月，美国承诺将政权归还日本政府的前夕，麦克阿瑟离开日本，看到上百万日本人夹道欢送他，高呼"大元帅"的时候，他心底里的那丝不安，才彻底消除。

那一刻，倔强的五星上将，热泪盈眶。

4

1945 年 9 月 9 日上午 8 时 52 分，南京国民政府中央军校大礼堂，中国战区日军投降仪式开始。

面对中国陆军总司令何应钦，日本的中国派遣军总司令官冈村宁次解下了佩刀，凝视投降书，最后，签下了自己的名字。但即便在那一刻，冈村宁次都未必解开了心中的那团疑惑。

1945 年 8 月 11 日，听到欧洲各国电台播放的"日本即将无条件投降"的播音时，冈村宁次是不以为然的。他给大本营拍去的电报是："而今百万精锐仍在，竟向重庆的残兵败将投降，这是奇耻大辱。"

冈村宁次签署投降书

当时，他和他的幕僚做过最坏打算：把所有驻中国部队集结在山东半岛，建立一个独立的"占领区"。

冈村宁次

然后，8月15日中午，他亲耳听到了天皇宣布投降的广播。他下令，要求全体官兵"谨遵圣意"。接下去，就该考虑自己的命运了。

自陆军大臣阿南惟几开始，日本军方1名元帅、4名大将、6名中将相继自杀。东条英机、土肥原贤二、板垣征四郎、松井石根等7名恶贯满盈的战犯被远东国际军事法庭处以绞刑，梅津美治郎等16人被判处无期徒刑。

但无论绞刑、无期徒刑还是有期徒刑，数千名被起诉的日本战犯名单里，没有冈村宁次的名字。

冈村宁次1941年担任侵华日军华北方面军总司令，1944年升任整个侵华日军的总司令，曾在华北占领区残酷杀害抗日军民，以及实行臭名昭著的"三光政策"。

作为侵华日军最高领导者，冈村宁次人间蒸发？并没有。

冈村宁次只是在日本宣布无条件投降时，接到了蒋介石的电报："应对本委员长指定之部队投降，如对非指定之部队而擅自向其投降或让防……直接予以处置。"

所谓"非指定之部队"，就是指共产党的武装。换句话说，日本军队只能向国民党军队投降，不能向共产党军队投降。

冈村宁次坚决予以执行。他可能不知道，这救了他的命。

1945年9月12日至1948年3月底，冈村宁次被"软禁"在中国南京，名义上是软禁，但实际上，是充当国民党的秘密军事顾问，协助国民党与共产党军队作战。

1948年，冈村宁次终于被正式送进上海战犯监狱，但不久就以"保外就医"的名义出狱。

1949年1月26日，中国人民终于迎来了对冈村宁次的审判，但中华民国军事法庭的审判结果是："无罪"。

共产党方面提出强烈抗议，要求重新逮捕冈村宁次。当时的国民党代总统李宗仁为了能和共产党和谈，下令重新逮捕冈村宁次，但时任淞沪警备司令的汤恩伯坚决不放人（蒋介石那时虽下野，但仍有实权）。当天，冈村宁次乘坐美国轮船返回日本。

1950年，蒋介石在台湾台北市阳明山成立"革命实践研究院"，冈村宁次被聘任到台湾，担任高级顾问，负责训练国民党军队。

蒋介石到台湾后聘任的日本顾问团

1966年2月，冈村宁次因心脏病病逝于东京，终年82岁。这名侵华日军最高长官，最终还是逃过了惩罚。

馒头说

日本投降后，作为战胜国，中国原本应该派出一个师，驻扎到日本的名古屋。但不知什么原因，中国的这个师没有出现，日本是美国独占的。

作为战胜国，中国本来应该正常接收东北，无论是国民党去，还是共产党去。但为了让苏联撤出，国民党居然让出一个外蒙古。

即便是战后，中国的旅顺港依然是被苏联占据的，直到 1955 年才归还。

即便是战后，外蒙古依然没有回归中国。1961 年联合国决议蒙古是否能加入联合国，当时仍是联合国安理会常任理事国的"中华民国"可以一票否决，但因为美国的游说，最终弃权。外蒙古独立终于板上钉钉。

想起一个故事。日本无条件投降后，立刻有人出了个谜语。谜面是：日本无条件投降的原因。打一历史人物。

有人给出的答案是：苏武。

有人给出的答案是：屈原。

但无论是苏联的武力出兵，还是美国的原子弹轰炸，这两个答案似乎都忽略了中国自己。

从 1931 年到 1945 年，中国军队付出了伤亡 380 万的代价，共歼灭 150 万日军，拖住了 150 万日军。在这背后，还有 3 000 万平民的牺牲、1 000 亿美元的经济损失，以及一个被打得满目疮痍的国土家园。

无论是国民党在正面战场，还是共产党在敌后战场，他们在世界反法西斯战场上做的一切，都值得后人永远铭记。

还是想起了那个著名的问答。

抗战时期，一位中国士兵对一位记者表示："中国肯定会获胜的，肯定会。"

记者问："那时候，你准备做什么？"

士兵回答："那时候，我肯定已经死了。在这场战争中，中国军人大概都是要死的。"

愿勿忘国耻。

愿永世和平。

本文主要参考来源：

1.《〈中苏友好同盟条约〉的签订》(刘晓蕾，《档案与建设》，2013 年 08 期）

2.《强权政治下的悲剧——1945 年〈中苏友好同盟条约〉签订的内幕》（王静，《文史精华》，1996 年 09 期）

3.《落日——我参加了盟国对日本的受降仪式》（朱启平，《炎黄春秋》，1995 年 07 期）

4.《美国对日本战争反省意识的矫正》（郑毅，《日本研究》，2011 年 03 期）

5.《日本天皇为何未被定罪》（张壮年、张颖震，《跨世纪》，2009 年 14 期）

6.《麦克阿瑟与日本"和平宪法"的制定》（隋淑英，《齐鲁学刊》，2008 年 04 期）

7.《侵华日军总司令冈村宁次被无罪开释内幕》（孟昭庚，《党史纵横》，2007 年 01 期）

后　记

想了想，觉得还是想写一篇简短的后记。

后记有很多功能，但我这篇，主要用来感谢。

第一，感谢我的供职单位，解放日报社。这是家历史悠久、充满活力的媒体（读过我推送的读者知道，这家报社从过去到现在，创造过很多中国的"第一"），给了我一个可以充分学习和施展的舞台，给了我宝贵的经验和开阔的眼界。我一直觉得，没有这样的经历，没有这样的宽容，就不可能有"馒头说"。

第二，感谢我的家人。我太太做的微信公众号"石榴婆报告"，比我的"馒头说"可有名多了。但在我更新"馒头说"和编辑本书的过程中，她给了我很大的支持和鼓励，包括在自己繁重工作之余，承担起更多照顾宝宝的任务。而我的妈妈从来没有在我面前聊起过"馒头说"的内容，但每天早上，她是第一个点开它，并且将它转发到朋友圈的人。

第三，感谢为我写序的严锋老师。他是大学教我比较文学专业课的老师（后来娶了我们班的美女辅导员），是我见过的兴趣最广泛、最聪明的老师。他现在远在澳大利亚，公务繁忙，还抽空为我写了序。

第四，我想感谢"馒头说"的助理程敬涵，这位天津女孩有一次指出了"馒头说"的一个排版样式问题，我问她愿不愿意兼职在线上每次帮我搜集一些资料和图片，她一口答应。后来的事实证明，她非常认真且出色地完成了工作。她即将到英国留学，祝她学业有成，一切顺利。

最重要的，留在最后。最后要感谢的，当然是你们——"馒头说"的读者们。没有你们一路以来的支持和鼓励，别说这本书，连那个微信公众号"馒头说"，也会在更新了13篇之后，偃旗息鼓。

我从没想到过，一个小小的微信公众号记录的一些个人随想，最终能结集成一本书。

谢谢你们！

附录　读者评论

大家都称她为"夫人",但又有多少人真正理解她?

heidi:本来可以写个很励志的故事,你却换个角度写,让身为女人的我五味杂陈。我从小就听不得女生不如男生的说法,所以数理化碾轧男生,一路成长为工科女。然而现在却没那么偏激了,长大以后,就知道两性之间,心理生理都有很大差异,没必要争强好胜不服输。只是这个世界对男性比较友好又宽容,不是只占一半的人导致的。只有自己不看轻自己,也不看轻别的女性,才能扭转这种局面。

从从从:令人动容的文章,女性成长的道路如此漫长,在职场上我曾经看到这样的优先级别:男人>已婚已育的女人>已婚未育的女人>未婚未育的女人。男人没有任何限制条件,而女人却因为婚姻和生育分了三六九等,可叹可气!

刘莹:从小只听过居里夫人获得诺贝尔奖的事迹,对于其感情一无所知,感谢馒头大师讲述她的这一段感情经历。我一直觉得女人首先要保证人格的完整、经济的独立,之后才能追求爱情。把幸福的希望都寄托在他人身上是不切实际的。人活在世,没有谁可以陪着自己到地老天荒,因此每个人都需要极大的勇气来面对孤独并继续前行,居里夫人给我们做出了榜样。

爱因斯坦的三个侧面

yunnn芸：难得的是爱因斯坦没有神化自己，还有那么点不自信。多少人被推上所谓的神坛后就真的以为自己是神。

凤凰de歌声：然后还想补充一下，为什么爱因斯坦会不自信？大家都觉得爱因斯坦被捧上了神坛，那是在后来。当时呢？在当时实验都很难论证他的理论的时候，很多著名物理学家都不接受他的理论，更别提一般民众了。正因为超前太多以至于真的孤独，物理学界战友都不站在自己这一边的时候，爱因斯坦当时真的挺难的。

阿四：事实上，年少成名的爱因斯坦，在 40 多岁后就再也没有具体的物理学研究成果问世了。人无完人，这从来不是一句空话，我们更应该理性地分角度、分角色、分时期地看待任何人。人嘛，本来就复杂……

爱迪生的侧面

Tin, Tin：直流电不是不好，而是在当时的工业条件下实施起来太困难，和交流电相比成本太高，从经济角度来看非常不划算。当时电力需求主要是照明，电力问题简单不突出，但随着科技水平的提升，大量复杂设备电气化后，交流电效率低、电力质量差的弱点就凸显出来了。交流电导致的事故损耗率越来越高后，直流电效率高的优势就有了，现在中国电网高压长距离输送全是用的直流技术。所以有时候历史真会开玩笑，无所谓绝对的好与坏，只能说在当时哪个更好。

周洁：真相也许索然无味，但是看完这篇，我把爱迪生从一个名字，具体到了一个人。也感谢无数默默为人类进步奋斗过的发明家。

马+lu：不管是作为发明家还是商人，爱迪生对我们生活做出的重大改变是不可否认的，那些与特斯拉相爱相杀的故事也让我们看到了人性的弱点，不至于那么神化，所以好莱坞的成功是不是也要算他一份功劳呢？

阿四：上次留言提到特斯拉，没想到这次就看到了，惊喜。另外想说的是，所谓英雄之间的惺惺相惜是少数吧，所以才显得格外可贵，正常的英雄天才应该都是如爱迪生与特斯拉、牛顿与布莱尼茨这般。

女生的美貌与智慧，真的能够并存吗?

悠然吉祥：想知道她最后过得幸福吗?（作者回复：其实不算幸福。她有过 6 次婚姻，晚年还因为在超市偷窃被抓过两次，她不缺钱，但可能心理有了疾病。）

Lucia 范璐：良好的教育和健康的家庭对女孩来说是一生最宝贵的财富。

SunnyM：这固然是个看脸的时代，但能被永远记住的，肯定不仅仅是容颜。言之有理，言之有物。

让二战美军痴迷的"东京玫瑰"

ELYN：这个故事是我关注公众号以来看到的最动人的故事。因为时代的原因，人生的走向不由自主地改变了，大多数小人物都很难以一己之力抗衡吧。这也是战争带给个人的悲哀。不经意的选择，可能会影响一生，有时候真让人唏嘘不已。我觉得大时代下的普通人的故事，更吸引人。

路人贾：《暗恋桃花源》中云之凡说：你看我们周围的人，哪一个不是千疮百孔的?

做一个"新时代女性"，真的要拿生命来换?

aven：她那么美，那么有才华，明明可以靠自己活得好好的，偏偏总指望有个男人来救赎她，叹息。其实爱情和婚姻真不是人生的全部，而只是一种经历而已，女性最终还是要想明白怎样活出自己独立的人生。唉，还是想叹息，太感性的女性，挣扎总是这样多。

Chris同学：与阮玲玉相比，胡蝶从小的经历让她面对流言蜚语时有不同的态度，这也是两人最终结局不同的根源吧。（作者回复：阮玲玉去找过胡蝶，胡蝶虽坦然面对流言，但自己也很痛苦。所以这在一定程度上加深了阮玲玉的恐惧。）

王淼：好久没留言了。我知道我是抢不到沙发的，所以认真看故事。故事是个老故事。难得的是馒头叔的总结，让我也联想到最近的小学生两性教育课本。其实，早恋真的不可怕。可怕的是没有一个正确的、理性的恋爱观，那样会受到多大的伤害啊。以后，我一定会从小给孩子树立正确的两性观、恋爱观，而不是把这当作羞耻的事、不光彩的事，避而不谈。初恋本该是多么美好！

我认识一个男人，叫刘翔

阿阿花：认真看了两遍，有点想哭。我有一个好朋友特别喜欢刘翔，当年刘翔退赛被好多人骂的时候，她边哭边在网上回骂那些说话不好听的人，真心觉得谁在乎什么永远的英雄，都是流血流泪换来的，运动员也是普通人，都是爸爸妈妈的孩子。

Yolanda Mao：我能说我在办公室泪流满面吗！好在，从"刘翔去死"到"孙杨不哭"，这8年已然有变化。只是，我们的反射弧太长了！人生又何尝不是一场奥林匹克，但愿有一天面对伤痛和岁月含泪离场时，会有人鼓掌……

铁梨花：很多人其实都有困惑，为什么脚有伤，要到站在跑道上临发枪了才知道自己不能跑呢？如果刘翔赛前就宣布受伤不能参加比赛，大家可能就不会有这些埋怨。站上赛道又退赛，无疑是将观众的期望值从100突然打到0。（作者回复：准备了4年，不到最后时刻，每个运动员都是想拼一把的。）

LYQ：大多数人对于原本不抱希望的好结果欣喜若狂，但是寄予厚望一旦结果没有达到预期，会导致好多人崩溃。当年刘翔奥运退赛我正读高三，犹记得那个暑假刚补完课抓起书包就往家里跑，就为了看他的比赛，说不失望是假的，爸爸就和很多人一样开始指责刘翔，说爬也得爬到终点啊，我还和爸爸争辩，不过一场比赛而已，哭了一场。这么多年过去了，刘翔依旧是我心中的飞人英雄。

民国第一个享受国葬的人

Evita：不党不群，唯国家耳。值得敬佩！

龚艺：大师对中国近代史的聚焦度很高啊，是因为乱世出枭雄吗？（作者回复：因为那个时代动荡太大，折射出最真实的人性。）

　　zy：作为蔡将军的老乡，从小听着蔡将军的故事长大，今天看了这篇文章，与有荣焉……每次看历史，看到蔡锷、魏源，都为家乡自豪！在大批湖湘雄杰中，无论是守旧的"后卫"（曾国藩、左宗棠、彭玉麟、胡林翼），维新的"中场"（魏源、郭嵩焘、谭嗣同），还是革命的"前锋"（黄兴、蔡锷、宋教仁），都是世间不可多得的顶尖高手。惟楚有才，于斯为盛！

他没有军衔，但人人称他"将军"

　　故事家：我是在哈尔滨工作的纯东北人，哈尔滨有靖宇公园和靖宇街，东北人民从没有忘记英雄的付出。如果我没有记错，杨将军和赵尚志将军的遗首就存放在黑龙江中医药大学对面的烈士陵园里，2000 年左右我入学的时候，我的解剖学老师李亚东教授多年义务为英雄遗首进行防腐保护工作，让人敬佩。最后，向英雄致敬！

　　余小蛮：其实是否有军衔已经无所谓了，这些民族精神脊梁式的人物，他们存在的意义已经超越任何军衔和勋章！但是仍然要祈祷战争不要再来，英雄本身也是历史的悲剧！最后，特别难揣测的是叛徒的内心世界。背叛最亲密的人，需要的勇气真的比自杀的勇气少吗？人性太复杂，我们无法臆测毫厘！

　　寻找无双：看到最后日本人的遗书，我想到蒋百里先生《国防论》扉页上写着：千言万语化作一句话，中国是有办法的。陈寅恪先生说：华夏民族之文化，历数千载之演进，造极于赵宋之世。后渐衰微，终必复振。以中华文化之坚韧之隐忍，我相信我们终会再上巅峰。

为什么他没打过一场仗，却是陆军上将？

　　便当的菜：蒋百里，留日三杰，中国三个半将军中的那半个，可惜除了蔡锷，都没有发挥价值，三杰都死得太早了，可悲可叹。希望大师将三杰都说一说，都是造时势的英雄。不过"纸上谈兵"的典故，希望大师好好分析，其实这个词语本身是个贬义词。

"汉奸将军"的自我救赎之路

NGBogenlicht：有幸去过图片中的"张自忠墓"，当时人不少，我一动不动站那儿看了一分多钟，以至老妈问我怎么了，随后，默默地敬了个军礼。周围的人先是惊讶，后来释然，感觉连周围嘈杂的声音都减弱了不少。

Lok懿T：想起那句诗，人生自古谁无死，留取丹心照汗青。身为武汉土著，小时候就走过张自忠路，历史就摆在那儿，永远不会被忘记。

"戴老板"之死

烟波浩淼：喜欢"馒头说"最大的原因就是，从来不会单一地判定一个人的好与坏，而是会把所有的事实娓娓道来，摆出来让读者自己判断这个人到底如何。以前不喜欢读近代史，一是国家积弱，二是不团结，三是论点片面，一个人好就全好，坏则全坏。现在则是兴奋地等待着"馒头说"的每一篇推送，而且终于能明白以史观今的意思了。

大脸蛋猫儿：看得我惊心动魄，一位对历史了解甚少的工科女技术员，从馒头哥这里学到了很多知识。"馒头说"已成为我最爱的公众号，每天都在期待，渴望了解冰冷历史中的温情，还有，馒头哥的每一次点评都很真性情，很有共鸣，会一直支持！

林恒：今天看到馒头大师写戴笠的故事，让我更加详细地了解了其人其事。过去我读《黄埔恩怨》和《黄埔对决》等书，感觉国民党军中黄埔系的将领都耻于与戴笠为伍，而且戴笠似乎始终处于暗处，军统部下都不太清楚这位"戴老板"的具体长相。不知是否有其事，请馒头大师赐教！（作者回复：是的，谁喜欢与监督自己和打自己小报告的人在一起呢？）

"暗杀大王"的最终宿命

悠然吉祥：动荡年代，又与权贵有交集，即使满腔热血，想要全身而退，谈何容易。以前认为斧头帮老大是坏人，读完馒头哥的文章，竟开始佩服这个有胆有识的黑帮老大，手段黑了些，在大是大非面前倒是比有些将军将领的价值观高上好几个层次。

Sunny黔明其妙：都说功过是非留与后人评说，然而我们这些后人岂是那么容易做出评说的，有大义、不亏心就够了。

"上海皇帝"的正面与反面

凡容：据说我外公以前去杜月笙家送过保护费，杜家相当客气。然后他家祠堂落成的时候，发给上海很多人一个蓝色三角形的徽章，外公说戴上这个徽章一路上都是免费，到了那里有吃有喝有戏看，那场面可大了。可惜外公已故去，旧上海的传奇故事越来越模糊了……

wmj：对杜月笙的名字是很熟悉的，但直到今天才赋予了他血和肉，谢谢馒头大师！今天终于看历史没有流泪，但看到最后的自白却酸了鼻子！很赞成大师对待历史的观点，不管怎样，我们都支持你的！

一个被低估的"大V"的成长之路

黑眼豆豆：所谓性格决定命运。如果说曾国藩是"好风凭借力，送我上青云"的深稳忠厚的权谋之士，那么李鸿章则是"输却玉尘三万斛，天公不语对枯棋"的悲情化身。或许只有敢做敢当的左宗棠，才能憋着气扛着一口棺材，从沙俄的魔爪下收复伊犁，在那个风雨飘摇的晚清时期，写下最有力的中兴之笔。

Heye：谋国之忠，知人之明，自愧不如元辅；同心若金，攻错若石，相期无负平生。（作者回复：这是左宗棠写给曾国藩的挽联。左宗棠最后对曾国藩还是认可的。）

余敏：当下"曾学"盛行，我觉得这句话解释得通，"曾国藩会做人，左宗棠会打仗，李鸿章会做官"。现如今，大部分人还是学做人为主，学打仗不实用，学做官用不了。

一个63岁的老头是怎么收复166万平方公里国土的

扬扬：大将筹边尚未还，湖湘弟子满天山。新栽杨柳三千里，引得春风度玉关。

C. sy：看到那句"一年后，左宗棠逝世"很感慨，对于一直想做出一番大事业的他来说，也算是赶上了，哪怕离去，临走前想想已被自己收复的新疆，也不留什么遗憾了吧。

翘哈哈：68 岁抬棺出征，真的好感人。想起一句话，湖南人特别信命，是我的就是我的，不是我的霸蛮点也是我的。

珍妃为什么必须死

钟月：本来还以为珍妃是被慈禧一直憎恨欺压的傻白甜，没想到原来历史是这个样子。慈禧一开始也是喜欢她的，珍妃有时做得太过火，不过道不同，总有一方先下手。

yoo鲨鱼男孩：想起来两千多年前，秦帝国的丞相李斯被腰斩前回头对他的一个儿子说的："吾欲与若复牵黄犬，俱出上蔡东门逐狡兔，岂可得乎！"想起南北朝刘宋最后一个 11 岁的小皇帝刘准在被刀剑逼迫退位的时候哭着说："愿生生世世勿生帝王家。"想起崇祯皇帝对长平公主所叹："汝何故生我家！"

RubyL：刚看完《苍穹之昴》，所以今天一看珍妃的照片就特别感慨。大时代的洪流卷挟的是每一个人的命运，每个人都做着自己认为最理所当然的决定，而这些决定正是历史的悲剧性和魅力所在。

sunshine：大师说得很对，历史的车轮跑到了那个节点，清朝的覆灭，整个制度、人心，自上而下，制度的腐朽，不是一个维新变法、一个光绪就能挽回的！

靠画漫画，28 岁就缴 4 000 万元的个人所得税是怎样一种体验？

琴弦上狂奔：我记得小时候《黑猫警长》里面螳螂新婚之夜，公螳螂就离奇死亡，至少也是一个知识点，比现在中国有些动画强多了。

海慧：终于又看到了大师的推送。小时候弟弟特喜欢看《龙珠》，今天终于知道了这部漫画的渊源。读完后记忆最深刻的两点——面对工资低能毅然辞职，果断；伯乐潦倒后承诺分成，感恩。

陈斐：我很理解为何日本人要将《龙珠》中孙悟空的形象作为奥运会的吉祥物，因为它在世界范围内的影响巨大，真的可以代表日本的一个时代。中国人不要有酸葡萄心理，因为文化背景不同，我们的孙悟空是另一种形象。大家应该宽容地接受多元文化的各自精彩。

过儿：我们还看过《小飞侠》《长腿叔叔》《拳精》。在凤凰卫视还叫卫视中文台的时候，我们看了太多太多精彩的动画片，我们这一代实在是太幸福，怀念童年。（作者回复：《拳精》是那个"中国拳法，举世闻名，最高荣誉，号称拳精"的动画片吗？）

45 年过去了，我们为什么没有再回月球？

大宁邑：以前一直不明白为什么大家都对外太空那么感兴趣，看完馒头叔的文字我开始理解了。太空探险让我们知道地球有多渺小，换个高度看世界，能得到的不只是眼前，还有不可预见的意外收获。很多我们都不了解的发明创造已经大大改变了我们的生活。

此子败矣：刚翻看了《为什么要去南极找死》，感觉重大事件中被遗忘的不会是第二个人，而是被记住的人身边的协助者。这个世界就是这样，有些人只会被历史书记住，而不会被人记住。

需要经历时间考验的，除了爱情，可能还有建筑

樱花树下汪星人：念高中的时候还学过一篇课文，关于华裔设计师贝聿铭的。他的很多建筑都在建造时备受争议，建成之后却大放异彩、令人称道。从这个意义上看，不想当艺术家的孤胆战士，不是一个好建筑师。

Hao：请教了耶鲁大学建筑系的同学，严格来说，埃菲尔铁塔在建筑学界并不算建筑，只能算工程学产品，或者可以说是雕塑，不在建筑学讨论范围内。同样，华盛顿纪念碑、自由女神像其实也都不算建筑，而文中的卢浮宫、金字塔等是建筑。

snowflying：不只是建筑吧，太多的艺术家、科学家、哲学家在提出前瞻性的想法时，作为普通人的我们可能都不能马上理解，太多的天才在当时

被人看作疯子。比较欣赏的是埃菲尔的认真与自信，他坚定地走了下去，没有因为压力成为一个真正的疯子。认真去做自己认为正确的事情，单单这一点，就可以称为大师。

张衡的地动仪，到底是否存在？

东游西逛：这么说英国人米尔恩比中国人更早读懂读透了《后汉书·张衡传》中的有关内容？（作者回复：应该说他就是这个专业的，求证的思路比王振铎更有效，王振铎毕竟只是历史学家。）

AlexDing：看其他同学的留言，普遍的误解不仅在于把模型当原作，也把地动仪的震后"遥感"功能理解为震前预测功能。遥感功能在通信和交通不方便、信息传递效率低的古代还是很有意义的。

"世纪之骗"背后的兴奋剂黑历史

熊熊牛：如果奥运会最终演变为各国药物科技对决，那么它也将最终失去竞技的魅力而变得无人关注。那样服药的意义又是什么？

蘑菇好美丽：自从里约奥运会你来我往互相披露兴奋剂事件，我觉得奥运金牌含金量大幅度下降。就我本人而言，现在可能更愿意去关注运动本身而不是运动员本人。看待运动员也逐步发展为看待他的工作和看待他的人。在任何一种巨大利益的驱动下总有人前仆后继，更何况越疯狂越吸引目光。

海薇：还真的没想到名利对一个人来说如此重要，超过生命。那103名运动员，有的应该是一时冲动才这么选择。就算战无不胜，5年后，当死亡降临的时候，也会后悔，会想用自己的一切去换取生存的权利吧。

史上最黑暗的一届奥运会

翟丹韵：以色列人的勇敢和团结让人印象深刻，不得不佩服！我想这也是这个民族受到如此之多的磨难仍然屹立于世界民族之林的重要原因吧。

浮生若梦：恐怖分子永远是所有文明的敌人，但是对巴勒斯坦人来说，家园被占领，人民被屠杀，侵略者强大到无法战胜，每天都是慕尼黑，他们又有什么办法呢？（作者回复：所以这个结困扰了人类几十年，几代政治家都束手无策。）

M.K：成立暗杀小组还有一个原因：当时的联邦德国政府受到了巴勒斯坦恐怖组织的威胁，他们要求放掉已经被抓住的 3 名恐怖分子，否则联邦德国就别想安生。而后两国政府秘密商定以一种掩人耳目的方式（外人看起来很合理的方式），把 3 名恐怖分子放回了巴勒斯坦。以色列知道这个消息之后都快气炸了，百般阻止联邦德国放人，可是阻止不了啊，以色列人看着当初的杀人魔竟然毫发无伤地回到他们的国家，怒不可遏，随即梅厄夫人便成立了暗杀小组，全世界追杀"黑色九月"的组织成员。有一个"黑色九月"成员侥幸生还，是因为当时被暗杀的时候没打到要害部位，在医院被救活了。当时联邦德国大张旗鼓存放恐怖分子的绝密文件，几十年之后被一个德国档案局的人解密了，因为他要退休了，看到关于慕尼黑惨案的厚厚的绝密档案，他决定把它交给媒体，还世界一个真相。被公布之后，全世界哗然，原来当时是联邦德国政府不想惹祸上身，才编造理由，成功将 3 名恐怖分子引渡回国。2016 年我们住在慕尼黑，美好的城市，但是经历过各种枪击砍人的恐怖新闻，真心希望世界和平！（作者回复：对，这个细节我忘了写进去。那 3 个被捕获的恐怖分子，后来是被放了的。）

孙杨为什么会被别人质疑"服药"？

桑兰："由于在伦敦奥运会上成绩惨淡，为了重振雄风，澳大利亚泳协出台了一项名为'领奖台计划'的新政，包括丹尼斯的俱乐部在内的 15 家俱乐部不允许接受有禁药阳性历史的外国运动员训练。前往这 15 家俱乐部训练的外国运动员必须在澳大利亚反兴奋剂机构注册，以进行赛外检测"。孙杨虽然在澳大利亚，但并没有再跟随丹尼斯训练，他是跟着不属于"领奖台计划"的丹尼斯的一名助手训练，这也大大影响了孙杨的成绩。并且，澳泳协也承认了孙杨的训练合理合法！"澳大利亚泳协在接受《周日电讯报》采访时称，虽然孙杨目前在逍遥湾训练属于合法行为，但澳泳协有义务提醒孙杨，不要去'领奖台计划'的场馆训练，并且在澳期间要随时准备接受世界泳联的赛外检测。"（作者回复：所以有不少人留言说是偷偷摸摸去的，其实不确切。）

无敌小溪："馒头说"是我看到这次奥运会孙杨事件发生以来，为数不多的态度中立理智的公众号。其实我个人对孙杨感情复杂，他的确是不可多得的天才，可是这几年的负面新闻实在是让我对他的印象好不起来。但是孙杨事件的一开始，在看到我们的媒体报道和周围朋友们群情激愤后，我也和大家一样，以为是政治因素在作祟，所有人的爱国情绪都爆发了，澳大利亚游泳队也吃禁药，他们怎么不说自己是drug team（嗑药团队）？可是，吐槽之后冷静下来，也怪不得别人说你，被禁赛和偷偷去澳大利亚训练这事，也是事实。但是，这个时候，国人沉醉于我们这次对于金牌的豁达态度中，无法正视我们曾经黑暗的历史。我为我们国家对待体育事业逐渐摆脱功利主义而高兴，也真心心疼那些为中国体育黑历史还债的运动员，希望他们能获得公正的待遇，更希望大家正视我们曾经的历史，更理智地面对外界质疑的声音。

十五：国家也好，团队也好，个人也好，无论外界黑不黑，最重要的是正视自己的错误，与其掩盖真相，不如认真去面对，只有不断去学习、去纠正、去自我规范，才能真正成长、强大。

"让球"阴影下的"小山智丽事件"

刘浩：让球确实丑陋，当事人也值得同情。只是从个人品行来说，何智丽接受别人让球在先，不给别人让球在后；表面同意让球在先，场上不让球在后，利用队友毫无准备时一举拿下，总是让人感觉不舒服。当然实际真打何智丽未必打不过陈静，管建华也未必打不过何智丽，这些都无法验证了。（作者回复：是的，这也是当年她让人诟病的地方。）

Tin, Tin：虽然现在一边倒地批判让球，但也是用现在的价值观来评断历史，这也不是正确的历史观。20世纪80年代，国力疲弱，国人需要体育赛场上的成功振奋人心，所以从这个角度来看，集体决策也非为了私利，在当时个性普遍不鲜明的大环境下，更是个能被广泛接受的决策。正是有了集体至上、个人服从集体的年代，才有了国力的增长、社会财富的积累，大众的个性才会有了进一步的释放，所以我们今天反对压抑人性、损害体育精神的行为，但也不能用今天去否定历史。（作者回复：另一种意见。）

　　小强：王皓当初输给柳承敏那次我印象特别深，为了看直播，我没坐公交车（因为堵），一路跑回家看的！结果王皓输的时候，我都哭了，心里憋得要命。能看出王当时非常难受，眼眶里全是眼泪，记者采访他时，他声音都是颤抖的。而且我记得好像有个细节，当时赛后王皓被一个记者（或者是其他工作人员）撞了一下，对方似乎说了句什么，应该不是好话。王皓当时就愣住了几秒，眼眶立马就红了，说话也开始磕磕巴巴的。我并不了解王皓这个人，但就当时的情况，让运动员一个人背负所有国人的期望，输了就万劫不复，实在是太不公平。

一根香烟点燃的革命

　　Gilmore：前半部分感觉在看一个剧情狗血的烂剧本，最后一段猛然感到这个所谓的烂剧本血淋淋残忍的一面——总在不提防的时候给你一枪，就是历史啊。

　　陪我到可可西里看海：小时候，老师说读史使人明智，当我成为一名历史系学生接触到更多历史事件后，其实内心是很痛苦的，深感历史总在不断地重演，永无休止的一天，无论过去的经历多残酷，只要有人性贪婪和恶，历史就会再上演一次。当我成为一名历史老师的时候，我对我的学生说，我让你们学历史、读文学作品，是希望你们能成为一个有怜悯之心、知对错明事理的人。我想作为一名老师不仅仅是传授知识那么简单。

两个大总统，你选哪个？

　　逍遥王：病起六君子，命丧二陈汤。早年袁世凯用人独具慧眼，段祺瑞、赵秉钧均是一时人杰，到了后期利令智昏，错用小人，不仅使自己身败名裂，还导致中国陷入几十年的军阀混战。袁公功过是非，的确值得后人好好评定。

　　风格：唐德刚先生的著作对此亦有非常精彩的描述。袁氏当国，袁项城雄才大略，又恰逢其世，甲午之后，力挽狂澜的是李鸿章，中兴清廷的是袁世凯，吏治、军事、实业、交通等等无一不是功勋卓著，其间还有清廷满族贵族势力的干扰。随后借大势，发动不流血政变，欺他孤儿和寡母，肇造民国，的确伟人之功。

wsf：第一次听说袁世凯接管天津事迹的时候大为惊奇，这人真的太聪敏了，本来各国想看笑话，结果挨了一巴掌。"这不是军队，这是警察。"老袁的这句话让我捧腹不已。后来了解其在朝鲜的作为，更是佩服。难怪李鸿章感叹无人可用的时候，伊藤博文会专门问起袁世凯。

一战，被遗忘的 14 万中国人

周沫-Captain Alice：最近在看《巨人的陨落》，想引用书里的话评论一下今天的推送："战争是由我们这样的人，这些普普通通的人打赢的，他们没有受过教育，但并不愚蠢。"

木雨日：世界各地被遗忘的中国人实在太多了。我读这篇文章时的心情跟当时了解到泰国的中国美斯乐村时的心情一样，震惊于那些散落在世界各地心心念念着中国却被中国人自己遗忘的同胞。

killuaziyi：看得想掉眼泪，愿他们安息。想到在新西兰旅游时看到在当地金矿做工的华工居住遗址，狭窄，没有窗户，居住环境极差，可是勤劳朴实的中国人民为了致富，还是十几年如一日地在那里工作，很多人工作了一辈子最后连故乡都无法回去。所以有时觉得，我们如今能够富强，都是我们应得的，中国人民真的吃了太多的苦。

二战期间，居然还有这样的一批日本人

林剑：没有哪场战争是正义的，没有哪场战争是必需的，人类因为趋利而侵略或者反抗。不管日裔美军的动机如何，不管结果胜利或者失败，都很难获得认同感，这才是他们的悲哀，也是读者的心酸。

木雨日：这段历史我曾在美国历史教科书里读过，但只有三言两语一带而过，更别说日裔参军的事。除了排斥日裔，类似的，美国还曾在法西斯刚开始时排斥德裔。其实我觉得移民的人真的很悲哀，特别是移民二代。我读的美国高中有中国移民二代学生，他们并没有自己就是中国人的意识，他们

认为他们是美国人，可是美国白人在谈话中又会把他们归类为亚洲人。在大学里，我见到的是拿着美国绿卡的中国父母和有美国国籍的小孩。她的母亲很困惑，说不知道应该教小孩子什么语言。因为她的孩子才上幼儿园，不能真的弄清两种语言的区别，为了让她融入幼儿园的环境，为了让她交到朋友而不至于成为异类，她必须教小孩英语，让小孩以美国人的方式生活着。可是，受到中国家庭的影响，小孩在许多方面都是与其他人不同的。如此算来，他们到底是谁？这也是我决定要在读完书后回国的原因，我无法想象以后我的孩子是用英语在思考的人。

　　Michael（J. X）Wang：很早就听过 442 团的事情，但开始关注是当时听到 Linkin Park（林肯公园，来自加利福尼亚的一支乐队）里的麦克·信田唱的一首歌，反映美籍日裔在二战期间受到的不公平待遇。但直到现在，你在主流媒体上看不到 442 团的事情，战争的余毒还在发酵，前人的教训依旧不能给后世足够的警示。而文化因为政治的影响起不到该有的宣传作用，只能靠你的文字来传播星点光亮了。

一段匪夷所思的"美国往事"

　　zd（丹）：美国禁酒时期的黑社会，那不就是《教父》里讲的事吗？（作者回复：对，美国黑手党就是那时候开始茁壮成长的。有一种说法是，禁酒令解除后，不少黑帮已经沉迷于高利润的走私，所以转向了贩毒。）

　　维维：作为一个学经济的学生终于可以发言了。宏观经济学老师上课说禁酒最好的办法是控制需求而不是控制供给。通过教育使人知道酒的危害，而不是人为一刀切。禁酒禁烟禁毒的方法都一样。

　　lg：馒头大师说得太好了，"在一些情况下，法律以'全有'或'全无'的形式介入，尤其是在一些有人类强烈欲望驱动的领域，往往未必是一种最佳的方式。我们是否可以进行一系列的调试和分类，最终达到目的？"不知对色情行业看法如何？在部分国家合法，在部分国家非法，但即使宣布色情非法的国家也并没有铲除干净色情行业，感觉和禁酒令有异曲同工之处啊。

一场耻辱海战的背后

种花的Mm兔：世人只知邓世昌，谁人又知许寿山，怒海血战同船没，英魂何曾惜此身。

南飞：读书时最不愿读中国近代史，感觉是各种屈辱，所以后来选了理科。但是回顾这些历史，还是被其中隐藏的民族气节和精神力量深深感动，知耻而后勇，勇敢前行，中华民族才能最终屹立于世界东方！

"九一八事变"前后的四张面孔

一十五：记得第一次看到赵一曼这个名字，对于没有经历过那些烽火岁月，出生在新时代的我来说，对她的态度是尊敬却又多少有些不在乎的，直到我深入查阅她的事迹之后，才发现自己已经泪流满面。生活在幸福生活中的我们的确很难意识到当时的英雄是多么伟大，当代青少年很容易被那些所谓的"抗日神剧"影响，认为当一个英雄是很简单的事情。真的希望以后的影视剧还原历史就好，让人们也懂得什么是真正的英雄！

"大刀向鬼子们的头上砍去"的背后

空空如也ヅ：我们永远需要"大刀精神"，但我们不能永远停留在"大刀"的时代。

刘磊：前两天看傅莹在回答国外质疑中国军费时不卑不亢的发言，差点把我看哭了。"我想国内的同胞会和我一样，作为中国人，我们对祖国能增强军力自主保卫主权而感到自豪，中国在过去经历了太多，我们需要自己站起来。"

HY：抗战最感人的地方，就是无数中国人明知敌我的巨大差距，仍然用命去换每一寸土地，"把我们的血肉筑成我们新的长城"，用人的血肉之躯对抗敌人的钢枪铁炮。这种明知不可而为之的悲壮或许才是我们真正应该宣扬的。看的书越多，越发明白了这是一场怎样惨烈的战争，也就越发感受到我们先辈的伟大。大家在小学一年级的时候就会唱国歌，其实估计很长时间以来根本不理解其中的含义。现在再听，感觉那种绝望但依然要抗争下去的心情是那么悲壮凄凉。估计听国歌都能听哭的人没几个了吧。我现在是一边听歌，一边哭，一边打字。

这群四川人，不该被遗忘

李二车厘子：若没有樊建川二十年如一日收集史料，川军的英勇就湮没在历史长河中了。百万川军出川，回来十之二三。不仅仅如此，14 年抗战川军输送 800 万壮丁，贡献全国一半军饷，自贡是捐献最多的一个地区，冯玉祥的题字"还我河山"就是赠给自贡军民的。好多普通贩夫走卒动不动就捐出一天收入，重庆、宜宾各地接收大量学子，保证文化不中断。可以说，没有全省川人的咬牙支持，哪有全国抗战的最后胜利？

pureboi：这几年关于川军抗战的电视剧不断上演，算是给那段历史的一个正面回应。作为中国的大后方，四川在抗战中出的力可以说无出其右。说起来，现在的四川人其实大多是湖南广东的移民后裔，但自清初至今的几百年演变，早已形成自己的性格特征，能吃苦、勤劳是川人的典型特征。不过可惜那个时代国力差距实在太悬殊了，川军到上海用了 40 天，日军到上海只用了 3 天，在滕县保卫战中用最差的装备抵挡日本最精锐的两个主力师团，可以说川军让侵略者明白，中国是不会屈服的。（作者回复：不过挡住的是师团下的联队，整个师团是挡不住的。）

许卿：有些人看到的是冰冷的数字，我看到的是冰冷的尸体。他们是母亲的儿子，是孩子的父亲，他们倒下的时候都应该是遥望着回家的路吧，他们应该会看见如今的祖国，美丽的天府吧！如今有那么多川娃子在，安敢犯我强汉？

抗日战争，我们到底有没有空军？

Helen：读过《一寸山河一寸血》，再在这里读了空军的英勇事迹，依旧非常感动。那时候，空军是最危险的兵种，但是仍然有那么多的热血青年，牺牲生命，保家卫国。大家有空去南京的时候，去凭吊下烈士墓吧，虽然那么冷清，那么不好找。

宁：看到这个题目立刻想到了齐邦媛先生在《巨流河》中所写的空军张

大飞，同样也是为国捐躯，他的故事也很让人动容。记得书中说南京有个空军烈士陵园，里面有块石碑刻了所有为国捐躯的空军的名字，向烈士致敬！

一座被死守的仓库

基质帅气的婆婆酱：如今就在原址建了一个谢晋元四行仓库纪念馆。建议大家去看看，就在大悦城附近，苏州河北岸。

crush：八百壮士中，实际人数 400 多人，有 200 多人来自湖北咸宁通城，因为工作的关系，我曾经采访过胡梦生壮士的遗孀尚凤英，听老人口述当年的战火，今天再看到大师的推送，仍会流泪。2015 年 8 月，四行仓库抗战纪念馆开馆，尚凤英老人受邀参加，希望更多的人能记得那段血与泪的历史，希望英雄及家人都能被善待。

徐侠客：我在广东梅州工作，去过蕉岭很多次，对那里很多以晋元命名的地名一直没什么感觉，此刻看了你的文章却热泪盈眶。历史需要铭记，更需要有你这样的人提醒我们铭记。

阿离：去上海时，第一站就确定去这儿，一进门是谢将军给妻子的信"我心非铁石，能无眷然乎？然职责所在，为国则不能顾家"，眼泪马上就下来了。

1937，这座城没有不战而降

烟波浩淼：今天这篇真的不想看，太沉重了，当年和同学看完《南京！南京！》，回来之后我们心情沉重地打了一架，这种无法言说的痛和憋屈，现在的人都承受不住，不知道当时活下来的人是怎么承受的。（作者回复：不管我们愿意不愿意看，这段历史总是在那里。）

牛妞：不敢评判，想起高晓松说过的一句话，没有经历过就无法体会。我们永远无法体会先辈们看着别人践踏蹂躏我们的祖国，狼烟烧遍国土产生的家国情感。

血战台儿庄

董强:《血战台儿庄》真是一部细节非常到位的电影。如当时日军军装的军衔位置是在肩头,而不是在领口,领口军衔出现在 1939 年后;西北军臃肿的棉衣与马褂,还有像锅盖的英式钢盔;中国军队捷克式轻机枪用的是二十发直弹匣,没有出现经常穿越的布伦特轻机枪和弯弹匣;敢死队用的是仿德式花机关冲锋枪,没有神剧中常见的英式司登冲锋枪;日军坦克战车的真实度很高。大庙白刃战那一段,日军持三八式步枪在拼刺中占尽上风,一个日本兵可以轻松刺倒几个中国兵,因日军重视刺杀训练,技法娴熟,而我军步枪装上最长的刺刀,也要比三八式短上十厘米。最后敢死队抢占制高点挂国旗那一幕,记得有一个队员用大刀砍日军旗杆,砍了几下,刀刃豁了一个大口子,这不是艺术加工,而是当时西北军的大刀大多由民间作坊打造,钢材质量确实不敢恭维。唯一的瑕疵就是《海军进行曲》用得太多了,抢了日本陆军不少风头。直到现在还深深记得这几个片段:1. 面对坦克突袭,老兵在拉响集束手榴弹前对新兵说:"孩子,来年别忘了给我烧点纸钱!" 2. 敢死队队长:"长官,命都不要了,还要钱干啥?留着给兄弟们树块碑吧!"3. 片尾,在《义勇军进行曲》的前奏响起三次的同时,台儿庄的残垣断壁下,成百上千具尸体铺成一条血路,中国军人的灰色军装和侵华日军的黄色军装斑驳难辨;一面残缺不全的青天白日旗,飘扬在城墙的最高点…… 一寸山河一寸血,让人流泪的震撼!（作者回复:那时的电影人确实态度严谨。）

+_+沈废废^_^:历史课本上的一个知识点,台儿庄大捷,轻轻松松五个汉字。文字之下是炼狱般的前仆后继,尸山血河,重叠相枕。看文章的时候我一直在想,生存是人的本能,是什么样的意志让这些同胞抱着必死的决心决不后退。这大概就是人类最了不起的地方。

薄荷喵:战役中一些部队本不是蒋介石嫡系,很多以前还反过蒋。从蒋介石的部署上看,就是打算用这些非嫡系的杂牌军抗日,同时又可以消耗他们的实力。这段历史最感动我的不仅仅是血色漫天的细节,更是这些在军阀时代从不轻易消耗自己队伍的将领、士兵,明知蒋一石二鸟的私心,在日军面前却从未做保存实力的打算。

日本投降前后的四个片段

刘雨萌：世界上有很多人认为是苏联的武装，是美国的原子弹使日本投降的，唯独不承认中国的努力。那不仅仅是努力，是浴血奋战啊！军人是抱着必死的决心在战斗啊，这才是我们能胜利的原因！小战士的话读起来太心酸了，但又确实是那时候军人的真实想法。勿忘国耻，还要勿忘前人。

Yolanda Mao：日本士兵背对道路的这种姿态，是在保卫他们的天皇陛下吗？还是以这种姿态抵制。不过在麦克阿瑟期满回美国的时候，日本民众居然排满路边哭喊着夹道欢送……（作者回复：其实是有抵制情绪的。他们感谢麦克阿瑟和背后的美国，是因为本以为作为战败国，自己会被肆意凌辱。）